# herrgottschrofen

MARC RITTER

# herrgott schrofen

KRIMINALROMAN

Weltbild

Besuchen Sie uns im Internet:
*www.weltbild.de*

Genehmigte Lizenzausgabe für Verlagsgruppe Weltbild GmbH,
Steinerne Furt, 86167 Augsburg

Umschlaggestaltung: Alexandra Dohse – www.grafikkiosk.de, München
Umschlagmotiv: mauritius images, Mittenwald (© Artur Cupak);
Bildagentur Huber, Garmisch-Partenkirchen (© Colin Dutton)
Gesamtherstellung: GGP Media GmbH, Pößneck
Printed in the EU
ISBN 978-3-86365-298-2

2015 2014 2013 2012
Die letzte Jahreszahl gibt die aktuelle Lizenzausgabe an.

*In Erinnerung an Mark van Lankeren*

*Seventeen has turned thirty-five.*
*I'm surprised that we're still livin'*
*If we've done any wrong*
*I hope that we're forgiven*
John Cougar Mellencamp, »Cherry Bomb«

# Kapitel 1

Es war vielleicht doch ein bisserl viel für einen Tag.

»Verdammt, Hartinger … wenn du … dich da … mal nicht … übernimmst«, presste Karl-Heinz Hartinger zwischen vier kurzen Atemzügen hervor.

Er blickte auf seine Sportuhr, die am linken Handgelenk über der Laufjacke festgezurrt war. Er war schon knapp eine Dreiviertelstunde unterwegs. Die Route, die er sich vorgenommen hatte, führte ab diesem Teilstück von der Kreuzeckbahn hinüber zur östlichen Seite des Talkessels. Bis dorthin waren es durch die Schmölz noch einmal knapp zwei Kilometer. Acht Kilometer hatte er bereits auf dem Hinweg hinter sich gebracht. Nun also zwei rüber auf die andere Seite und dann sieben wieder zurück auf dem Kramerplateauweg. Und zu guter Letzt auch noch wieder zwei Kilometer zu seiner Dachgeschosswohnung in Partenkirchen. »Neunzehn … Kilometer … schaff … ich … leicht«, keuchte sich Hartinger gebetsmühlenartig vor.

Karl-Heinz Hartinger hatte diese Tour die »Große Garmisch-Partenkirchen-Runde« getauft. Er wollte diesen Frühlingstag, dessen Sonne sich bemühte, die letzten Schneereste von den Wiesen zu schmelzen, nutzen, um seine Grenzen auszutesten. Nie hätte er gedacht, dass diese Grenzen so schnell erreicht sein würden. Er war schon öfter an die volle Stunde herangelaufen. Und an diesem Tag sollte nach einer Dreiviertelstunde Schluss sein? Nein, das konnte er sich selbst nicht durchgehen lassen. Zumindest über den Fluss rüber auf die andere Seite musste er noch kommen. Dort konnte er eine Gehpassage einlegen, um dann mit erholten Beinen den Heimweg anzutreten. Außerdem gab es dort drüben auf dem Kramerplateau einen großartigen Blick über Garmisch und Partenkirchen und auf das Wettersteingebirge. Also Zähne zusammenbeißen und in Richtung Loisach.

Hartinger kannte sich am Südrand von Garmisch aus. Er war zwar in Partenkirchen geboren, hatte aber seine Adoleszenz hier im anderen Ortsteil verbracht. An den Ufern der Loisach waren sie ab dreizehn, vierzehn beinahe jedes schneefreie Wochenende am Lagerfeuer gesessen, hatten Country-Schnulzen geklampft und sich auf den dünnen Isomatten in schlechte Bundeswehrschlafsäcke gerollt. Da war erprobt und ausprobiert worden – saufen, rauchen, kiffen, auch ein bisschen Sex. Das waren oberflächlich die Hauptbeschäftigungen beim »Zelteln« gewesen. In Wirklichkeit ging es um Freundschaft und Feindschaft, ums Dazugehören und um Abgrenzung. Ums Erwachsenwerden eben.

Am Anfang, als sie noch mit den Fahrrädern und zu Fuß in den Wald und an den Fluss aufgebrochen waren, jeder mit seinem Schlafsack und so viel Augustiner-Bier und Dosen »Feuerzauber Texas« ausgestattet, wie er schleppen und konsumieren konnte, war alles harmlos gewesen. Dann kamen die Mopeds, und die Älteren hatten bald die ersten Enduros dabei. Damit ließen sich immer mehr Bier, Schnapsflaschen, aber auch Mädels in den Wald verschleppen. Aus den Lagerfeuerabenden waren Waldpartys geworden. Und als wenig später Jeeps und mit ihnen Kettensägen zum Einsatz kamen, wuchsen die Feuer zu Scheiterhaufen.

Hartinger hatte spätestens, als wieder einmal ein besonders ausgelassener Partygast eine Handvoll Zündhütchen aus Papas Waffenschrank ins Feuer geworfen und ihm ein aus dem Feuer gesprengter Funke beinahe ein Auge ausgebrannt hatte, keine Lust mehr auf die Orgien an den Loisachufern gehabt. Ein ernsthafter Unfall – sei es durch eine in den Oberschenkel eines Besoffenen schneidende Kettensäge oder eine Handvoll Munition, die ein Wahnsinniger hochgehen ließ – schien programmiert. Von all den Messern und Macheten im Partygepäck seiner Freunde ganz zu schweigen.

Er hatte sich immer seltener dort blicken lassen. Und als der Haupttreffpunkt, eine Stelle namens »Tiefer Stein«, von einem der großen Frühjahrshochwasser der Loisach mitsamt dem riesigen Felsen einfach weggespült wurde, war es ihm so vorgekommen, als hätte die Natur das wilde Treiben nicht länger dulden wollen und den Partyraum kurzerhand abgerissen.

Mit diesem »Tiefen Stein«, der wohl Jahrtausende an der Stelle im Fluss gelegen haben mochte, war seine Jugend weggespült worden. Kurze Zeit später hatte er dann den Ort wegen der Sache mit dem Kaplan verlassen müssen.

Diese Gedanken an die längst vergangenen Zeiten hatten ihn für ein paar Minuten die Schwere seiner Beine vergessen lassen, und Hartinger kam in der Schmölz an. Was es hier zu sehen gab, ließ ihm jedes Mal, wenn er mit dem Auto auf der Bundesstraße daran vorbeifuhr, das Messer in der Tasche aufgehen. Dort, wo jahrhundertelang ein Hof mit Pferdekoppeln und Streuobstwiese gewesen war, war vor einigen Jahren ein Gewerbegebiet entstanden. Anstelle der im Werdenfelser Land von den Bauern nie geschätzten Rösser hatte man nun endlich auch hier einen Aldi, einen Fristo-Getränkemarkt und einen ATU-Reifenservice in die Landschaft betoniert.

Es Verschandelung zu nennen wäre eine Untertreibung, dachte Hartinger, als er das Gelände durchlief. Dagegen waren die exzessiven Waldpartys seiner Jugend Ausflüge der Naturfreunde e. V. gewesen. Und nun sollte hier, an dieser Stelle, der Verkehrsverteiler des neuen Kramertunnels gebaut werden, um den sich die Menschen im Tal seit gewiss vierzig Jahren stritten. Dabei würde dieses Stück Landschaft gründlich umgegraben, damit die Blechlawine, die ins benachbarte Tirol zum Skifahren drängte, möglichst freie Fahrt hatte. Ein Schildbürgerstreich von ganz exquisiter Qualität, wie er ihn nicht einmal den Loisachtalern zugetraut hätte.

Er musste kurz stehen bleiben, um einige Brummis vorbeizulassen, bevor er die Bundesstraße überqueren konnte. Als er wieder loslaufen wollte, war die Schwere in seinen Beinen zurückgekehrt. Das war nicht sein Tag, und ein knapp dreißig Jahre dauerndes Lotterleben – das, genau betrachtet, mit den Saufórgien hier an der Loisach begonnen hatte – hinterließ eben Spuren. Auch nach dem Dreivierteljahr, das er nun wieder in Garmisch-Partenkirchen verbracht hatte und währenddessen er mit vorher nie gekannter Disziplin jeden zweiten Tag – nun, beinahe jeden zweiten Tag – eine Laufrunde hingelegt hatte, war aus dem Zweizentner-Prackl noch kein Marathonmann geworden. Und offenbar auch noch kein Halbmarathonmann.

Hartinger lief über die Straße und den Waldweg hinunter zur Brücke. Dort fiel er ins Gehen zurück. Er wollte links vorbei am Herrgottschrofen, einem gut zwanzig Meter hohen Felsklotz mit senkrechter Wand, den die letzte Eiszeit hier liegen gelassen hatte. An den Wochenenden tummelten sich Familien auf der Wiese vor dem Schrofen und picknickten, und ein paar Kids nutzten die Senkrechte als Klettergarten. Aber an diesem Dienstagvormittag hielt sich hier keine Menschenseele auf.

Hartinger blieb unterhalb des Felsens stehen und drehte sich einmal um die eigene Achse, um das Gelände in allen Details in Augenschein zu nehmen. Er schob seine Laufbrille auf die Stirn und schaute in Richtung der sich über dem nahe gelegenen Grainau auftürmenden Waxensteine in die Aprilsonne. Er genoss ihre Kraft, die nach dem langen Winter endlich wieder zu spüren war. In wenigen Monaten würde sie einen kurzen Bergsommer lang herabsengen, bevor der Winter, der hier mindestens ein halbes Jahr dauerte, wieder vom Tal Besitz ergriff. Er schloss die Augen und ließ sich die Sonnenstrahlen ins Gesicht scheinen, er atmete die Waldluft und roch die Nadelhölzer.

Doch etwas störte Hartingers Meditation. Ein Geräusch. Ein Motorengeräusch, das eindeutig nicht von der Bundesstraße über den Fluss herübergeweht wurde. Es musste ein großer Diesel sein, der da immer wieder losbrummte, leiser wurde, auf- und abdrehte, arbeitete. Ein Bagger. Oder ein Radlader. Eine Raupe vielleicht. Hier im Wald? Hartinger wunderte sich über nichts mehr, seitdem er drüben auf der anderen Seite des Talkessels für das Tagblatt die Erdarbeiten fotografiert hatte, mit denen die Kandahar-Abfahrt für die Skirennen umgebaut worden war. Aber was gab es hier zu planieren? Im Naturschutzgebiet?

Hartinger unterbrach seine Einkehr in sich selbst, öffnete die Augen und ging auf das Dieselbrummen zu. Er bewegte sich dabei rechts am Herrgottschrofen vorbei in Richtung Breitenau. Dort hatten die Amerikaner nach dem Zweiten Weltkrieg eine Siedlung für die Angestellten ihrer Hotels und Kasernen errichtet. Auch diese Siedlung war ein Teil von Hartingers Jugend. Bei den Amis konnte man damals Baseball spielen und auf dem Flohmarkt echt amerikanische T-Shirts und Hemden kaufen. Nach Lockerbie und erst recht nach dem elften September wurden diese Liegenschaften von der nicht-amerikanischen Öffentlichkeit abgeriegelt. Klein-Guantanamo wurden die verrammelten Ami-Einrichtungen mittlerweile genannt. Waren es die US-Boys, die da baggerten? Hartinger passierte einen weiteren Kletterfelsen, der aufgrund seiner Gestalt »Frosch« genannt wurde, und sah zweihundert Meter weiter vorn das Gelb eines großen Baggers, der sich links vom Spazierweg in den Hang kämpfte.

Da fiel Hartinger ein, dass ungefähr an der Stelle, wo der Bagger mit seiner Schaufel wütend in den Boden fuhr, das Südportal des Kramertunnels geplant war. Offenbar sollte er Zeuge der ersten Grabungen dieses epochalen Bauwerks werden.

Er näherte sich, und als er bis auf zwanzig Meter an den Bagger herangekommen war, erkannte er den Fahrer. Konzentriert saß sein alter Schulfreund Thomas Suldinger an den Schalthebeln. In der Volksschule hatten sie beide einmal ein paar Wochen zusammengesessen und dabei eine unglaubliche Gaudi gehabt, bis sie von der Lehrerin getrennt worden waren. Hartinger war nach der Vierten aufs Gymnasium gegangen, Suldinger aber stammte aus den Sozialbauten in der Auenstraße, wo die Eltern etwas anderes zu tun hatten, als studierte Gscheiderl aus ihren Kindern zu machen. Er hatte den Hauptschulabschluss gemacht und war zum Bau gegangen. Und er hatte offenbar einen festen Job, während Hartinger Foto für Foto dem Tagblatt verkaufen musste, zwanzig Euro das Stück.

Hartinger winkte mit beiden Armen, um sich bemerkbar zu machen. Nichts. Er ging weiter auf das Monstrum zu, bis er beinahe von der mal nach rechts, mal nach links schwenkenden Schaufel getroffen wurde. Endlich sah ihn der hoch konzentrierte Baggerfahrer. Er schaute grantig und öffnete das Seitenfenster, um den Menschen, der ihn bei der Arbeit störte, lautstark zu verscheuchen.

»Kreizkruzifix, Depp, schaugst, dass d' weiterkommst!« Der Bass des Schimpfenden übertönte den Baggermotor.

Hartinger nahm seine bademützenähnliche Jogginghaube und die verspiegelte Laufbrille ab, und Suldinger kniff die Augen zusammen.

»Jessas, der Hartinger Gonzo, ich glaub, ich spinn«, plärrte er im gleichen Ton, aber mit aufgehellten Zügen weiter und warf die Tür des Baggers auf. Er hievte sich aus dem Schalensitz und kraxelte die drei Trittstufen hinunter, um seinem alten Spezl entgegenzugehen. Der Mann hatte die Statur eines Bären und überragte sogar die Einsneunzig von Hartinger um einige Zentimeter.

»Servus, Tomboy!« Hartinger grinste übers ganze Gesicht.

»Servus, Gonzo. Mei, wie lang ist des her? Fünfundzwanzig Jahr? Dreißig? Wart, lass mich dich genau anschauen – müssen fünfzig sein.«

»Depp, du bist auch nicht jünger worn«, retournierte Hartinger. »Und ein anständiges Brauereigeschwür hast dir da angesoffen!«

»Schau dich amal an!« Suldinger tätschelte Hartingers Wampe. »Hamma auch ein paar Knödel zu viel verdrückt. Drum rennst ja da rum und störst rechtschaffene Bürger bei der Arbeit. Habts ihr Zeitungsleut jetzt gar nichts mehr zu tun, dass du am helllichten Tag da im Gymnastikanzügerl umanandahupfst?«

»Recherche nennt man das bei uns. Investigative, verstehst?« Hartinger machte eine bedeutungsvolle Miene.

»Versteh. Ja, du hast ihn gefunden, den einzigen Werdenfelser, der nicht durch Grundstücksspekulationen reich geworden ist in den letzten dreißig Jahren, sondern im Schweiße seines Angesichts buckelt, um seine Schrazen zu ernähren. Bringst mich jetzt groß raus?«

»Mal schaun. Im Ernst, was baggerst da?«, wollte Hartinger wissen.

Suldinger saß immer noch der Schalk im Nacken. Mit staatstragender Miene berichtete er: »Probebohrung vorbereiten. Enorm wichtige Baggerarbeiten, die ich heute machen darf. Morgen kommen ein paar Spezialisten aus München und Berlin und was weiß ich und bohren sich da in den Boden. Hier soll bald der Tunnel rauskommen, und jetzt haben sie die Genehmigung für die Voruntersuchungen bekommen. Nach dreißig oder vierzig Jahren Hin und Her. Auf einmal pressiert's. ›Baggern, Suldinger, baggern!‹, hat mein Chef angeschafft. Der ganze Humus da muss weg bis morgen früh.« Suldinger steckte mit einer halbkreisförmigen Armbewegung ein Areal von der Größe eines halben Fußballfelds ab. »Ich frag mich bloß, wo die mit der Raupe bleiben, weil ich mach nur die Bohrlöcher frei. Mit dem Bagger kannst ja keinen Humus abschieben.«

»Eh klar.« Hartinger tat, als hätte er Ahnung von Baumaschinen und deren Einsatzgebieten. Sein Interesse für Suldingers Löcher war geweckt. Reporternase, neugierige, sagte er im Stillen zu sich selbst. Und zu Suldinger: »Wo genau sind jetzt deine Löcher?«

»Ja, da hinten halt, direkt am Fuß vom alten Steinbruch. Siehst ja, wo meine Kettenspuren hingehen.«

Hartinger ließ seinen alten Freund neben seinem Arbeitsgerät stehen und näherte sich den Vertiefungen am Rande des Felsens. Er versank mit seinen Laufschuhen im umgewühlten Morast aus Erde, Gras und Schneeresten, den der Bagger beim Rangieren zusammengemengt hatte. Dann blickte er in vier Löcher, die jeweils cirka zwei auf zwei Meter maßen und auch wohl zwei Meter tief waren.

Suldinger war ihm gefolgt und glotzte ebenfalls in sein

Werk, als sähe er zum ersten Mal ein Baggerloch. »Und da setzen die morgen mit dem Bohrer an und rütteln und scheppern mit Ultraschall-Messgeräten, damit die die Gesteinsschichten aufzeichnen«, erklärte er.

Hartinger erinnerte sich an die Fotos in der Abteilung Erdöl des Deutschen Museums, auf denen Unimogs mit solchen Apparaturen zu sehen waren. »Und wieso muss dann das ganze Areal abgeschoben werden?«

»Weil die Laster und Autos und Ingenieurcontainer und das ganze Glump sonst im Dreck versinken. Da kommt morgen noch eine saubere Kiesschicht drauf, und dann kannst du da mit dem Dreißigtonner drüber. Und außerdem kommt in der nächsten Woche der Ministerpräsident zur Eröffnung der Voruntersuchung. Quasi Anstich. Und der holt sich ungern dreckige Schuhe.«

»Gott mit dir, du Land der Bayern, Heimaterde, Vaterland!«, ätzte Hartinger. »Aber die Tanzschuacherl möchten gefälligst sauber bleiben, und außerdem fahren wir mit dem gepanzerten Siebener bittschön direkt in den Wald.«

In den Löchern lagen Kies und einige kindskopfgroße runde Steine. Dies war das Schwemmland der Loisach, die nur wenige Hundert Meter östlich ihr derzeitiges Bett gefunden hatte.

Im zweiten Baggerloch von rechts fiel Hartinger etwas auf. Seine zwei Jahrzehnte als Polizeireporter hatten seinen Blick für Anomalien geschärft. Er ging in die Hocke, um dann ins Loch zu springen, ehe Suldinger ihn daran hindern konnte.

»Knochen, Tomboy!«, rief er nach oben.

»Ja mei, Knochen find ich praktisch bei jedem Aushub hier im Wald. Da gibt's Viecher, weißt? Die verrecken schon amal.«

»Aber wie groß sind die Viecher, die hier eingehen? Hasen, Füchse, Rehe. Das hier ist ein großer Gelenkknochen. Wie ein Hüftknochen.«

»Auch das Reh geht sich mit einer Hüfte geschmeidiger.« Bei aller Wiedersehensfreude – der Hartinger begann dem Suldinger gehörig auf die Nerven zu gehen. Kam nach zwanzig Jahren aus der Stadt, wurde gleich nach ein paar Wochen in einen Mord an einem Mönch verwickelt, wie man in der Zeitung hatte lesen können, und nun rannte er durch die Gegend und suchte Baggerlöcher nach Knochen ab. »Jetzt raus aus meinem Loch, ich muss weitermachen!«

Hartinger versuchte, den Knochen, der nur wenige Zentimeter unter der Humusschicht im Kies steckte, herauszuziehen. Vergeblich. »Hast eine Schaufel?«

»Raus, hab ich gesagt!«, herrschte der Baggerfahrer seinen Schulfreund an.

Hartinger langte nach oben, um Suldingers Hand zu greifen. Der war beruhigt, dass der Lokalreporter offenbar Ruhe geben und sich aus dem Loch ziehen lassen wollte.

Doch der Hartinger dachte nicht daran, seine eben begonnene Untersuchung einzustellen. Kaum, dass er wieder oben neben dem Loch stand, sagte er zu Suldinger: »Wo ist der Aushub? Da hinten?«

Suldinger hielt ihn an der Schulter fest, aber mit einer Drehung befreite sich Hartinger aus dem Griff und sprang mit einem weiten Satz über das äußere Loch zu dem Aushubhaufen vier Meter weiter links. »Hast jetzt eine Schaufel oder nicht?«

Suldinger wusste, dass Hartinger stur genug war, den Haufen notfalls mit den Händen umzugraben. Ihm eine Schaufel zu geben war die einzige Möglichkeit, ihn schnell loszuwerden. Finden würde er sowieso nichts, da war sich der Suldinger sicher.

Er ging zurück zum Bagger und holte aus einer Klappe eine Schippe mit spitz zulaufendem Blatt.

»Bitte, für den Herrn Reporter. So was schon mal in der Hand gehabt?«

Hartinger begann zu schaufeln. Er setzte das Werkzeug an und stieß es mit dem rechten Fuß in das lockere Kies-Erde-Gemisch. Bereits nach kurzer Zeit ließ er einen halb erfreuten, halb verwunderten Schrei vernehmen.

»Oha!«

Suldinger, der sich die Szene kopfschüttelnd vom Bagger aus angesehen hatte, wo er die Unterbrechung zu einer Kaffee-Bier-Wurstsemmel-Zigarettenpause nutzte, ging zu ihm zurück. »Was oha?«

»Knochen.«

»Mei, Viecher halt. Jetzt lass gut sein und mich weitermachen«, flehte er beinahe. »Gleich kommt die ganze Abteilung mit Raupe und Kieslaster und vielleicht sogar mitsamt dem Chef, und in meinem Aushub stochert ein narrischer Reporter umanada. Des kann ich null brauchen, Gonzo, glaub's mir!«

»Tomboy, das sind Menschenknochen. Ich kenn mich damit aus. Du hörst sofort mit dem Graben auf.«

»Ja, freilich. Und morgen steh ich neben dir auf dem Arbeitsamt und stempel. Nein, danke. Jetzt wird hier ausgehoben.« Suldinger schluckte die Reste seiner Leberkassemmel hinunter und warf das Einwickelpapier auf den Erdhaufen.

»Ich sag's nur ganz ungern. Aber wenn hier Menschenknochen liegen, dann vielleicht wegen eines Verbrechens. Und wenn du dessen Aufklärung behinderst, machst du dich strafbar. Dann steh ich doch allein im Arbeitsamt, weil du – Café Loisach.« Hartinger malte den Teufel überdeutlich an die Wand. Dabei glaubte er selbst nicht, dass sie den Baggerfahrer in den idyllisch am Flussufer gelegenen Knast von Garmisch-Partenkirchen einsperren würden.

»Was soll ich jetzt machen mit dem Schmarrn?« Suldinger war nicht wohl in seiner Haut. »Hast mich sauber neigritten!« Nichtbaggern bedeutete Ärger mit dem Chef, Baggern Ärger mit der Polizei. Und in ein paar Tagen wurde der Ministerpräsident erwartet.

Baggern oder Nichtbaggern – das war hier die Frage. Und die ging über seine Kompetenz hinaus. Er zog das Handy aus der Brusttasche der Latzhose und rief in seiner Firma an.

»Der Chef ist nicht erreichbar, mit seinen Spezln auf Jagdausflug irgendwo im Ammertal«, berichtete er Hartinger, nachdem er diese Auskunft vom Büro erhalten hatte.

»Dann ruf ich jetzt den Bernbacher Ludwig an«, sagte Hartinger und griff sich das Mobiltelefon.

»Gonzo, muss des sein?«, seufzte der Suldinger.

Hartinger nickte nur. Ja, es musste sein.

Karl-Heinz Hartinger wählte die 110 und ließ sich von der Leitstelle mit Garmisch-Partenkirchens oberstem Ordnungshüter Ludwig Bernbacher verbinden.

»Unmöglich. Ich hab den Termin extra reingequetscht. – Verschieben? Wie stellen Sie sich das vor?« Dr. Christoph Kleinschmied blickte verärgert auf den Outlook-Kalender des Ministerpräsidenten auf seinem Computerbildschirm. Dann wandte er sich vom PC ab und fixierte das Kruzifix, das in der gegenüberliegenden Ecke seines Büros hing. »Und dann auch noch wegen so einer Sache! Nee, das können Sie vergessen, Herr Bürgermeister, den Termin am Mittwoch muss ich knicken. Das macht der Chef nicht mit. – Jawohl, knicken, löschen, aus dem Kalender entfernen. Solang diese Geschichte nicht aufgeklärt ist, kann ich mir beim besten Willen nicht vorstellen, dass der Herr Ministerpräsident einen öffentlichen Auftritt bei euch da draußen wahrnimmt. Das baden Sie mal schön selber aus.«

Am anderen Ende der Leitung wurde aufgeregt argumentiert.

»Ja, ich weiß, dass das eine Signalwirkung hätte. – Ja, schon klar. – Mhm, logisch. Tunnelanstich trotz wackeliger Olympiabewerbung, Standfestigkeit der Partei und des Staates demonstrieren … – Ja, Herr Bürgermeister, vollkommen logisch. Nur, wenn ich auch mal was … – Hallo, Herr Meier, ich verstehe Ihre Argumente, aber lassen Sie mich doch bitte …« Dr. Kleinschmied kam gegen den Redeschwall seines Gesprächspartners nicht an. Er musste deutlich werden. »Jetz haldn Se doch aa amaal die Babbn!,« fränkelte er lautstark in den Hörer.

Offenbar zeigte dieser kleine Ausbruch Wirkung. Die Stimme am anderen Ende der Leitung verstummte. Kleinschmied nahm Anlauf.

»Lieber Herr Bürgermeister. Wir wissen Ihr Engagement zu

schätzen. Sehr sogar. Aber bitte trauen Sie uns zu, dass wir selbst am besten beurteilen können, welche öffentlichen Auftritte des Herrn Ministerpräsidenten opportun sind und welche nicht. Und ich sage es jetzt zum allerletzten Mal: Solange die Herkunft der Leichenteile in Garmisch-Partenkirchen nicht geklärt ist, wird sich der Herr Ministerpräsident nicht an diesen Ort begeben. Und schon gar nicht an die Stelle, an der die Leichenteile gefunden wurden. – Wie? – Ja, Herr Bürgermeister, Leichenteile. Auch Knochen sind Leichenteile. – Nein, es sind nicht nur ›so a paar Knöcherl‹, es ist fast das vollständige Skelett eines Menschen ausgegraben worden. – Und auf dessen Grab wollen Sie den Herrn Ministerpräsidenten auftreten lassen?«

Am anderen Ende der Leitung wurde es wieder lebhafter.

»Ja, Herr Bürgermeister, ich sehe zu, was sich machen lässt. Die erste Lücke, die sich im Kalender auftut, reserviere ich Ihnen. Aber erst, wenn … – Nein, jetzt noch nicht! – Auch keinen Bleistifttermin. Bekommen Sie erst einmal Ihre Knochen entsorgt. – Freitag? Okay, wenn Sie mir bis Freitagmittag Entwarnung geben können, lassen wir's bei Mittwoch. – Ja, versprochen. – Auf Wiederhören, Herr Meier.«

Dr. Christoph Kleinschmied war heilfroh, den lästigen Anrufer endlich losgeworden zu sein. Von allen nach Aufmerksamkeit geifernden Provinzbürgermeistern war dieser Meier der Schlimmste. Kleinschmied verstand ja, dass er den Ministerpräsidenten unbedingt bei der Eröffnung der Tunnelbaustelle dabeihaben wollte. Ach was, es war ja gerade mal die Voruntersuchung. Aber es war vollkommen in Ordnung, wenn er schon das als Anlass nahm, in seinem Hoheitsgebiet sich selbst, die Partei und den Ministerpräsidenten ins rechte Licht zu rücken. Die Macht der Partei bröckelte an so vielen Enden, da war eine stabile Mehrheit im Fremdenverkehrsort Nummer eins durchaus etwas wert. Nur, unter den gegebenen Umständen war ein Besuch des Ministerpräsidenten ausgeschlossen. Und es war fraglich, ob es später noch zu diesem Fototermin kommen würde. Wenn die Olympiabewerbung im

Sommer platzte, würden auch nicht die Milliarden für den Ausbau der Verkehrswege nach Garmisch-Partenkirchen fließen. Das war vollkommen klar. Und dann würde es ganz gut sein, wenn es keine Fotos und TV-Bilder davon gab, wie der Chef sich für einen Tunnel einsetzte, der nie gebaut werden würde.

Eigentlich hätte etwas Besseres als dieser Knochenfund gar nicht passieren können.

Der persönliche Referent rieb sich die Hände. Dann warf er einen dankbaren Blick in Richtung Herrgottswinkel und lächelte. Nun musste er auch nicht mehr die Rede schreiben, deren Vorlage beim Chef schon seit zwei Tagen überfällig war.

Karl-Heinz Hartinger saß an dem kleinen Katzentisch, den sie ihm in der Redaktion des Garmisch-Partenkirchner Tagblatts eingerichtet hatten. Er konnte darauf gerade einmal seine Kameratasche und eine Tasse Kaffee abstellen. Der picklige Praktikant hatte doppelt so viel Platz. Den brauchte er auch, denn er stopfte sich im Fünfminutentakt Snickers in den Hals.

Hartinger war stets darauf bedacht, dass sich seine Anwesenheit in den engen Redaktionsräumen so kurz wie möglich gestaltete. Terminzettel von der Pinnwand nehmen, mit den Redakteuren noch einmal kurz die einzelnen Einsätze besprechen, Post durchgehen – das meiste waren Werbebriefe für Social-Media- und Interview-Seminare – und dann raus in das wahre Leben der Gemeinde Garmisch-Partenkirchen. Dort durfte er dann Schecküberreichungen, Waschstraßeneröffnungen, Verkehrsunfälle und immer wieder die zahlreichen öffentlichen Auftritte des Ersten Bürgermeisters Hans Wilhelm Meier dokumentieren.

Auf zwanzig Euro pro Foto hatten sie ihn mittlerweile gedrückt. Vor einem Jahr waren es noch fünfunddreißig gewesen. Die Finanzkrise hatte die schlummernde Medienkrise wieder geweckt, und der Verlag musste sparen. Fünfunddreißig Euro gab es nur noch für Fotos, die es über die Garmisch-Partenkirchen-Ausgabe hinaus in den Bayernteil des Blatts schafften. Das war vielleicht zwei-, dreimal im Monat der Fall, wenn im Olympiaort unter der Zugspitze Dinge von überregionaler Bedeutung geschahen.

Daher hatte sich Hartinger in den letzten Monaten auch wieder stärker aufs Texten verlegt. Schließlich hatte er zwanzig Jahre als Polizeireporter in München gearbeitet und war eigentlich gar kein Fotograf. Er suchte sich die Geschichten aus, die Spaß machten, die menschelten. Mit aktueller Berichterstattung wollte er als Schreiber gar nichts zu tun haben. Da reichten ihm die Fotojobs vollauf aus.

Er porträtierte lieber Menschen aus Garmisch-Partenkirchen, die Besonderes taten und leisteten. Den Mann, der die Burgruine Werdenfels mit privatem Einsatz erhielt, die Frau, die sich immer noch als Bodybuilderin – eine der Letzen ihrer Art – den Busen flach und die Oberschenkel rund trainierte. Diese Geschichten brachten dann meist achtzig Euro, denn sie waren mit zwei Fotos versehen, und für den Text hatte er vierzig Euro Pauschale ausgehandelt. Natürlich musste er für diese achtzig Euro jemanden stundenlang interviewen und fotografieren und anschließend einen Artikel verfassen. Ein Stundenlohn von fünfzehn Euro war der Schnitt.

Eine Alternative hatte Hartinger derzeit nicht, aber er plante, seine Leute-Geschichten aus Garmisch-Partenkirchen irgendwann als E-Book herauszugeben. Damit konnte er vielleicht ein paar Kröten nachträglich einnehmen.

Auch an diesem Tag standen die üblichen Aufträge auf den Terminzetteln unter seinem Namen an der Pinnwand. Er warf einen Blick in die Spalte des Kollegen Meerbusch, aber der hatte auch nur Schrott bekommen. Es tat sich nichts Besonderes im Tal, und die Geschichte mit den Knochen vom Vortag musste erst einmal ihren Weg gehen.

Eine halbe Stunde, nachdem Hartinger Ludwig Bernbacher alarmiert hatte, war der mit drei seiner POMs vor Ort in der Breitenau eingetrudelt. Eile hatte man nicht an den Tag zu legen brauchen, denn Knochen konnten nicht weglaufen. So schwer es Bernbacher auch gefallen war, er hatte dem Hartinger recht geben müssen. Das konnten schon Menschenknochen sein, auch wenn noch nichts ganz Typisches gefunden worden war. Ein Schädel, zum Beispiel. Aber Bernbacher hatte der Fund eines Oberschenkelknochens und einiger kleinerer Knöchelchen, die wie Finger aussahen, genügt, um die Baggerarbeiten einstellen und das Gelände mit den rot-weißen Bändern abflattern zu lassen. Dann hatte er die Kriminaler in Weilheim angerufen, denn die hatten eine Spurensicherung.

Seitdem hatte Hartinger von der Sache nichts mehr gehört. Natürlich war er sofort von Bernbacher des Platzes verwiesen worden, und am Nachmittag hatte er sich in der Polizeiinspektion in der Münchner Straße zur Aufnahme eines Protokolls einfinden müssen. Dieses Mal war Hartinger wenigstens kein Verdächtiger. Das Protokoll aufzunehmen hatte keine halbe Stunde gedauert, danach konnte er wieder gehen.

Schnurstracks war er mit dem alten 740er Volvo, den er sich für den Winter besorgt hatte, hinaus an den Herrgottschrofen gefahren. Er hatte sehen wollen, was die Polizisten aus Weilheim in den letzten Stunden ausgegraben hatten.

Tatsächlich glich die Wiese mittlerweile einem frisch umgegrabenen Kartoffelacker. Das, was Suldinger nicht geschafft hatte, hatten zwei Raupen erledigt. Die gesamte Humusschicht lag abgetragen auf einem riesigen Haufen.

Die Spurensicherer in ihren weißen Overalls standen indes allesamt hinten rings um die Aushublöcher, in denen Hartinger die Knochen entdeckt hatte. So hatte Hartinger unbemerkt das rot-weiße Flatterband übersteigen können.

Er hatte unter den Spurensuchern deren Chef Hans Rottal ausgemacht, den er von mehreren Einsätzen im Süden Münchens her kannte. Der hatte ihm beschieden, dass es unmöglich sei, mit dem wenigen Personal, das ihm zur Verfügung stand, die gesamte Fläche abzusuchen. Darum konzentrierten sich seine Männer auf die unmittelbare Umgebung des Knochenfundes. Ein halbes Skelett hätten sie bereits freigelegt. Rottal hatte Hartinger die Knochen gezeigt, die sie fein säuberlich auf ein Tuch gelegt hatten, und zwar so, dass sich tatsächlich ein menschliches Skelett daraus ergab. Die Person sei schon ziemlich lange tot, das zumindest hatte Rottal sagen können.

Hartinger gefiel gar nicht, dass die Baumaschinen das ganze Areal zusammengeschoben hatten. Sofort vermutete er Verschleierungsabsichten. Bald würden Radlader den Humus auf große Laster schaffen und ihn irgendwo deponieren. Hatte jemand zu größerer Eile angetrieben, dass man gleich mit zwei Raupen planierte? Gab es jemanden, der verhindern wollte, dass noch mehr Knochen gefunden wurden?

Er hatte da einen Verdacht. Bei dem, was Suldinger erzählt hatte, würde das, was hier am Mittwoch über die Bühne gehen sollte, ein großer Event werden, und das, obwohl es sich nicht um eine Tunneleröffnung handelte, nicht mal um die Tunnel*bau*eröffnung. Sondern nur, so hatte Suldinger es ausgedrückt, um die »Eröffnung der Voruntersuchung«.

Und dafür kam der bayerische Ministerpräsident her. Um zu feiern, dass man untersuchen wollte, ob an dieser Stelle vielleicht möglicherweise unter Umständen irgendwann mal ein Tunnel gebaut werden sollte oder nicht. Eigentlich Irrsinn!

Dennoch wollte sich Bürgermeister Hans Meier die Gelegenheit, dem Herrn Landesvater vor den Kameras der versammelten bayerischen Presse die Hand zu schütteln, nicht verderben lassen.

Während Hartinger seine Fototermine in den Kalender des Handys übertrug, überlegte er, wann er wohl Tomboy Suldinger am besten unter vier Augen erwischen konnte. Er musste in Erfahrung bringen, ob nach dem Knochenfund ein Befehl zum beschleunigten Baggern ergangen war. Und wenn ja, wer ihn erteilt hatte.

»Vergiss es, Gonzo. Ich will doch nicht meinen Job verlieren.« Thomas Suldinger schüttelte den Kopf. »Ich bin Baggerführer. Das ist ein anständiger Beruf. Und kein Geheimagent oder Zivilbulle. Der Mann sorgt dafür, dass ich meine Miete zahlen kann und dass meine Schrazen nicht verhungern! Basta!« Er leerte die Halbe mit einem langen Zug und knallte das Glas auf den Bierfilz. Damit war klar: Thomas Suldinger hatte »basta« nicht nur gesagt, sondern auch gemeint.

»Ehrt dich ja, Tomboy, deine Solidarität mit deinem Chef. Aber da ist was faul an der Knochensache, das hab ich im Urin. Und du weißt, darauf ist Verlass.«

Suldinger beugte sich weit über den Tisch und flüsterte: »Ja, ja, Verlass. Du hast leicht reden, Gonzo. Wenn sie dich hier erneut rausschmeißen, so wie damals, gehst du halt wieder weg aus dem Ort. Aber ich? Ich bin hier angehängt. Wenn ich beim Brechtl untendurch bin, dann krieg ich auch woanders keinen Job mehr. Nicht amal bei der Gemeinde. Und die nehmen sonst jeden. Aber der Brechtl hat seine Finger überall drin. Der macht dich alle, wenn er will. Zumindest mich. Und du solltest auch aufpassen. Der schaltet genug Anzeigen im Tagblatt, dass er auch bei denen ein Wörterl mitzureden hat.«

Auch wenn der Suldinger seinen Unterhalt »nur« mit Erdbewegungen verdiente, so wusste er offenbar doch, wie der Hase in Garmisch-Partenkirchen lief. Wahrscheinlich wusste einer, der sein Leben auf Baustellen und in Kneipen verbrachte, sogar mehr als ein erst kürzlich wieder zurückgekehrter Lokalreporter.

»Ja, aber a bissl rumhorchen, des wird doch möglich sein, Tomboy«, drängte Hartinger.

»Ich hab's schon gesagt – nein und nochmals nein. Ich setz mich in den Bagger und schaufel das weg, was mir mein Chef sagt. Und damit reicht's. – Svetlana, noch eine Halbe auf dem Herrn Hartinger seinen Deckel!«

Die platinblonde Weißrussin, die die Eisstockhütte hinter dem Kainzenbad betrieb, hatte vorauseilend bereits das Bier gezapft. Sie stakste auf ihren Stilettos um die Theke herum, stellte das Glas auf Suldingers Untersetzer und machte auf Hartingers Deckel einen Strich. Währenddessen sah sie ihn mit einer Spur zu wasserblauen Augen an, die zwischen den angeklebten Wimpern herausleuchteten. »Und für Monsieur? Auch noch Halbe?«

»Ja, aber ab jetzt bleifrei, Mademoiselle«, flirtete Hartinger zurück, nachdem sein Blick wieder aus den Tiefen von Svetlanas beeindruckendem Dekolleté emporgetaucht war.

Svetlana tänzelte wieder hinter ihren Tresen, um Hartingers Bleifreies einzuschenken. Suldinger lehnte sich über den Tisch und kam mit seinem Schnauzbart ganz dicht an Hartingers Ohr heran. »Des kannst auch vergessen, Gonzo. Scharfes Gerät, ohne Frage. Aber da hat auch der Bagger-Toni seine Hand drauf.«

»Und seine Finger drin?«, witzelte Hartinger.

»Des darfst aber glauben. Der Brechtl lässt nix anbrennen. So einen Kracher wie die Svetlana holt der schon mal mit seinem Jeep ab und fährt mit ihr in die Hütte an der Loisach.«

»Flüstern ist Lügen!«, unterbrach das Objekt der Männerunterhaltung dieselbige.

»Passt scho, Svetlana. Es geht ausnahmsweise nicht um deinen süßen Hintern«, log Suldinger.

»Um was dann? Fund von Knochen? Hat Toni mir alles erzählt. Ist altes Zeug. Nächste Woche wird weitergebohrt.«

Hartinger sah sich die Eisstockhüttenbetreiberin genau an. Sie war die Informationsquelle, an die er herankommen musste. Machte mit ihr bestimmt auch mehr Spaß als mit dem eingeschüchterten Suldinger. Nur würde er es mit dem tollen Jeep oder gar dem Hubschrauber des reichen Bauunternehmers Anton Brechtl, der im Tal nur Bagger-Toni genannt wurde, schwer aufnehmen können. Er musste eine andere Karte ausspielen.

»Wo wir gerade davon reden, Tomboy, also vom Thema Hintern«, sagte er so laut, dass es auch die Gäste draußen vor der Hütte hören konnten, die auf dem Eisstockplatz bereits auf Asphalt schossen. »Ich hab doch den Typen von der BILD-Zeitung kennengelernt. Der macht jetzt die Seite-eins-Mädels und sucht ständig nach guten Figuren mit guten Geschichten, wie er sagt. Ich kann ihm da jederzeit Probeaufnahmen schicken, meint er. Fällt dir da nicht jemand aus dem Ort ein? Du, da haben schon manche einen fetten Vertrag mit einer Modelagentur bekommen, nachdem sie da vorn drauf waren.«

Hartinger hatte zwar schon läuten hören, dass die Seiteeins-Girls der Verlegerin schon seit einiger Zeit ein Dorn im Auge waren, doch solange die Mädels noch jeden Tag ihre Vorzüge auf Europas größter Tageszeitung darboten, konnte er Svetlana sicherlich damit ködern, und tatsächlich konnte er förmlich sehen, wie ihr die Ohren aus der Achtzigerjahre-Dauerwelle wuchsen.

Der Baggerfahrer Thomas Suldinger wusste im Moment nicht, wieso gerade er für ein Modelcasting qualifiziert sein sollte, und schaute Hartinger mit großen Augen an. Er grübelte ein bisschen und sagte: »Mei, da drüben in der Auenstraß, wo ich aufgewachsen bin in den Sozialwohnungen, da rennt schon so junges Zeugsl umananda, da musst mal an Zettel aufhängen.«

Svetlana schnappte nach dem von Hartinger ausgeworfenen Köder wie eine Forelle nach der Fliege des Fischers. Sie kam um die Theke herumgestöckelt und reckte ihren Vorbau noch steiler in Richtung Hartinger. »Habe gemodelt viel und gut zu Hause in Belarus.«

»Ah, geh weiter, hab ich mir doch gleich gedacht, dass Sie Künstlerin sind, Mademoiselle«, stieg Hartinger ein. »Hätte mich natürlich nicht getraut zu fragen, weil Sie als erfolgreiche Gastronomin und Unternehmerin, Sie hätten doch für Probeaufnahmen gar keine Zeit, hab ich mir gedacht. Und dann für die Shootings, da müssen Sie ja nach Berlin fliegen, das dauert ja dann immer zwei, drei Tage im Hotel Adlon, wo die das immer machen.«

»Null Problem. Habe ich gelernt delegieren. Wenn ich nicht da, meine Schwägerin schmeißt Laden. Null Problem, Monsieur.« Sie stellte das alkoholfreie Bier vor Hartinger ab und beugte sich dabei ganz tief nach vorn. Damit dies möglichst lange dauerte, schrieb Svetlana »1 alcohol freies« auf den Deckel, anstatt wie üblich einen kurzen Strich an den Rand zu machen.

Hartinger konnte ihr bis zum Bauchnabel schauen. Und das tat er auch. Dort drunten glaubte er ein Piercing funkeln zu sehen. »Ja, wenn das so ist, dann hat sich mein Besuch in diesem Etablissement ja wieder voll gelohnt.« Er strahlte zufrieden, während er immer noch mit den Augen im Ausschnitt der Eisstockhüttenwirtin spazieren ging. »Ich bin ganz sicher, dass ich heut einen aufgehenden Stern entdeckt hab.« Damit zwinkerte er seinem Spezl zu.

Tomboy Suldinger ließ das Kinn auf die Brust sinken und schüttelte den Kopf. Nachdem er am Vortag schon nicht die Entdeckung der Knochen durch den Hartinger hatte verhindern können, hatte er den alten Schulfreund nun auch nicht vom Gschpusi seines Chefs fernhalten können. Wenn das der Bagger-Toni erfuhr, konnte sich der Suldinger einglasen lassen.

Er leerte die Halbe in einem Zug und orderte mit einem kurzen Befehl die nächste, bevor Svetlana noch mit einem Bandscheibenvorfall über den Tisch sank.

»Schön, dass der oberste Polizist in meinem Landl dann doch a bissl Zeit für mich hat!«

Hauptkommissar Ludwig Bernbacher hatte gleich ein schlechtes Gefühl gehabt, als er das Klingeln des Telefons verpasst hatte und dieses schon eine Minute später mit der gleichen Penetranz erneut einen Anrufer vermeldete. Das Display hatte seine schlimmsten Befürchtungen bestätigt.

»Ludwig, hamma schon was Neues?«, legte der Bürgermeister los, ohne dass Bernbacher erklären konnte, warum er nicht gleich hatte abnehmen können.

»Äh … neu? Was meinst jetzt konkret, Hansi?«

»In der Knochensache. Haben die Münchner irgendwelche Ergebnisse verlautbart?«

»Ah, woher! Das schieben die auf die lange Bank. Sind ja alte Knochen. Also, nicht die Münchner, die Knochen halt. In der Gerichtsmedizin haben die frischen Leichen Vorrang. Das kann dauern.«

»Ist auch gut so. Die sollen sich nur Zeit lassen. Aber ein erstes schnelles Vorabergebnis brauch ich. Verstehst, Ludwig?«

Bernbacher grübelte. Die Logik des Bürgermeisters erschloss sich ihm nicht auf Anhieb.

Der Bürgermeister unterbrach das Schweigen. »Also, dann pass auf. Wir müssen bis morgen Mittag wissen, wer die Leiche ist, sonst kommt der Ministerpräsident am Mittwoch nicht.«

Bernbacher hielt das für eine gute Nachricht. Wenn der Ministerpräsident nicht anrauschte, hätte er am Mittwoch auch keinen Großeinsatz zu leiten. Das würde die Überstunden- wie auch die Wohlfühl-Situation seiner Beamten und seiner selbst deutlich verbessern. »Ja, mei, Hansi. Dann schau ich, dass ich denen in München Dampf mach«, versprach er lauwarm.

»Ja, aber nur, wenn es ein – sagen wir mal – erträgliches Ergebnis ist«, beschwor ihn der Bürgermeister.

»Wie soll ich das machen? Ich untersuch die Boandln ja ned.« Ludwig Bernbacher hatte sich an die unlösbaren Aufgaben, die sein Bürgermeister regelmäßig an ihn herantrug, gewöhnt. Aber ein Gutachten der Gerichtsmedizin in München zu beeinflussen …

»Ja, ich mein, Ludwig, wir müssen halt schauen. Also, *du* musst schauen, und zwar, wann was veröffentlicht wird. Verstehst? Quasi Güterabwägung.«

Bernbacher glotzte aus seinem Bürofenster hinaus auf die mit morgendlichem Pendlerverkehr angefüllte B2. Könnte er doch nur in seinen silbernen Passat steigen und nach rechts auf die Autobahn fahren. Und von dort aus immer weiter, vielleicht hinter München auf die A9 Richtung Berlin und irgendwo vor der Hauptstadt rechts und an ihr vorbei ins märkische Niemandsland. Untertauchen, wo ihn keiner kannte. Einfach weit, weit weg von Garmisch-Partenkirchen das Wochenende und vielleicht auch noch die kommende Woche verbringen.

»Welche Güter, Hansi? Bitte konkret. Du weißt: ich mittlere

Reife, du Jurastudium.« Das Adjektiv »abgebrochenes« hatte Bernbacher wohlweislich verschluckt.

»Mei, Ludwig, das ist doch wirklich keine Quantenmechanik! Wenn der Befund irgendwie schlecht ist für uns, das heißt, wenn der Befund ergibt, dass wer etwas mit dem Skelett gemacht hat, was den Ministerpräsidenten abhalten könnte zu kommen … Also als das Skelett, du verstehst, noch ein Mensch war, und wenn man diesen Menschen brutal … Also was weiß ich, was da passiert ist. Dann sieht man das ja, und dann kommt der Ministerpräsident vielleicht nie nicht. Wenn aber die Untersuchung bis morgen Mittag ohne Ergebnis bleiben sollte, kommt er ganz sicher nicht, zumindest nicht am Mittwoch.«

Ludwig Bernbacher hatte aus dem Gestoibere des Bürgermeisters endlich die richtigen Schlüsse gezogen. »Verstehe, Hansi. Wir wollen am Freitagmittag ein Ergebnis, das besagt, dass die Knochen da schon seit ewigen Zeiten liegen und auch ohne irgendeinen verbrecherischen Hintergrund.«

»Ganz genau. Perfekt. Ein Mann wie du, der die kompliziertesten Sachverhalte in das präzise Amtsdeutsch eines Polizeiprotokolls zu gießen gelernt hat, kann so etwas mit einem einzigen klaren Satz ausdrücken!«, schleimte der Bürgermeister.

»Ich weiß halt immer noch nicht, wie ich's anstellen soll, Hansi, aber …«

»Mach dir nicht zu viele Sorgen, die werden schon nix finden. Und das bitte bis Freitag. Bitte umgehende Information, wenn irgendwas aus München kommt.«

»Eh klar, Hansi«, sagte Bernbacher in die bereits tote Leitung. Der Bürgermeister hatte nach seinem Befehl einfach aufgelegt.

Bernbacher war sich sicher, dass Meier seine Verbindungen über die Partei ins Innenministerium und von dort zum Landeskriminalamt spielen lassen würde, um die Untersuchung zumindest zu beschleunigen. Dass er an deren Ergebnis drehen konnte, traute er ihm nicht zu. Aber seine Kontakte in

München würden dem Bürgermeister auch berichten können, ob sich Bernbacher dort wie versprochen gemeldet hatte. Also musste er wohl oder übel in der Gerichtsmedizin anrufen.

Er hoffte, dass es in dieser Woche genug ungeklärte Todesfälle in der großen Stadt und im Freistaat gegeben hatte, sodass die »Garmischer Baggerleiche«, wie die Boulevardpresse das Skelett einfühlsam getauft hatte, erst am Montag auf den Edelstahltischen in der Nußbaumstraße landete.

Hartinger konnte am besten während des Laufens denken. Nachdem die lange Tour, seine große Ortsrunde, vor zwei Tagen durch den Knochenfund unterbrochen worden war, war es am frühen Donnerstagabend wieder an der Zeit, in die schnellen Schuhe zu steigen. Nebenbei könnte er hinten beim Herrgottschrofen nach dem Rechten sehen. Wenn er es so weit schaffte.

Er entschied, bis zur Bayern-Halle mit dem Fahrrad zu fahren. Dann konnte er den Kramerplateauweg entlangrennen und würde auf diesem, auch wieder laufend, zurückkommen. Er hätte natürlich auch eine seiner anderen Strecken nehmen können, doch der Knochenfund beschäftigte ihn einfach zu sehr. Er war von der Natur mit vielem ausgestattet worden, mit knapp zwei Metern Körpergröße, zwei Zentnern Körpergewicht und auch mit ein bisschen Hirn. Aber bei der Verteilung der Geduld hatte Karl-Heinz Hartinger nicht laut genug »hier« gebrüllt.

Während er auf dem Bett seiner Dachkammer in der Dreitorspitzstraße saß, um die Schuhe zu schnüren, dachte er darüber nach, was ihm der Suldinger Thomas am Abend zuvor in der Eisstockhütte gesteckt hatte. Dass es der Bagger-Toni, der Brechtl, zusammen mit dem Gruber Veit in einer Jagdhütte des schwerreichen Baron von Storck ordentlich krachen ließ. Der Brechtl und der Gruber – eine Combo wie geschaffen füreinander, dachte Hartinger, als er die Treppen in dem kleinen Haus der Witwe Schnitzenbaumer hinabstieg und sich sein

Radl hinter dem Anbau holte. Würde man die beiden Männer in einem Roman beschreiben, würden wohl auch gut meinende Kritiker das Prädikat »Holzschnitt« vergeben. Und das zu Recht. Aber die zwei waren halt genau so, wie man sich einen reichen oberbayerischen Bau-, Fuhr- und Entsorgungsunternehmer und seinen besten Spezl, einen Großgrundbesitzer und Tourismusunternehmer mit gschpinnerten Ideen, landläufig vorstellte.

Der Brechtl hatte ein Vermögen mit dem gemacht, was andere Leute wegwarfen. Und mit dem, was sie ausschieden. Fäkalien hatte er mit seinen Pumpwagen aus den Versitzgruben der Garmisch-Partenkirchner geholt. Am Anfang mit einem gebrauchten Scheißelaster, den er sich vom zusammengeschnorrten Geld gekauft hatte, dann bald mit einer wachsenden Truppe von Mitarbeitern, die seine Flotte manövrierten.

Die runden Trommeln seiner übel riechenden Trucks zierte nicht wie andernorts ein verschämtes Logo, sondern sein eigenes Konterfei in Überlebensgröße. In einer Sprechblase war sein selbst gedichteter Slogan zu lesen: »Ob kalt, ob heiß – ich kümmer mich um jeden Scheiß!« Auf diese Weise ganzjährige und persönliche Einsatzbereitschaft signalisierend, war Noboby Brechtl schnell zur lokalen Berühmtheit aufgestiegen. Brechtl war einer, der zu seinen niederen Diensten stand. Und prächtig daran verdiente.

Als in den Siebzigern und Achtzigern der Siegeszug der Kanalisation auch den Südrand der Republik erreichte, verkaufte Brechtl seine Laster und schaffte sich einige Raupen und Bagger an, die ihm schließlich zu seinem ortsbekannten Spitznamen verhalfen. Mit diesen Geräten verlegte er die Rohre, die ihm sein angestammtes Saug- und Pumpgeschäft ruiniert hatten. Die ausufernde Bautätigkeit im Talkessel vergrößerte mit jedem neuen Haus und jedem Meter Kanal sein Vermögen.

Bald stieg er auch in das Abrisswesen ein. Und in den Hochbau. Und da er immer als Erster wusste, wo eines der schönen alten Häuser Garmisch-Partenkirchens abgerissen werden sollte, damit darauf eine neue Anlage mit Eigentumswohnungen hochgezogen werden konnte, war es zudem ein Leichtes für ihn, in den Immobilienmarkt einzusteigen, wo ja frühzeitige Information die eigentliche Ware war. Anders als die übrigen Haie dieses Gewerbes musste er sich dazu nicht in den Gemeinderat wählen lassen und Mitglied im Bauausschuss werden. Endlose Nachtsitzungen im Rathaus blieben ihm erspart. Eine Tatsache, die ihm sehr bei der Ausübung seines Hobbys zugutekam: Der Brechtl Toni war seit frühester Jugend fanatischer Jäger und saß lieber in der Abend- und Morgendämmerung auf einem Hochstand als auf einem Sitzungsstuhl.

Schließlich entstand in den Achtzigern ein richtiger kleiner Konzern, als der Wohlstandsmüll zum Rohstoff erklärt wurde und die Deutschen ihre alte Liebe zur Separation des Wertvollen vom Unwerten im Abfalltrennwesen endlich wieder ausleben konnten. Brechtl baute in Absprache mit der Gemeinde eine Vorzeigemülltrennstation in einem ehemaligen Naturschutzgebiet. Einige gewonnene Plastik-, Papp- und Papierkriege gegen die von außen in den Talkessel drängende Konkurrenz später war Brechtl der unangefochtene Müllkönig des Landkreises. Da für viele Müllsorten bei der Annahme wie bei der Weitergabe vollkommen legal Geld an ihn floss, fand er dieses Business schöner als Gelddrucken.

Er war gern gesehener Gast an allen Stammtischen in beiden Ortsteilen und spendete großzügig sämtlichen wohl- und untätigen Organisationen, von Sportvereinen bis zur Feuerwehr. Bei der Pflege der politischen Landschaft war er auf wohltuende Weise farbenblind. Er kannte eh nur zwei politische Richtungen. Die eine war gegen, die andere für ihn. Und die eine unterstützte er über die Grenze des Nichtmeldepflichtigen hinaus.

Kurzum: Ohne den Bagger-Toni lief nichts am Ort. Toni Brechtl führte das selbstbewusste Leben eines Selfmade-Millionärs amerikanischen Zuschnitts. Jeder sollte wissen, dass es ihm gut ging. Dafür hatte er sein Leben lang viel Scheißdreck bewegt, wie er nicht müde wurde zu betonen.

Ganz anders Veit Gruber. Dessen Vermögen war ererbt. Und es schien ihm zwischen den Fingern zu zerrinnen. Natürlich ließ er nach wie vor im Ort den großen Max raushängen. Doch längst hatte er von italienischen auf bescheidenere bayerische Autofabrikate umgestellt – dem Rücken wegen, wie er immer wieder sagte –, aber ein M oder ein S musste schon vor der Typenbezeichnung stehen.

Er schmiss Runde um Runde im John's Club und versuchte dort, die mittlerweile halb so alten Damen abzuschleppen. Ab und zu gelang ihm das sogar, doch hätte jemand darüber Buch geführt, wäre deutlich geworden, dass dies, wenn überhaupt, nur noch zwischen Silvester und Dreikönig passierte, wenn die naturbrandigen Hol- und Rheinländerinnen, die in Ischgl kein Zimmer mehr bekommen hatten, Garmisch-Partenkirchen unsicher machten.

Was Gruber nicht wusste, war, dass durchaus jemand eine Statistik erstellte über seine Eskapaden: seine Frau Elfie, die die Stunden bis zur Eröffnung des Scheidungsverfahrens zählte.

Geschäftlich lief es noch schlechter als geschlechtlich. Grubers ererbter Wald war ein Minusgeschäft, seine in B-Lagen überteuert angeschafften Gewerbeimmobilien zeichneten sich immer öfter durch Leerstände aus, und was seine Gastronomiebetriebe erwirtschafteten, betrogen ihm die Saisonangestellten unterm Hintern weg. Er dachte sich immer wieder neue Megakonzepte aus, bei denen er sich regelmäßig im Größenwahn verrannte. Doch mehr als ein Kletterwald war dabei noch nicht herausgekommen.

Dass die beiden Geschäftsleute zusammen auf die Jagd nach Rotwild und offenbar auch nach zweibeinigen Rehlein gingen, wunderte Hartinger nicht. Schon eher, dass der Baron von Storck angeblich auch mit von der Partie war. Das konnte man sich eigentlich nicht vorstellen. Der angesehene Bankier, einer alten Familie entstammend, lebte komplett zurückgezogen. In der Klatschpresse tauchte er nicht auf. Nur ab und an, wenn er eine königstreue bayerische Splitterpartei mit einer meldepflichtigen Spende bedachte, erschien er in einem Einspalter auf den Politik- und Wirtschaftsseiten der Tageszeitungen unter der Rubrik »Unsere lustigen Milliardäre«.

Es war bekannt, dass er ganze Hochtäler mit herzerweichend schönen Seen in den Ammergauer Bergen sein Eigen nannte. Nur das in der Bayerischen Verfassung festgehaltene Jedermannsrecht zur Naturbetretung hielt ihn davon ab, diese Besitztümer für die Öffentlichkeit komplett sperren zu lassen. Wie sein entfernter und längst verblichener Verwandter, der berühmte König, hielt er sich wohl am liebsten in seiner eigenen Bergwelt auf.

Und da sollten die krachledernen Krawallbrüder Brechtl und Gruber ein- und ausgehen? Hartinger musste darüber unbedingt mehr erfahren. Auch wenn das mit alten Knochen nichts zu tun hatte. Aber wer konnte sagen, welche Story sich dahinter verbarg? Warf er Tomboy Suldingers Andeutung und Svetlanas Talente in einen Topf und rührte mit dem großen Spekulationslöffel um, kam er zu dem Ergebnis, dass es in den Jagdhütten deftig zuging. Hartinger musste sich unbedingt an diese Zeugin heranmachen.

Mit diesem Gedanken – sowie einigen weiteren, die sich vorwiegend mit Svetlanas hervorstechendsten Merkmalen und den hoffentlich bald anstehenden Probeaufnahmen beschäftigten – erreichte Hartinger das ehemalige Garmischer Brauereigelände, auf dem nun die Tigerbrauerei aus München volle und leere Flaschen lagerte. Dort stand auch die Bayern-Halle, in der größere Trachtenevents stattfanden. Links der Halle führte ein Weg nach oben zum Kramerplateau.

Hartinger kettete sein Fahrrad an ein Verkehrsschild und war ein kleines bisschen stolz auf sich. Er war tatsächlich am Bräustüberl vorbeigefahren, ohne einen Zwischenstopp einzulegen. Vor einem Jahr, als er mit dem Laufen angefangen hatte, hätte er sich dort noch eine Halbe zum Auflockern der Muskeln genehmigt. Drei Halbe später hätte er dann den Lauf auf den nächsten Tag verschoben. Das war jetzt alles kein

Thema mehr. Hartinger hatte in den vergangenen zwölf Monaten ein großes Stück Wegs hinter sich gebracht.

Er dehnte seine Waden und joggte den steilen Anstieg locker hinauf. Fünf Minuten später hatte er die Höhe erreicht, auf der sich der Kramerplateauweg über die Westseite des Tales erstreckte. Er liebte diesen Weg. Für Mountainbiker war er gesperrt, und die meisten Einheimischen hielten sich sogar daran. Er war breit genug, um an den langsamen Pensionären vorbeijoggen zu können, ohne diese dadurch zu erschrecken. Nur ab und zu galt es, einen Zwillingskinderwagen durch einen Schritt ins Gras zu umspringen.

Hartinger dachte weiter nach. Der Anblick der Knochen in Suldingers Baggerlöchern ließ ihn nicht los. Dass die ausgerechnet bei der Vorbereitung des umstrittenen Tunnels aufgetaucht waren, war schon ein spaßiger Zufall. Wollte vielleicht einer, dass das Gebiet für weitere Arbeiten gesperrt würde?

Sicher, es gab unzählige Gegner des Tunnelbaus. Die einen, Naturschützer selbstredend, wollten gar keinen Tunnel, die anderen wollten andere Trassen. Das war immer so bei derlei Projekten. Hartinger wusste, dass das Thema »Tunnelumfahrungen des Talkessels« schon im Ort gebrodelt hatte, als er diesen vor über zwanzig Jahren in Nacht und Nebel hatte verlassen müssen. Und in all der Zeit hatte sich nichts getan.

Die Farchanter, im Dorf vor der Olympiagemeinde beheimatet, hatten so lange die Straße blockiert, bis sie einen Tunnel bekommen hatten. Die Oberammergauer hatten schon seit langer Zeit eine breite Umgehungsstraße. Ein Amigo aus ihren Reihen hatte vor bald zwanzig Jahren den Ministerpräsidenten beerbt und setzte prompt die Entlastungsstraße für seine Heimatgemeide durch. Nur die Garmischer und Partenkirchner hatten sich so lange darüber gestritten, ob sie nun einen, zwei oder gar keinen Tunnel brauchten, bis aufgrund der Ebbe in den Kassen eine Finanzierung solcher Mammutbauten nur noch bei erhöhtem öffentlichem Interesse sichergestellt war.

Ein solches wäre die Vergabe der Olympischen Spiele nach

München und Garmisch-Partenkirchen. Und daher wurden nun, wenige Monate vor dem alles entscheidenden Termin, Tatsachen geschaffen. Erprobungstunnel wurden in Berge getrieben. Damit jeder sehen konnte: Wir glauben fest an Olympia in Bayern. Auch wenn die Südkoreaner das zehnfache Budget haben und noch einmal eine halbe Milliarde drauflegen, wenn sie die Spiele bekommen. Dass diese Erkundungsmaßnahmen so etwas wie das Pfeifen im Wald waren, störte nicht. Wenigstens pfiff man mit schwerem Gerät.

Hartinger erreichte den Herrgottschrofen eine gute halbe Stunde, nachdem er an der Bayern-Halle losgelaufen war, und traute seinen Augen nicht. War am Vortag schon fleißig weiterplaniert und gegraben worden, hatte man an diesem Tag den Kies auf weiten Flächen der ehemaligen Wiese ausgebracht. Offenbar hatte man keine Lust, auf weitere Gräber und vielleicht sogar auf eine archäologische Sensation zu stoßen. Auf einen alten Friedhof aus vorchristlicher Zeit etwa. So etwas konnte einen ganzen Bauabschnitt ruinieren.

Nur die beiden Löcher, in denen Hartinger die Knochen gefunden hatte, waren mit Polizei-Absperrband gesichert. Aber auch diese Fundorte waren verwaist. Niemand grub darin weiter.

Hartinger nahm sein Mobiltelefon aus der engen Tasche der Laufhose. Da er nie wusste, wann er als Lokalfotograf zu einem Einsatz gerufen wurde, hatte er es auch beim Joggen meistens dabei. Auch, weil er vor einem Jahr eine Leiche auf seinem Laufweg gefunden hatte und damals die umliegenden Häuser abklingeln musste, um an ein Telefon zu gelangen. Er wählte Kurt Weißhaupts Nummer, und der nahm den Anruf bereits nach dem zweiten Klingeln entgegen. »Nur, weil du es bist«, eröffnete er das Gespräch.

»Hockst wieder im Hofgarten und lässt den lieben Gott einen guten Mann sein?«, stichelte Hartinger.

»Wenn der lieb und gut wäre, hätte er weder Telefone erfunden, noch dich damit ausgestattet. Was gibt's? Ich krieg gleich mein Essen.«

»Die Knochengeschichte. Hast sicher gelesen.«

»Hmhm«, grumpfte Weißhaupt ins Telefon. Offenbar war das Hacksteak mit Bratkartoffeln auf seinem Tisch eingetroffen. Das Gericht wurde ihm in Schumann's Bar ohne Bestellung vorgesetzt.

»Die vertuschen da was. Ich bin gerade draußen. Alles weggeschoben und planiert.«

»Hartinger, siehst schon wieder Gespenster?«

»Na ja, die meisten materialisieren sich ja dann doch zu einer anständigen Story, wie du weißt.«

Kurt Weißhaupt, der ehemalige Lokalchef der Süddeutschen, wusste.

»Lustig, oder? Ich sitz im Schumann's und bewege Erdäpfel in mich hinein, und du stehst dort draußen im Wald und schaust Erdbewegungen an.«

»Hammer, dein Sprachwitz, Kurt. Damit musstest du ja stellvertretender Chefredakteur werden. Jetzt mal im Ernst, hast du irgendwas gehört, dass irgendjemandem bei euch da in München der Knochenfund irgendwie Sorgen bereitet? Ich mein, du könntest ja mal nachhorchen.«

»Könnt ich.«

»Machst auch?«

»Morgen. Heute hab ich Feierabend.«

»Ich besuch dich dann auch wieder, wenn du was Interessantes herausbekommst.«

»Hab's mir gerade anders überlegt.«

»Witzig. Also dann, gehab dich wohl, Kurt Weißhaupt. Konzentrier dich auf die Bratkartoffeln und lass die Finger vom jungen Gemüse.«

»Passt schon, Gonzo Hartinger. Auch toller Sprachwitz. Damit musstest du ja Reporter in der Provinz werden. Ich melde mich, wenn ich was weiß. Habe die Ehre.« Damit beendete Weißhaupt das Gespräch.

Es machte Hartinger schier wahnsinnig, dass er im Moment nichts tun konnte. Er musste das Ergebnis der Untersuchungen abwarten. Zumindest würde er es nicht später erfahren als die Polizei in Garmisch-Partenkirchen, dafür würde Kurt Weißhaupt mit seinen sehr guten Verbindungen im Freistaat sorgen. Aber warten musste er wenigstens noch eine Nacht.

Er machte mit dem Handy ein Bild der umgepflügten und aufgekiesten Waldwiese, verstaute das Gerät wieder in seiner Hosentasche und begab sich auf den Rückweg.

Diesmal gönnte er sich eine Einkehr im Garmischer Bräustüberl. Zwei Halbe alkoholfreies Weißbier und eine Portion Blut- und Leberwürste später radelte er zu seiner Kemenate im Ortsteil Partenkirchen. Er hatte an diesem Abend noch einen Termin, und der erforderte eine ausgiebige Dusche inklusive Rasur, Beschneidung der Zehen- und Fingernägel sowie Stutzen der Nasenhaare.

Um halb elf Uhr wartete Svetlana Ryschankawa darauf, nach Dienstschluss von ihm an der Eisstockhütte abgeholt zu werden.

Der 740er rasselte im Leerlauf auf dem Parkplatz der Eisstockhütte. Obwohl Hartingers ökologisches Gewissen in ihm lauter aufheulte als ein Ferrari Testarossa beim Kavalierstart, ließ er die Maschine laufen, damit die Temperatur im Innenraum des Autos nicht zu tief absank. Im April war es nachts noch empfindlich kalt im Werdenfelser Land (Hartinger kannte gar keinen Monat, in dem die Nächte dort nicht empfindlich kalt waren), und er wollte nicht, dass sich die wahrscheinlich leicht bekleidete Svetlana im Auto verkühlte. Wenn sie wirklich eines der Gschpusis vom Bagger-Toni war, dann war sie dessen martialische wie luxuriös ausgestattete Riesenjeeps mit Stand- und Sitzheizung gewohnt. Hartingers betagter Volvo hatte dergleichen Sonderzubehör nicht zu bieten. Allerdings betrachtete er die Tatsache, dass die Sitze des Schwedenpanzers mit fahlgrünem Veloursstoff anstatt mit teurem Leder bezogen waren, eher als vorteilhaft für nackte Nierchen.

Er wusste nicht, ob er es wagen sollte, Svetlana direkt in ihrer kleinen Gaststätte abzuholen, denn eigentlich wollte er keine unerwünschten Zeugen ihres Rendezvous. Wahrscheinlich zog es auch Svetlana vor, draußen im Schutz der Dunkelheit unauffällig in seinen Wagen zu schlüpfen. Ihm jedenfalls wäre das lieber. Er wollte nicht auf der Abschussliste vom Bagger-Toni landen, bevor auch nur irgendeine verwertbare Information von Svetlana gekommen war.

Als die Quarzuhr im Armaturenbrett zwanzig vor zwölf anzeigte und immer noch keine Svetlana aus der Eisstockhütte stelzte, schickte er ihr eine SMS: »Warte draußen. Gonzo.« Vielleicht war der Bagger-Toni gerade in der Hütte und hielt seine Freundin davon ab, pünktlich zu sein. Aber das erschien Hartinger unwahrscheinlich, denn die Anwesenheit des Fuhr- und Müllunternehmers hätte ein brettlbreit vor dem Eingang parkender Hummer, ein Ford-F150-Monster-Pick-up oder ein auf Kampfeinsatz getrimmter Mercedes-Geländewagen der G-Klasse überdeutlich signalisiert. Drunter machte es der Brechtl Toni nicht – am liebsten wäre er sowieso den ganzen Tag mit einem seiner chromverzierten Kieslaster durch die Gegend gedonnert.

Endlich erloschen hinter den Landhausvorhängen der Eisstockhütte die Lichter. Durch das Fenster der Beifahrertür fixierte Hartinger den Eingang der Gaststätte. Dort müsste sein Date gleich die drei Stufen zu ihm herabsteigen. Drei Minuten vergingen – dann riss jemand die Fahrertür des Volvo auf.

Hartinger erschrak beinahe zu Tode. Er duckte sich zur Fahrzeugmitte weg, als wäre er bei etwas schrecklich Unerlaubtem erwischt worden. Er war sicher, dass in der nächsten Sekunde ein Knüppel oder die eisenharte Faust des Bagger-Toni seinen Schädel treffen würde.

Als nichts dergleichen geschah, drehte er sich zur offenen Tür um. Er musste kräftig schlucken. Direkt vor ihm in Augenhöhe tänzelte Svetlanas Nabelpiercing. Ihre hautenge Hose aus cremefarbenem Schlangenlederimitat saß mehr unter als auf den Hüftknochen und ließ jede Kontur ihres Unterleibs nicht nur erahnen.

Hartinger riss seinen Blick von ihrer Körpermitte los und

ließ ihn nach unten wandern, zu absurd steilen Stilettos. Er schaute wieder an ihr hinauf, und seine Augen hatten jede Menge nackter Haut abzutasten, bis endlich ein goldbesticktes Bustier die Blöße seiner Verabredung mit Mühe und Not bedeckte.

Der nächtlichen Kühle der Jahreszeit entsprechend, hatte sich Svetlana zumindest einen Mini-Bolero aus flauschigen pinkfarbenen Federn über die Schultern gelegt. Aus dem Make-up leuchtete knalliger Lippenstift.

Hartinger schluckte erneut. Zweimal. »Svet-lana …«, stammelte er.

»Was hast du gedacht, Gonzo, eh? Hab ich dich schön geschreckt. Bin ich raus bei Hintereingang!« Sie lachte und schlug sich vor Vergnügen auf den rechten Oberschenkel. »Na los jetzt, wenn du mich schon nicht abholst, Feigling, hältst du wenigstens Dame Türe auf!«

Hartinger sprang vom Sitz. »Mei, ich hab nicht gewusst, Svetlana, ob's dir recht ist, wenn ich reinkomm«, entschuldigte er sich, während er ums Auto lief und seiner Begleitung den Wagenschlag aufriss, als wäre sie Joan Crawford und er ein Fahrer von Warner Brothers im Hollywood der Fünfzigerjahre.

Svetlana trippelte hinter dem Volvo herum und ließ sich auf dem Beifahrersitz nieder. »Schönes Auto«, log sie, als Hartinger wieder auf seinem Chauffeursplatz saß. Dabei strich sie mit der Hand über das staubige Kunststoff-Armaturenbrett vor ihr, als wäre es mit dem Leder einer vom Aussterben bedrohten Echsenart überzogen oder aus sündteurem Tropenholz gefertigt.

»Besser schlecht gefahren als gut gegangen, Svetlana. Ist immerhin kein Wolga.«

»Oh, ich nix gegen dieses Auto. Fuhren in meiner Jugend die Bonzen zu Hause in Belarus. Werde ich immer Ehrfurcht haben vor Volvo.«

Hartinger konnte nicht sehen, ob Svetlana vor sich hin grinste oder ob sie es ehrlich meinte. Ihm waren Autos schon immer so was von wurscht gewesen. Den Volvo hatte er nur deshalb vor dem Schrottplatz gerettet, weil das Radeln im Garmisch-Partenkirchner Winter mit Fototasche und sich überschneidenden Terminen weder gesundheits-, noch karrierefördernd war.

Nachdem er nun auch immer öfter für das Tagblatt Aufgaben in Mittenwald, Murnau und Oberammergau erledigen sollte, würde er den zwanzig Jahre alten Stufenheckler, den er an der Shell-Tankstelle für achthundert Euro erworben hatte, wohl auch im Sommer fahren. Er fand seinen 740er mittlerweile großartig. Besonders, nachdem er für neunhundert Euro die Heizung hatte reparieren lassen.

»John's Club?«, schlug Svetlana vor.

»Echt?«, fragte Hartinger nach. Er wollte nicht sagen: Muss das sein? Die eigentlich passende Frage wäre gewesen: Wohin sonst? Der sich in Tourismuskatalogen mondän gebärdende Wintersportort Nummer eins hatte ein durchaus überschaubares Nachtleben.

»Echt«, bestimmte Svetlana.

Hartinger stöhnte ganz leise und zog den Hebel der Automatik auf D. Also John's Club. Der Tanzschuppen neben Pizzeria, Spielsalon und Irish Pub am Rathausplatz hatte den wohlklingenden Namen aus besseren Zeiten herübergerettet. Mittlerweile verbarg sich eine traurige Weit-über-dreißig-Disse dahinter, in der die Einschichtigen jeden Donnerstag und Freitag verzweifelt versuchten, doch noch einen Lebensabschnittspartner zu ergattern, den sie nicht schon seit der Schulzeit kannten. Hartinger hatte die guten Tage des Schuppens noch erlebt, als der Club für Garmisch-Partenkirchen so etwas wie das Schumann's für München gewesen war.

Aber ihn störte, dass dort die Zuträger des Bagger-Toni an der Bar und in den Nischen saßen. Denn der hatte den Laden gekauft, nur um ihn dem Gruber Veit wegzuschnappen. Spätestens am nächsten Morgen würde Brechtl wissen, mit wem und in welchem Aufzug die Svetlana dort die Nacht zuvor aufgeschlagen war.

Sie rollten die Mittenwalder Straße zum Rathausplatz entlang. Hartinger hatte Mühe, sich auf den Straßenverlauf zu konzentrieren. Immer wieder glitt sein Blick nach rechts in Svetlanas Auslagen. Zum Glück dauerte die Fahrt nur wenige Minuten. Er parkte auf dem Karree vor der Kneipe und ging um sein Auto herum, um Svetlana die Tür aufzureißen. Solcherlei gentlemanlikes Gebaren war man in Partenkirchen nicht gewöhnt, und die Raucher, die vor den Etablissements standen, wunderten sich zunächst, wer sich denn da an diesem Abend die Ehre gab.

Als die beiden aus dem Dunkel des Parkplatzes in das Licht traten, das die Amüsierbetriebe warfen, machte sich eine Mischung aus Enttäuschung und Überraschung auf den Gesichtern breit. Der Hartinger und die Svetlana – beide kannte nun wirklich jeder im Ort – waren, jeder für sich betrachtet, keine Überraschung. Nur dass beide in dieser Kombination auftraten, entlockte besonders den männlichen Nikotinsüchtigen teils neidvolle, teils hämische Kommentare und Laute.

Das Paar ließ sich davon nicht beeindrucken. Hartinger klingelte an der Tür des John's und starrte durch die kleine verspiegelte Scheibe, durch die von drinnen der Türsteher die Ankömmlinge musterte. Sofort wurde die Pforte geöffnet, und ein Hundertfünfzig-Kilo-Mann grinste übers ganze Gesicht.

»Gonzo, seltener Gast!«, freute sich Klaus Suldinger, ehemaliger Eishockeyspieler, später berüchtigter Ausräumer von Ferienwohnungen und Hotelzimmern im Tal. Aus diesem Grund hatte er einige Zeit im Knast verbracht, war inzwischen aber offenbar am Höhepunkt seiner Karriere angelangt, nämlich als Türsteher im John's Club.

Klaus Suldinger war der jüngere Bruder von Tomboy Suldinger. Der Brechtl hatte offenbar die ganze Familie in die Schar seiner Lakaien aufgenommen. Entsprechend reserviert quittierte Hartinger die Begeisterung, mit der er empfangen wurde.

Der Empfangschef setzte nach: »Ah, und du bringst dem Toni seine Svetlana vorbei. Das ist aber nett von dir. Servus, Svetlana!«

»Isser da?«, wollte Hartinger wissen und bemühte sich, die Frage möglichst beiläufig klingen zu lassen.

»Naa, unterwegs. Wahrscheinlich Jagd«, antwortete Klaus Suldinger. Dann beugte er sich zu Hartingers Ohr und flüsterte: »Der kommt frühestens um sechs in der Früh und kratzt sein Lieblingsstück von der Tanzfläche.«

Eben dieses »Lieblingsstück« machte sich derweil am Zigarettenautomaten zu schaffen, der zwischen Tür und Garderobe stand und an gute Kneipenzeiten erinnerte, als man im John's die Luft mit der Flex schneiden musste.

»Bis dahin bin ich eh wieder weg«, behauptete der Hartinger. »Wir haben nur was Geschäftliches zu regeln.«

»Eh klar, Gonzo.« Der bullige Türsteher mimte den Gastro-Profi, der nie im Leben eine Silbe über das Wer-mit-wem verlieren würde.

Nachdem nun praktisch der halbe Ort wusste, dass der Hartinger Gonzo die Svetlana datete, war es eh wurscht. Sie verließen den engen Vorraum und betraten die untere Bar, wo sie sich an einem der ovalen Tische niederließen. Von hier konnten sie durch die Fenster hinaus auf den Parkplatz sehen und hatten auch den halben Laden im Blick. Natürlich saßen aber auch sie für jeden Besucher dieses noch frühen Donnerstagabends wie auf dem Präsentierteller. Wenigstens gab es keine Mottoparty. Man konnte sich also einigermaßen gepflegt unterhalten. Während eines der von Promoteams organisierten Jägermeister-Abende oder des einmal im Quartal ausgerufenen »Club 65«, bei dem man nicht wusste, ob mit der Zahl der Jahrgang oder das Durchschnittsalter der Besucher gemeint war, tobte der Bär im John's Club. Da wäre keine vertraute Konversation möglich gewesen, wie sie Hartinger eigentlich suchte.

»Also, Svetlana, jetzt erzähl mal vom Modeln in Weißrussland«, kam er gleich zur Sache.

»Hab ich viele große Alben mit Bildern. Zu Hause. Willst du sehen?«

»Später vielleicht. Also, ich meine … gern. Morgen. Am Tag.«

»Gonzo, bist bissl schüchtern?«

»Manchmal.« Hartinger blickte sich nervös um, während Svetlana ihr Smartphone aus der paillettenbestickten Handtasche fingerte und ihm dann eng auf die Pelle rückte, um ihm die gespeicherten Bilder zu zeigen.

»Schau, Gonzo. Das bin ich.«

Hartinger musste nicht lange hinschauen. Auf den Bildern ging es nicht um die Präsentation von Kleidung. »Sehr schön, Svetlana. Künstlerisch anspruchsvoll, keine Frage.«

»Gut, ist zehn Jahre her. Oder zwölf. Meinst, dass ich immer noch genommen werde für BILD?« Svetlana fischte mit dem großen Kescher nach Komplimenten und reckte ihren immer noch ansehnlichen Körper im Schein der Kerzen und der Discokugel.

»Logo, Svetlana. Hammer-Figur hast du. Ich muss halt ein paar Probeaufnahmen machen. Und natürlich bekommt der Mann in Berlin jeden Tag Hunderte von Bewerbungen. Da muss ich schon ein gutes Wort einlegen. Aber das kann ich ja mit gutem Gewissen tun. Zeig noch mal das Handy her …«

»Würdest du machen, Gonzo?« Svetlana klimperte mit den falschen Wimpern.

»Eh klar. Sag mal, was anderes. Du und der Bagger-Toni … ist das was Festes?«

»Fest? Bei mir schon alles fest! Aber beim Toni?« Svetlana schlug sich erneut vor Lachen auf den schlangenlederumstülpten Oberschenkel.

»So genau will ich's nicht wissen. Ich meine, du weißt doch, was der macht, der Bagger-Toni, oder?«

»Tag oder Nacht?« Svetlana bekam sich gar nicht mehr ein.

»Geschäftlich, mein ich.«

»Aber weiß doch jeder im Tal, Gonzo. Musst nicht mich fragen.«

»Na ja, vielleicht macht er Sachen, die nicht im Branchenbuch stehen?«

»Ah, jetzt versteh ich, woher Wind, Gonzo. Bist schlimmer Finger. Armes Mädchen aushorchen, na, na, na …«

»Nur so aus Neugierde, Svetlana, echt. Was interessiert mich der Brechtl. Lass uns lieber wieder über die Probeaufnahmen reden. Ich hab leider kein Studio. Was meinst, im Wald? Hast Angst vor Käfern?«

»Mädchen aus Belarus keine Angst vor gar nix, Gonzo. Nur zeig mir erst Visitenkarte von BILD-Mann.«

Hartinger zog seine Brieftasche aus der Gesäßtasche und kramte darin herum. »Da schau her. Lex Peininger. Redakteur für besondere Aufgaben. BILD, Berlin. Also, wann machen wir die Fotosession?«

»Montagabend hat Eisstockhütte zu.«

»Okay. Montag um fünf hinten am Herrgottschrofen. Ich bring das Licht mit, und du bringst … äh, dich mit.« Während er das sagte, ließ Hartinger den Blick zum letzten Mal an diesem Abend über die nicht unappetitliche Üppigkeit der platinblonden Weißrussin schweifen.

Der Fahrer aus Weilheim hatte den Umschlag nicht in Ludwig Bernbachers Büro bringen wollen. Das stand nicht in seinem Dienstvertrag, er lieferte nur bis hinter die erste verschließbare Tür. Die dort hinter dem Schalter der Polizeiinspektion sitzenden Beamten hatten den outgesourcten Boten verflucht, aber so waren die Zeiten. Alles, was nicht mehr von Gesetzes wegen durch vereidigte Staatsdiener ausgeführt werden musste, erledigten auch bei der Bayerischen Polizei Angestellte oder freiberuflich Beschäftigte. Also musste einer der Uniformierten nach oben und dem Chef den versiegelten Brief mit den Untersuchungsergebnissen hinsichtlich der Knochen bringen. Es konnte ja nichts anderes in dem großen Kuvert stecken, denn es trug das Dienstsiegel der Rechtsmedizin in München sowie das der Kriminalpolizei in Weilheim.

Die Sendung war überdurchschnittlich schnell am unteren Ende der behördlichen Futter- und Informationskette angekommen. Der unrasierte Mann mit dem weißen Schrott-Opel, der auch noch die Frechheit besessen hatte, auf dem Gehsteig vor der PI zu parken, wollte eben flugs ins Wochenende.

Die Beamten wollten schon ausknobeln, wer den Gang zum Chef antreten musste. Nicht, weil sie zu faul für die eine Treppe in den ersten Stock und die zwanzig Meter durch den Flur gewesen wären. Was den Job so undankbar machte, war, dass Bernbacher den ganzen Morgen über mit einer ausgemachten Scheißlaune durch die PI getigert war und an allem herumgemosert hatte. Jeder seiner Untergebenen wusste, dass er auf Nachrichten aus Weilheim und München wartete – und diese Nachrichten bedeuteten mit hoher Wahrscheinlichkeit Ungemach für ihn. Zumindest unbequeme Arbeit. Welche genau das war, würden sie schon rechtzeitig herausbekommen, denn er würde so viel wie möglich auf sie abwälzen.

Bevor die erwachsenen Männer tatsächlich Schnick-Schnack-Schnuck machten, um den Überbringer zu bestimmen, erbarmte sich die dienstjüngste Natalie Berchtenbreiter und klemmte sich den Umschlag unter den linken Arm. Sie musste dem Bernbacher sowieso den Urlaubsantrag über vier Wochen am Stück im Dezember und Januar überreichen; es zog sie und ihren Mann im kommenden Winter nach Thailand und Vietnam. Da war die Taktik Erfolg versprechend, dies in einem Moment zu tun, da er sich über etwas anderes noch viel mehr aufregte.

Polizeiobermeisterin Berchtenbreiter hielt kurz inne und atmete tief durch, bevor sie an die Bürotür des Dienststellenleiters klopfte. Sie hörte, wie hinter der Tür ein Telefonat beendet wurde. Hauptkommissar Ludwig Bernbacher haute den Hörer auf den Apparat, dann schallte sein unheilschwangeres »Ja, bitte!« durch die Türfüllung.

»Ich hätte da was für Sie, Herr Hauptkommissar«, vermeldete Natalie Berchtenbreiter, nachdem sie eingetreten war.

»Aus München?«

»Ja, auch. Und meinen Urlaubsantrag.«

»Hm. Zeigens mal her.«

Die junge Polizistin reichte ihm das Formular. Bernbacher glotzte es an, als wäre es in chinesischen Schriftzeichen verfasst. »Naa, des Packerl aus München will ich sehen!«

»Bittschön.«

Bernbacher brach das Siegel und fummelte die Unterlagen aus dem Umschlag. Hektisch überflog er das Anschreiben der Münchner Gerichtsmedizin, in der das Ergebnis in wenigen Absätzen zusammengefasst war. »Hm … keine Einwirkung von Gewalt erkennbar … blabla … wahrscheinlich fünfzig bis sechzig Jahre in der Erde …« Bernbachers Miene hellte sich zusehends auf. Natalie Berchtenbreiter wusste nicht, ob das die Chancen für den vierwöchigen Urlaub steigen oder sinken ließ. Dann kniff ihr Vorgesetzter die Augen zusammen. »Kreizkruzifix! Schädel- und Beckenknochen vollständig abgängig«, schimpfte er. »Was soll das heißen?«, blaffte er Berchtenbreiter an, als hätte sie den Kopf der Leiche verschlampt.

»Dass Schädel und Becken noch draußen am Herrgottschrofen liegen?«, antwortete die Polizistin zögernd.

»Das wär ja was. Dann kann er's vergessen. Aber komplett.«

»Was kann wer vergessen, Herr Hauptkommissar?«

»Äh, nur so ein Gedankenspiel. Tut nichts zur Sache. Was hatten Sie noch? Den Antrag? Urlaub? Geben Sie her.«

Ohne den Inhalt des Formulars genauer zu studieren, zeichnete Bernbacher das Formular ab. »Machen Sie hinter sich zu, ich muss telefonieren. Und behaltens das mit dem Schädel und dem Becken für sich.«

»In Ordnung, Chef. Und vergelt's Gott für den Urlaub.«

»Wie? Ja, passt scho.«

Bernbacher drückte eine Kurzwahltaste an seinem Telefon, während Natalie Berchtenbreiter die Tür leise von außen zuzog und draußen einen kleinen Luftsprung machte. Vier Wochen inklusive Neujahrsskispringen war sie beurlaubt – das würde ihr keiner glauben. Und es war sicher auch besser, wenn sie es den Kolleginnen und Kollegen nicht gleich auf die Nase band.

Auf der anderen Seite der Bürotür bekam Bernbacher seinen gewünschten Gesprächspartner an den Apparat. »Ja, Hansi, ich bin's wieder. Ergebnisse sind da. Gute und schlechte Neuigkeiten.« Bernbacher fasste den Bericht für den Ersten Bürgermeister Hans Wilhelm Meier zusammen.

»Ja mei, weg is weg, oder?«, äußerte der sich zu den fehlenden Skelettteilen. »Ich geh davon aus, dass die Leiche vor über fünfzig Jahren dort verscharrt wurde. Wahrscheinlich gefallener Soldat, Weltkrieg zwo. Die Knochen hat irgendein Viech verzogen. Also kein Problem für den Ministerpräsidenten, da draußen den Tunnelanstich zu eröffnen, also zu feiern, du weißt schon. Hast die Pressemitteilung schon fertig?«

»Ich hab die Ergebnisse vor drei Minuten erhalten.«

»Dann weißt ja, was du die nächste Viertelstunde machst. Ich auch. Ich ruf in der Staatskanzlei an. Der kommt am Mittwoch da raus, ich schwör's dir, Ludwig.«

Bernbacher stieß ein resigniertes Seufzen aus. »Wenn's sein muss, Hansi.«

»Es muss. Aber pass bitte auf, dass nicht wieder einer querkommt. Der Hartinger, zum Beispiel, die Nervensäge, die elende. Kannst den nicht, sagen wir, in Schutzhaft nehmen?«

»Hansi, wir sind nicht im Wilden Westen. Da bräuchte ich schon einen Anfangsverdacht oder Gefahr im Verzug oder so was. Aber seitdem der Hartinger nicht mal mehr säuft, was willst dem da groß anhängen? Dass er ohne Licht radelt? Beugehaft, bis er den Dynamo anschaltet? Wenn ich das bei jedem mach, ist das Tal leer.«

»Brauchst es nicht bei jedem machen. Nur beim Hartinger. Dir fällt schon was ein. Ich will den auf alle Fälle nicht am Mittwoch da in der Nähe des MP herumspringen haben. Ist ja ein Sicherheitsrisiko erster Güte, der Mann.«

»Der MP?«

»Naa, der Hartinger, Depp!«

Hans Wilhelm Meier blickte zufrieden aus seinem Bürofenster im ersten Stock des Garmisch-Partenkirchner Rathauses über den Rathausplatz hinüber zur Rathauskreuzung, auf der sich in alle vier Richtungen der freitagnachmittägliche Feierabendverkehr staute. Die Kreuzung bot sein persönliches Lieblingspanorama des Postkartenortes, für dessen Wohl und Wehe er verantwortlich zeichnete. Auch wenn der Verkehrsknotenpunkt selbst nicht gerade ein Fotomotiv war mit den Zigtausenden von Fahrzeugen, deren Fluss sich an diesem Engpass zu regelmäßigen Infarkten zusammenklumpte.

Hans W. Meier sah im pulsierenden Verkehr Bewegung, Dynamik, Wirtschaftskraft. Hätte er Bürgermeister eines ruhigen und beschaulichen Marktfleckens werden wollen, wäre Garmisch-Partenkirchen sicher nicht seine erste Wahl gewesen. Zudem wusste er: Dieser Verkehrsstrom, der wie in den vergangenen Jahrzehnten immer stärker anwachsen würde, musste irgendwann in einem Tunnel verschwinden. Genauer in zweien. Hier auf der Partenkirchner Seite im Wanktunnel und drüben auf der Garmischer Seite im Kramertunnel. Und Tunnel waren eindeutige Signale, dass tatkräftige Politiker an den Schalthebeln saßen.

Irgendwann würde vielleicht einer dieser beiden Tunnel, die der Talkessel so dringend brauchte, sogar seinen Namen – oder notfalls den seiner Frau – tragen.

Meier träumte sich eine Radiodurchsage des Jahres 2020 zusammen: »Dada dada da daaaa da – Bayern 3 mit den aktuellen Verkehrsmeldungen: Stau und Zähfluss auf allen Fernstraßen im Sendegebiet. Nur auf der B2 Mittenwald/Oberau und auf der B23 zwischen Griesen und Oberau auch heute wieder keine Behinderungen dank des neuen Hans-Wilhelm-Meier-Tunnels im Wank und des Anni-Meier-Tunnels im Kramer …«

Wenn er allerdings nicht wollte, dass der Tunnel ein Hans-Wilhelm-Meier-*Gedächtnis*-Tunnel wurde, musste bald mit dem Bau begonnen werden. Darum war die Nachricht, die ihm sein oberster Polizist Ludwig Bernbacher eben durchgegeben hatte, so erfreulich gewesen. Man konnte den Knochenfund vorerst so verkaufen, dass der Ministerpräsident am Mittwoch der kommenden Woche dort draußen die Arbeiten eröffnen konnte. Gemeinsam mit ihm, Hans Wilhelm Meier, der seit vielen Jahren für den Tunnel gekämpft hatte. Er würde zusammen mit dem Landesvater in den Bayernteilen der Zeitungen und sicher auch in der Abendschau des Bayerischen Fernsehens zu sehen sein.

Als das E-Mail-Eingangssignal seines Laptops eine frische Depesche meldete, klickte Meier diese auf und sah zu seiner Freude den Wortlaut der Pressemitteilung, die Ludwig Bernbacher in den kommenden Minuten versenden würde. Er überflog den kurzen, in Behördendeutsch abgefassten Text und leitete ihn gleich an den Leiter seines Öffentlichkeitsbüros weiter. Der sollte noch einmal gegenlesen und dann Bernbacher die Freigabe erteilen. Gleichzeitig griff Meier zum Telefon und drückte genüsslich auf Kurzwahltaste Nummer eins.

»Bayerische Staatskanzlei, Büro des Ministerpräsidenten, Wimmer«, vernahm er eine Frauenstimme.

»Meier, Garmisch-Partenkirchen. Frau Wimmer, könnte ich bitte den Herrn Dr. Kleinschmied…«

Frau Wimmer hatte offenbar den Anruf aus Garmisch schon erwartet. »Der Chef möchte Sie persönlich sprechen, Herr Bürgermeister.«

Damit hatte Meier nicht gerechnet. Er sprang aus dem Sessel und nahm Haltung an. Er wartete geduldig, während die Bayernhymne erklang und die Sekretärin offenbar ins Zentrum der Macht durchstellte.

Endlich knackte es in der Leitung. Meier war offenbar mit einem Mobiltelefon verbunden. Er hörte einen Höllenlärm im Hintergrund.

»Herr Meier, können Sie mich hören?«

»Schlecht, aber passt scho.«

»Entschuldigen Sie, ich sitze in einem Hubschrauber. In Ihre Richtung unterwegs, übrigens.«

»Äh …«

»Brauchens keine Angst zu haben, Herr Meier, ich bleib Ihnen vorerst vom Leib. Dieses Wochenende bin ich privat im Loisachtal. Auf Einladung eines Ihrer bekanntesten Bürger, des Herrn Brechtl. Guter Mann! Wir fliegen gerade auf seine Jagd.

Ich freu mich narrisch auf ein echtes Naturerlebnis, dort, wo unsere bayerische Heimat am schönsten ist.«

Meier fiel dazu nichts ein. Der Brechtl Toni und der MP auf der Jagd in seinem Gäu. Na, sauber.

»Herr Meier, sind Sie noch dran? Also, ich muss schon sagen – und das wollte ich gleich persönlich tun. Sie sind schon aus einem besonderen Holz geschnitzt. Aus einem ganz harten. Respekt. Jeder andere hätte klein beigegeben. Aber nicht mein Meier, sag ich immer. Der ist ein Bollwerk. Wenn da eines Tages die Tiroler wieder mal angreifen, die hält der Meier allein auf mit seinen getreuen Werdenfelsern. Lange Rede, kurzer Sinn: Natürlich komm ich am Mittwoch zu dem Tunnelfest. Wegen ein paar alter Knöcherl lässt sich der Bayerische Ministerpräsident doch nicht davon abhalten, einen seiner Berge zu durchbohren, oder, Meier, stimmt doch?« Der MP lachte schallend. Er war offenbar an diesem frühen Freitagnachmittag in bester Feierabendlaune.

»Stimmt, Herr Ministerpräsident.«

»Also, dann, machens den Rest mit dem Kleinschmied aus. Der hockt im Büro und büffelt an der Rede. Da erreichens den sicher noch den ganzen Abend. Die soll er Ihnen mal vorher schicken, hab ich ihm gesagt. Damit er keinen allzu großen Schmarrn reinschreibt. An sich ein guter Mann. Aber Franke halt. Was weiß der schon vom Gebirge? Oder, Herr Meier?«

»Ganz recht, Herr Ministerpräsident. Wir Altbayern müssen zusammenhalten.«

»Keine separatistischen Anwandlungen, Herr Meier. Ich bin Ministerpräsident aller Bayern. Sie wissen ja, man muss dem lieben Gott für alles danken … Den Rest kennens ja.« Das Lachen des Chefbayern übertönte den Turbinenlärm des Helikopters.

»Jawoll. Herzlichen Dank, Herr Ministerpräsident. Und Waidmanns Heil!«

»Waidmanns Dank, Herr Meier. Und machens bittschön keine Reklame, wo Sie mich erreicht haben.«

»Ehrenwort.«

»Sagens so was lieber nicht. Damit ist schon manch einer baden gegangen.« Das Lachen des Landesvaters nahm hysterische Züge an. Dann kappte er die Verbindung, und Hans Wilhelm Meier war wieder mit der Bürovorsteherin in der Bayerischen Staatskanzlei verbunden.

»Hams ihn erreicht, den Chef?«

»Ja, danke, scheint ein schönes Wochenende vor sich zu haben.«

»Mei, wenn er schon mal ein ganzes daheim bei seiner Familie verbringen kann, gell?«

»Ähhh, ja genau. Könnt ich jetzt noch mal den Dr. Kleinschmied, bitte. Der Herr Ministerpräsident wollte, dass ich …«

»Da muss ich Sie leider auf Montag vertrösten. Der Herr Dr. Kleinschmied ist schon heim. Der hat ja auch ein paar Kilometer vor sich, bis er in Bamberg ist. Und bei dem Freitagsverkehr …«

»Ah, ja. Aber die Rede für Mittwoch, wissen Sie, wer die schreibt?«

»Das macht die Stanzi. Entschuldigung, Fräulein Wamberger, Anastasia. Ist als Referendarin da. Fei ganz a Nette!«

»Wunderbar. Dürfte ich dann bitte kurz die Frau Wamberger …?«

»Hat Fitness bis um halb fünf. Gleitzeit, wissens. Aber dann schauts noch amal rein, hats gsagt. Ich leg ihr einen Zettel hin. Vielleicht meldet sie sich noch bei Ihnen. Ansonsten halt: Montag, gell, Herr Meier. Also, auf Wiederhören und ein schönes Wochenend!«

»Wiederhörn, Frau Wimmer.«

Meiers gute Laune war nicht direkt verblasen, aber getrübt ob der Nachricht, dass der Ministerpräsident praktisch in seinem Rücken, also auf den Fluren der Nachbargemeinde Grainau, ein Wochenende in den Klauen des Bagger-Toni verbringen würde. Welche Geschäfte da wohl wieder ausgetüftelt wurden? Doch das würde Meier erfahren, denn die Aktivitäten des größten Unternehmers in seinem Landl hatte er stets auf dem Schirm.

Was ihn aber richtig wurmte, war, dass der Brechtl offenbar in eine Liga aufgestiegen war, in der er, Meier, nicht so schnell mitspielen würde. Hatte er es also mit seinen Beziehungen zum Baron von Storck geschafft, den Ministerpräsidenten zu einem trauten Wochenende in seiner Jagdhütte zu locken. Dort schlief man in engen Stockbetten und teilte sich ein Plumpsklo. So etwas verband. Und das Ärgste: Der Gruber Veit war womöglich mit von der Partie. Der Gruber, der Brechtl, der Baron und der Ministerpräsident. Ohne ihn, den Meier. Das galt es zu verhindern.

Meier zog die Lodenjoppe an, griff sich den Schlüsselbund vom Schreibtisch und verabschiedete sich von seiner Sekretärin. »Ich hab noch an Termin, und dann bin ich daheim, wenn was ist.«

»Aha, Homeoffice«, gab Christina Mauereder zurück – ein wenig zu schnippisch für Meiers Geschmack.

»Was dagegen?«, raunzte er im Hinausgehen zurück. »Lassens doch lieber endlich den neuen Feuerlöscher vom Ali aufhängen. Der steht jetzt schon eine Woche da. Da bricht sich noch einer die Haxen, wenn er da drüberfällt.« Dann warf er die Tür hinter sich zu.

Die gute Seele des Bürgermeisterbüros antwortete nicht. Sie hatte sich schon wieder in das Online-Sudoko vertieft, das sie an solchen lauen Freitagnachmittagen abwechselnd mit den Patiencen auf ihrem Rechner spielte, bis die Kernarbeitszeit abgesessen war.

Der Bürgermeister bestieg seinen Audi im Rathaushof, ließ das Schiebedach aufgleiten und grinste in die Frühjahrssonne. Der unmontierte neue Feuerlöscher hatte ihn auf die Idee gebracht, wie er wenigstens verhindern konnte, dass sein bester Spezl und Dauerkonkurrent Veit Gruber ein freundschaftsstiftendes Wochenende mit dem Bayerischen Ministerpräsidenten verbringen würde.

# Kapitel 2

»Hast du's schon gehört? Entwarnung.«

»Ich hab Termine den ganzen Tag. Was hätte ich hören sollen?« Hartinger war immer noch überrascht, dass ihn der an sich handyfaule Kurt Weißhaupt überhaupt angerufen hatte.

»Dass deine Knochen da draußen wahrscheinlich einem armen Weltkriegs-Zwei-Kämpfer gehören. Nix Verbrechen.«

»Ah geh, Kurt, so ein Schmarrn. In Garmisch ist doch nie gekämpft worden, das weiß doch jedes Kind.«

»Dein Oberbulle hat aber eben eine solche Meldung rausgegeben.«

»Und woher weißt du das? Du sitzt doch sicher in einem Café auf der Maximilianstraße und schaust den jungen Frauen auf die Wadln.«

»Schön wär's, Gonzo Hartinger. Ich tu heut was für mein Geld. Weißt ja, Beratervertrag. Da muss ich mich ab und zu in dem klotzigen Zeitungsturm blicken lassen.«

»Und dabei liest du die regionalen Polizeimeldungen. Dafür zahlen die dich?« Hartinger angelte nach der Mineralwasserflasche auf dem Beifahrersitz und nahm einen Schluck.

»Nein, dafür zahlen sie mich nicht. Sie zahlen mich dafür, dass ich der Geschäftsführung und der Chefredaktion heute in der Strategiesitzung sage, wie Lokal- und Bayernnachrichten in der neuen iPad-App der Süddeutschen dargestellt werden sollen.«

Hartinger verschluckte sich und prustete die Frontscheibe des Volvos von innen voll. »Du? iPad-App? Der Geschäftsführung und der Chefredaktion?« Mehr ließ der Hustenanfall nicht zu, den Hartinger bekam und der in ein herzliches Lachen überging. Kurt Weißhaupt schaffte es mit Müh und Not, einen Telefonanruf mit einem Mobilgerät zu tätigen. Und der beriet die Chefs der Süddeutschen in Sachen Medien der Zukunft? Dann konnte das ja noch ein Weilchen dauern, bis eine entsprechende Anwendung auf den Markt kam.

»Ein bissl mehr Respekt vor der Erfahrung und der Würde des Alters, Herr Hartinger, wenn ich bitten darf. Ich finde das strategisch sehr geschickt. Denn wir wissen ja, dass immer mehr alte Menschen diese neuen Medien nutzen. Und daher bin ich geradezu ein idealer Berater, weil ich auch noch ein Angehöriger der Zielgruppe bin.«

»Das haben sie dir gesagt, oder? Zielgruppe – dieses Wort aus deinem Mund. Na ja, wes Brot ich ess …«

»Hartinger, du willst doch was von mir, also bitte …«

»Schon gut. Jedenfalls, deshalb liest du die Regionalnachrichten. Verstehe.«

»Ja, genau. Und weil sie die Sitzung schon wieder um eine Stunde verschoben haben. Jetzt hock ich da rum und warte auf die hohen Herren.«

»Braver Pensionärssoldat. Apropos, zurück zum toten Soldaten, Kurt. Das ist eine Lüge. Wundern tut's mich ja nicht.«

»Mich auch nicht. Es wundert mich nur, was der Leiter der Gerichtsmedizin gesagt hat: dass der Beckenknochen und vor allem der Schädel des Opfers fehlen. Von daher ist es eher schwierig, genau zu sagen, was den Menschen umgebracht hat. Kann ja ein Kopfschuss gewesen sein. Dazu steht natürlich nichts in der Polizeimeldung aus Garmisch-Partenkirchen.«

»Und der Leiter der Gerichtsmedizin hat das auch nur dir persönlich gesagt?«

»So isses. Als ich ihn vor zehn Minuten angerufen hab.«

»Kurt, Bussi!«

»Bitte nicht. Küssen kannst jemand anderen. Der Mann, also der Professor Marchsteiner, ist ziemlich sauer, wie die mit seinem Befund umgehen. Er hat eine offenbar tüchtige Mitarbeiterin, die Frau Dr. Allgäuer. Die hat die Knochen untersucht. Und wie's der Teufel will, schreibt die gerade ein Buch: ›Forensische Pathologie und Rechtsmedizin in Theorie und Praxis‹ oder so. Diese Titel gehen ja gerade ganz gut. Und weißt was, sie will einen Polizeireporter interviewen, wie sich das Bild der Rechtsmedizin in den letzten zwanzig Jahren verändert hat, unter Einfluss der Medien, Krimis, CSI und so weiter und so fort. Und jetzt rat, was hab ich empfohlen, mit wem sie da mal reden sollte?«

»Mit einem gut aussehenden Mittvierziger aus Garmisch-Partenkirchen?«

»Genau. Mit so einem Kerl, der den Job zwanzig Jahre lang gemacht hat und der gottlob mit der Sauferei vor Kurzem aufgehört hat. Angeblich. Sodass er sich vielleicht sogar noch an das eine oder andere aus seiner aktiven Zeit wird erinnern können. Und falls nicht, bringt er zwei Vorteile mit. Erstens: Er hat eine blühende Phantasie …«

»Und zweitens?«

»Dem Marchsteiner Fritz tu ich halt gern mal einen Gefallen. Der ist ein Chef der alten Schule. Macht sich Sorgen um seine Mitarbeiter. Der eine braucht mal ein bissl Urlaub, und die andere braucht halt mal … Bisher sind der Frau Doktor wahrscheinlich alle Kerle davongelaufen, weil sie immer so formaldehydgetränkt riecht, wenn sie vom Dienst kommt.«

»Weißhaupt, Weißhaupt, wie gut, dass es den Kuppelei-Paragraphen nicht mehr gibt. Jetzt werd ich schon als Beschäler von frustrierten Gerichtsmedizinerinnen ausgeliehen. Das wird so ein vertrocknetes Mauerblümchen sein. O mei, wie ich diese Termine hasse. Das wird ein fader Zock. Aber sag, wie gut kennst du den Professor eigentlich?«

»Gleicher Hinterhof. Wohnungsanlage des Bauvereins Giesing von 1910. Die Weißhaupts Eingang Otkerstraße, die Marchsteiners Eingang Elilandstraße.«

»Sandkasten-Freunde.«

»Na ja, besser Aschentonnen-Freunde. So pädagogisch wertvolle Spielanlagen wie einen Sandkasten hatten wir nach dem Krieg nicht. Lagen ja genug Trümmer zum Spielen rum.«

»Und wann soll ich jetzt die vertrocknete Frau Doktor interviewen?«

»Das liegt an dir. Ich würde sagen, heute. Die hat sicher am Freitagabend eh nichts vor. Und du auch nicht. Nur noch eins zur Erinnerung: Sie will eigentlich *dich* interviewen. Du musst schon ein bissl subtil vorgehen.«

»Ah ja, so wie du.«

»Ich bin alt und hab wenig Zeit zu verlieren. Da redet man nicht mehr lange drumrum. Ah, da kommen die Verlags-Herrschaften. Man hat nun die Muße, sich für die Zukunft der Zeitung zu interessieren. Wie schön. Also, ich muss dann …«

»Und die Nummer von der Dr. Allgäuer?«

»Simse ich dir.«

»Was machst du?«, rief Hartinger erstaunt, doch die Leitung war bereits tot.

Weißhaupt hatte wohl einen Crashkurs in Sachen Mobiltelefonie absolviert. Hartinger staunte nicht schlecht, als keine fünfzehn Sekunden später ein »Pling« das Eintreffen einer Textnachricht auf seinem Telefon vermeldete.

Als der Erste Bürgermeister Meier in seinem Audi in den Hof der Freiwilligen Feuerwehr Partenkirchen schoss, glaubte der Kommandant August Gramminger, ein Bürger wollte persönlich einen Notfall melden, und rannte hinaus. Doch dann stieg Meier in aller Seelenruhe aus und schaute sich erst einmal im Hof um.

»Wo ist sie?«, begrüßte Meier den Feuerwehrkommandanten.

»Habe die Ehre, Herr Bürgermeister, erst einmal. Wo ist wer?« Gramminger wusste, ein Überraschungsbesuch des Bürgermeisters bedeutete nicht unbedingt etwas Gutes.

»Die neue Maschine.«

»Neue Maschine … welche meinst jetzt genau?« Die Wehren der Doppelgemeinde, darauf wies Hans Wilhelm Meier in seinen Standardreden immer wieder hin, galten als vorbildlich ausgestattet. Und zwar beide. Es war ein jahrzehntelang gepflegtes Ritual, dass ein Gerät, das die Freiwillige Feuerwehr Garmisch neu bekam, drei Monate später auch bei der Freiwilligen Feuerwehr Partenkirchen angeschafft wurde. Und umgekehrt. Der Bürgermeister nutzte die Übergabetermine gern für seine persönliche Darstellung in den Lokalmedien.

Aber nachdem der Fototermin mit Pfarrer und Feuerwehrkommandanten absolviert war, hatte er sich noch nie um das weitere Ergehen einer neuen Maschine gekümmert.

»Die Heumaschine.«

»Das Heuwehrgerät.«

»Von mir aus. Heuwehrgerät. Ist es einsatzbereit?«

»Unser gesamter Fuhr- und Gerätepark ist jederzeit einsatzbereit, Hansi. Und zwar auf Hochglanz poliert und tipptopp in Schuss.«

»Bärig. Aber habt ihr es schon ausprobiert, ob's auch wirklich funktioniert?«

»Letzten Sommer. Da haben wir's sogar im echten Einsatz gehabt. Beim Bartl ist ein Heustock im Stadl bedenklich warm geworden. An die achtzig Grad. Da haben wir drei Tage und Nächte gekühlt und geblasen.«

»Und dieses Jahr?«

»Anfang April schneidet ja noch keiner sein Gras nicht. Liegt ja teilweise noch Schnee. Die Wiesen stehen bei uns frühestens im Juli hoch genug.« Gramminger wunderte sich über die Frage des Bürgermeisters. Der war doch von hier und wusste doch zumindest vom Zuschauen, wie und wann in der Landwirtschaft gearbeitet wurde.

»Dann sollten wir eine Übung machen, bevor's ernst wird, meinst nicht auch?« Die Augen des Bürgermeisters funkelten listig.

»Ja mei, können wir schon. Im Mai vielleicht. Ich trag's in den Übungskalender ein.«

»Ja, freilich, dass es jeder weiß und ihr wieder eine Mordsparty draus machts. Das ist ja verantwortungslos. Übungen müssen dann gemacht werden, wenn keiner damit rechnet. Ihr seids die Feuerwehr und nicht der Durstlöschzug!«

»Ah, geh, Hansi. Des Heuwehrgerät, damit kennen wir uns schon aus. Brauchen tun wir's sowieso bloß alle heiligen Zeiten.«

»Gerade deswegen! Da muss umso öfter geübt werden. Ich als Mitglied im Vorstand der Freiwilligen Feuerwehr und in meiner Eigenschaft als Vorsitzender des Feuerwehr- und

Katastrophenschutz-Beschaffungsausschusses des Landkreises würd dir vorschlagen: Probier's aus, und zwar – sagen wir – dieses Wochenende! Was du heute kannst besorgen, das verschiebe nicht auf morgen.«

»Dieses Wochenende?« Gramminger unterdrückte ein *Spinnst du?*. »Es ist Freitagnachmittag!«

»Bestens! Da fängt auf meinem Kalender das Wochenende an. Die Spezialisten, die dieses Gerät bedienen, müssen sich ja auch daran gewöhnen, dass sie abrupt abgerufen werden und zwei oder drei Tage lang am Stück im Einsatz sind, bis so ein Heustock unter Kontrolle ist. Und ihre Frauen auch.«

»Und das empfiehlst du mir also als Vorsitzender des Beschaffungsausschusses. So so.«

»Ganz genau. Du verstehst, ich muss das Geld unserer Steuerzahler an den richtigen Stellen einsetzen. Stell dir vor, zum Beispiel hab ich zurzeit zwei Anträge für einen neuen Feuerwehr-Rüstwagen auf meinem Tisch. Einen aus Garmisch und einen aus Partenkirchen. Das Geld reicht aber nur für einen. Bevor ich da eine Entscheidung treff, muss ich doch sicherstellen, dass mit dem neu angeschafften Material auch vernünftig gearbeitet wird.«

Grammingers Miene verfinsterte sich. »Wennst meinst, Hans. Dann machen wir jetzt eine Heustockübung. Da werden sich die Männer aber freuen. Weißt ja, dass das keine dahergelaufenen Aushilfskellner sind, sondern angesehene Bürger und Wähler. Gerade die Heuabteilung.«

»Ja ja, Last und Freude des Ehrenamtes. Wem sagst du das. Aber beruhig dich wieder. Manche haben vielleicht eh nicht gewusst, was sie dieses Wochenende machen sollen. Und was ist schöner, als in einem Heustadel rumzuliegen. Das duftet doch schon so großartig, das Heu. Erdet doch unsere erfolgreichen Bürger, wenn die mal wie früher draußen übernachten.« Der Bürgermeister wusste nur zu gut: Einige lang gediente und honorige Mitglieder der Freiwilligen Feuerwehr Partenkirchen, darunter der Gruber Veit, hatten sich genau diesen Job in der Heuwache ausgesucht, weil eigentlich auszuschließen war, dass man öfter als alle drei oder vier Jahre einen Einsatz hatte. Es gab ja immer weniger Bauern, die ihr Heu nicht in den grünen Plastikfolien silierten, sondern noch auf die traditionelle Art in den Heustadeln aufbewahrten. Und an eine Übung hatte noch nie jemand gedacht.

Diese zu schwänzen bedeutete jedoch einen groben Verstoß gegen den Ehrenkodex der Feuerwehrler und damit einen riesigen Ehrverlust in der Gemeinde.

Gramminger drehte sich wortlos auf dem Absatz herum und ging in seinen Leitstand. Eine Minute später meldeten bei den acht Männern des Heuzuges in Partenkirchen die Einsatzpieper und Mobiltelefone, dass sie sich sofort in der Feuerwache in der Münchner Straße einzufinden hätten.

Kurze Zeit danach rauschten sieben schwere Limousinen und Geländewagen angesehener Partenkirchner Geschäftsleute auf den Hof der Feuerwehr. Es fanden sich ein: der Wirt des Gasthauses Zum Rassen, der Buchhändler einer der ältesten Buchhandlungen Bayerns, der Apotheker aus der Ludwigstraße, der Vorsitzende des Volkstrachtenvereins, der Inhaber einer der größten Metzgereien des Landkreises, der Vorsitzende der Bäckerinnung und der Besitzer der Friedhofsgärtnerei.

Das achte und letzte Auto war der 7er BMW von Multiunternehmer Veit Gruber.

Seinen Spezl, den Meier Hansi, traf er nicht mehr an. Der hatte sich umgehend ins Wochenende aufgemacht, nachdem er dem Gruber Veit das seinige versaut hatte.

Hartinger wartete schon eine Viertelstunde lang und hatte den Brotkorb bereits leer gefuttert. Er verfluchte sich dafür, dass er nicht darauf bestanden hatte, dass der Kellner des Schwabinger Edelitalieners Il Mulino die kohlenhydratreiche Zugabe in die Küche zurücktrug. Er hätte mit der Dreiviertelliterflasche Pellegrino vorliebnehmen und das Brot erst beim Eintreffen seiner Verabredung bestellen sollen.

Denn weißes Mehl vor fettreichem Essen war ja *der* Kardinalfehler. Er kannte die Theorien der Low-Carb- und Montignac-Jünger besser als so manche Redakteurin von Glamour und Instyle. Weißes Mehl hatte einen astronomisch hohen glykämischen Index. Sein Körper würde ab jetzt in rauen Mengen Insulin ausschütten, um den Zucker zu verarbeiten. Und wenn gleich das Fett von Olivenöl und Vitello Tonnato und Hauptspeise dazukäme, würde das Insulin dieses Fett sofort an seinen Lieblingsplatz auf den Hüften befördern. Er würde am folgenden Tag eine Extrarunde laufen müssen, um das wieder herunterzubekommen. Eine extralange Extrarunde.

Auf der anderen Seite schmeckte das italienische Brot halt zu gut. Und irgendetwas musste er ja machen, allein an dem Tisch sitzend, der für zwei eingedeckt war. Er wollte sich nicht die Blöße geben und wie die Münchner Wichtigmänner um ihn herum auf dem Telefon herumtippen. Zumal sein altersschwacher Blackberry, den er einmal aus arabischen Beständen erhalten hatte, mit den ihn umgebenden iPhones in Stil und Funktion nicht mithalten konnte. Lieber betrachtete er kauend das Publikum im bis auf den letzten Platz gefüllten Il Mulino, die Erfolgreichen und Schönen der Stadt, die sich an diesem Freitagabend hier stärkten, um danach die Stadt oder ein fremdes Schlafzimmer unsicher zu machen.

Endlich trat eine elegante junge Frau durch die Tür, ging direkt auf den Restaurantchef zu und erkundigte sich wohl nach einer auf den Namen »Hartinger« lautenden Reservierung. Denn der Mann zeigte auf ihn und ging dann der Dame voraus auf Hartingers Tisch zu. Er half ihr aus dem halblangen grauen Mantel und wartete hinter dem Stuhl für den neuen Gast.

Hartinger war aufgesprungen und stand etwas unbeholfen herum, bis die junge Dame Schal und Lederhandschuhe abgegeben hatte, dann erst stellte er sich vor. »Hartinger. Karl-Heinz Hartinger.«

Ein Lächeln huschte über das Gesicht der jungen Frau. Sie war eine echte Schönheit, wie Hartinger bemerkte.

»Allgäuer. Dorothee Allgäuer.« Das Lächeln verwandelte

sich in ein sympathisches Lachen. »Mit James und Bond klingt das besser, muss ich zugeben.«

»Na, was soll man machen?«, beruhigte sie Hartinger. »Ich danke meinen Eltern bis heute täglich für meinen weltmännischen Vornamen.«

Sie setzten sich, wobei der Restaurantchef der Frau Doktor den Stuhl zurechtschob und dann verschwand, um die Garderobe aufzuhängen und mit den Speisekarten zurückzukehren.

»Aber Sie haben doch sicher einen coolen Spitznamen – Charly oder so. Ich heiße in meiner Familie Dotti. Und bei meinen Freunden. Wobei mich manche von ihnen auch Dotto nennen. Als Abkürzung von Dottore. Ich habe nämlich in Italien studiert.«

Die Frau Doktor ging ja ran. Schüchtern war sie jedenfalls nicht, dachte Hartinger. »Sie wissen es ja sicher bereits über unseren gemeinsamen älteren Bekannten: Man nennt mich Gonzo.«

»Wie der von der Muppet Show?«

»Richtig erkannt. Wegen der Hakennase.«

»Dieser Zusammenhang wäre mir jetzt gar nicht aufgefallen«, schwindelte Dorothee Allgäuer.

»Nett von Ihnen.« Hartinger fand Gefallen an der über zehn Jahre jüngeren Frau. Mit den hohen Absätzen war sie ihm über einen Meter achtzig erschienen, als sie ihm während der Begrüßung gegenübergestanden hatte. Das lange kastanienbraune Haar trug sie offen, Locken fielen ihr sanft über die Schultern. Das ausgesprochen hübsche Gesicht mit den dunkelsten Augen, die Hartinger je gesehen hatte, war perfekt geschminkt. Der knallrote Lippenstift, den nur Frauen mit makellosen Zähnen tragen konnten, bildete einen optisch aufreizenden Kontrast zu der harten schwarzen Brillenfassung.

Die Blicke der männlichen Besucher des Lokals waren offen oder verstohlen auf Dr. Dorothee Allgäuer gerichtet. Viele von ihnen mochten sich fragen, was die gepflegte Frau im grauen Flanellrock und dem schwarzen Rollkragenpullover mit dem in Jeans und einfachem Hemd ihr gegenübersitzenden angegrauten unrasierten Mann zu schaffen hatte.

Der Restaurantchef marschierte mit einem neuen Brotkorb zum Tisch des ungleichen Paars und brachte die Speisekarten. Dazu repetierte er aus dem Gedächtnis die Tagesempfehlungen, die hinter ihm auf der Schiefertafel standen.

Hartinger wusste, dass dieser Abend ein tiefes Loch in sein Budget reißen würde, war aber nicht der Mann, der einer Dame gegenüber knauserte. Er sah, dass seine Verabredung zögerte, in die Vollen zu gehen, und sagte zu ihr: »Also, ich nehme den Lupo di Mare und vornweg ein Vitello Tonnato. Und Sie? Auch so einen Mordshunger?«

»Bei einem Mann wie Ihnen muss man ja Mordshunger bekommen.« Sie blickte kurz über Brillenrand und Karte direkt in Hartingers Augen.

Der ließ die Zweideutigkeit unkommentiert und blätterte in der Weinkarte. In der Tat gar nicht schüchtern, die Lady. Und nach Formaldehyd roch es in ihrer Umgebung auch nicht. Er würde Kurt Weißhaupt wohl oder übel ein paar Pils im Schumann's ausgeben müssen für diese Kontaktanbahnung.

»Also, ich nehme marinierte Sardellen mit Polenta als Vorspeise«, sagte sie, »dann einen Teller Spaghetti Napoli – und bitte keine Kinderportion – und als Hauptgericht ein ordentliches Stück von der Fiorentina. Aber schön blutig. Und mit Kartoffeln.«

Als würde diese Menüfolge nicht für den Kalorienbedarf eines Piemonteser Bergbauern während der Weinlese reichen, fragte der Restaurantchef: »Kleiner Salat dazu?«

»Den Salat bringen Sie mal bitte dem Herrn, damit er was zu knabbern hat, während ich meine Pasta esse.«

Nach dieser Bestellung waren die Fronten geklärt. Hartinger hatte ein Frauengedeck und Dr. Allgäuer die Männerportion in Auftrag gegeben. Allmählich schwante Hartinger, dass Formaldehydgeruch nicht der Grund für das Alleinsein der Gerichtsmedizinerin war. In der äußerst weiblichen Hülle steckte wohl ein verkappter Mann, eine Kombination, die er im Gegensatz zu vielen seiner Geschlechtsgenossen, die scheinbar unkomplizierte Püppchen bevorzugten, schon immer reizvoll gefunden hatte. Er bestellte eine Flasche Sangiovese, passend zum Florentiner Steak, weniger passend zu seinem Fisch. Aber das machte ihm nichts aus, denn er würde am Wein sowieso nur nippen, hatte er sich vorgenommen.

»Sie schreiben an einem Buch? Haben Sie dazu Zeit neben Ihrem Job?«, begann Hartinger das Gespräch, wegen dessen er eigentlich nach München gefahren war.

»Oh, Verzeihung. Ich habe mich für mein Zuspätkommen noch nicht entschuldigt. Ja, tatsächlich musste ich erst noch eine Leiche waschen und sauber vernähen.« Als ob sie Hartinger testen wollte, machte sie mit der rechten Hand eine Nadel-und-Faden-Bewegung und ergriff dann genau mit dieser Hand den Brotkorb, um ihn Hartinger unter die Nase zu halten. Der nahm ungeniert ein Stück Brot heraus und biss hinein.

»So habe ich das nicht gemeint. Ich denke, grundsätzlich ist das doch ein anstrengender Job, den Sie da haben.«

»Nun ja, kein Mann, keine Kinder, kein Haustier. Was soll man da schon anderes machen.«

»Schade drum, eigentlich.«

»Nein, das mit dem Haustier muss Ihnen nicht leidtun. Ich wäre sicher eine ganz schlechte Hunde-Mama. Und es gibt ja schon genug Jack-Russel-Terrier als Kindersatz in München.«

Hartinger wollte sein Kompliment nicht wiederholen. Es war sicher angekommen. »Da haben Sie wahrscheinlich recht. Und wie kann ich Ihnen helfen? Was wollen Sie von *mir* wissen?«

»Sie haben zwanzig Jahre lang als Polizeireporter der SZ das Schaffen meiner Kollegen beobachtet. Dazu hätte ich ein paar Fragen.«

»Gern. Aber ich hätte dann auch ein paar Fragen an Sie, wenn Sie gestatten.«

»Sie haben mich doch schon ausgefragt. Sie wissen bereits, dass ich allein lebe, und sogar, wie mich meine Familie nennt.«

»Na gut. Also Sie zuerst.«

»Mich interessiert Folgendes: Ist das Genre der seriösen Polizeiberichterstattung durch die immer technischer werdenden Untersuchungsmöglichkeiten von geringerem Interesse für die Öffentlichkeit als vor zwanzig Jahren?«

»Gute Frage. Auf den ersten Blick scheint das ja nicht so. Krimis im Fernsehen und in Büchern haben Hochkonjunktur. Aber Sie könnten recht haben. In Zeiten, in denen die DNA-Untersuchung viele Ermittlungen so viel leichter macht und eindeutige Beweise liefert, ist die Wirklichkeit vielleicht ein wenig fader geworden.«

»Gerade deshalb wird so viel im Fernsehen herumgesponnen, könnte man daraus schließen.«

»Klar. Schauen Sie sich doch mal diese US-Serien rund um Ihren Beruf an: CSI und so. Das grenzt ja an Magie, was die da machen. Vollkommen unwahrscheinlich. Trotzdem Millionenpublikum. Und keine amerikanische Großstadt, die kein eigenes CSI-Team ins Rennen schickt. Das sind ja die Regionalkrimis der Amis, diese Serien.«

»Dagegen muss das ja langweilig erscheinen, was wir an seriöser Arbeit abliefern.«

»Stimmt. Da sind die Tatortreiniger, die derzeit mit ihren Büchern so angesagt sind, schon wieder spannend. Da klebt die Rentnerleiche noch echt am Nylonteppich.«

»Also müssen wir mehr blutige Details liefern, wollen wir unseren Beruf wieder stärker in den Fokus der Berichterstattung rücken, ja?«, fragte sie. »Sie müssen wissen, das ist mein Job im Pathologenverband«, erklärte sie, dann korrigierte sie sich schnell: »Das mit dem Fokus, meine ich, nicht mit den blutigen Details. Es sei denn, Sie hätten recht und es gehört dazu. Äh … nun ja, jedenfalls handelt mein Buch darüber. Ist eigentlich mehr eine Studie.«

»Brauchen Gerichtsmediziner wirklich eine Lobby?«, wunderte sich Hartinger.

»Es geht halt um Planstellen und Budgets. Zuerst vergisst uns der Mann auf der Straße, dann der Minister. Und dann fehlen ein paar Millionen. So einfach ist das. Derzeit schreien die Netzwerkfahnder am lautesten und kriegen ein Förderprojekt nach dem anderen bewilligt.«

»Und produzieren damit lustige Trojaner …«

»Lassen wir die Netzwerkfahnder Netzwerkfahnder sein. Hätten Sie, Herr Hartinger – oder darf ich Gonzo sagen? –, Interesse, uns in Sachen Öffentlichkeitsarbeit ab und an beratend zur Seite zu stehen?«

Hartinger stutzte. Ein Jobangebot der Universität München? Klar hatte er Interesse. So ein Beratervertrag bedeutete regelmäßige Einkünfte. Er musste unbedingt Weißhaupt fragen, was er dafür verlangen konnte.

Der erste Gang wurde aufgetragen. Die Unterbrechung verschaffte Hartinger eine Denkpause. Er wollte nicht vorschnell antworten und sich dadurch vielleicht zu billig verkaufen.

»Aber Sie haben doch Ihren Chef-PR-Mann in dem Tatort-Pathologen aus Münster«, setzte er das Gespräch fort, nachdem Sardellen und Vitello ausreichend gekostet und gelobt waren und sie mit dem Rotwein angestoßen hatten.

»Der nervt uns ehrlich gesagt gewaltig. Zeichnet ein komplett falsches Bild. Ich fahre jedenfalls keinen Porsche und löse Fälle auf dem Golfplatz. Und mein Chef auch nicht.«

»Der muss übrigens ein toller Typ sein, meint mein Ex-Chef Weißhaupt. Mit dem haben Sie wohl Glück gehabt.«

»Allerdings. Stellen Sie sich vor, Gonzo, sagt der doch zu mir heute: Waschen Sie sich das Formaldehyd ordentlich aus den Haaren, Dotto, denn der junge Mann ist noch zu haben.«

»Unglaublich …« Hartinger tat empört.

»Ja, finden Sie auch, oder? Junger Mann … Da hat er aber reichlich falsche Informationen von Ihrem Mentor bekommen.«

»Hey, jetzt werden Sie mal nicht ehrlich, Dotti, das bin ich von Ärzten nicht gewohnt. Und von Frauen schon zweimal nicht!«

Sie lachten beide herzlich und stießen erneut mit dem Roten auf den Abend an.

Als kurze Zeit später Pasta und Salat auf dem Tisch standen, ging Hartinger zum Angriff über. »Jetzt mal zu meiner Frage. Sie haben nicht ganz zufällig in der letzten Zeit Knochen aus Garmisch untersucht?«

»Ihre Informationen scheinen noch besser zu sein als meine.«

»Und ist Ihnen etwas daran aufgefallen, was nicht im Bericht steht?«

»Sie meinen, außer der Tatsache, dass wir aufgrund des fehlenden Schädelknochens kein Gewaltverbrechen ausschließen können und aufgrund des fehlenden Beckenknochens das Geschlecht noch nicht eindeutig bestimmen konnten?«

Darauf hätte Hartinger auch selbst kommen können. Klar, das menschliche Knochengerüst machte nur an äußerst wenigen Stellen Unterschiede zwischen Männlein und Weiblein. »Ach ja, das Becken ist ja unterschiedlich …«, murmelte er.

»Nicht in ihrem Aufbau, aber das sogenannte Hüftbeinloch, *foramen obturarum*, ist beim Mann schmal und spitz und bei der Frau weit und oval. Denn da müssen die Kinder bei denen von uns durch, denen ein Jack-Russel-Terrier nicht genügt.«

»Der Jack-Russel-Terrier würde demnach auch beim Mann durchgehen?«

»Neugeboren sicher. Aber nicht, dass Sie jetzt Ihrem Geburtsneid nachgeben und auf dem Nachhauseweg einen alleinstehenden Hund ansprechen. Das Becken allein wird Ihnen für eine Empfängnis nicht reichen.«

»Das müssen Sie mir mal genauer erklären. Ich bin vom Land. Sie wissen: Bienen, Blumen, Störche.«

»Hm, warum nicht. Zunächst aber zurück zu Ihrer Frage: Mir ist tatsächlich bei der Leichenschau etwas aufgefallen, was sich mir nicht erschlossen hat. Und zwar an den Füßen. Exostosen.«

»Exo …?«

»Überbeine. An beiden *phalanges proximales fünf.* Äußerst selten. Um ehrlich zu sein: kaum beschrieben. Überbeine treten normalerweise an den großen Zehen auf und nicht außen am Fuß.«

»Und da sind die Phangales …?«

»*Phalanges proximales*, ganz recht. Die, von oben gesehen, dritten Knochen eines Zehs. Und in diesem Fall die der kleinen Zehen. Darum Nummer fünf. Also ganz außen. Geben Sie mal her.«

Bevor Hartinger sich versah, war Dr. Dorothee Allgäuer unter den Tisch getaucht und nestelte an seinem rechten Schuh herum. »Was ist das?«, hörte er ihre Stimme unter der weißen Tischdecke.

»Haferlschuhe. Vom Zollner in Partenkirchen.«

»Sind die auf der Seite gebunden?«, klang es gedämpft unter dem Tisch hervor.

Hartinger versuchte, einen entspannten Eindruck zu machen, während die gesamte Besatzung des Ristorante aufmerksam zusah, was sich an und unter seinem Tisch ereignete. Er war unendlich froh, dass er sich am Donnerstag vor seinem Date mit Svetlana die Fußnägel geschnitten und vor dem Aufbruch nach München geduscht und frische Socken angezogen hatte. Denn eben wurden ihm der Schuh des rechten Fußes ausgezogen und der Strumpf abgestreift.

Frau Doktor drückte auf einen Knochen rechts außen an seinem Fuß, und Hartinger verspürte einen stechenden Schmerz, als hätte sie ihm eine glühende Stecknadel ins Fleisch gerammt. Laut gellte sein Schrei durch das Lokal.

Mit einem Schlag verstummten die Gespräche an den Tischen. Nur der CD-Player dudelte weiter eine zum Steinerweichen kitschige Instrumentalversion von Lucio Dallas »Caruso«. Drei Köche kamen aus der Küche gestürzt, um zu sehen, wer da in ihrem Lokal abgestochen wurde. Als der Schmerz nachließ, stöhnte Hartinger ermattet und verdrehte die Augen zur Decke.

Dr. Dorothee Allgäuer tauchte wieder unter dem Tisch hervor, nahm wieder Platz, leckte sich die Lippen und wischte sich mit der Serviette aufwändigst den Mund ab. Dann klickte sie die Handtasche auf und zog sich mit dem Chanel-Stift die Lippen nach.

Die Blicke der männlichen Gäste im gesamten Lokal pendelten ungläubig zwischen ihr und Hartinger hin und her. Einige der weiblichen Besucher traten gegen die Schienbeine ihrer Begleiter, um deren Aufmerksamkeit zurückzugewinnen.

»Hübscher Practical Joke«, sagte Hartinger, nachdem er wieder in den Socken und seinen Schuh geschlüpft war.

»Lustig, oder? Schade, ich hab die Gesichter ja nicht gesehen.«

»Irre komisch. An welcher Uni haben Sie gleich noch mal Ihren Abschluss gemacht? Silvio-Berlusconi-Akademie für Bunga Bunga?«

»Sie sind aber auch nicht auf den Mund gefallen, Gonzo.«

»Das glaubt von Ihnen auch keiner mehr in diesem Laden, Dotti.«

Sie prusteten und prosteten. Dann wurde die Frau Dottore ernst. »Sie müssen sich die Galle anschauen lassen.«

»Wie kommen Sie denn darauf?«

»Ich hab Ihnen gerade da unten nicht nur gezeigt, wo *phalanges proximales* Nummer fünf an Ihrem rechten Fuß sitzt, sondern auch, dass Sie ein Problem mit der Galle haben. Dieser Knochen ist die Reflexzone für die Galle. Wenn man da drückt, und es schmerzt, dann ist was mit der Galle los.«

»Aber daran ist der Soldat aus Garmisch nicht gestorben?«

»Soldat? Was für ein Quatsch! Wir haben es mit – sagen wir – über fünfzig Prozent Wahrscheinlichkeit mit einer jungen Frau zu tun.«

»Und wieso hat diese junge Frau die seltenen Überbeine an den *Phalanges proximales fünf*, Dotti?«

»Sehen Sie, das ist genau das, was ich nicht in den Bericht hineingeschrieben habe. Weil ich es absolut nicht verstehe. So was haben alte Menschen, die ihr Leben lang zu enge Schuhe getragen haben.«

»Ich werde es herausfinden«, gab Hartinger zu Protokoll.

»Und ich finde heraus, ob wir es mit einem jungen Mann oder einer jungen Frau zu tun haben. Spätestens am Mittwoch haben wir die DNA-Untersuchung. Die hat in diesem Fall keinen Vorrang und dauert deshalb so lange.«

»Und bis dahin?«

»Essen wir Fisch und Fleisch, und Sie fragen mich zum Dessert das mit den Bienen und den Blumen noch mal. Das mit den Störchen kann ja noch warten.«

Hartinger erreichte bereits eine halbe Stunde vor dem verabredeten Zeitpunkt den Parkplatz neben der Bundesstraße. Dort befand sich aus den Zeiten der Kanu-WM auch das Zielhaus der Rennstrecke auf der Loisach. Er parkte den Volvo neben dem Blockhaus und hob die schwere Kameratasche aus dem Kofferraum. So gut wie seine gesamte Ausrüstung hatte er eingepackt und alle Akkus der Blitzgeräte aufgeladen. Er wollte Svetlana eine perfekte Show bieten.

Er war sicher, dass sie ihrerseits ihr Bestes geben würde. Auch wenn er diesen ganzen Schmarrn nur machte, um näher an sie und über sie an den Bagger-Toni heranzukommen, spürte er doch ein gewisses Kribbeln im Bauch. Aktaufnahmen hatte er seit gefühlten fünfzehn Jahren nicht mehr gemacht, und auch damals meist nur zum Schein, um die Mädels der großen Stadt möglichst unkompliziert aus den Kleidern zu bekommen. Irgendwann genügten dann dazu sein Ruf und sein verwegenes Aussehen.

Doch aufgrund der Outdoor-Situation der Fotosession war Hartinger nervös. Es war eine ziemlich dumme Idee von ihm gewesen, sich ausgerechnet hier zu verabreden, wo des Bagger-Tonis Truppen sozusagen gleich um die Ecke die Erde planierten. Auch brodelte eine gewisse Vorfreude in ihm. Svetlana ohne die Resttextilien zu begutachten, die sie üblicherweise trug, war ein Privileg, das nicht jedem zuteil wurde. Einigen sicher, vielen vielleicht sogar, aber nicht allen.

Zum Glück hatte das mit Dotti in ihrer Dachgeschosswohnung in der Maxvorstadt verbrachte Wochenende den Hormonstausee in ihm trockengelegt, den die frauenlosen Monate zuvor hatten anschwellen lassen. Sonst hätte er sich vielleicht während der gleich anstehenden Probeaufnahmen nicht auf Blende und Verschlusszeit konzentrieren können.

Er sperrte den Wagen ab und schleppte die Ausrüstung mitsamt einer Reihe von Stativen durch den Wald zur Holzbrücke, die man nur zu Fuß überqueren konnte. Auf der anderen Seite des Flusses befand sich der Herrgottschrofen, in der Tat eine herrliche Fotokulisse. Allerdings war das Gelände hier wirklich übersichtlich. Jeder Spaziergänger und Radlfahrer auf dem Loisachuferweg würde ihr Treiben beobachten können. Und Spaziergänger und Radlfahrer gab es an diesem herrlichen Fleck zu jeder Zeit. Auch an einem Montagabend.

Recht so, dachte Hartinger, ein weiterer Grund, nicht mit Svetlana zur Sache zu kommen.

Hartinger stellte die Tasche auf dem Bankerl ab, das vor dem Schrofen zum Verweilen lud. Er legte die Stative in die Wiese und suchte dann die besten Standplätze für den Fotografen und sein Model. Als er die Motive im Kopf gespeichert hatte, nahm er die Stative und stellte sie im Halbkreis um den Fuß des Felsens. Er schraubte die Blitzgeräte darauf und testete die Infrarot-Auslöser. So würden alle Kunstlichter im selben Moment aufleuchten, in dem er den Auslöser an seiner Kamera drückte. Er war sehr froh um diese Anschaffung, ersparte sie ihm doch die Verlegung von Kabeln.

Nun musste nur noch sein Mannequin auftauchen. Die Uhr ging auf fünf. Hartinger glaubte nicht, dass sich Svetlana groß verspäten würde. Sie war scharf wie ein japanisches Samuraischwert auf ihre zweite – oder dritte? – Karriere, nämlich die als BILD-Mädchen. Deshalb unterdrückte er den Drang, drüben an der Tunnelbaustelle schnell nach dem Stand der Arbeiten zu sehen. Sicher hatten sie da mittlerweile eine repräsentative Kieswüste für die hohen Gäste am Mittwoch hinplaniert.

Hartinger grinste in sich hinein und freute sich. Wenn Dotti am Mittwochvormittag die DNA-Ergebnisse bekäme und die Knochen tatsächlich von einer Frau stammten, wovon er mittlerweile ausging, dann platzte die Tunnelparty mit dem Ersten Bürgermeister Meier und seinem Parteiboss in letzter Minute.

Da würde er sehr gern Mäuschen spielen, wenn die beiden anschließend miteinander sprachen.

Hartinger hatte an diesem Montag keine Zeit gehabt, sich um die Anomalien zu kümmern, die bei der Untersuchung der Knochen entdeckt worden waren. Zu viele Termine. Nachdem er am Samstagmorgen alle Wochenendaufträge an den Kollegen Meerbusch abgetreten hatte, hatte er ihm im Gegenzug versprechen müssen, am Montag, Dienstag und Mittwoch alle Fototermine des Tagblatts zu erledigen. Er wusste zwar immer noch nicht, wie er das anstellen sollte, insbesondere wenn er am Mittwoch den ganzen Vormittag auf der Tunnelbaustelle verbringen wollte, aber irgendwie würde er es schon hinbekommen. Spätestens am Dienstag früh musste er einen Orthopäden aufsuchen, um mit ihm über die Überbeine der Toten zu sprechen. Zum Glück hatte vor Kurzem in dem Ärztehaus, in dem seine Psychotherapeutin Dr. Frankenthaler ihre Praxis unterhielt, ein junger Sportmediziner aufgemacht.

Er zog sein Handy aus der Hosentasche und rief die Praxis seiner Therapeutin an. Er verschob den Termin am Mittwoch und ließ sich anschließend die Nummer und den Namen des Kollegen einen Stock unterhalb geben. Die Sprechstundenhilfe von Dr. Frankenthaler ermahnte ihn nicht zum ersten Mal, dass er seine Termine nicht verschieben könne, wie es ihm passe, die Frau Doktor würde das schließlich auch nicht tun, und außerdem gefährde eine unregelmäßige Behandlung den Erfolg seiner Therapie. Und dann erklärte sie, dass ausgerechnet ihre Schwester die Sprechstundenhilfe von Dr. Neumann sei, und wollte wissen, wo es denn wehtue.

Hartinger log schreckliche Ischias-Schmerzen zusammen, und Dr. Frankenthalers Sprechstundenhilfe versprach, bei Dr. Neumanns Sprechstundenhilfe – also bei ihrer Schwester – einen Termin für Hartinger morgen ganz früh auszumachen. Er legte auf, und zwei Minuten später klingelte sein Handy. Ja, Dr. Neumann würde ihn sich gern anschauen, morgen früh um sieben, und zwar bitte pünktlich, der Herr Doktor lasse extra für ihn seine Joggingrunde ausfallen.

Hartinger bedankte sich artig.

Mittlerweile war es zehn nach fünf. Noch immer war weit und breit keine Svetlana zu sehen. Er klickte auf dem Handy ihre Mobilnummer an. Keine Mailbox. Hartinger ließ es klingeln, bis der Automat des Providers bestätigte, dass der Anrufer nicht antwortete und das Gespräch nicht entgegennahm. Daraufhin ließ er es noch einmal durchklingeln. Nichts.

Er probierte die Nummer der Eisstockhütte. Wieder nichts.

Allmählich wurde Hartinger ungeduldig. Er hasste nichts mehr, als auf andere Leute warten zu müssen. Und mit dem Licht würde es auch nichts mehr werden an diesem Abend. Wenn der spät berufene BILD-Lesertraum in spe nicht um spätestens achtzehn Uhr halb nackt und in Positur geworfen vor seiner Linse stand, konnte er das wunderschöne Felsambiente vergessen. Nichts davon würde man auf den Fotos sehen können.

War ja grundsätzlich wurscht, denn Hartinger dachte nicht daran, als Helmut Newton II. Karriere zu machen, auch wenn Svetlana perfekt als Big Nude durchgehen würde. Er wollte aber dennoch nicht, dass Lex Peininger in Berlin die Fotos gleich in den Papierkorb warf. Der Schnelle Lex, wie er in Kollegenkreisen genannt wurde, schuldete ihm zwar bis an sein Lebensende jede Menge Gefallen, doch Hartinger wollte sich nicht mit den Bildern blamieren.

Na ja, vielleicht steckte doch ein Newton in ihm. Höhere Gagen als zwanzig Euro pro abgedrucktem Foto hatte der jedenfalls verdient. Und in den schönsten Hotels auf der Welt die schönsten Frauen porträtiert … Moment, Gonzo Hartinger, warum eigentlich nicht?

So verträumte Hartinger die Zeit. Es wurde halb sechs. Immer noch keine Svetlana. Allmählich wurde es frisch hier am Fluss. Hartinger stand auf und vertrat sich die Beine. Er ging vor seinem Set auf und ab und kontrollierte noch einmal die Blitzgeräte, kramte in seiner Fototasche und putzte noch einmal die Objektive. Zwanzig vor sechs. Eine Frau mit einem schwarzen Hund ging vorbei. Der Hund kläffte aufgeregt zu ihm herüber, doch die Frau konnte ihr Biest an der Leine weiterziehen.

Keine Svetlana in Sicht.

Er wählte noch einmal ihre beiden Nummern. Nichts. Nun gut, wenn sie bis sechs nicht auftauchte, würde er seine Sachen packen, nach Partenkirchen fahren und in ihrer Wohnung sowie in der Eisstockhütte nach ihr sehen. Mehr konnte er nicht tun. Außer sauer sein. Und ein wenig enttäuscht.

Machte sie sich über ihn lustig? Versteckte sie sich irgendwo im Wald, beobachtete ihn und lachte sich schlapp? Na ja, so ein lustiges Bild gab er auch nicht ab, dachte er.

Er zog einen größeren Kreis um seine Aufbauten und wanderte auf der Wiese vor dem Herrgottschrofen umher. Er ging zur Brücke und lehnte sich ans Geländer. Von dort schaute er hinüber zu seiner Bank mit der Fototasche und den ringsum aufgestellten Blitzstativen. Zu schön wäre die Szene gewesen. Die Sonne warf ihre letzten Strahlen auf den Schrofen. Genau in diesem Moment wären wunderbare Bilder entstanden, wenn ihn diese dämliche Kuh nicht versetzt hätte. Ärgerlich, aber nicht zu ändern. Er würde sein Glück bei anderen Nachwuchsmodellen versuchen. Er war auch ohne Svetlana auf den Geschmack gekommen. Ja, er würde es versuchen. Aktfotograf. Warum war er da nicht früher draufgekommen?

Er blickte den Herrgottschrofen hinauf. Die Sonne tauchte die Kiefern, die sich mit bewundernswerter Hartnäckigkeit auf der Spitze des Felsens festkrallten, in ein warmes Licht.

Dann sah er es. Er sah *sie*. Svetlana. Sie stand nackt oben auf dem Fels. Mit ausgebreiteten Armen. Sie bewegte sich nicht. Hatte sie die Augen geschlossen? Hartinger konnte es auf die Entfernung nicht erkennen. Er rief sie an. Mit aller Kraft schrie er ihren Namen.

Doch die nackte Frau bewegte sich keinen Millimeter. Nur der Wind spielte mit ihrem langen blonden Haar.

Er musste dort rauf. Sofort. Doch Hartinger wusste nicht mehr genau, wie man den gut zwanzig Meter hohen Schrofen ohne große Kletterei begehen konnte. Da der Felsblock, den der abziehende Zugspitzgletscher vor langer, langer Zeit hier zurückgelassen hatte, mit dem dahinterliegenden Hügel verwachsen war, ging es hintenherum irgendwo ziemlich unanstrengend hinauf. Nur die Vorderseite war senkrecht abfallender Fels.

Er versuchte es links herum. Hartinger vergaß seine Kameraausrüstung, rannte an Tasche und Stativen vorbei den schmalen Spazierweg hinauf, der in Richtung Kramerplateauweg führte, und schlug sich dreißig Meter hinter seinem Freiluft-Fotostudio rechts in die Büsche. Dort ging es irgendwo durch die Bäume auf den Schrofen hinauf, wenn er sich richtig erinnerte. Er hatte mit dreizehn, vierzehn an diesem Fels seine Kletterversuche unternommen und war bald daraufgekommen, dass kleinere und leichtere Buben besser zum Bouldern geeignet waren. Aber er wusste noch, dass man irgendwo an dieser Stelle nach oben gelangen konnte, um dort das Seil anzubringen, bevor man sich an der geraden Wand vorn probierte.

Er stolperte und fiel zwischen zwei Bäume, deren Äste ihm das Gesicht verkratzten. Er kümmerte sich nicht darum; für solche Kleinigkeiten hatte er in diesen Momenten keine Zeit. Er rappelte sich auf und hetzte den steilen Hang hinauf, wobei er sich an den dünnen Bäumen festhielt und sich daran nach oben zog.

Endlich hatte er es geschafft. Die Kante, an der Svetlana stand, war rechts von ihm. Er stürmte nach vorn, um sie von einem Sprung, oder was immer sie vorhatte, abzuhalten.

Als er an die Stelle kam, an der der Fels endete und es zwanzig Meter senkrecht nach unten ging, stand dort keine nackte Frau mehr. Er musste sich im letzten Moment abfangen, um nicht selbst in die Tiefe zu fallen. Sich an der ganz vorn an der Kante stehenden Kiefer festhaltend, schaute er nach unten.

Dort, inmitten seiner Ausrüstung, lag Svetlana. Ein Stativ ragte aus ihrem Rücken.

»Diesmal ist alles ziemlich eindeutig. Der Mann ist fällig.«

»Kann es sein, dass Sie eine alte Rechnung begleichen wollen, Herr Kollege?«

»Gehen Sie rein. Reden Sie mit ihm. Aber ich sag's Ihnen gleich: Der war's.«

»Kollege Bernbacher, mal langsam mit den jungen Pferden. Wir wissen alle, dass Sie einen Hals auf den Hartinger haben. Den haben wir auch. Aber so einfach ist es nicht.« Der Chef der Kriminalpolizei in Weilheim hatte Jürgen Hanhardt mit der Ermahnung auf den Weg nach Garmisch-Partenkirchen geschickt, dort niemandem zu trauen. Hinter jeder Äußerung, von wem auch immer, sollte er eine versteckte Agenda vermuten. Besonders bei Hauptkommissar Ludwig Bernbacher.

Der Leiter der Polizeiinspektion Garmisch-Partenkirchen führte den Zivilbeamten ins Vernehmungszimmer. In dem saß Karl-Heinz Hartinger und starrte ein Loch in die Gipskartonplatten der Deckenverkleidung.

»Hanhardt. Hauptkommissar. Kripo Weilheim. Angenehm.« Der Beamte der Mordkommission war nicht mit dem ICE durch die Kinderstube gefahren. Er setzte sich Hartinger gegenüber an den schmucklosen Behördentisch.

»Hartinger. Fotograf. Garmisch-Partenkirchner Tagblatt. Eher unangenehm.«

Ludwig Bernbacher verzichtete darauf, sich vorzustellen. Er platzierte sich hinter Gonzo ans vergitterte Fenster.

»Herr Hartinger, möchten Sie einen Anwalt hinzuziehen?«, eröffnete Hanhardt das Gespräch.

»Nein, ich will hier raus. Ich hab nichts getan.«

»Das werden wir ja sehen«, warf Bernbacher von hinten ein. Hartinger verzog das Gesicht.

Jürgen Hanhardt fixierte Hartinger und hielt dessen Blick mit seinem fest, während er die Formalitäten für das Protokoll aufsagte. »Vernehmung des Karl-Heinz Hartinger, Polizeiinspektion Garmisch-Partenkirchen, Montag, 11. April 2011, 20 Uhr 17. Anwesend der Polizeihauptkommissar Ludwig Bernbacher. Vernehmung durch Kriminalhauptkommissar Jürgen Hanhardt. Herr Hartinger verzichtet auf die Hinzuziehung eines Anwalts.«

»Mikros?«, wollte Hartinger wissen.

»In den Decken. Keine Sorge«, knarrte Bernbacher von hinten.

Hartinger beugte sich zu dem Kripobeamten über den Tisch: »Weil, dass der dort hinten protokolliert, wäre ja ein Wunder. Dazu hätte er schreiben lernen müssen. Und ich war dabei in der Volksschule Partenkirchen. Bis zur Vierten konnte er es nicht.«

»Herr Hartinger, lassen Sie uns sachlich bleiben, ja?«

»Auch das wäre hier was ganz Neues.«

»Bitte. Erzählen Sie mal, was sich da heute zugetragen hat.«

Hartinger erzählte in knappen Worten, was er am Herrgottschrofen gewollt und wie sich die Situation entwickelt hatte.

»Sie verstehen, dass wir Zweifel an Ihrer Aussage haben«, erklärte Hanhardt. »Haben *müssen*.«

»Nein, Herr Hanhardt, das verstehe ich nicht. Weil's genau *so* war. Zuerst war sie oben. Und dann bin ich raufgerannt, und dann war sie unten. Ich hab mit der Sache nichts zu tun.«

»Außer, dass Sie mit der Toten verabredet waren.«

»Zu der Verabredung ist sie aber nicht gekommen.«

»Irgendwie schon.«

»Aber auch nur irgendwie. Und sie wurde nicht von mir dorthin befördert, wo sie auf einmal lag.«

»Auf Ihr Stativ gespießt.«

»Ja, aber noch mal: Ich tauge nicht als Zeuge, weil ich sie nur oben stehen gesehen habe. Ich weiß nicht, ob sie aus freien Stücken gesprungen ist oder ob sie jemand runtergestoßen hat. Oder ob's ein Unfall war. Ich hab keine Ahnung.«

»Zeuge?« Bernbacher konnte nicht mehr an sich halten. Er stürmte vor und baute sich neben dem Kollegen aus Weilheim auf. »Ein *Verdächtiger* bist du … sind *Sie*, Herr Hartinger.«

»Hatten wir das nicht schon mal, Bernbacher? Langweil bittschön jemand anderen.«

»Bitte, Herr Hartinger, sachlich bleiben«, versuchte der nüchterne Weilheimer Kripobeamte zu schlichten.

»Wer ist denn hier unsachlich? Ich hab meine Angaben gemacht. Ich hab einen festen Wohnsitz. Sie haben kein Recht, mich länger festzuhalten. Tippen Sie meine Aussage ab und lassen Sie mich sie unterschreiben. Und dann Servus.«

»Zunächst werden wir Sie hierbehalten müssen, tut mir leid.« Jürgen Hanhardt stand auf. »Wirklich keinen Anwalt?« Er nickte Bernbacher kurz zu.

Die beiden Polizisten verließen das Vernehmungszimmer und ließen Hartinger mit der schlechten Luft darin allein.

Er starrte wieder an die Decke. Jeden Furz von ihm würden sie aufzeichnen. Das Einzige, was er tun konnte, war still am Tisch zu sitzen. Immerhin hatte er genug, worüber er nachdenken konnte. Das Wochenende in München mit Dotti, zum Beispiel. Von wegen Mauerblümchen und vertrocknet. So konnte man sich täuschen. Ein Megaweib war das. *Zu* mega vielleicht für den Normalmann. Die spielte alle an die Wand, und das vertrugen die Karrieristen, die eigentlich in ihrer Liga spielten, eben schlecht. Da kratzte sie sich lieber – oder notgedrungen – hin und wieder einen Straßenköter wie ihn, den Hartinger, vom Trottoir, hatte ein paar Tage und vor allem Nächte Spaß, und dann ging man wieder seiner Wege. Glücklich war sie damit sicher nicht. Aber, fragte sich Hartinger, welcher Single über dreißig war schon glücklich?

Nachdem sie am Freitagabend das Il Mulino verlassen hatten, waren sie noch in der Goldenen Bar gewesen und dann im Schumann's. Und erst am Montagmorgen um halb sechs hatte er die Wohnung Schellingstraße/Ecke Augustenstraße verlassen, in der er Frau Dr. Dorothee Allgäuer schlafend zurücklassen wollte, um die zwei Blocks in die Görresstraße zu tapern, wo sein Volvo seit Freitagabend auf ihn gewartet hatte.

Doch sie war erwacht, und weil auch sie an diesem Montagmorgen zur Arbeit musste, war sie mit ihm aufgestanden, und sie hatten zusammen gefrühstückt, ehe er gegangen war.

Hartinger zwang sich, nicht mehr an die Ereignisse im

Schlafzimmer in der Maxvorstadt zu denken, sondern an den Abend draußen am Herrgottschrofen. War da etwas gewesen, das auf ein Verbrechen hindeutete? Seit wann hatte die nackte Svetlana dort oben gestanden, mit ausgebreiteten Armen wie eine Gekreuzigte? Wieso hatte sie die Arme ausgebreitet?

Er erinnerte sich an die Frau, die mit dem Hund vorbeigekommen war. Hatte die mit der Sache zu tun? Hatten auffällige Autos auf dem Kanu-Parkplatz gestanden? Er konnte sich an einen Golf erinnern, der auf der anderen Seite des Platzes geparkt hatte. Roter Lack, Garmischer Nummer. Aber der hatte wahrscheinlich irgendeinem Spaziergänger gehört. Vielleicht der Frau mit dem Hund. Doch die war ja nicht über die Brücke gekommen, sondern direkt aus der Breitenau.

So kam er nicht weiter. Und die Polizei würde sicher erst die Befunde der Spurensicherung und der Gerichtsmedizin abwarten, bis sie ihn hier rausließen. Gerichtsmedizin … Der Gedanke brachte ihn zurück zu Dotti. Würde sie Svetlanas Leiche untersuchen? Die Vorstellung beruhigte ihn seltsamerweise ein bisschen.

Dann musste er an die Knochen denken. So ein Zufall – erst fand er alte Knochen in der Nähe des Herrgottschrofens, und dann stürzte dort sein Fotomodell in den Tod. Klar sah das für Außenstehende erst einmal seltsam aus. Auch für ihn. Und er war in diesem Fall wohl kein Außenstehender mehr.

Ob sie ihn rechtzeitig herauslassen würden, dass er den Termin mit Dr. Neumann wahrnehmen konnte? Wenn die herauskriegten, dass ihr Verdächtiger auch noch ihren schlampigen Ermittlungen im Knochenfall nachging, würden sie ihn sicher die ganze Woche lang einsperren. Zumindest bis die Veranstaltung am Mittwoch für ihre Lokalpolitik zufriedenstellend über die Bühne gegangen war, würden sie ihn nicht aus dem Loch lassen.

Hartinger fand diesen Gedanken alles andere als erheiternd. Sicherlich würde der Bernbacher Ludwig genau das probieren. Svetlanas Tod war wahrscheinlich äußerst unangenehm für ihn, denn die Sache gefährdete den Auftritt des Ministerpräsidenten. Wieder einmal war Hartinger das Opfer der Verstrickungen am Ort geworden, wie ihm schmerzlich bewusst wurde.

## Kapitel 3

Der Bagger-Toni stand von seinem Stammtisch auf, um sich mit Bürgermeister Meier an einen kleinen Tisch im anderen Eck des Bräustüberls zu setzen. Hans Wilhelm Meier, der ihn mit einer Kopfbewegung aus der geselligen Runde herausbeordert hatte, spürte ganz deutlich, dass der Bagger-Toni seiner Aufforderung nur unwillig Folge leistete. Früher wäre das anders gewesen, da wäre er gesprungen, der Brechtl. Aber man ging ja neuerdings mit dem Landesvater auf die Jagd.

Doch am Ort entschied immer noch der Gemeinderat, wo welche Fläche als Baugrund ausgewiesen wurde, und dem Gemeinderat standen der Bürgermeister und seine Mehrheit vor. Davon abgesehen, liefen die Müllkonzessionen auch nicht ewig.

»Freut mich, dass ich als der größte Gewerbesteuerzahler der Gemeinde vom Chef persönlich betreut werde«, grummelte der Brechtl, nachdem er Platz genommen hatte.

So so, dachte sich der Bürgermeister, jetzt kam ihm der Brechtl auch noch frech. Dem würde er mal ordentlich auf den Zahn fühlen. »Da kannst mal sehen, wie serviceorientiert unsere Gemeinde ist. Obwohl – gerade in deinem Fall müssen wir uns wohl keine Sorgen machen, dass du in den Osten gehst. Immobilien sind halt immobil. Und eine ergiebigere Müllquelle als ein Tourismusort ist auch nicht leicht zu finden. Eins Komma eins Millionen Übernachtungen bedeuten mindestens eins Komma eins Millionen Joghurtbecher pro Jahr.«

»Werden auch immer weniger, eure Übernachtungen. Da könnts mal wieder a bissl aufs Gas drücken, mein Lieber.«

»In unser wunderschönes Landl kommen bald wieder mehr

Gäste. Und vor allem bessere Gäste. Wir entwickeln da ein großes Zukunftsprogramm. Ein nachhaltiges.«

Der Bagger-Toni lachte auf. »Ah, geh zu, du glaubst doch nicht den Kas vom Veit mit seinem Tempel-Projekt!«

»Schau ma mal. Jetzt kriegen wir erst mal Olympia.«

»O mein Gott, du glaubst ja nicht nur dem Gruber Veit seinen Schmarrn, sondern deinen eigenen auch noch.«

»Ich muss schon bitten. Ich bin gewählter Bürgermeister dieser Marktgemeinde, des deutschen Wintersportorts Nummer eins. Was aus meinen mit Spitzenbeamten besetzten Stabsabteilungen kommt, hat Hand und Fuß. Ihr glaubts immer noch, so ein Rathaus ist ein Bunker, wo man heiratet und ab und zu den Pass verlängert, wenn man aus der Ehe mal kurz nach Thailand eskapiert. In Wahrheit ist das aber ein wahrer Thinktank, der die Geschicke dieses unseres vom Herrgott gesegneten Landls mit Beharrlichkeit und einem gerüttelt Maß an Strategie und Taktik nach vorn denkt!«

Der Bagger-Toni schaute den Ersten Bürgermeister an, als hätte ihm dieser erzählt, Weißwürste wüchsen auf rosarot belaubten Bäumen. Doch anstatt sich weiter mit dem Größenwahn des Ortsvorstehers zu beschäftigen, hielt er es für besser, sich eine ordentliche Gletscherprise zu genehmigen. Er klopfte aus der kleinen blauen Plastikschachtel zwei enorme Haufen des Schmalzlers auf seinen linken Handrücken, schniefte das braune Pulver mit einem Mal in beide Nasenlöcher und entsorgte den mentholversetzten Tabak ausgiebig in das weiß-blaue Schnäuztücherl, das vom Format her auch als Biergartentischtuch getaugt hätte. Wenn der erste Mann der Gemeinde schon eine vernebelte Birne hatte, wollte zumindest er einen klaren Kopf behalten. »Alles klar, Hansi«, sagte er. »Hab ich nie bezweifelt. Aber was willst von mir? Und zwar am späten Montagabend?« Er schaute sein Gegenüber skeptisch an.

»Ich wollt einfach amal ein persönliches Gespräch mit dir führen. Wie's dir so geht. Und der Marianne und den Kindern.«

»War schon schlechter. Danke.«

»Das freut mich zu hören. Schönes Wochenende gehabt?«

»Durchaus. War ja ein Eins-a-Wetter.«

»Ja, so früh im Jahr schon so relativ warm, gell. Da zieht's einen ja praktisch raus in die Mutter Natur, oder? Habt's was Schönes unternommen?«

Anton Brechtl war alles, aber nicht auf den Kopf gefallen. Er hörte da gerade eine Nachtigall mit genagelten Bergstiefeln auf sich zustampfen. »Ja, freilich. Die Kinder bewegen sich ja zu wenig heutzutage. Mit denen muss man raus, wenn's nur geht.«

»Hinten an der Loisach, in deiner Hütte, da soll's zurzeit echt herrlich sein.«

Der Bagger-Toni schluckte und genehmigte sich lieber noch eine Prise, als auf diese Bemerkung einzusteigen. Dann winkte er der Bedienung. »Anni, an Schnitt!«

»Willst schon heim?«, fragte Bürgermeister Meier ob der Bestellung eines nur zu einem Drittel eingeschenkten Biers.

»Ja mei, ich hab noch einen Job, weißt. Morgen früh muss ich wieder Gewerbesteuer für Olympia und Sprungschanze verdienen. Und was weiß ich, was ihr mit meinem Geld machts.«

Meier gähnte gekünstelt und blickte auf die Uhr. »Sakra, schon fast neune. Ich muss morgen auch wieder früh raus. Wird ein anstrengender Tag. Wir müssen die Erdbewegungen für den Kramer- und für den Wanktunnel noch einmal neu ausschreiben. Da haben die wieder ein paar EU-Vorschriften geändert.«

Der Bagger-Toni verschluckte sich an dem Bier aus dem Glas, das ihm die Anni in die Hand gedrückt hatte. »Wie bitte? Was müssts ihr?«

»Hab ich das noch gar nicht erwähnt? Mei, man vergisst so was halt leicht amal vor lauter Ausschreibungen. Diese Brüsseler Bande kann einem schon den allerletzten Nerv rauben, das sag ich dir, Toni. Aber das weißt du sicher besser als ich. Du hast ja auch deine Kontakte zu höheren politischen Ebenen.«

Damit war es raus. Dem Bagger-Toni war zwar schon die ganze Zeit über bewusst gewesen, warum ihn der Meier Hansi an seinen Tisch zitiert hatte. Aber er hatte so lange gewartet, bis der Bürgermeister von sich aus den Ministerpräsidenten erwähnte, mit dem der Toni das Wochenende verbracht hatte. Dass der Meier dabei ziemlich unverblümt mit einer Neuvergabe des lukrativen Tunnel-Jobs drohte, machte klar, wie wichtig es ihm war zu erfahren, was da zwischen Freitag und Sonntag an der Loisach im Wald besprochen worden war.

»Jetzt raus mit der Sprache, Hansi, was willst wissen?«, raunzte Toni Brechtl gereizt.

»Um was ging's da hinten in deiner Hütte mit dem MP und dem Baron?«

»Schwarzwild. Weil Rotwild hat Schonzeit.«

»Also, Toni, nett war's wieder mit dir. Ich muss jetzt los. Die Ausschreibungsunterlagen sind so dick…«

»Passt scho, Hansi, passt scho. Ich erzähl's dir schon noch. Aber nicht hier herinnen, da haben die Wände Ohren.«

»Stichwort?«, insistierte der Bürgermeister.

Der Bagger-Toni lehnte sich über den Tisch und zog Meier am Stehkragen der Trachtenjoppe ganz nah zu sich heran. »Tunnel«, flüsterte er.

Der Bürgermeister schaute dem Brechtl ungläubig aus nächster Nähe in die Augen. »Da ist doch alles klar. Planfeststellungsverfahren abgeschlossen, Bürgereinspruchsfrist abgelaufen und so weiter.«

»Pscht, nicht da herinn!«, zischte der Bagger-Toni. Dann ließ er Meiers Kragen endlich los.

Das Mobiltelefon des Ersten Bürgermeisters vibrierte auf dem Wirtshaustisch. Der Bagger-Toni war erst einmal erlöst.

»Was? – Wer? – Tot? – Runtergefallen? Heut um sechs? Und das erfahr ich erst jetzt? – Wo? – Ausgerechnet, Zäfix! Ich bin schon da!«

Während des Telefonats hatte der Bürgermeister hektische Flecken auf den Wangen bekommen. Er griff nach seinem Autoschlüssel und stürzte los.

Im Aufstehen fiel ihm wieder ein, wer da gerade auf der anderen Seite des Tisches hockte. Er hielt inne und setzte sich wieder. Mit einem Schlag war er blass geworden.

Mit gesenkter Stimme sagte er zum Brechtl: »Du, Toni, ich glaub, ich muss dir auch was sagen. Komm mit, geh ma mal kurz raus ...«

Jürgen Hanhardt schloss die Türe der kleinen Zelle auf. Der Mann, dem er gute Nachrichten bringen wollte, machte vor ihm auf dem Boden Liegestütze. »Herr Hartinger, bitte stehen Sie auf. Sie können gehen. Es tut mir leid, dass wir Sie so lange festgehalten haben.«

»Nur noch zwanzig.«

»Herr Hartinger, gefällt es Ihnen so gut bei uns?«

Hartinger pumpte weiter. Zwischen den Liegestützen presste er hervor: »Sie wollen mir doch sicher sagen, warum Sie mich gehen lassen, so auf einmal.«

»Nein, das will ich nicht. Aber gegen Sie liegt kein Verdacht mehr vor. Gehen Sie bitte nach Hause.«

Hartinger beendete seine Leibesübungen und baute sich mit aufgepumpten Arm- und Brustmuskeln vor dem wesentlich kleineren Kripoermittler auf. »Toll. Nach Hause. Wenn ich mir das noch leisten kann, mein Zuhause. Ich hatte Termine heute Vormittag. Fototermine, Sie verstehen? Wichtige Fototermine. Friseurjubiläen, prämierte Zuchtschafe und all so was. Mit was, meinen Sie, sollen die morgen die Zeitung vollklatschen? Wenn die mich mal nicht rauswerfen.«

»Das ist jetzt unser geringstes Problem, Herr Hartinger, glauben Sie mir bitte.«

»Wenn ich Ihnen vielleicht irgendwie behilflich sein kann ...?«

»Oh, danke, nein. Sie bitte nicht, Herr Hartinger. Bitte, bitte Sie nicht.«

»Ist ja schon gut.«

»Aber ich muss Sie auffordern, sich zu unserer Verfügung zu halten. Die Sache ist noch lange nicht ausgestanden. Für uns nicht, und auch nicht für Sie.«

»Wo soll ich denn hin? Ich schau zu, dass ich meine Termine nachhol, und dann …«

»… dann werden Sie sich weiträumig vom Herrgottschrofen und dem ehemaligen Lebensraum der verstorbenen Svetlana Ryschankawa fernhalten, Herr Hartinger.«

»Das ist ein freies Land. Behauptet man so.«

»Herr Hartinger, bitte. Es gibt Leute, die würden Sie lieber hier drinnen als da draußen wissen. Machen Sie es uns beiden nicht unnötig schwer.«

»Okay. Und was war jetzt mit der Svetlana? Sie lassen mich doch wegen eines Ermittlungsergebnisses frei und nicht, weil Ihnen gerade nichts Besseres einfällt. Die Ergebnisse müssen so eindeutig sein, dass Sie mich keine Minute länger hier drinnen schmoren lassen können.«

Hanhardt kannte die Vorgeschichte seines Gegenübers. Was sollte er einem Mann vormachen, der beinahe doppelt so lange mit Kriminalermittlungen zu tun hatte als er? »Also gut. Aber nur, damit Sie endlich Ruhe geben. Und ich sehe es als Vorleistung auf Ihr Wohlverhalten, wenn Sie mich richtig verstehen.«

»In Ordnung. Kein Herrgottschrofen, keine Eisstockhütte, keine ehemaligen guten Bekannten von der Svetlana besuchen.«

»Danke, Herr Hartinger. Also, die Geschichte ist: Sie war schon tot.«

»Wie? Als sie dort oben stand, war sie tot?«

»Ja. Mindestens schon vierundzwanzig Stunden. Die ausgestreckten Arme: Leichenstarre. Und damit haben Sie ein Alibi. Wir haben Ihre Angaben überprüft. Obwohl das der Frau Dr. Allgäuer nicht wirklich geschmeckt hat. Aber sie hat an Eides statt versichert, dass Sie zwischen Samstag, fünf Uhr, und Montagmorgen, sieben Uhr dreißig, bei ihr waren. In ihrem Schlafzimmer, mehr oder weniger.«

»Das hat sie ausgesagt?«

»Hat sie. Und ein recht viel besseres Alibi gibt es eigentlich nicht.«

»Außer wir haben gemeinschaftlich einen Mord begangen, oder sie deckt mich aus anderen Gründen.«

»Das ist eher unwahrscheinlich. Außerdem hat uns Frau Dr. Allgäuer Beweismaterial vorgelegt.«

»Beweismaterial? Also Beweise, dass ich bei ihr war?«

»Sie wollten es ja wissen …«

»Ja, das will ich, verdammte Hacke. Was für Beweismaterial?«

»Audiovisuelles Beweismaterial.«

Hartinger riss die Augen auf. »Einen Film?«

»Endlosaufzeichnung auf Festplatte. In Farbe. Auch der Ton ist gut. Vor allem aber mit Datums- und Zeitangabe. Respekt, Herr Hartinger, wenn ich das an dieser Stelle mal sagen darf. In Ihrem Alter …«

»Moment, Herr Hanhardt. Ich bin dreiundvierzig, da spricht man nicht umsonst vom besten Alter des Mannes.«

»Schon gut, Herr Hartinger. Ich wollte Ihnen nicht zu nahe treten.«

»Wieso macht die das?«

»Aus Selbstschutzgründen, sagt sie. Aber Sie können sie ja selbst fragen. Es steht einem direkten Kontakt zwischen Ihnen und Frau Dr. Allgäuer nichts entgegen. Sie wurde von allen Aufgaben entbunden, die mit Garmisch-Partenkirchner Fällen im Zusammenhang stehen.«

»Und wie ich sie fragen werde, keine Angst. Die hat sie wohl nicht alle!«

»Seien Sie mal froh, Herr Hartinger. Ohne die Aufzeichnungen würden Sie die nächsten Tage und Wochen sehr wahrscheinlich in U-Haft verbringen.«

»Und die Todesursache bei Svetlana Ryscha … äh, Ryschadingsbums?«

»Die Autopsie ist noch nicht abgeschlossen. Außerdem habe ich Ihnen schon mehr als genug erzählt. Lesen Sie die Zeitung, da wird rechtzeitig das Wichtigste drinstehen.«

»Ich *bin* die Zeitung!«

»Wenn Sie das bleiben wollen, dann sehen Sie mal zu, dass

Sie Ihre Termine auf die Reihe kriegen. Auf Wiedersehen, Herr Hartinger.«

Dr. Dorothee Allgäuer rauschte durch die Pforte des Gerichtsmedizinischen Instituts, stürmte mit wehendem rotem Kurzmantel und einem Blick, der auch Unbeteiligte hätte töten können, hinaus auf die Nußbaumstraße und marschierte mit großen, energischen Schritten und in Angriffslust leicht nach vorn geneigtem Oberkörper auf den Sendlinger-Tor-Platz zu.

Ihr Zorn galt ihrem Chef und dem Mann vom LKA, die ihr gemeinsam eröffnet hatten, dass sie mit den Ermittlungen in Garmisch nichts mehr zu tun hätte, und dieser Zorn verflog nicht an der lauen Frühlingsluft, sondern steigerte sich mit jedem Meter, den sie zurücklegte. Sie hasste nichts mehr, als sich äußeren Umständen beugen zu müssen. Wie konnten sie ihr nur Befangenheit unterstellen? Und seit wann war die ein Grund, einen Rechtsmediziner von einem Fall – oder gar von Leichen aus einem ganzen geografischen Gebiet – abzuziehen?

Das stank ja zum Himmel, da steckte mehr dahinter. Und dass nicht mal der Prof, wie sie Professor Dr. Dr. h.c. mult. Friedrich Marchsteiner nannte, in dieser Sache zu ihr hielt, sprach dafür, dass es sich sogar um eine Riesenschweinerei handeln musste. Sie mussten ihm mit allem Möglichen und Unmöglichen gedroht haben, dass er da mitmachte, redete sie sich ein.

Nicht einmal Verkehrszeichen und Absperrungen konnten sie von ihrer Route abbringen. Sie wollte geradeaus über den Sendlinger-Tor-Platz marschieren und nicht die Fußgängerunterführung benutzen, um auf die andere Seite zu gelangen. Sie war ein freier Bürger eines freien Landes.

Mit unverminderter Geschwindigkeit und ohne rechts und links zu schauen, rannte sie schnurstracks auf den innerstädtischen Verkehrsknoten zu. Sie flankte über die Absperrung der Trambahnhaltestelle und schritt auf die Straße hinaus. Dass dreißig Meter weiter eine Fußgängerampel eine sichere Überquerung der sieben Fahrspuren gewährleistet hätte, interessierte sie nicht. Sie marschierte zwischen den heranrasenden Autos und Radl-Rambos durch. Trams, Busse, Autoverkehr aus allen Richtungen sollten gefälligst stillstehen, wenn Dr. Dorothee Allgäuer mit der Wucht eines Orkans auf eine der meistbefahrenen innerstädtischen Kreuzungen zuschritt.

Ein schrilles Klingel- und Hupkonzert brach los, als die anderen Verkehrsteilnehmer wegen der Frau im roten Mantel Vollbremsungen einlegen mussten. Wie durch ein Wunder kam sie nicht unter die Räder.

Auf der anderen Seite, vor dem Sendlinger Tor, ging es ihr schon wieder besser. Das Adrenalin, das die Mutprobe in ihr ausgeschüttet hatte, hatte die Zornhormone wohl von den Rezeptoren im Kleinhirn verdrängt. Sie mäßigte ihren Schritt und richtete den Oberkörper wieder auf, sodass sie kerzengerade und mit der ihrer Körpergröße angemessenen Würde durch die Sendlinger Straße schritt.

Nun nahm sie die City in Angriff. Sie würde ihre Kreditkarte ordentlich bluten lassen. An irgendeinem unschuldigen Opfer musste sie ihren Ärger ja auslassen. Warum nicht an dem kleinen Plastikkärtchen, das sie durch die Abrechnungsmaschinen in den Luxusläden der Maximilianstraße ziehen würde, bis es nur noch so quietschte. Ja, genau. Eine ordentliche Dosis »Shopping forte retard« war genau die richtige Therapie für die Diagnose »Ungerechtigkeit«, die sich am Symptom »fortgeschrittene Gereiztheit« manifestierte.

Bevor sie in den Glamour der teuersten Meile der Republik eintauchte, brauchte sie einen Espresso. Nein, einen doppelten. Nicht, dass sie müde gewesen wäre. Im Gegenteil. Ihre Systeme liefen unter Starkstrom. Aber es würde guttun, in einem Café innezuhalten, um sich die Situation noch einmal ganz en détail zu Gemüte zu führen. Darüber würde sich auch ihr Mütchen kühlen, und der Einkaufstaumel, dem sie sich danach hingeben würde, würde nicht ganz so breite Schneisen in ihr Erspartes schlagen.

Sie bog hinter dem Kaufhaus Konen nach rechts ins Rosental ab und kehrte in das kleine Segafredo-Café am Rindermarkt ein. Diese Cafébar war eines der letzten echten Stücke Italien in der nördlichsten Stadt Italiens. Der Barista Bruno quittierte ihre Kaffeebestellung mit einem professionellen »subito«, ließ den Caffè doppio aus der Maschine und stellte den Zuckerbehälter und ein kleines Stück Torta della nonna dazu auf den Tresen.

Mit der Süßigkeit gelang es Bruno auch ohne Italienergetue, die finstere Miene seiner Stammkundin aufzuhellen. »Du weißt einfach, was Frauen brauchen, Bruno«, sagte sie zu ihm.

»Bin i Italiener, eh?«, konnte es sich der Barmann dann doch nicht verkneifen. Er senkte den Kopf und schaute die schöne *Dottoressa* mit einem schmachtend-lasziven Dackelblick an.

Auf eine ausführlichere Diskussion über die besonderen Fähigkeiten italienischer Männer hatte Dorothee Allgäuer keine Lust. Außerdem hatte sie während ihres Studiums ausreichend Gelegenheit gehabt, diese Qualitäten zu testen.

Der Genuss der Torte besänftigte sie. Doch gefallen lassen würde sie sich das nicht. Suspendiert. Von allen Fällen, die sich südlich der Autobahnausfahrt Starnberg in den kommenden Wochen zutrugen. Nun gut, es gab auch genügend Fälle, die aus dem restlichen Bayern nach München zur Untersuchung geschickt wurden. Aber einmalig war dieses Vorgehen schon. Nur, weil sie ein Wochenende Spaß mit einem von dort draußen gehabt hatte.

Gut, mit einem, der als Verdächtiger festgehalten wurde. Ob Gonzo wohl immer noch im polizeilichen Gewahrsam schmorte? Sie schämte sich ein wenig, dass sie bisher nur an sich und nicht an den Delinquenten gedacht hatte. Daher fummelte sie das Handy aus der Handtasche und wählte seine Nummer.

Nach dem vierten Klingeln antwortete er. Ziemlich schlecht auf sie zu sprechen, der Mann. Das spürte sie schon, bevor sie es hörte.

»Was willst du?«, raunzte er ohne weitere Begrüßung. Positiv gedacht hieß das: Er hatte ihre Nummer gespeichert. Und optimistisch: Er hatte sie auch noch nicht gelöscht.

»Guten Morgen auch, Herr Hartinger.«

»Gar nicht in Cannes oder in Hollywood, die Frau Doktor? Oder wenigstens Offenburg? Komm, ein Bambi wird doch rausspringen für die engagierte Nachwuchsfilmerin.«

»Haha. Ich hab dir den Arsch gerettet mit meinem kleinen Video.«

»Ja, nachdem du ihn der Welt gezeigt hast. Muss ich nachsehen, oder hast du ihn auch auf YouTube zur Schau gestellt?«

»Nee, da nehmen sie solches Material nicht. Die heißt anders, die Seite. Aber mit ›You‹ fängt sie an.«

»Prosit. Gott sei Dank müssen das meine Eltern nicht mehr erleben.«

»Mann, jetzt zick halt nicht rum. Wissen doch nur die vom LKA und von der Kripo.«

»Wenn du wüsstest, welchen Spaß die daran haben, so was intern auf ihren Servern den Kollegen zum Download anzubieten. Aber … na ja, ich hab ja keine Karriere mehr zu verlieren.«

»Ich auch nur noch eine halbe. Sie lassen mich an alle Sachen aus Südbayern nicht mehr ran.«

»An alle? Das wär schade.«

»Aha. Also doch keine ewige Verdammnis, in die du mich wünschst, Herr Hartinger?«

»Kurzes Fegefeuer reicht. Aber sag, warum machst du so was?«

»Na ja, wechselnde Bekanntschaften. Sicher ist sicher. Und es ist auch nur eine Überwachungskamera in meinem Wohnungsflur. Die macht einmal alle zehn Sekunden ein Bild. Und da bist du ein paar Mal durchgehuscht. Also kein hochauflösender Naturfilm, den man an den Discovery Channel verkaufen könnte.«

In ihrem Wohnungsflur, nicht im Schlafzimmer? Und nur alle zehn Sekunden ein Bild?

Wenn dies der Wahrheit entsprach – und Hartinger *wusste* auf einmal, dass es sich so verhielt –, hatte ihn der Kripobeamte aus Weilheim ganz schön auf den Arm genommen. Von wegen *»der Ton ist gut … Respekt, Herr Hartinger …«*. Auf den Aufnahmen war nur zu sehen, wie er die Wohnung betreten und wieder verlassen hatte. So viel Humor – wenn überhaupt – hätte er Hanhardt weiß Gott nicht zugetraut.

Oder … Moment mal, war er zwischendurch auch mal nackt durchs Bild gehüpft? Hatte Hanhardt gar nicht von seinem Standvermögen im Bett gesprochen, sondern … was auch immer auf den Aufnahmen so zu sehen war.

Hartinger beschloss, sich weiterhin geschmeichelt zu fühlen. Wenn auch nur klammheimlich und im Stillen. Darum grummelte er: »Ihr spinnts, ihr jungen Leut. Aber … hast recht, den Arsch hast mir damit erst mal gerettet. Ein besseres Alibi gibt es nicht.« Hartinger war wieder besänftigt. »Und du darfst jetzt unsere Knochen nicht mehr untersuchen? Und die Svetlana auch nicht? Das ist wirklich saudumm.«

»Na ja, Zugang zum Institut hab ich ja noch. Und zum Institutsrechner. Da sind alle Akten komplett drauf. Kein Problem.«

»Und die zweite Hälfte deiner Karriere ist dann auch bald flöten.«

»Lass das meine Sorge sein. Ich mach immer noch die Studie. Und die ist für die Zunft der Forensischen Pathologen wichtiger als das eine oder andere Dienstvergehen. Da kenne ich meinen Chef gut genug.«

»Na, wenn das so ist, dann sag ich dir mal, was ich gerade vom Orthopäden meines Vertrauens erfahren habe. Über die Überbeine.«

»Da bin ich gespannt.«

»Erst einmal: Du hast recht. Der Sportarzt in Partenkirchen sagt: Treten an den Außenseiten der Füße selten auf. Bei wem sie allerdings gern auftreten, das sind Sportler, die in jungen Jahren zu enge Schuhe tragen müssen. Die sich geradezu in die

Schuhe zwängen und diese dann stundenlang unter höchsten Belastungen anhaben. So lange, bis sie weder ihre Füße darin spüren noch den Schmerz.«

»Ballerinas.«

»Falsch. Die bekommen andere Probleme. Ballettschuhe sind nicht so eng. Aber du bist nah dran: Eisläuferinnen. Also nicht Schnelllauf, sondern die, die tanzen und springen. Kringel drehen, du verstehst?«

»Eiskunstlauf heißt das.«

»Genau. Sancho, Rüttgers, Toulouse.«

»Salchow, Rittberger, Toeloop.«

»Von mir aus. Ich hab's mehr mit dem Eishockey gehabt, die Kringeldreher waren uns immer suspekt.« Hartinger war nach einigen gescheiterten Versuchen als Jugendlicher allerdings eher passiver Eishockeysportler gewesen. In der Nordkurve des Eisstadions in der Masse grölender Fans bei einer Stadionwurst und einem Bier zu stehen fand er gemütlicher, als halb schwitzend, halb frierend in der kalten Halle auf der Reservebank zu sitzen.

»Das heißt, unsere junge Frau, die da vor fünfzig, sechzig Jahren verscharrt wurde, war Eisläuferin?«, fasste Dorothee Allgäuer zusammen.

»Zumindest hatte sie sehr früh in ihrem Leben sehr lange Zeit sehr enge Schuhe an. Und da bei uns der Eissport nicht gerade unbeliebt ist, liegt der Schluss nahe. Habt ihr schon die DNA-Untersuchung?«

»Bis heute Morgen noch nicht. Aber wie gesagt, ich geh später wieder ins Institut und seh mal nach. Aber auf einen Soldaten würde ich jetzt nicht mehr tippen.«

»Das wird ein Spaß bei dem Tunnel-Termin morgen.«

»Vielleicht wollen sie mich deshalb ausschalten.« Dorothee Allgäuer geriet wieder in Rage.

»Und die Todesursache von der Svetlana würde mich natürlich interessieren. Wenn du da was in Erfahrung bringst …«

»Oh, das kann ich dir sagen. Sorry, hab ich ganz vergessen Das hab ich noch mitbekommen. Hirnblutung.«

»Hirnblutung? Schlaganfall?«

»Das, was landläufig als Schlaganfall bezeichnet wird, ist eine Art der Hirnblutung. Aber in diesem Fall ist die absichtliche oder unabsichtliche Herbeiführung einer Hirnblutung wahrscheinlicher. Durch Über-Kopf-Hängen. Wir haben entsprechende Druckstellen an den Fußgelenken gefunden. Sie wurde stundenlang – wahrscheinlich einen ganzen Tag – an den Füßen aufgehängt.«

»Und daran stirbt man?«

»Schneller, als man denkt. Der menschliche Körper ist nun einmal für die andere Ausrichtung konstruiert. Zuerst wird die Zunge sehr schwer, allein daran sind schon Leute erstickt. Und die inneren Organe drücken auf das Zwerchfell, wodurch das Atmen schwierig wird. Und natürlich und vor allem kommt das Blut nicht mehr so leicht aus dem Kopf raus. Wenn da ein Blutgefäß zu schwach ist, dann platzt es. Und dann stirbt man, wenn man nicht schnell behandelt wird.«

»Aber so Yogis stehen doch ganze halbe Leben auf dem Kopf.«

»Aber keine Svetlanas. Ich sag immer: Leute seid vorsichtig mit Extremsport. Und Yoga gehört da ohne Frage dazu. Natürlich nicht das Yoga, das man in den schicken Münchner Studios und Turnhallen von Volkshochschulen praktiziert. Das ist Blümchenyoga. Der Sex der Einschichtigen. Ich meine schon das, was du meinst. Heilige Männer, die zwanzig Jahre lang nichts essen und trinken.«

»Hat sie gelitten?«

»Nein, das hat sie eher nicht. Man wird bewusstlos, und dann stirbt man langsam. Na ja, was die vorher mit ihr gemacht haben, möchte ich allerdings nicht haben. Zumindest nicht in der Ausprägung. Aber ich bin nicht sicher, ob sie das auch so gesehen hat.«

»Kannst du mal Klartext reden? Was hat wer mit ihr gemacht?«

»Sieht so aus, als wäre deine Freundin Svetlana in sexuellen Praktiken, die man gemeinhin als Sadomaso bezeichnet, recht erfahren gewesen. Zumindest sagen uns das die Narben und Male auf ihrem Körper.«

»Dann war das vielleicht ein Unfall?« Hartinger korrigierte sich selbst. »Nein, war es nicht. Denn sonst hätte man sie nicht so theatralisch den Felsen hinuntergeworfen. Das war von vorn bis hinten durchgeplant. Auch, dass sie in meine Ausrüstung geplumst ist.«

»Mit der Exegese der Fakten kennst du dich besser aus. Ich muss jetzt los«, sagte Dotti.

»Ins Institut?«, wollte Hartinger wissen.

»Nein, den Vormittag stehle ich ihnen. Ich schände jetzt erst mein Konto und dann erst wieder eine Leiche. Brauch dringend was Neues zum Anziehen.«

»Und wann zeigst du mir das?«

»Zum Anziehen, hab ich gesagt, nicht zum Ausziehen.« Damit beendete Dorothee Allgäuer das Gespräch. Sie wollte sich erst einmal darüber klar werden, ob sie wirklich für den Mann aus den Bergen die zweite Hälfte ihrer Karriere riskieren wollte.

Als sie in der Maximilianstraße stand und sich entscheiden musste, welche Edelboutique sie zuerst heimsuchen sollte, zog es sie magisch zu dem Dessousladen. Die wirklich wichtigen Dinge waren zuerst dran. Eine Handtasche könnte sie sich auch noch auf dem Nachhauseweg gönnen.

Der Ministerpräsident hatte kein gutes Gefühl. Dass er an diesem nebligen Mittwochmorgen dennoch nach Garmisch-Partenkirchen fuhr, lag daran, dass er sich als äußerst zuverlässig betrachtete und verkaufte. Vor seinem Garmisch-Partenkirchner Statthalter Meier hätte er einen Wortbruch locker abgefedert. Aber dem Baron von Storck hatte er erst am Wochenende auf der Jagd die Zusage gegeben, das gemeinsame Vorhaben intensiv zu prüfen. Eine Absage des Tunnelanstichs hätte den Baron in Alarmbereitschaft versetzt.

So rollte Bayerns Landesvater im gepanzerten BMW die A95 entlang, vor und hinter ihm die blaulichtbewehrten Limousinen seiner Leibwächter. Sie schnitten durch den Nebel, der sich am Autobahnende plötzlich auflöste und den Blick auf das großartige Panorama des Wettersteingebirges freigab. Über den schneebedeckten Spitzen prangte ein blitzblauer Frühjahrshimmel.

Dem Ministerpräsidenten ging das Herz auf. Seine Laune besserte sich. Ja, es war doch die richtige Entscheidung gewesen, hier wieder einmal Flagge zu zeigen. Es würden tolle Bilder werden, die an diesem Abend in der Rundschau und morgen in den Bayernteilen der Zeitungen zu sehen sein würden. Und die Rede, die Kleinschmied für ihn geschrieben hatte, war auch ganz in seinem Sinn.

Er las sie noch einmal durch, während seine Kolonne durch Oberau und den Farchanter Tunnel raste. Ja, es standen die richtigen Schlüsselwörter im Text. »Unser schönes Bayernland« zählte der Ministerpräsident fünfmal, Kombinationen aus »Tradition«, »Zukunftsfähigkeit« und »Nachhaltigkeit« dreimal und die Vokabel »Technologie« zweimal. »Europa der Nationen« hatte Kleinschmied auch noch untergebracht und sogar die Floskel »Völkerverständigung durch Straßenbau«. Schließlich hatte sein persönlicher Referent sogar noch formuliert: »Intakte Familien brauchen schnellen Verkehr!« Der Ministerpräsident lachte leise in sich hinein. Wie recht Kleinschmied damit hatte. Doch so konnte man das nicht stehen lassen. Er zog sein Montblanc-Meisterstück aus der Lodenjoppe und machte aus dem »Verkehr« »Verkehrsanbindungen«.

Da sie spät dran waren, war keine Zeit für einen Plausch mit Meier in dessen Rathaus. Der Ministerpräsident wies seinen Fahrer an, den Wagen auf dem schnellsten Weg direkt zur bevorstehenden Tunnelbaueröffnung zu lenken.

Auf einer Behelfsbrücke über die Loisach gelangten sie zur Baustelle. Dort bot sich ein dem Ministerpräsidenten von unzähligen ähnlichen Anlässen vertrautes Bild. Der Platz war aufgekiest und der Kies zu einer sauberen Fläche verdichtet, sodass die schweren Wagen direkt vor das hölzerne Podest hätten fahren können, auf dem Bürgermeister Meier, die dem

Tunnelbau gewogenen Fraktionen des Garmisch-Partenkirchner Gemeinderats, der dem Ministerpräsidenten seit dem Wochenende gut bekannte Anton Brechtl und weitere Honoratioren standen. Trotz Lodenausstattung froren sie sichtlich.

Von der Plattform ging ein hölzerner Steg ab. Dort, wo er endete, steckten zwei Spaten in der Erde. Sie waren nagelneu, und in ihre Stiele hatte ein ortsansässiger Künstler Anlass und Datum mit dem Brennstift graviert.

Der Ministerpräsident ließ dreißig Meter vor der Plattform anhalten und stieg aus dem Fond des Siebeners. Das war das Zeichen für das Gebirgsmusikkorps der Bundeswehr, mit dem Bayerischen Defiliermarsch einzusetzen.

Der Ministerpräsident schritt zum Klang der heimlichen Nationalhymne die Parade aus Polizisten, Feuerwehrlern, Bauarbeitern und Presseleuten ab, die sich wie ein Garderegiment unterhalb des Promi-Podests aufgestellt hatten. Ein zufälliger Beobachter hätte sich gefragt, warum wohl mitten im Wald eine Laienschauspieltruppe eine Parade für den Geliebten Führer Kim Sung Il generalprobte.

Endlich erreichte der hohe Gast aus München das Podest und nahm die zwei Stufen mit einem einzigen gesprungenen Schritt, was nach Meinung seines Gebärdentrainers immer Dynamik und Entschlossenheit demonstrierte. Der Landesvater winkte in die Runde und in die Landschaft, als tummelte sich auf der anderen Seite der ehemaligen naturgeschützten Feuchtwiese so etwas wie ein Volk, das sich an diesem Tage scharenweise in die Breitenau aufgemacht hatte, um ihm zu huldigen. Doch dort standen anstelle von Rautenfahnen schwenkenden Schulkindern nur die frisch gekärcherten Bagger und Radlader des Anton Brechtl Spalier. Das ihnen auflackierte Konterfei ihres Besitzers und die Sprechblase mit dem Slogan »Ob kalt, ob heiß – ich kümmer mich um jeden Scheiß« grüßten zur Bühne herüber. Eigentlich sah die Szene danach aus, als huldige der Ministerpräsident dem überlebensgroßen Bagger-Toni als dem einzigen Mann, der sich wirklich um alles kümmerte.

Damit auch alle Waldtiere in einem Radius von zwei Kilometern von dem großen Glück erfuhren, dass der Bayerische Ministerpräsident himself an diesem Tag den baldigen Bau einer völkerverbindenden Fernstraße in ihrem Lebensraum feierte, hatte die Protokollabteilung des Straßenbauamts Weilheim, die für die technische Durchführung des Tunnelbaus und somit des Events verantwortlich zeichnete, überdimensionierte Lautsprecher rechts und links auf dem Holzpodest anbringen lassen. Über diese schallte die Begrüßungsrede von Bürgermeister Meier.

Danach spielten die Gebirgsjäger den Loisachtal-Marsch, und anschließend war der Ministerpräsident an der Reihe. Er verlas die Rede von Dr. Kleinschmied und baute an passenden wie unpassenden Stellen Anspielungen auf die Länge der politischen und verwaltungstechnischen Wege in Bayern ein. Doch, so sein Fazit, nach vierzig Jahren der Planung zeige sich, dass in Bayern noch wegweisende Projekte gemeinsam mit Bürgern und Politik zum nachhaltigen Nutzen aller umgesetzt werden könnten.

Endlich schritten der Landesvater und der Ortsvorsteher zum Spatenstich. Die Fotografen und Kameraleute hatten vorher ihre Positionen festgelegt. Die Alpspitze steil angeschnitten im Hintergrund und zwei tatkräftig die Spaten in die Erde stechende Politiker ergaben schöne Bilder.

Als der Ministerpräsident sein Werk als erbracht erachtete, erhob sich aus der Gruppe der Journalisten eine Stimme:

»Herr Ministerpräsident, was sagen Sie dazu, dass Sie gerade in das Grab eines Mordopfers gestochen haben?« Hartinger. Wer sonst.

Der Angesprochene schaute verstört. Für Sekundenbruchteile entglitten ihm die Züge. Doch er fasste sich schnell wieder und gab die Frage an untere Ebenen ab. »Ich bin ganz sicher, dass der Herr Bürgermeister und der Chef der örtlichen Polizei Ihnen dazu bessere Auskünfte geben können. Aber – wenn Sie gestatten – ein toter Soldat ist kein Mordopfer, jedenfalls nicht zwingend, ich meine, jedenfalls dann nicht, wenn er in Ausübung seiner Pflichten fürs Vaterland auf dem Feld der Ehre den Heldentod … Ich meine, wenn er während der Schlacht fällt. Nicht nur fällt, sondern stirbt. Das tun Soldaten. Im Krieg jedenfalls. Und während der Schlacht sowieso. Nicht alle, aber viele. Und das ist dann nicht unbedingt Mord. Das darf ich auch in der Anwesenheit des Herrn Majors einmal klipp und klar sagen, jawoll?«

Er wies mit einem Kopfnicken auf den Chef des Gebirgsmusikkorps, das den Rest der einstmals in Garmisch-Partenkirchen residierenden 1. Gebirgsdivision darstellte. Der Bundeswehr-Kapellmeister begriff sofort, drehte sich zu seinem Orchester um, hob schneidig den Taktstock, und es erklang, wie es das Programm vorsah, der Marsch »Die Welt ist so schön«.

Hartinger aber ließ sich auch nicht von Marschmusik von seiner Wahrheitssuche abhalten. In den ohrenbetäubenden Lärm hinein – der Tontechniker hatte geistesgegenwärtig die Regler seines Mischpultes bis an den oberen Anschlag geschoben – setzte er seine Befragung fort.

»Sind Sie sicher, dass es Soldatenknochen waren, die man hier gefunden hat? Und wenn, wäre das nicht Anlass genug, die Bauarbeiten zu verschieben, bis die Leiche vollständig geborgen ist?«

Der Ministerpräsident blickte Hilfe suchend zu seiner Leibgarde und dem Fahrer. Nun rächte es sich, dass er weiter weg hatte parken lassen. Mittlerweile war er von Reportern und Kameraleuten umringt. Die dreißig Meter bis zu seinem Auto erschienen ihm so lang wie eine Reise zum Mond. Er musste sich den unbequemen Fragen stellen.

»Sicherlich … Die Totenruhe ist ein nicht zu unterschätzendes Gut. Seien Sie versichert, dass gerade dies einem Ministerpräsidenten mit einem C im Parteinamen in ganz besonderer Weise bewusst und wichtig ist. Von daher wurden alle Vorkehrungen getroffen …«

»Die Knochen gehören zu einer weiblichen Leiche. Waren im Zweiten Weltkrieg Frauen an der Front? Und verlief die

Front in Garmisch-Partenkirchen? Gab es hier überhaupt getötete Soldaten?« Hartinger schickte dem Politiker eine wahre Salve von Fragen hinterher, als der in Richtung des rettenden Fahrzeugs flüchten wollte.

»Wissen Sie, das tut doch hier nichts zur Sache. Wir möchten hier die nachhaltige Zukunft von Verkehrswegen sichern. Und schneller Verkehr gehört nun einmal zu einer intakten Familie, ich meine, Völkerfamilie, natürlich, hier im Herzen Europas, wo sich die Schnittstelle zwischen Nord und Süd, Ost und West befindet …«

Der Ministerpräsident schritt eiligst davon, seine Leibwächter hielten die Pressemeute zurück. Hartinger, umringt von den Kollegen der anderen Tageszeitungen, der Lokalsender und des Bayerischen Rundfunks, hatte auf einmal ihre komplette Aufmerksamkeit, so als wäre er der Pressesprecher der Bayerischen Staatskanzlei und des Garmisch-Partenkirchner Rathauses in Personalunion. Sie bedrängten ihn mit ihren Fragen, während der Ministerpräsident den Bürgermeister mit einem energischen Kopfnicken in seinen Dienstwagen beorderte.

Mit auf dem Kies eindrucksvoll durchdrehenden Rädern und Blaulicht starteten die drei schweren Wagen der Kolonne gen München.

»Na sauber, denen hast du's aber eingeschenkt, mein Lieber. Respekt.« Bei Weißhaupt konnte man nie sicher sein, ob ein Kompliment auch als ein solches gemeint war. Darum blieb Hartingers Gesichtsausdruck unverändert. Er ließ seinen Ex-Chef weiterreden. »Wundern würd's mich nicht, wenn die dich jetzt dann mal endgültig aus dem Verkehr ziehen. Zur puren Freude gereichst du denen da draußen sowieso nicht. Und jetzt auch noch der MP. Bist du eigentlich total irre? Willst du den letzen Job, den du in diesem Land bekommst, auch noch versauen?«

»Freiheit, Weißhaupt, Freiheit. Des hoaßt, koa Angst ham vor nix und neamand.«

»Ich weiß. Nur dass der Freiheitsdichter, der das gesungen hat, eine Villa in der Toskana hat, in die er sich jederzeit zurückziehen kann, um dort auf den steten Fluss seiner Tantiemen zu warten. Seine Drogendelikte hat er abgesessen, und seine Steuerschulden sind bezahlt. Und du? Du hast nix. Um beim klassischen Liedgut zu bleiben: Freedom's just another word for nothing left to lose, mein Lieber.«

»Steuerschulden hab ich auch«, schmollte Hartinger.

»Wie witzig. Und damit werden sie dich packen. Wegen so einem Kleinscheiß. Und gestern, mein Freund, bist du auch noch ein Verdächtiger in einem Mordfall gewesen, hast du das vergessen? Ist ein Wunder, dass du hier rumsitzt und nicht schon längst in Stadelheim.«

Hartinger sah sich im für den frühen Mittwochabend recht gut gefüllten Schumann's um. Hier fand auch er es viel gemütlicher als in der JVA am Südostende der Stadt. »Mein Alibi ist so was von wasserdicht, Kurt, jetzt reg dich ab.«

»Auch kugelsicher? Ich hab schon miterlebt, wie die bayerischen Staatsanwälte ganz andere Alibis sturmreif geschossen haben. Pass nur auf.«

»Und außerdem hat die DNA-Probe der Knochen ja meine These bestätigt. Eine Frau wurde da vor einem halben Jahrhundert begraben. Ich hab recht, und morgen steht es in allen Zeitungen. Und ich sag ja auch gar nicht, dass sie da keinen Tunnel bauen sollen. Sollen sie, das Tal ist eh schon hinüber. Aber sie könnten erst einmal anständig ermitteln, wer da draußen warum und vor allem von wem verscharrt wurde. Mehr will ich nicht.«

»Hast ein Glück, dass der Oberleitartikler unseres ehemaligen Arbeitgebers das genauso sieht. Der schreibt das morgen auf Seite vier. Und damit traut sich die Staatsmacht vielleicht ein bisschen weniger nah an dich heran. Aber glaub bloß nicht, dass dir das eine kugelsichere Weste gibt, dir und deinem Bums-Alibi.«

»Okay, ich pass auf. Also, weiter im Text. Was sagt dein Mülltonnenspezl, der Professor Marchsteiner?«

»Der wird immer maulfauler, wenn es um Garmischer Angelegenheiten geht. Das verwundert ja nicht. Der hat auch Planstellen und Budgets, um die er kämpfen muss.«

»Ich weiß.«

»Stimmt. Du unterhältst ja ganz besonders enge Beziehungen zu seinem Institut.«

»Wird mir aber nichts bringen. Die haben jetzt Dotti quasi den Zugang zum PC-System gesperrt. Kommt nur noch an ihre eigenen Fälle ran. Und die sind wenig spektakulär. Außerdem haben sie den Abgabetermin für ihre Studie vorverlegt.«

»Hast du ja toll hingekriegt, Gonzo. Ich planier dir einen wunderbar ebenen Weg direkt ins Herz der Gerichtsmedizin. Und du reißt mit dem Hintern alles ein. Und nicht nur mit dem Hintern.«

»Du weißt also nicht, in welche Richtungen die jetzt ermitteln, Kurt?«

»Wer sagt das? Natürlich weiß ich das. Deine Dotti hat denen dein Rechercheergebnis in Sachen Überbeine gesteckt. Wollte wohl gut Wetter machen. Und jetzt geht die Kripo alte Akten von Eisläuferinnen aus Garmisch-Partenkirchen durch. Haben sogar einen Ermittler ins Hauptstaatsarchiv und in die Stabi geschickt, um Akten zu durchwühlen. Das lieben die Jungs ja besonders. Aber ist denen eigentlich eher recht, wenn es lange dauert. Dann wächst Gras über die Sache, bis was rauskommt. Deine andere Freundin, die tote Gastwirtin, die macht ihnen schon mehr Sorgen. Weil einen Anhaltspunkt haben die nicht.«

Hartinger wusste, dass es keinen Sinn hatte, Weißhaupt nach der Quelle seines Wissens zu fragen. Er war in München und ganz Bayern besser vernetzt als das Glasfasersystem der Deutschen Telekom.

»Dann hau ich mal wieder ab in die Bergheimat. Nach Eisläuferinnen fahnden, die in den Vierzigern und Fünfzigern aktiv waren. Das kann ich dort besser.«

»Erst isst du mit mir ein Roastbeef mit Bratkartoffeln.«

»Ohne Bratkartoffeln, mit Salat.« Hartinger strich sich über den Bauch. Er hatte den Eindruck, als seien die Nacht in der Zelle der Polizeiinspektion und das spärliche Essen dort seiner Linie gut bekommen.

Weißhaupt gab die Bestellung auf. »Michael, für mich das Übliche und für den Herrn Hartinger ganz mageres Fleisch mit Salat. Ohne Dressing. Bring ihm doch bitte einen Rock dazu. Größe 36. Höchstens.«

Es war ein Kraftakt der besondern Art gewesen, den Bürgermeisterstammtisch vom Garmischer Posthotel ins Bräustüberl zu verlagern. Seit mehreren Jahrzehnten hatte er in dem traditionsreichen Beherbergungsbetrieb am Marienplatz stattgefunden. Doch seit das Hotel von einer ausländischen Unternehmensgruppe übernommen wurde, fühlten sich die Honoratioren dort nicht mehr so recht wohl.

Der Garmischer Stammtisch war wichtiger als der in Partenkirchen, keine Frage, denn in Garmisch saß die geballte Wirtschaftskraft der Doppelgemeinde. Am Partenkirchner Stammtisch im Gasthof Zum Rassen in der Ludwigstraße kamen natürlich auch die Köpfe der dortigen wichtigen Familien und Organisationen zusammen. Doch in Garmisch hatte sich in den letzten Jahren das prosperierende Zentrum der Marktgemeinde entwickelt. Immer mehr Geschäftshäuser waren hochgezogen worden, in denen immer größere Läden der großen Ketten die Konsumlustigen aus nah und fern zum Shoppen lockten. Die Bezirksleiter der Modehäuser, Lebensmitteldiscounter und Sportmultis waren für den Bürgermeister mittlerweile beinahe wichtiger als die Chefs der verschiedenen Werbegemeinschaften. Und als die Trachtenvereins- und Weidegenossenschaftsvorsitzenden sowieso.

Und für den Brechtl galt das noch mehr. Denn der hatte die riesigen und mit ausgesuchter Hässlichkeit den Ort verschandelnden Einkaufsbunker gebaut und war an den Immobiliengesellschaften, die sie vermieteten, beteiligt.

Als Toni Brechtl aus Spaß an der Freude und weil er endlich wieder richtige Blut- und Leberwürste aufgetischt haben wollte, das alte Bräustüberl kaufte und wieder mit einem gestandenen Wirt besetzte, der sein Fach verstand, war schnell klar: Der Garmischer Bürgermeisterstammtisch würde umziehen. Und neben Skiclubpräsidenten, Kreissparkassendirektoren und Pfarrern saßen nun auch die Regionalvorsteher von Klamotten- und Lebensmitteldiscountern in der Runde.

Sie alle bedrängten Bürgermeister Meier und seinen Oberpolizisten Bernbacher, dass schnell – und zwar ganz schnell – wieder Ruhe im Ort einkehren möge. Garmisch-Partenkirchen gehe bundesweit – und möglicherweise bald auch weltweit – als Ort durch die Medien, an dem Morde verübt würden. Und in dem ein Einheimischer den Bayerischen Ministerpräsidenten bedränge. Vor laufenden Kameras. Das gehe nicht an, meinte der Bezirksleiter der Sportklamottenkette mit der Fuchstatze. An die Olympiabewerbung glaube er persönlich sowieso nicht mehr. Aber wenn auch noch der Ruf des Ortes unter schmutzigen Geschichten leide, sehe er für seine Umsätze schwarz, und damit sei mittel- und langfristig gesehen der Standort in Gefahr. Die anderen Filialisten-Statthalter nickten eifrig.

»Das glauben Sie nicht, wie schnell unsere Zentrale so eine Niederlassung schließt«, flankierte der Abgesandte Europas größter Billigtextilkette. »Das geht über's Wochenende. Zack, zack – Ware raus, Regale raus, Logo ab. Und dann geht's Schlag auf Schlag weiter. Wenn einer weg ist, folgt bald der zweite. Und auf einmal haben Sie einen Leerstand, der sich gar nicht gut macht in der Hochsaison.«

»Und das kriegen Sie auch nicht mehr vermietet. Wer soll denn diese riesigen Flächen nehmen? Sie vielleicht, Herr Eichwalder?« Der Mann, der die Interessen des Schuhmultis vertrat, starrte den einheimischen Konkurrenten geradezu feindselig an. »Sie sind doch schon in jeder leer stehenden Gewerbeimmobilie mit einem Laden vertreten. Wollen Sie unsere zehntausend Quadratmeter in Eins-b-Lage noch dazu? Die kriegen Sie nicht voll. Da braucht's schon das Marketing, wie wir das machen. Fernsehen, Plakate, Zeitungsbeilagen … Das stemmen Sie doch nicht.«

»Stimmt«, grummelte Sepp Eichwalder, »zu euch rennen die Billig-Touris, wenn sie Billig-Batschn brauchen. Der Garmisch-Partenkirchner, der auf sich hält, kauft im traditionellen familiär geführten Einzelhandel.«

»Wenn Sie sich da mal nicht täuschen«, gab der Schuhriesen-Chef zurück. »Unsere Kredit- und Rabattkartenauswertungen sagen etwas ganz anderes.«

»Meine Herren, so kommen wir doch nicht weiter. Die Einzelhändler an diesem unseren wunderschönen Ort müssen zusammenhalten. Der Kleine profitiert vom Großen und der Große vom Kleinen. Das zarte Wirtschaftswachstum in unserem Landl, das unter meiner Ägide gediehen ist – wenn ich das in aller Bescheidenheit an dieser Stelle einmal einwerfen darf –, das darf nicht – wenn wir schon vom Dürfen reden –, im Keim darf es nicht erstickt werden dürfen … Äh, ich meine … Also, was ich sagen will: *Selbstverständlich* klären wir die Todesfälle baldmöglichst auf. Oder, Ludwig?«

Ludwig Bernbacher hatte der Rede seines Bürgermeisters nicht gelauscht, da er die meisten seiner Gemeinplätze aus zig Wiederholungen kannte. Außerdem war er ins Studium des Dirndlausschnitts der feschen Bedienung vertieft gewesen, die der neue Wirt mitgebracht hatte. Sie stellte gerade einen Krug Alkoholfreies vor ihm ab. »Äh, ja. Sicherlich. Auf… äh … klären. Logisch«, sagte er, nachdem er sich gedanklich wieder in die Runde eingegliedert hatte.

»Wo wir gerade beim Wirtschaftswachstum sind, Herr Bürgermeister«, mischte sich der Lebensmittel-Repräsentant ein. »Die Streckenführung der neuen Tunnel steht aber jetzt bombenfest, oder? Wenn ich meiner Zentrale falsche Angaben gemacht hab, was die idealen neuen Standorte an den Tunnelausfahrten anbelangt, dann kann ich mich gleich bei Ihnen im Bauhof als Straßenkehrer bewerben. Und Sie wissen ja, was das bedeutet.«

Der Bürgermeister war so offene Worte an seinem Stammtisch nicht gewohnt. Er flüchtete in die Nach-vorn-Verteidigung. »Ich weiß schon, wenn Ihre Zentralen diesen wunderschönen Ort wieder aufgeben, dann fließt wesentlich weniger Gewerbesteuer. Allerdings doch nur für kurze Zeit, denn wenn Sie irgendwo rausgehen, geht der Konkurrent sofort rein. Jetzt malen Sie hier also den Teufel mal nicht an die Wand. Dies ist ein prosperierender Ort. Ob mit oder ohne Olympische Winterspiele, wir haben immer noch eine Million Übernachtungen pro Jahr.«

»Tendenz fallend«, nörgelte sogar der einheimische Sparkassen-Chef. Er würde nie auf einen Posten in der Landesbank befördert werden, wenn er die Bilanz seiner Bank nicht endlich dramatisch nach oben schraubte. Zwar gehörten seinem Institut und den Kollegen der Raiffeisen- sowie der Hypobank bereits die meisten alteingesessenen Hotels auf dem Papier, doch was nutzte das? Die Schuppen wollte ja keiner kaufen. Es musste also weitergehen in Garmisch-Partenkirchen, immer weiter. Neue Besucher und neue Bürger brauchte das Werdenfelser Land.

Auch der Bagger-Toni konnte sich nicht mehr zurückhalten. Zwar hatte er am Wochenende mit dem Ministerpräsidenten und dem Baron striktes Stillschweigen vereinbart, aber er wollte die Großkopferten am Tisch dennoch wissen lassen, dass er, der sich aus kleinen Verhältnissen nach oben geackert hatte, den Schlüssel für die Zukunft Garmisch-Partenkirchens in Händen hielt. Er hatte sich als Hausherr im Bräustüberl an die Stirnseite des Tisches gesetzt, von wo aus er auch den Laden und die Küche im Blick hatte. Damit saß er dem Bürgermeister, der die andere Stirnseite besetzte, frontal gegenüber. Toni Brechtl lehnte sich gemütlich zurück. Wie ein zufrieden lächelnder Buddha saß er da. Ein Buddha in kariertem Trachtenhemd und Lodenhose. »Vielleicht kommt ja auch alles ganz anders«, orakelte er.

»Erstens kommt es anders, und zweitens als man denkt«, warf der Pfarrer in die Runde. In Ermangelung selbst gezogenen katholischen Nachwuchses hatte das erzbischöfliche

Ordinariat vor einem halben Jahr einen ausländischen Seelsorger in die Gemeinde gesandt. Hochwürden Chukwuma Ogolama stammte aus Nigeria.

»Wie wahr, Herr Pfarrer«, pflichtete der Bagger-Toni bei. »Gott weiß alles, gell?«

»Woher wissen Sie, was mein Vorname bedeutet, Herr Brechtl?«, freute sich der in Garmisch nur nach und nach Akzeptanz verspürende Geistliche. Er war das erste Mal beim Bürgermeisterstammtisch dabei. Und auch nur deshalb, weil die anderen es für unerträglich gehalten hatten, dass der evangelische Pfarrer wie seit vielen Jahren üblich am Stammtisch saß und der katholische nicht, schwarz hin oder her – und irgendwie schwarz waren sie ja im Grunde alle. Nachdem dem Afrikaner klargemacht worden war, dass das, was im Bräustüberl besprochen wurde, unter ein Generalbeichtgeheimnis fiel, war er zu dem exklusiven Zirkel zugelassen worden.

»Woher ich das weiß? Weil ich in Ihrer Antrittsmesse war«, plauderte Toni Brechtl vergnügt. »Da haben Sie es gesagt. Und außerdem hab ich daheim Internet. Und ich interessiere mich eben für Menschen.«

Die Stammtischler wunderten sich beim Brechtl Toni über gar nichts. Es war kein Wunder, dass er reich geworden war. Mit seinem brachial-einheimischen Äußeren, dem Garmischer Kantschädel, dem rötlich-blonden Schopf und dem massigen Schnauzer sah man ihm die keltischen Vorfahren an, als wären sie gestern erst aus dem Talkessel verschwunden. Das täuschte manche darüber hinweg, dass der Bagger-Toni ein Geschäftsmann erster Güte war. Und ein solcher bezog seinen Gewinn aus Informationen.

»Was meinst jetzt damit?«, fragte der Bürgermeister genervt. Der Zwei-Zentner-Mann Brechtl war regelrecht zusammengebrochen, als ihm Meier am Montagabend berichtete, dass seine Geliebte, die Svetlana, tot aufgefunden worden war. Über dieser Trauer war kein Gespräch bezüglich des Wochenendes in der Hütte an der Loisach möglich gewesen. Umso mehr hatte sich der Bürgermeister gewundert, als er den Brechtl in bester Verfassung und offenbar geistig aufgeräumt am Stammtisch vorgefunden hatte. Der Schmerz über den Verlust der Gespielin musste von der ganz schnell abklingenden Sorte gewesen sein.

»Was ich mein?« Der Bagger-Toni genoss seine Rolle als Allwissender. Alle Blicke am Stammtisch hingen an seinen Lippen. »Ich mein, dass wir Güter in unserem Landl haben, von denen niemand zu träumen wagte. Ach, was sag ich Güter. Schätze.«

»Hast beim Baggern eine Goldader gefunden, oder bist beim Nasenbohren auf Öl gestoßen?«, machte sich der Verwaltungsdirektor der Klinik über Brechtl lustig. Er war einer der wenigen, die nicht irgendwie vom Bagger-Toni abhängig waren.

»Mei, was weißt du schon von Gold und Öl? Was wisst ihr alle denn von den Gütern, die die Welt von Morgen dringender braucht als die Luft zum Atmen? A bissl Kreativität würde euch nicht schaden, um den Ort nach vorn zu bringen. Gell, Herr Bürgermeister?«

»Leut, lassen wir's für heut«, schnitt Bürgermeister Meier die Unterhaltung ab, bevor der Brechtl noch von einem aus der Runde in seinem unerträglichen Größenwahn tätlich angegangen wurde. Der Vorsitzende des Trachtenvereins scharrte schon mit den Haferlschuhen. Meier selbst hätte auch gute Lust gehabt, dem Brechtl das Maul zu stopfen. Doch dann würde er nie erfahren, was hinter seinem Rücken in seinem Landl gespielt wurde. Er musste den Brechtl noch einmal in die Mangel nehmen.

Er bereute, dass er den Veit Gruber davon abgehalten hatte, das Wochenende ebenfalls auf der Hütte zu verbringen. Der hätte ihm mit ein wenig Druck schon verraten, was dort vonstatten gegangen war. Der Brechtl aber war aus anderem Holz geschnitzt. Doch auch dafür hatte der Bürgermeister das richtige Werkzeug. Den mysteriösen Tod der Svetlana einfach wegzuschnaufen würde dem Toni nicht so leicht gelingen.

Nein, dachte der Bürgermeister, die junge Frau sollte ihren schrecklichen Tod nicht umsonst gestorben sein. Einen Dienst konnte sie ihrer Wahlheimat schon noch erbringen.

## Kapitel 4

»Drohen? Ich Ihnen drohen? Dem Vertreter der Presse, der vierten Macht im Staate? Herr Habersetzer, wo denken Sie hin?«

Der Erste Bürgermeister Hans Wilhelm Meier stand wie immer mit beiden Beinen fest auf dem Boden von Recht und Gesetz. Nur seinen Kopf reckte er ab und an in die wilde Luft des Außergesetzlichen.

Das wusste auch sein Gesprächspartner am anderen Ende der Leitung. Peter Habersetzer war erst seit drei Jahren Redaktionsleiter des Garmisch-Partenkirchner Tagblatts. Um die Machtverhältnisse am Ort zu verstehen, hatte er als erfahrener Lokaljournalist nur zwei Wochen gebraucht. In Garmisch-Partenkirchen am Südrand Bayerns ging es auch nicht viel anders zu als am Ostrand des Freistaats in Vilsbiburg, wo er das Handwerk gelernt hatte.

»Wie würden Sie denn dann den Inhalt dieses Telefonats zusammenfassen, sehr geehrter Herr Meier? Ist das keine Drohung, wenn Sie mir sagen, dass die Unternehmer, die Mitglieder Ihrer Partei sind, keine Anzeigen mehr in meinem Blatt schalten?«

»Lieber Herr Habersetzer. Wann habe ich denn so was Unverschämtes gesagt. Würde mir im Traum nicht einfallen. Ich hab nur gesagt, dass es sein kann, dass es manchem Unternehmer hier am Ort nicht gefällt, wenn ein Irrer wie dieser Hartinger für die Heimatzeitung arbeitet. Ein Pfaffenhasser. Gewalttäter. Beleidiger unseres Herrn Ministerpräsidenten. Ich als Bürgermeister fühle mich verpflichtet, Sie darauf hinzuweisen. Gerade weil ich für eine starke und unabhängige

Presse in meinem ... ich meine, in *unserem* Landl bin. Verstehen Sie mich richtig?«

»Vollkommen. Aber Sie müssen sich keine Mühe geben. Zufälligerweise habe ich heute von unserer Zentrale in München den Hinweis bekommen, dass man dort über die berufliche wie auch die private Vergangenheit des Kollegen Hartinger nicht amüsiert sei. Er wird von uns keine Aufträge mehr bekommen«, berichtete der Redaktionsleiter.

»Das ist gut. Sie haben ihm also gekündigt, dem Hartinger?«

»Einem freien Mitarbeiter muss man nicht kündigen. Er bekommt, wie ich sagte, keinen Auftrag mehr. Basta.«

»Jetzt hoffe ich aber, dass Sie den Verlust so einer Kraft schnell ausgleichen können.« Der Bürgermeister grinste über beide Ohren. »Mei, da fällt mir ein: Die Hornsteiner Jacqueline, die möchte doch was mit Medien machen. Sie wissen schon, die Nichte vom Herrn Brechtl. Die macht bald Abitur am Irmengard-Gymnasium. Vielleicht könnt die bei Ihnen aushelfen. So Fotos, die machen doch die Digitalkameras heutzutag praktisch von allein. Da müssens die Jacqueline nur zu den Terminen schicken. Und Geld will die als Praktikantin auch keins. Und der Brechtl ...«

»Ich weiß, ich weiß. Der schaltet jede Menge Anzeigen bei uns. Und die Schwester vom Herrn Brechtl, also die Mutter von der Jacqueline, die Frau Hornsteiner, sitzt die nicht im Finanzausschuss des Gemeinderats?«

»Jetzt, wo Sie's sagen! Ja, stimmt. Aber da kann ja die Jacqueline nix dafür. Also, ich sag ihm Bescheid, dem Brechtl Toni, dass er die Jacqueline bei Ihnen vorbeischickt. A sauberns Deandl, da werdens schaun, Herr Habersetzer.«

»Das freut mich zu hören, Herr Bürgermeister. Jungen Leuten unter die Arme zu greifen ist die erste Pflicht von allen Unternehmen am Ort. Das gilt auch für die Heimatzeitung.«

»Ich bin Ihnen übrigens dankbar, dass Sie die Sache mit den Knöcherln und besonders das mit der Weißrussin so professionell und unaufgeregt behandeln. Da könnten sich manche ein Radl abschneiden, Herr Habersetzer.«

»Und der Herr Brechtl freut sich darüber auch, richtig?« Einen gewissen Grad an Süffisanz konnte der Journalist nicht verbergen.

Meier stellte sich dumm. »Der Brechtl Toni? Mei, dem ist halt auch an Ruhe und Ordnung im Ort gelegen. Ist ja einer unserer wichtigsten Bürger. Ich mein, alle sind ja gleich wichtig, alle Bürger, vor dem Gesetz. Aber ich mein jetzt gewerbesteuertechnisch wichtig. Sie wissen schon, Herr Habersetzer.«

»Ja, ich weiß schon, Herr Bürgermeister«, seufzte Peter Habersetzer. »So wie anzeigenschaltungstechnisch wichtig.«

Bürgermeister Meier war sehr froh, dass das Bildtelefon noch nicht Standard war. Denn es wäre ihm schwergefallen, sich ein hinterhältiges Grinsen zu verkneifen, als er fragte: »Was meinen Sie eigentlich mit ›der Brechtl freut sich‹? Meinen Sie jetzt wegen der Weißrussin, Herr Habersetzer? Sie konstruieren doch da keinen Zusammenhang, oder? Das wäre ja vollends Wahnsinn, wenn ein Mann des Kalibers unseres ehrbaren Mitbürgers Toni Brechtl verwickelt wäre in eine solche Schande.«

»Sie wissen doch selbst, Herr Bürgermeister, dass sich die beiden ganz gut kannten.«

»Wer kennt den Brechtl nicht? Und die Svetl … Ich meine die Weißrussin, die war ja auch nicht zu übersehen, wie man mir berichtet.«

»Jetzt tuns doch nicht so, Herr Bürgermeister. Wahrscheinlich ist die Frau Brechtl die einzige Person in diesem Ort, die nicht weiß, dass die beiden eine Affäre hatten.«

»Ah geh …«, stellte sich Meier ahnungslos.

»Herr Bürgermeister, bitte. Ihre Solidarität mit Ihrem Steuerzahler Nummer eins in Ehren, aber halten Sie mich nicht für dumm.«

»Na gut, ich hab so was gehört. Aber die Leute reden so viel. Schlimm, oder? Ich möchte gar nicht wissen, was sie über mich alles verzapfen. Oder über Sie, Herr Habersetzer. Stimmt es, dass Sie während Ihres Journalismusstudiums in Passau in einer Männer-WG gewohnt haben? In einer Zweier-Männer-WG?«

Dem Redaktionsleiter blieb die Spucke weg. »Äh, wie … Was soll das bedeuten?«

»Ja, sehen Sie, Herr Habersetzer – nichts, rein gar nichts. Die Leute reden eben. Da ist jemand nicht verheiratet, hat keine Freundin, und zack – hat er seinen Ruf weg. Also bitte. Lassen Sie den Brechtl Toni aus dem Spiel. Ich verbürge mich, dass er weder mit dem Tod der Weißrussin noch mit ihrem Sturz vom Felsen nicht das Geringste nicht zu tun hat.«

Habersetzer schwieg. Der Bürgermeister war zufrieden. Er hörte den Bleistift des Redaktionsleiters eifrig über den Notizblock kratzen.

Als Hartinger gegen zehn Uhr die Aufträge dieses Donnerstags in der Redaktion abholen wollte, hingen keine Terminzettel in seiner Spalte auf der Pinnwand. Alle Jobs prangten unter dem Namen Meerbusch. Im Raum lastete ein ungemütliches Schweigen, wie Hartinger nun bemerkte. Erst glaubte er, die Kolleginnen und Kollegen würden so konzentriert an ihren PCs arbeiten. Doch dann fiel ihm auf, dass auch keine Tipp- und Klickgeräusche zu hören waren.

Alle Blicke waren auf ihn gerichtet. Hatte er den Hosenstall offen und trug keine Unterhose? Nein, es hing nichts aus seiner Jeans. Er schaute in die Runde. Sie glotzten ihn an. Dann sah er im hinteren Eck, wo die archivierten Ausgaben der letzten Wochen auf große Bretter mit Leitzordnermechaniken geheftet waren, den Kollegen Meerbusch, der auffällig konzentriert in eine alte Zeitung vertieft war.

Quer durch den Raum rief ihm Hartinger zu: »Du, Volker! Was geht da ab? Wir wollten doch nur bis gestern tauschen. Heute wird wieder geteilt.«

Der Kollege schaute nicht auf. Er wartete drei provozierende Sekunden lang und sagte dann mit seinem österreichischen Spracheinschlag ein wenig zu lässig: »Bist ganz sicher, Gonzo?«

»Schon.«

»Warst heut auch schon beim Habersetzer?«

»Was soll ich da?«

»Na, vielleicht schaust mal rauf in sein Büro. Und dann verteilen wir die Termine, okay?«

Hartinger passte es gar nicht, dass der bräsige Meerbusch ihm sagte, was er zu tun hatte. Doch dann schaute er noch einmal seine immer noch glotzenden Kollegen an, schüttelte den Kopf und stieg die Treppe hinauf.

Er ahnte natürlich bereits beim Betreten von Habersetzers Büro, dass seine Tätigkeit als investigativer Lokaljournalist ein Ende gefunden hatte. Ein böses Ende.

»Herr Hartinger, es tut mir leid«, begann Habersetzer ohne Ansatz. Mehr musste er auch gar nicht sagen.

»Alles klar, Herr Habersetzer. Politik.«

»Es tut mir *wirklich* leid.« Mehr fiel Habersetzer offenbar nicht ein.

»Dann werde ich auf eigene Faust weitermachen«, kündigte Hartinger trotzig an.

»Tun Sie sich keinen Zwang an. Einen Presseausweis haben Sie ja. Wenn Sie jemanden finden, der Ihre Bilder druckt und Sie dafür bezahlt, ist doch alles wunderbar.«

»Für mich schon.«

»Sicher. Und wenn Sie mich jetzt bitte allein lassen würden. Ich erwarte einen Anruf.« Der Chefredakteur tippte auf dem Telefon herum, als ob er damit den Anruf aus der Leitung kitzeln und das unangenehme Gespräch beenden könnte.

Hartinger wollte seinen frischgebackenen Exchef noch ein wenig leiden sehen. »Ah. Sicher München. Die Verlagsleitung. Oder das Rathaus Garmisch. Mit neuen Anweisungen.«

»Herr Hartinger, es tut mir wirklich *aufrichtig* leid.«

»Ist schon gut. Wir sehen uns, Herr Habersetzer.«

Hartinger kehrte ins Großraumbüro zurück, nahm seine Tasche vom Katzentisch und verschwand grußlos aus der Redaktion.

Er war ihnen nicht einmal böse. Habersetzer nicht und auch

den Kollegen nicht. Und was Meerbusch anbelangte, der war eh eine Strafe für die anderen, am meisten aber für sich selbst.

Karl-Heinz Hartinger stand nun arbeitslos auf den Straßen Garmisch-Partenkirchens. Die Karriere als Mädchenfotograf war noch nicht so richtig in Schwung gekommen, wie er sich selbst gegenüber zugeben musste. Denn das erste Model war verstorben, bevor er es hatte ablichten können. Das hatte er natürlich schon noch getan, bevor die wieder einmal von ihm alarmierte Polizei ihn mitgenommen hatte. Kurz spielte er mit dem Gedanken, die – in der Tat krassen – Fotos von der auf sein Stativ gespießten nackten Svetlana über seinen Kontakt an die BILD zu verkaufen. Die würden sie nehmen. Und gut dafür bezahlen. Für ein paar Wochen würde das Geld reichen. Die ausstehende Miete des Dachzimmers über dem Anbau der Witwe Schnitzenbaumer würde er damit begleichen können.

Aber das wäre das falsche Entrée gewesen. Er hätte bei den BILD-Leuten den Ruf als schmutziger Leichenfotograf weggehabt. Nicht dass die grundsätzlich etwas gegen solche Kollegen gehabt hätten. Aber den Aufkleber wäre Hartinger so schnell nicht mehr losgeworden. Er hätte weitere Leichen liefern müssen, Unfalltote, Suizidenten, am besten Opfer von Gewaltverbrechen. Doch Tote hatte er während der letzten zwanzig Jahre genug gesehen. Davon wollte er weg. Davon *musste* er weg, wie ihm seine Therapeutin erklärt hatte.

Hartinger ging durch den kalten Morgen zur Fußgängerzone. Er wollte in das Café am Mohrenplatz, in dem er vielleicht einen Bekannten traf, den er nach einem Job fragen konnte. Straßenkehren, Klos putzen, beim Schnellamerikaner an der Fritteuse schuften ... Alles ehrenwerte Tätigkeiten, dachte er sich. Auch Regale einräumen im Supermarkt oder Tellerwaschen in einem der vielen Hotels im Tal kam infrage. Nur, diese Niedriglohnjobs würden ihm nicht wirklich helfen. Denn außer seiner Miete und den Lebenshaltungskosten war da noch der Unterhalt für den Buben.

Der Gedanke an seinen Sohn brachte ihn auf die nächste Idee: Das Zimmer bei Frau Schnitzenbaumer aufgeben und bei der Kathi oben in Graseck einziehen. Auch kein wirklicher Ausweg. Hörte sich leicht an, aber das war es nicht wirklich, mit der Kindsmutter und dem Buben unter einem Dach. Blieb das Sozialamt. Hartzen? Nein, vom Staat wollte er bestimmt nichts. Dann doch lieber bei der Kathi zu Kreuze kriechen. Na ja, so ganz schlecht wäre es da oben nicht. Und das Haus war groß genug. Da musste man sich ja nicht ständig über den Weg laufen.

Je länger er darüber nachdachte ... Er konnte es zumindest versuchen. Wahrscheinlich würde sie ihn sowieso hochkant rauswerfen. Wenn er ihr erzählte, dass er auch noch den Job beim Tagblatt verloren hatte, würde sie ausflippen.

Egal. Einen Versuch wollte er unternehmen. Vielleicht war es eine schlechte Idee, aber das konnte er nur herausfinden, wenn er es probierte.

Also sparte er die Zwoachtzig für den Kaffee, machte kehrt und ging zurück zum Volvo, der noch auf dem Parkplatz der Zeitung stand. Er legte die Fototasche in den Kofferraum und startete in Richtung Graseck.

Hartinger traute seinem altersschwachen Volvo nicht zu, dass er die Steigung nach Graseck hinauf schaffte. Er parkte vor der zerfallenen Pension Partnachklamm und überlegte, ob er zu Fuß aufsteigen oder die winzige Selbstbedienungs-Bergbahn nehmen sollte. Dann erinnerte er sich daran, dass er sich im Sparmodus befand. Die sechs Euro für die Berg- und Talfahrt in der ältesten Kleinkabinenbahn der Welt blieben in seiner Tasche. Zusammen mit dem nicht getrunkenen Kaffee eben hatte er damit bereits den Stundenlohn eines Joghurtbechereinräumers auf die Seite gebracht. Außerdem würde ihm der Aufstieg guttun. Zum Joggen war er seit Tagen nicht gekommen.

Zwanzig Minuten später kam er verschwitzt am Mittererhof an. Seit Kathis Eltern gestorben waren, lebte sie in dem riesigen Haus allein mit dem Buben. Aus dem Küchenfenster wehte ein herrlicher Geruch. Geröstete Zwiebeln, Paprika,

Kümmel. Er tippte auf Gulasch. Dass die Kathi nur für den Buben und sich selbst an einem Wochentag so einen Aufwand trieb?

Er klopfte an der Haustüre und trat ein. Die schwere Holzpforte war tagsüber nie verschlossen. Als er im Hausflur nach links in die Wohnküche abbog, fand er nicht nur die Mutter seines Kindes am Herd, sondern auch deren Onkel Albert am Esstisch im Herrgottswinkel hinter einem frisch eingeschenkten Weißbier.

»Oha. Familienversammlung«, sagte Hartinger. »Komme ich ungelegen?«

Kathi schaute nur ganz kurz nach rechts zur Küchentür und vertiefte sich dann wieder in ihre Arbeit. »Der Herr Hartinger schaut doch nicht etwa nach seiner Nachkommenschaft? Es geschehen noch Zeichen und Wunder. Aber du solltest wissen: Dein Sohn ist mittlerweile vierzehn und geht in die Schule. Um zwölf ist der noch nicht da.«

»Dann komm ich später wieder.« Den eigentlichen Grund seines Besuchs wollte Hartinger vor Albert Frey nicht offenlegen.

»Nichts da, Karl-Heinz Hartinger. Setz dich«, kam es vom Esstisch. Dem Willen des Oberhaupts der spärlichen Restfamilie der Mitterers und Freys musste sich Hartinger beugen, zumal dieser Mann vor vielen Jahren einmal sein Lieblingslehrer gewesen war. »Du hast uns sicher Interessantes zu berichten.«

»Von aufgespießten Nackerten zum Beispiel«, sagte Kathi in den großen Topf hinein.

Tatsächlich Gulasch, wie Hartinger im Vorbeigehen zufrieden feststellte.

»Und von Nächten in Garmisch-Partenkirchner Polizeizellen«, setzte Albert Frey nach.

Hartinger war mitten in ein Kreuzfeuer geraten. Eine Situation, in der er nur verlieren konnte. Zum Weglaufen war es aber zu spät. Es half nichts. Der schnellste Weg durch die Gefahrenzone war, alles offen und so detailgetreu wie möglich zuzugeben, den Kopf einzuziehen und den Tadel wie ein Sommergewitter vorbeiziehen zu lassen.

Er setzte sich Albert Frey gegenüber an den Tisch und begann zu erzählen. Von den Knochen. Was er von Svetlana gewollt hatte. Dass da etwas gehörig faul war. Dass wohl die große Politik im Spiel war. Und von Überbeinen berichtete er. Nur von Dr. Dorothee Allgäuer erzählte er nichts, diese Quelle umschrieb er mit »die von der Gerichtsmedizin«.

»Eisläuferinnen?« Bei der Erwähnung dieser Vermutung wurde Albert Frey hellhörig. Als Heimatforscher wusste der pensionierte Oberstudienrat über jeden Aspekt der Garmisch-Partenkirchner Geschichte Bescheid. »Ende der Vierziger. Anfang der Fünfziger. Ja, das macht durchaus Sinn. Schon mal etwas von Casa Carioca gehört?«

Albert Frey genoss zunächst einen weiteren Schluck Weißbier und dass er den jungen Leuten wieder einmal vorführen konnte, was sie alles nicht wussten. »Die Casa Carioca war – und ich übertreibe jetzt nicht – der Mittelpunkt der Eislaufszene in Europa, vielleicht auf der Welt. Für ein paar Jahre zumindest. Das könnt ihr euch heute gar nicht mehr vorstellen.«

»Hab ich schon mal gehört. Aber was war das gleich noch mal genau?«, wollte Hartinger wissen.

»Die Amerikaner haben nach dem Krieg Garmisch-Partenkirchen zu ihrem Vergnügungsviertel Nummer eins erklärt. Sie haben das Schneefernerhaus auf der Zugspitze zu – sagen wir – Europas höchstgelegenem Bordell gemacht. Rauschende Partys auf knapp dreitausend Metern über dem Meer. Hier im Tal haben sie ein paar Hotels gebaut, die ihr ja noch gekannt haben dürftet. Stehen größtenteils nicht mehr. Das Schmuckstück war aber die Casa Carioca.«

»Jetzt weiß ich immer noch nicht, was das ist«, meldete sich Kathi vom Herd her. Sie wischte die Hände an der Schürze ab und setzte sich ebenfalls an den blank gescheuerten Tisch. »Das Gulasch muss jetzt eh eine Viertelstunde ziehen. Also erzähl, Onkel Albert.«

»Die Casa war ein Revuepalast hinter dem Eisstadion. Im maurischen Stil gehalten, mit Zinnen und so. Vollkommener Kitsch. In der Mitte eine Kunsteisfläche, drumherum ein Restaurant, Bar und alles, was zu einem Luxusschuppen so dazugehört. Und das Wahnsinnigste daran: mit verschiebbarem Dach. Die Herren Ami-Offiziere konnten also dinieren und trinken, einer Show der weltweit besten Eistänzer zusehen und dabei den Sternenhimmel über Garmisch-Partenkirchen bewundern. Die hatte sogar einen beweglichen Boden, der über das Eis gefahren werden konnte, wenn Tanzen ohne Schlittschuhe angesagt war. Wie im Madison Square Garden. Herrschaften, im ausgebombten hungernden Deutschland 1946! Ein wahrer Tempel für Eisrevuen, wie es ihn seither nicht mehr gab. Und alle sind gekommen. Alle Eislaufstars und -sternchen aus Ungarn, Österreich, Deutschland. Und auch andere Stars. Liz Taylor, Richard Burton … Elvis! Waren in den Fünfzigern alle da.«

»Und wieso weiß das keiner mehr?«, wollte Hartinger wissen.

»Ich weiß es doch. Und die Älteren wissen es schon auch noch. Der Schuppen ist 1970 abgebrannt. Niemand weiß, warum. Aber da hatte das Ding eh schon seine beste Zeit hinter sich.«

»Und wo ein Eislaufpalast, da auch Eisläuferinnen«, kam Hartinger auf den aktuellen Fall zurück.

»Und wo besoffene Männer, da auch Vergewaltiger und Mörder«, schloss Kathi.

»Moment! Ich muss doch sehr bitten!«, warf Frey ein. »Bist du zu vorschnellen Urteilen erzogen worden?«

»Was war daran bitte vorschnell?«, wehrte sie sich.

»Hast ja recht. Liegt ja auch nahe. Zudem steht dort drüben, wo der Karl-Heinz die Knochen gefunden hat, eine Kaserne, die seit dem Ende des Zweiten Weltkriegs von den Amerikanern genutzt wird.«

»Jetzt begreif ich auch, warum das keiner so wirklich wissen will«, sagte Hartinger nachdenklich in Richtung des Gekreuzigten, der in der Ecke über dem Esstisch sein ewiges Leben fristete.

»Na, wegen dem Tunnel halt«, sagte Kathi.

»Das dachte ich zunächst auch. Stimmt auch. Aber auch wegen internationalen Verwicklungen. Wenn da ein Gewaltverbrechen vorliegt, und das sieht ja alles danach aus, dann eines, das das deutsch-amerikanische Verhältnis belasten kann«, erläuterte Hartinger.

»Stopp. Jetzt sind wir aber *alle* vorschnell, Karl-Heinz«, bremste Frey. »Musst erst einmal nachweisen, dass das ein Ami war. Waren ja auch genug andere Nationalitäten in diesem Tal seit den Fünfzigern. Vergiss nicht, das ist ein internationaler Touristenort.«

»Und Einheimische soll's hier ja auch noch zwei, drei geben«, pflichtete Hartinger bei.

Albert Freys Augen begannen zu leuchten. »Dann machen wir uns mal an die Arbeit, Herrschaften. Wir müssen ins Archiv. Gibt es Vermisste aus der Zeit? Vermisste Eisläuferinnen?«

»Wo fangen wir an?« Hartingers Jagdtrieb bekam neuen Schub.

»Im Marktarchiv. Wobei … alte Polizeiakten gibt's dort nicht. Die sind im Staatsarchiv und Hauptstaatsarchiv in München. Aber im Marktarchiv finden wir vielleicht Hinweise.«

»Also ich fang beim Gulasch an. Und ihr auch«, bestimmte Kathi und holte vier Teller aus dem Küchenbüfett. »Ich koch nicht den ganzen Vormittag, damit ihr jetzt wegrennt.«

»Oha, bleibt der Karl-Heinz jetzt zum Mittagessen?«, wunderte sich Albert Frey. Seine Nichte und sein Exschüler waren seit anderthalb Jahrzehnten nur noch über die Elternschaft miteinander verbunden.

»Bleibt schon genug für dich, Onkel Albert. Außerdem muss der Herr Hartinger mir dafür hernach das verstopfte Waschbecken im Bad reparieren. Da hilft kein Pümpel nimmer.«

Hartinger wurde schwummrig.

»Aber der Abort geht?«, fragte Frey. »Weil bevor wir essen,

müsst ich mal …« Nachdem kein Einwand der Hausherrin kam, verschwand Albert Frey aus der Küche in Richtung Toilette.

Draußen schepperte das Mountainbike des Juniors an die Türe des Schuppens.

Hartinger erinnerte sich daran, warum er hier heraufgekommen war. »Äh, was ich dich eigentlich fragen wollte, Kathi … Oder … lieber später.«

Sie drehte sich vom Herd in seine Richtung und stemmte die Fäuste in die Hüften. »Sie haben dich also rausgeschmissen«, sagte sie ihm auf den Kopf zu.

»Woher weißt du das?«

»Ist ja nicht so schwer zu erraten. Hätt ich auch getan. Ich hab im Fernsehen gesehen, wie du dich da drüben mit dem Ministerpräsidenten aufgeführt hast.«

»Wenn ich vielleicht die paar Monate, bis ich was gefunden hab, den Unterhalt schuldig bleiben könnte …?«

»Sonst bist du aber noch gesund? Meinst, mir wächst das Geld aus der Kittelschürze?«

»Ich weiß echt nicht, wo ich's hernehmen soll.«

»Na toll. Und deine Miete, wie bezahlst du die?«

»Das wollt ich eigentlich auch mit dir besprechen. Weil Platz hättest du ja …« Weiter kam Hartinger nicht.

»Du? Hier? Bei mir? Jetzt wird's hinten höher wie vorn!«, rief sie empört. »Das muss ich mir gut überlegen. Wenn, dann nur wegen dem Buben. Dann sieht der dich wenigstens ein paar Mal öfter.«

In dem Moment ging die Küchentür auf, und Anton betrat die Küche. »Papa!«

Vater und Sohn fielen sich in die Arme, und Kathi sah die Freude auf dem Gesicht ihres Sohnes. »Von mir aus. Aber nur auf Zeit. Und auf dem Dachboden. Ich will wenigstens ein leeres Stockwerk zwischen dir und mir haben.« Sie wischte sich die Hände energisch an der Schürze ab. »Und abarbeiten tust du die Miete, damit wir uns da gleich richtig verstehen. Das Haus muss eh neu gestrichen werden, und der Zaun ist hin.«

Da wusste Hartinger, dass das eine ganz schlechte Idee gewesen war, die ihn nach Graseck geführt hatte.

Das Treffen war so geheim, dass sogar die Fahrer und Sicherheitsleute freibekamen. Natürlich folgte dem Ministerpräsidenten dennoch einer der Personenschützer des Landeskriminalamts, als er im Schatten der Häuser zu seiner Stadtwohnung auf der anderen Seite des Franz-Josef-Strauß-Ringes ging, mit hochgeschlagenem Mantelkragen, damit ihn auch niemand erkannte. Nicht dass er Angst vor seinen Bürgern gehabt hätte. München war eine der sichersten Städte der Welt. Aber er wollte nicht auf eines der vielen großen und noch mehr kleinen Probleme angesprochen werden, die sein Land derzeit zwickten. Bayerns starker Mann schlief im luxussanierten ehemaligen Kloster St. Anna, wenn er nicht nach Hause in seine niederbayerische Heimat Osterhofen fuhr. Er war der erste Ministerpräsident, der aus dem bevölkerungsarmen östlichen Teil des Bayernlandes kam. Die Privatadresse St.-Anna-Viertel im Münchner Lehel, die er auf allen offiziellen Formularen angab, sodass sie auch im Wegweiser der Bayerischen Ämter und Behörden auftauchte, setzte ihn vermeintlich gleich mit den großen Anführern, die Bayern nach dem Krieg regierten. Sie waren entweder in München geboren oder hatten sich große Mühe gegeben, wenigstens dort zu sterben.

Außerdem befand sich die Wohnung in Gehweite zur Staatskanzlei und hatte eine illustre Nachbarschaft. Viele Reiche und Superreiche gönnten sich in dem ehemaligen Franziskanerkloster ein schickes Townhouse. Dass zur Bewachung des prominentesten Mieters Tag und Nacht ein Polizeiwagen vor der Tür des Hauses stand, nahmen sie wohlwollend zur Kenntnis.

An dessen Besatzung vorbei ging der Ministerpräsident auf die Eingangstür zu und entriegelte sie mit dem Abdruck seines Zeigefingers, dann fuhr er mit dem Lift in den vierten Stock. Wie gut es tat, einmal allein zu sein. Und wenn es nur die drei Minuten Fußweg von seinem Büro hierher waren.

Er ging durch die Wohnung und freute sich, dass seine Leute

alles perfekt hergerichtet hatten. Der große Tisch im Esszimmer war gedeckt, das Büfett befand sich unter Frischhaltefolie, und in der mit einem weißen Tuch halb abgedeckten und mit Eiswürfeln gefüllten Silberschale steckten Champagnerflaschen. Alles war zu seiner Zufriedenheit bestellt. Es konnte ein großer Abend werden.

Bevor der Baron und die anderen kämen, wollte er eine Dusche nehmen und sich umziehen. Die bedeutendsten deutschen Wirtschaftsführer empfing man im Dreiteiler des italienischen Schneiders, nicht im Lodenanzug.

Als er die Weste zuknöpfte, klingelte es an der Tür.

Bevor sich der Freitag ins Wochenende beugte – und das tat er in den Behörden der Marktgemeinde Garmisch-Partenkirchen mit dem Läuten der Zwölf-Uhr-Glocken –, musste Bürgermeister Hans W. Meier noch seinen Ärger loswerden. Er hatte schon in aller Herrgottsfrüh seinen Bauamtsleiter zur Schnecke gemacht, weil die ganze Stadt zum Saugrausen aussah, wie er ihn unverblümt hatte wissen lassen.

Hans W. Meier hasste das frühjährliche Straßenbild, wenn die letzten schmutzig-grauen Schneereste schmolzen und die im Eis konservierten Hundehaufen eines ganzen Winters auf den Gehsteigen herumlagen. Straßen und Wege der Marktgemeinde waren zudem immer noch mit einer dicken Schicht Rollsplitt bedeckt. Seine Frau Anni hatte sich auch schon beschwert, dass sie sich ständig ihre neuen Schuhe beim Einkaufen an den scharfen Kieseln kaputt stieß.

Doch all das war nichts, verglichen mit dem umfassenden Bürgermeistergroll, der sich in ihm angestaut hatte ob der Geheimniskrämerei des Bagger-Toni, der Knochensache samt dem Eklat mit dem Ministerpräsidenten sowie dem ungeklärten Mord an einer unbekleideten weißrussischen Sportgaststättenwirtin.

Meier griff zum Telefon und drückte die Kurzwahltaste, die eine direkte Verbindung zu dem Herrn über Sicherheit und Ordnung in seinem Landl herstellte. Als Ludwig Bernbacher abhob, raunzte Meier nur ein »Und, was Neues?« in die Leitung.

»Ja mei, Hansi, wir tun unser Möglichstes.«

»Das hab ich befürchtet. So wird das nichts. Können die Kriminaler aus Weilheim wenigstens was?«

»Der Mann geht allen Spuren nach.«

»Was soll das heißen, *der* Mann? Ist das nur einer?«

»Ja, der aber darf eine Soko gründen. Er wartet nur gerade auf die Freigabe der Stellen. Die in Weilheim sind auch unterbesetzt.«

»So, unterbesetzt? Die Mordkommission in Weilheim. Welche Morde haben die denn?«

»Das musst du dir anders vorstellen. Die sitzen da nicht rum und warten auf Morde. Wenn es da keine gibt, erledigen die auch andere Kripoaufgaben – Autodiebstahl, Versicherungsbetrug und so weiter. Und in Urlaub sind auch noch ein paar.«

»Die Herren Weilheimer machen Urlaub, meine Polizei kann gerade mal den Verkehr regeln, und das Image unseres wunderschönen Ortes rauscht in den Keller. Na, servus!« Der Bürgermeister brüllte gar nicht herum wie sonst. Er war echt deprimiert.

»Sie schicken schon Leute vom Präsidium Oberbayern Süd aus Rosenheim, keine Angst«, versuchte Bernbacher seinen Bürgermeister zu beruhigen.

»Großartig. Am Montag ist die Frau tot den Herrgottschrofen runtergefallen. Heute ist Freitag. Vor dem nächsten Montag wird die Soko also den Betrieb nicht aufnehmen, sehe ich das richtig?«

Bernbacher schwieg betreten. Er konnte die Dienstplanung des Präsidiums und der Weilheimer auch nicht beeinflussen.

»Und derweil rennt der Hartinger hier frei rum. Der Typ, der in beiden Fällen – bei den Knochen und bei der Svetlana – dabei war. Der verjagt den Ministerpräsidenten und schreibt womöglich wieder einen rechten Schmarrn in irgendwelchen anderen Zeitungen. Und das lässt du alles zu?« Nun schrie der Bürgermeister doch wieder. Er war also noch gesund.

»Was soll ich denn machen? Der war ja bei uns, aber er hat ein Alibi. Ein hieb- und … na ja, stichfestes, wenn man das in diesem Fall so sagen will. Und das mit den Knochen war er sicher nicht, weil er da noch nicht auf der Welt gewesen ist. Wir können so einen nicht ewig festhalten.«

»Dann müssts euch halt was einfallen lassen! Starrts nicht andauernd auf eure Verkehrsüberwachungskameras, sondern tuts was!«

Nachdem der Bürgermeister den Hörer auf das Telefon geschmissen hatte, blickte Ludwig Bernbacher wieder auf den Verkehrsfluss auf der B2 vor seinem Bürofenster. Er wünschte sich nach Meck-Pomm. Oder auf die Krim. Doch es half nichts. Er war bayerischer Beamter.

Bernbacher fasste einen Entschluss. Es wäre wohl für alle das Beste, wenn dieser Hartinger endlich zur Strecke gebracht wurde.

Er ließ Jakob Neumann, den jungen aufstrebenden Polizeiobermeister, zu sich ins Chefbüro kommen.

Hartinger hasste es. Lieber hätte er die Fassade geweißelt. Oder den morschen Zaun repariert. Ach was, er hätte ihn gleich neu gebaut. Stempen in den Boden schlagen, Spangen zurechtsägen, eine Schnur auf den Stempen spannen, daran die Hanigl ausrichten und sauber anspaxen. Für solcherlei Arbeit waren seine Hände gemacht. Die breiten Hände eines Einsdreiundneunzig-Mannes.

Aber Fensterläden abschleifen war nicht sein Metier. Und das ohne Maschine, sondern mit dem guten alten Schleifpapier, mit dem er zwischen die engen Lamellen musste.

Doch das war momentan die einzige Tätigkeit, mit der ihn Kathi beschäftigen konnte. Zum Malern war es draußen noch zu kalt, die Farbe würde nicht halten. Und der marode Zaun steckte noch in den Resten des Altschnees.

Der verstopfte Abfluss war eine Sache von einer Viertelstunde gewesen. Das hatte er am Tag zuvor gleich nach dem Mittagessen erledigt. Und anschließend hatte er mit Kathis

Subaru seine Siebensachen aus der Dachgeschosswohnung der Witwe Schnitzenbaumer geholt. Seine neue Bleibe auf dem Mittererhof war wenige Stunden später eingerichtet.

Am Abend hatte er mit Weißhaupt in München telefoniert. Keine Neuigkeiten in Sachen Knochen. Und auch im Fall Svetlana hatte die Polizei keine weiteren Anhaltspunkte. Zumindest nicht, soweit Weißhaupt es wusste.

Dotti ging nicht an ihr Telefon. Sie war sicher wieder auf Beutefang in den Edelkneipen Münchens unterwegs. Hartinger war früh zu Bett gegangen und hatte eine traumlose Nacht auf dem Dachboden im alten Bett des Großvaters verbracht.

Seit dem Frühstück hantierte er schon geschlagene zwei Stunden an den hundertjährigen Läden herum. Er hatte zwei von ihnen von mehreren Schichten alter Farbe befreit. Das Haus hatte sechzehn Fenster. Mal zwei Läden machte zweiunddreißig. An die mannshohen Balkonfensterläden mochte er noch gar nicht denken. Und dann waren die blechernen Fensterbretter dran. Und dann die Rahmen. Die ersten Monatsmieten für Kost und Logis bei Kathi unter dem Dach würde er mit Schmirgelpapier verdienen. Die letzten zwanzig Jahre war es Zeitungspapier gewesen. Wenigstens blieb er seinem Basismedium treu.

Diese Gedanken rollten in seinem Kopf von links nach rechts und wieder zurück. Ab und an mischte sich eine Erinnerung an Dotti darunter. Ja, die würde er auch an diesem Tag wieder anrufen. Gleich in der Mittagspause. Das Wochenende nahte, und die Plackerei auf dem Berghof schrie nach einer Ausgleichsbeschäftigung in der Stadt. Er malte sich ein heißes Wochenende bei der verrückten Doktorin aus.

So stand er gedankenversunken über seine Arbeit gebeugt da und hörte den Mann nicht kommen, der sich ihm von hinten näherte. Als der ihm auf die Schulter tippte, schrie Hartinger auf und wirbelte herum.

»Herr Frey, Sie können mich doch nicht so erschrecken!« Hartinger spuckte ein halbes Maulvoll Schleifstaub auf den Boden.

»Ah geh, Karl-Heinz, wer wird sich denn fürchten. Am hellichten Tag. Komm mit rein, ich muss euch was erzählen.« Ohne auf eine Reaktion Hartingers zu warten, stapfte er davon und verschwand im Haus. Auch als Oberstudienrat in Rente war Albert Frey es gewohnt, dass ihm seine Schäfchen widerspruchsfrei folgten.

Hartinger klopfte den Staub aus dem Janker. Er streifte den blauen Schaber ab, die traditionelle Arbeitsschürze der Männer, den er im Schuppen gefunden hatte, und legte das gute Stück über den gerade in Bearbeitung befindlichen Fensterladen. Er bemerkte, dass er, als er den Schleifstaub ausgespuckt hatte, versehentlich auch den unteren Rand des Schabers getroffen hatte. Ah, geh zu, muss eh in die Wäsche, dachte er sich.

Er ging ins Haus, wusch sich auf dem Klo die Hände mit Handwerkerpaste und setzte sich schließlich zu Kathi und ihrem Onkel an den Tisch in der Wohnküche.

Albert Frey hatte bereits aus seinem Rucksack einige Aktendeckel hervorgeholt. Das frisch eingeschenkte Weißbier stand vor ihm. Er nahm einen nicht zu großen Genießerschluck – es war noch vor zwölf Uhr mittags –, dann holte er zu seinem Referat aus.

»Um es kurz zu machen: Volltreffer. Zwar keine Polizeiakten, die liegen tatsächlich in München, und da müssen wir natürlich als Nächstes hin. Aber ich habe Hinweise auf … na ja, wenn nicht auf ein Verbrechen, dann zumindest auf das Untertauchen oder vielleicht auch Verschwinden einer jungen Frau, die Eisläuferin war. Zumindest einer jungen Frau, die viel Eislauf trainiert hat. Wie auch immer. Zumindest ist sie in den Fünfzigern verschwunden.«

Er machte eine Kunstpause, um die Spannung zu erhöhen. Die erwünschte Wirkung trat nach wenigen Sekunden ein.

»Jetzt komm, Onkel Albert, sag schon: wer, wie, was, wann, warum?« Kathi Mitterer hatte ein Praktikum bei der großen Zeitung in der großen Stadt gemacht. Vor fünfzehn Jahren. Mit dem Anton im Bauch war sie von dort zurückgekehrt.

»Also, über die Casa Carioca gibt es ziemlich wenig im Marktarchiv. Wenn es alte Unterlagen gibt, dann irgendwo bei den Amis, nur weiß ich nicht, ob die so ein gut gepflegtes Archiv haben wie unsere Gemeinde. Aber – und das sind so die wunderbaren kleinen Glücksmomente des Heimatforschers – jemand hat in den Achtzigern einen Nachlass im Marktarchiv abgegeben. Und in diesem Nachlass war ein kleines Tagebuch. Und das habe ich gefunden.«

»Und darin steht die Lösung?« Auch Hartinger wurde immer ungeduldiger.

»Na ja, nicht gleich auf den ersten Blick. Und ... bitte, es ist alles nur eine Vermutung, die ich hier äußere, das muss ich voranstellen.«

»Bitte, stellen Sie ...«

»Also, das Tagebuch gehörte oder gehört – denn vielleicht lebt sie noch – einer Josepha Stiller. Geboren am 2. März 1930 in Garmisch. Am Rießersee stand der Hof ihres Vaters. Sie war eine begeisterte, wenn man nicht sagen muss fanatische Eisläuferin.«

»Und die ist verschwunden?«, fragten Kathi und Hartinger wie aus einem Mund.

»Ja. Aber sie wurde nicht umgebracht. Wir wissen, wo sie wahrscheinlich ist. Darum sagte ich: Sie lebt vielleicht noch. Es geht um ihre Schwester, Franziska. Aber jetzt lasst mich mal eins nach dem anderen erzählen.«

»Wenn das Tagebuch aus einem Nachlass stammt, wieso ist sie nicht tot?«

»Aus dem Nachlass der Eltern. Aber jetzt lasst mich doch endlich erzählen!«

Hartinger und Kathi schauten sich an. Es war wohl das Beste, den alten Mann die Geschichte nach seiner Dramaturgie erzählen zu lassen.

»Wenn ich jetzt also darf? Josepha und Franziska – Franziska war oder ist die zwei Jahre ältere Schwester – sind am Ufer des Rießersees aufgewachsen. Und ihr wisst, dass dieser See eine Keimzelle des Eissports in Deutschland war. Eishockey, Curling, Eisstock und natürlich Eislauf in allen Varianten. Der berühmte Sportclub Riessersee wurde hier 1920 gegründet. Und in den Dreißigern mit dem Höhepunkt Olympia 1936 war der See zusammen mit dem Garmisch-Partenkirchner Eisstadion weltweit bekannt. Damit beginnt im Tagebuch die Geschichte von Josepha: mit Olympia 1936. Zu der Zeit ist sie sechs Jahre alt. Einer der allerersten Einträge, da kann sie kaum schreiben, lautet: ›I will eislaufn!‹ Da, schaut, ich hab's rauskopiert. Sie hat es zehn Mal untereinander geschrieben. Und sie hat ein Zigaretten-Sammelbild von Sonja Henie daneben geklebt. Die war damals ein Weltstar. Hat hier in Garmisch auch die Olympiamedaille gewonnen. ›Sonja Henie‹ steht hier auch zwanzig Mal oder öfter im Tagebuch. Sie hat sie gemalt, ihr kleine Gedichterl gewidmet. Josepha war also – wie man heute sagen würde – Fan von Sonja Henie. Und in den Jahren nach Olympia trainiert sie im Winter wie eine Verrückte auf dem See vor ihrer Haustür. Da, schaut, ein bezeichnender Tagebucheintrag von 1940, ziemlich beeindruckend für eine Zehnjährige.«

Albert Frey legte eine Kopie vor seine beiden Zuhörer und ließ sie selbst lesen:

23. Januar 1940
*Gestern abend hab ich leider nichts geschrieben, weil ich war zu müd. Wir haben bis 12 Uhr Mitternacht geübt. Martin hat die Fackeln besorgt. Der Vater hat geschlafen, gottlob. Er hätt uns ins Haus geprügelt. Deutschland im Krieg, und wir denken an nichts als das Kringeldrehen, hätt er geschrien. So wie letzte Woche, als er uns erwischt hat. Heut früh sind wir um 5 auf und haben die Schlittschuhe wieder angezogen. Das heißt, Franzi ist liegengeblieben. Ihre Füße tun immer so weh. Martin ist aber wieder da und hat eine neue Fackel dabei. Er ist so lieb. Um 6 bin ich dann in den Stall zum Melken. Der Vater hat nichts gemerkt. Hoffentlich, lieber Gott. Laß ihn nichts merken. Das Eis ist zur Zeit so gut. Martin ist mein Freund. Für immer. Paß auf ihn auf, lieber Gott. Bitte.*

»Armes Mädchen«, sagte Kathi. »Zwischen dem Vater, der Arbeit auf dem Hof und ihrem Hobby hin- und hergerissen.«

»Hobby? Das war bei der schon mehr als ein Hobby«, sagte Albert Frey. »Das ganze Tagebuch handelt eigentlich vom Eislaufen und nur am Rande von Vater und Mutter, von Martin und Franziska. Selbst im Sommer hat sie Sprünge geübt. Hat sich das wohl alles selbst beigebracht. Ohne Trainer oder Lehrer. Nur vom Zuschauen. Unglaublich.«

»Und dann?« Hartinger wurde wieder ungeduldig.

»Dann kam der Krieg auch nach Deutschland. Aber Garmisch-Partenkirchen blieb ja mehr oder weniger verschont. Im April '45 marschieren die Amis ein. Josepha und und ihr Freund Martin sind zu dieser Zeit offenbar ein junges Liebespaar. Sie sehen von einem Versteck auf dem Kochelberg aus zu, wie die Panzer ins Tal rollen. Und dann machen '46 die Amis die Casa Carioca auf. Josepha ist sechzehn. Und sieht ihre Chance. Und sie bekommt sie. Lest selbst …«

15. September 1946

*Ja! Es ist passiert! Sie haben uns genommen! Ich darf auf das Eis! Auf das Eis in der Casa! Danke, lieber Gott. Es gibt Dich also wirklich. Sollen sie alle sagen, was sie wollen. Ich durfte vorlaufen. Sie wollen mich in die Truppe aufnehmen. Ich bin so glücklich. Wie noch nie. Ich kann es nicht glauben. Ich in der Casa! Franziska tut mir leid. Sie hat sich so bemüht. So viel geübt. Aber sie darf nur bedienen. Und Martin ans Bierfaß als Schankwirt. Na, das paßt ja! Danke, lieber Gott. Und gib Franziska eine zweite Chance, bitte.*

»Wie schön sie das gemalt hat!« Kathi deutete auf die Bleistiftskizze unter dem Eintrag.

Albert Frey hielt ein Schwarzweißfoto der Casa Carioca daneben. »Ja, wie abgepaust. Wohl vielseitig künstlerisch begabt, die junge Dame. Und eine Schönheit. Da, seht, ein Foto von ihr als Tänzerin im Kostüm. Allerdings schon in den Fünfzigern. Da war sie bereits der Star in der Casa.«

»Pass auf, dass dir deine Schusser nicht rausfallen!«, ermahnte Kathi den Hartinger, weil der sich die junge Frau in dem Eislaufkostüm mit dem kurzen Rock und den für die damalige Zeit gewagt hohen Beinausschnitten allzu aufmerksam besah.

Sie war in einem Programmheft abgebildet, das Albert Frey dem Inventarstempel nach aus dem Werdenfelser Museum entliehen hatte. »Make a Wish« war die darin vorgestellte Revue betitelt.

Hartinger und Kathi blätterten die Broschüre erstaunt durch. »Irrsinn, welchen Aufwand die getrieben haben. Hier steht: hundertfünfzig neue Kostüme pro Show«, las Kathi vor.

»Ich hab's euch ja gesagt, die Casa Carioca war *der* Eislauftempel«, bestätigte sich Albert Frey selbst. »Die Amis haben nicht gekleckert, sondern geklotzt.«

»Und unsere Josepha als Star mittendrin?«, wollte Hartinger wissen.

»Der Superstar. Sie muss sich vom jungen Ensemblemitglied ganz nach vorn getanzt haben. In drei der Winterprogramme, die ich gefunden habe, ist sie die Primadonna – oder wie das bei den Eisläuferinnen heißt. Und dann war sie plötzlich weg.«

»Also sind unsere Knochen am Herrgottschrofen doch von ihr?«

»Nein, sicher nicht. Ihre Knochen haben Karriere gemacht. In den USA. Schmeiß mal dein Google an und such Josepha Saunders. So hieß sie später. Besser bekannt als Jo Saunders. Sie hat den Chef der Garmischer US-Garnison geheiratet und ist mit ihm über den großen Teich. Und da hat sie es erst richtig krachen lassen.« Albert Frey kramte ein paar Ausdrucke von Webseiten hervor.

»Times Magazine, Newsweek, New York Times …«, murmelte Hartinger, während er die Blätter überflog.

»Wow – Paradise on Ice, das ist von ihr? *Das* Paradise on Ice?« Kathi konnte es gar nicht fassen.

»Richtig. Hat sie 1965 gegründet. Ist vierzig Jahre damit durch die USA und die Welt getingelt. Und nebenbei kam sie auf die Idee, auf Kreuzfahrtschiffen in der Karibik Eisrevuen aufzuführen. Die Frau ist eine Ikone. Auf YouTube findet ihr ein Video ihres Besuchs bei Jay Leno anlässlich des dreißigsten Geburtstags von Paradise on Ice.« Albert Frey hatte über Nacht einen umfassenden Job erledigt.

»Vierzig Jahre getingelt?«, murmelte Hartinger. »Bis 2005?«

»An ihrem fünfundsiebzigsten Geburtstag hat sie eine Abschlussvorstellung gegeben«, bestätigte Frey. »Im Madison Square Garden. Und dann die Truppe aufgelöst. Seit diesem Datum findet man kaum noch etwas über sie. Sie taucht dann nur noch in den Meldungen über den Tod ihres Mannes auf. Thomas Saunders ist vor einem Jahr gestorben. Mit gut neunzig Jahren. War ein hoch dekorierter General und lange auf den obersten Ebenen im Pentagon tätig. Nach seiner Pensionierung '85 war er als Berater aller amerikanischen Präsidenten beschäftigt, egal, welcher Partei sie angehörten. Muss ein toller Mann gewesen sein.«

»Passend zur tollen Frau«, meinte Kathi.

Albert Frey sah sich seine beiden Gegenüber an. »Ein bissl mehr als manch anderes Paar haben die zwei schon aus sich gemacht.«

Die damit Gemeinten schwiegen.

Dann löste Hartinger die unangenehme Stille. »Und was ist jetzt mit unseren Knochen?«

»Franziska«, sagte Albert Frey.

»Die ältere Schwester.«

»Genau. Ist '51 aus Garmisch-Partenkirchen verschwunden. Einer der letzten Einträge im Tagebuch. Da, bitte.«

Frey zog eine Kopie aus der Mappe:

28. April 1951

*Training mit den neuen Leuten aus Ungarn. Sind technisch sehr gut. Springen Zweifache. Muß aufpassen, daß mir da keine zu groß wird.*

*Franziska ist heute wieder nicht zum Dienst aufgetaucht.*

*Schon den zweiten Tag. Sie ist wohl richtig sauer auf uns alle. Ich weiß zwar nicht, warum sie sauer auf mich ist. Aber daß sie sauer auf den Vater ist, ist ja klar. So eine Szene. So ein Skandal. Er hätte sie totgeprügelt, wenn die MPs nicht dazwischengegangen wären. Gottlob! Sie wird sich sicher in den Zug nach München gesetzt haben und dort ihr Glück versuchen.*

*»Etwas Besseres als den Tod finden wir überall«, hat sie an den Spiegel in ihrem Zimmer in der Brauerei geschrieben, hat der Martin gesagt. Das wird ihr in der Stadt hoffentlich gelingen. Etwas Besseres als Bedienung bei den Amis findet sie sicher. Sie suchen jetzt überall fleißige Leute. Sie meldet sich bestimmt, sobald sie eine gute Stellung hat. Vielleicht auch einen Mann, der es gut mit ihr meint.*

*Ach, Franzi! Ich vermisse sie schon nach zwei Tagen. Martin läuft auch herum, als hätt ihm jemand seine geliebten Tennisschläger geklaut, die ihm der Ltn. Saunders geschenkt hat. Liebe Schwester, möge es Dir gut ergehen! Auf bald! Ich warte hier und drehe meine Kreise auf dem Eise …*

»Vermisstenanzeige?«, fragte Hartinger.

»Wie gesagt, dazu müsste ich nach München ins Staatsarchiv.«

»Liest sich eher so, als sei die arme Franzi von hier weggelaufen«, warf Kathi ein.

»Stimmt. Aber muss ja nicht«, sagte Albert Frey. »Ist jetzt erst mal unser einziger Anhaltspunkt. Jemand, der in der Jugend viel Schlittschuh gelaufen ist – die Füße haben ihr davon wehgetan – und dann später verschwunden ist. Das trifft auf unsere Franziska beides zu. Im Melderegister der Gemeinde Garmisch-Partenkirchen ist außer ihrer Geburt im April 1928 nichts vermerkt. Und im Stammbuch auch nicht. Sie ist weder umgezogen, noch hat sie geheiratet, noch ist sie verstorben. In Garmisch-Partenkirchen nicht, wohlgemerkt.«

»Die Welt ist größer als Garmisch-Partenkirchen«, bemerkte Kathi.

»Wenn das innerhalb des Talkessels auch nicht alle so sehen, aber du könntest recht damit haben«, schmunzelte Albert Frey.

»Wer ist dieser Martin eigentlich?«, hakte Hartinger nach.

»Martin Bruckmayer. Der Brauerei-Erbe. Jahrgang '30. Nachdem das Garmischer Brauhaus seines Vaters Anfang der Siebziger an einen holländischen Konzern verkauft wurde, machte er dort als Manager Karriere. War in Brasilien, Südafrika, Korea und so weiter. Wohnt aber seit zehn Jahren wieder in Garmisch. Drüben auf der Maximilianshöhe hat er ein Anwesen.«

»Darum also hat Franziska etwas an den Brauereispiegel geschrieben.«

»Sie wohnte wohl in einem Dienstbotenzimmer über dem Bräustüberl, nachdem sie der Vater Stiller rausgeworfen hatte. Steht alles im Tagebuch von Josepha.«

»Und da wurde sie das letzte Mal lebend gesehen?«

»Weiß ich nicht, aber kann sein«, sagte Albert Frey. »Im Tagebuch kommt sie jedenfalls nicht mehr vor. Auch sonst nichts mehr, denn die Josepha muss das Bücherl bei ihren Eltern gelassen haben, als sie mit dem Saunders nach Amerika ging. Und als die Eltern gestorben sind, hat ein Nachbar das alles ins Marktarchiv gebracht.«

»Ein Nachbar?«, wunderte sich Kathi. »Nicht eine der Töchter?«

»Sieht so aus, als sei keine von ihnen auf den jeweiligen Beerdigungen gewesen. Aber das ist nur eine Vermutung.«

»Die Josepha scheint mit ihrer Heimat umfassend abgeschlossen zu haben«, sagte Hartinger. »Kann ich nachvollziehen.«

»Na, dich haben wir bisher immer wieder zurückgekriegt«, meinte Kathi dazu. Sie stand auf und ging zum Herd. »So, genug geschwätzt, Unterlagen weg. Gonzo, deckst du bitte den Tisch. Der Bub hat bis zum späten Nachmittag Schule. Ich hab uns Pasta gemacht.«

»Bolo?«, wollte Hartinger wissen.

»Bolo. Muss nur schnell die Nudeln kochen.«

»Dann geh ich raus und schleif die letzte Lamelle.« Damit verschwand Hartinger aus der Küche. Schon nach wenigen Sekunden kam er ans Küchenfester und fragte: »Hab ich den Schaber da drin gelassen?«

»Du bist ohne Schaber reingekommen«, erinnerte sich Kathi.

»Dann hat ihn mir einer da heraußen verzogen. Kreizkruzifix!«, schimpfte Hartinger.

»Ah geh weiter, wer verzieht denn den alten Schaber vom Opa?«, kam es aus der Küche zurück. »Alter Schlamper!«

Am frühen Samstagvormittag war nicht einmal die Hälfte der urigen Tische im Bräustüberl besetzt. Albert Frey nahm am Ecktisch neben dem Kachelofen Platz, von wo aus er den ganzen Raum überblicken konnte.

»Bier?«, fragte die Kellnerin.

»Weißbier, bitte«, antwortete Albert Frey.

Punkt fünf vor elf, als Frey gerade die zweite Halbe orderte, betrat ein hochgewachsener älterer Herr die Gaststube. Er trug eine Kombination aus dunkelroter Breitcordhose, Budapester Schuhen, die im Rotton ganz knapp daneben lagen, einem zartblau karierten Hemd mit goldenen Manschettenknöpfen und einer englischen Steppjacke, wie sie Adlige oder Leute, die für Adlige gehalten werden wollten, gern zeigten. Sein Halstuch zierte ein Paisleymuster, dessen tannengrüner Grundton durch keckes Rosa durchbrochen war. Hätte Frey Ahnung von klassischen Düften gehabt, hätte er das Eau Sauvage sofort erkannt, als Martin Bruckmayer vor seinem Tisch stehen blieb, um sich vorzustellen.

Natürlich tat er das erst, nachdem er die Bedienung per Handschlag und die anderen Gäste mit einem jovialen Gruß mit dem nach außen gedrehten rechten Handrücken gewürdigt hatte. Immerhin hatte das jahrhundertealte Bräustüberl einmal seiner Familie gehört. Er hätte die Gäste enttäuscht, hätte er nicht den Bräu gemimt, der er persönlich in Garmisch nie gewesen war.

»Danke, dass Sie sich so schnell mit einem Treffen einverstanden erklärt haben«, leitete Albert Frey das Gespräch ein, nachdem sich Bruckmayer gesetzt hatte.

»Aber, Herr Frey, das ist doch selbstverständlich. Wenn ein so renommierter Geschichtsforscher wie Sie eine Anfrage stellt, dann ist es doch meine Pflicht, dass ich unverzüglich zur Verfügung stehe. Unsere Familie hat den Garmischern fast vierhundert Jahre das Bier gebraut. Ich hab mich sowieso schon gefragt, warum nie einer kommt und mich nach alten Unterlagen fragt.«

»Die Geschichte des Garmischer Brauhauses ist sicher sehr spannend …«

»Ja und wie«, unterbrach der rüstige Senior mit seiner Bassstimme. »Da können Sie Lastwagenladungen voll Dokumenten haben. Hab ich alles im Keller.«

»Das muss ich mir unbedingt ansehen, Herr Bruckmayer. Aber was ich eigentlich derzeit erforsche, ist die Geschichte der Casa Carioca.«

Martin Bruckmayer stutzte. »Hm. Ob ich da viel beitragen kann?«

»Sie haben doch da mal gearbeitet nach dem Krieg?«

»Wie sind Sie denn darauf gekommen? Gut recherchiert, Herr Frey, Respekt. Aber stimmt natürlich. Sie haben mich als Schankkellner genommen. Wohl, weil meine Eltern die Brauerei hatten und ich mich daher ein bisserl auskannte. Ich war sechzehn, siebzehn. Und später haben sie mich die ganze Bar schmeißen lassen. War eine große Zeit.«

»Und Ihr Vater hat Sie nicht in der Brauerei gebraucht?«

»Der war heilfroh, dass ich ein eigenes Auskommen hatte. Der Brauerei ging es nach dem Krieg gar nicht so gut. Die Amerikaner hatten ja ihr eigenes Bier. Die haben alles, wirklich alles aus den Staaten importiert. Und die großen Münchner Brauereien sind nach dem Krieg sofort aufs Land und haben Wirtshäuser aufgekauft, die pleite waren oder wo der Wirt gefallen war oder in Gefangenschaft und die Söhne ja oft auch. Da haben die den alteingesessenen Familien für ein Butterbrot die schönsten Häuser abgekauft, um sie ihnen hernach als Konzessionsbetriebe wieder zu verpachten. Natürlich mit dem Münchner Bier und nicht mehr mit unserem. Selbstverständlich haben die auch viel billiger produzieren können als wir. In Garmisch gab es ja nie Getreideanbau. Jedes Gerstenkorn musste mein Vater teuer aus Nordbayern beziehen. Und die Preise haben die Münchner Großbetriebe den Händlern diktiert. Wir haben nur das bekommen, was die nicht verbraucht haben. Und das zu Mondpreisen. Die Brauerei ist nie mehr auf die Füße gekommen. 1970 hat mein Vater verkauft. Zu der Zeit war ich sein Vertriebsleiter. Und die Tigerbräu aus München, die uns aufgekauft hat, die wurde dann von der Megabrew aus Amsterdam gekauft. Und was haben die gemacht? Haben die Garmischer Braustätte zugesperrt und ein Leergutlager draus gemacht. Das war das Ende von Bier made in Garmisch-Partenkirchen.«

»Traurig.« Albert Frey schaute in sein Bierglas, in dem also holländisches Weißbier aus München dümpelte.

»Da können Sie Bücher drüber schreiben, wie die Braukunst in Bayern vom Geld zugrunde gerichtet wurde. Ist alles nur noch Fassade. Mitsamt dem Oktoberfest und dem ganzen Brimborium. Kommt alles aus der Großbrauerei. Und die meisten von denen sind gar nicht mehr in München. Die Immobilien rentieren sich mehr, wenn man Luxuswohnungen und Büros drauf baut. Schauen Sie sich mal am Stiglmaierplatz um. Da war mal die Tigerbräu, die dieses Gesöff hier verbricht. Heute – feinste Adresse für Anwälte und Unternehmensberater. Sie werden sehen, das passiert als Nächstes auch in Untergiesing, wenn die Dominikanerbrauerei raus an irgendeinen Autobahnzubringer zieht.«

Der alte Herr hatte sich richtig in Rage geredet, nun beruhigte er sich. »Aber das wollen Sie ja gar nicht wissen.«

»Doch, will ich schon. Sehr gern, Herr Bruckmayer. Aber heute interessiert die Casa Carioca.«

»Was wollen Sie denn genau wissen? Sie können sich ja vorstellen, wie's da zugegangen ist. Die Amis haben da in Saus und Braus gelebt und alles auffahren lassen. Mein Gott, wenn ich dran denk. In den Hungerwintern '46/47 und '47/48, da haben die da ein Disneyworld veranstaltet. Solche riesigen Truthähne wie an Thanksgiving hab ich noch nie gesehen. Später auch selten. Und ich bin viel rumgekommen. Und Schampus und Whiskey ist geflossen in Strömen. Und Hummer hatten die. Wir fanden's großartig, können Sie sich ja denken.«

»Wir? Sind das die Josepha Stiller und Sie?«

Martin Bruckmayers Miene verfinsterte sich. »Die Josepha. Jo müssens zu der jetzt sagen. Jo Saunders. Hat ja den Chef von den Amis damals geheiratet. Ja, wir waren unzertrennlich. Unsere ganze Jugend über ...« Der alte Mann starrte hoch an die Decke, als könnte er zwischen den bäuerlichen Szenen des Lüftlmalers Heinrich Bickel, die das Bräustüberl zierten, einen Film ablaufen sehen. »Und dann war sie weg, die Josepha. Hab sie nie mehr wiedergesehen.«

»Sie lebt aber noch?«, wollte sich Frey überzeugen.

»Ich denke schon. Ihr Mann, der Thomas Saunders, ist wohl im letzten Jahr gestorben. Aber der war ja auch zehn Jahre älter. Muss über neunzig geworden sein.«

»Sie haben wohl keine Adresse oder andere Daten?«

»Hab ich schon. Sie schreibt mir jedes Jahr zu Weihnachten. Seit fünfzig Jahren. Ist ja eine angelsächsische Erfindung, diese Weihnachtskartenschreiberei. Ich hab die Karten von der Jo aufgehoben. Sie können Sie gern anschauen. Ihre Adresse steht drauf. Die erwarten ja auch immer eine Karte retour. Hab ich aber nie gemacht.«

»Das ist ja großartig, Herr Bruckmayer. Da wir gerade dabei sind: Die Franziska Stiller, die kannten Sie doch auch.«

»Natürlich kannte ich die. Die ist noch vor der Josepha weg. Wohin, weiß keiner. – Oha, da fällt mir ein, um zwölf muss ich heut beim Herrn Brechtl sein. Der weiht einen neuen Brunnen in seinem Garten ein. Beziehungsweise der neue Pfarrer von Garmisch weiht den Brunnen. Dem Herrn Brechtl gehört das hier ja, das Bräustüberl, das wissen Sie, oder? Hat es von der

Brauerei gekauft. Ist sozusagen mein Nachfolger. Er will vielleicht hier eine eigene kleine Brauerei einbauen, anstatt diesen internationalen Plempel hier weiter auszuschenken. Würde mich sehr freuen. Er würde auch gern unser altes Signet oder das Familienwappen verwenden. Das Braurecht ist noch auf dem Haus. Dann gibt's hier auch wieder ein gscheits Bier. Also, ich muss jetzt. War sehr nett, Herr Frey. Und wenn's was brauchen in Sachen Bier und Heimat …«

»Die Adresse von der Josepha Saunders bräuchte ich vorwiegend.«

»Mail ich Ihnen heute Nachmittag zu. E-Mail habens ja, Herr Frey, oder?«

Albert Frey hatte. Aus seiner Brieftasche zog er eine selbst gestaltete und selbst ausgedruckte Visitenkarte und überreichte sie Bruckmayer.

Martin Bruckmayer streckte die rechte Hand aus, um die Visitenkarte entgegenzunehmen. Dabei rutschte die rechte Hemdmanschette ein paar Zentimeter nach oben.

Albert Frey bekam für den Bruchteil einer Sekunde ein Stück einer Tätowierung zu sehen. Das, was da weiter oben unter dem Hemd in die Haut gemalt sein musste, endete in Höhe des Handgelenks in einem Kreuz.

Mit einer Behändigkeit, die man einem Einundachtzigjährigen nicht zugetraut hätte, verschwand Bruckmayer durch die Küche nach draußen. Zuvor rief er noch ein »Pfia Gott, miteinander!« in den Raum und zeigte den Anwesenden den rechten Handrücken zum herrschaftlichen Gruß.

»Wow. Public Enemy Number One geht tatsächlich mit der kleinen Dotti aus. Ich dachte schon, du kommst nicht mehr.«

Diesmal war es Dorothee Allgäuer, die auf Karl-Heinz Hartinger im Il Mulino hatte warten müssen.

»Tut mir echt sorry, aber dort draußen tobt der Parkplatzsuchwahn. Seit einer Viertelstunde rotier ich da um den alten Friedhof. Aber mein Volvo ist halt kein Smart.«

»Oh, du hast so große Sachen, Gonzo!«, amüsierte sie sich

über ihn. »Darum sag ich ja: Radlfahren bringt's. Isch abe gar kein Auto, Signore!«

Hartinger antwortete darauf nicht. Er war in seinem Leben schon genug auf zwei schmalen Rädern durch die Landschaft gestrampelt. Vor nicht allzu langer Zeit durch das halbe Oberland, um sich vor der Polizei zu verstecken.

Er nahm die Speisekarte und schlug sie auf. Er hatte einen Bärenhunger. Den ganzen Samstagnachmittag hatte er Fensterläden geschmirgelt. Erst um achtzehn Uhr hatte ihn Kathi entlassen, er hatte geduscht und sich frische Sachen angezogen und war nach München zur Verabredung mit seiner Rechtsmedizinerin gedüst.

»Hast du schon ausgewählt?«, fragte er sie. Dabei schaute er sie zum ersten Mal richtig an, seit er in den Italiener gestürzt war.

Sie war wirklich eine umwerfende Schönheit, wie er fand. Das lange Haar hatte sie diesmal zu einem Pferdeschwanz gebunden, wahrscheinlich um diesen irgendwann später effektvoll zu öffnen, bildete er sich ein. Sie trug einen schwarzen Rollkragenpullover und eine schlichte lange Goldkette darüber. Die Lippen waren an diesem Abend dunkelrot geschminkt. Und die schwarze Brille beeindruckte durch ein massives tiefschwarzes Gestell.

»Hast du eine neue Brille?«

»Beide Fragen: ja. Ich habe schon gewählt. Pasta, Fleisch, Nachtisch noch offen. Und die Brille … Gefällt sie dir?«

»Scharf.«

»Wenn du wüsstest, was ich noch alles neu gekauft habe.«

Hartinger wurde warm im Janker. Er zog ihn aus und hängte ihn über die Stuhllehne.

Der Kellner kam an den Tisch.

»Das Gleiche wie die junge Dame«, bestellte Hartinger der Einfachheit halber. Er wusste, dass er mit dieser Bestellung nicht hungrig aufstehen würde.

»Hast du Ärger wegen mir bekommen?«, wollte Hartinger anschließend wissen.

»Wegen der Ministerpräsidentengeschichte? Ach wo, es hat sich ja als wahr herausgestellt. Unsere Knochen gehören einer Frau. Hat die DNA-Analyse ja klar bewiesen. Damit ist die Soldaten-These ad absurdum geführt. Natürlich schaut der MP blöd aus in dieser Situation. Aber der hat schon schlimmere PR-Gaus überlebt. Mein Prof hat mich sogar privat angerufen und gelobt. Wir als Wissenschaftler seien in erster Linie der Wahrheit verpflichtet, Budgets und Planstellen hin und her, hat er gesagt.«

»Lassen sie dich wieder an die Garmischer Fälle ran?«

»Nein, das nicht. Um mich zu schützen, wie sie sagen. Sie wollen keine Spekulationen, dass eine möglicherweise befangene Mitarbeiterin mit dem Fall etwas zu tun hat. Und eine Rechtsmedizinerin, die mit einem Verdächtigen schläft, ist nun mal als befangen einzustufen. Da haben sie ja auch irgendwie recht.«

Hartinger freute sich darüber, dass sie gesagt hatte »mit einem Verdächtigen schläft« und nicht »mit einem Verdächtigen geschlafen *hat*«.

»Aber ich bin kein Verdächtiger«, korrigierte er.

»Du weißt, dass immer etwas hängen bleibt. Also, pass auf dich auf, Gonzo Hartinger.«

»Die Eislauf-These stimmt übrigens. Wir sind auf der Spur einer in den Fünfzigerjahren verschwundenen jungen Frau. Sie ist wohl intensiv Schlittschuh gelaufen, auch wenn es für eine Karriere nicht gereicht hat. Die hat ihre Schwester gemacht, und die lebt auch noch. In den Staaten.«

»Wundervoll. Dann können wir einen DNA-Abgleich machen«, frohlockte Dotti.

»Ich hab gesagt: in den Staaten. Also nicht wirklich um die Ecke. Die Frau ist zudem über achtzig Jahre alt. Die müssen wir erst einmal dazu bringen.«

»Aber es geht doch vielleicht um ihre Schwester. Hast du eine Adresse? Ich kann das über das LKA in die Wege leiten.«

»Ich denke, du darfst nicht mehr an dem Fall mitarbeiten?«

»Meine Fans in der Maillingerstraße werde ich doch mal anrufen dürfen.«

Hartinger zweifelte nicht daran, dass die fesche Doktorin auch dem einen oder anderen Ermittler des Landeskriminalamts den Kopf verdreht hatte.

»Und zur Svetlana hast du nicht zufällig etwas gehört?«, wechselte Hartinger das Thema.

»Doch. Sie haben sie noch einmal obduziert. Auch, um mich zu schützen, wie sie sagen. Meine Freundin Nina hat die Obduktion durchgeführt. Zusammen mit dem Prof. Das, was wir wissen, weißt du auch. Tod durch Überkopfhängen. Ob sexuelle Handlungen unmittelbar vorangegangen sind oder nicht, wissen wir noch nicht genau. Und auch nicht, ob diese einvernehmlich oder unter Zwang geschehen sind. *Falls* sie geschehen sind. In ihrem Unterleib wurde Sperma gefunden. Aber nicht in Mengen, die nahelegen, dass ein Geschlechtsverkehr unmittelbar vor dem Eintritt des Todes stattgefunden hat. Ist vielleicht schon ein wenig her gewesen. Spermien können im Uterus bis zu sieben Tage überleben. Sie kann also ganz normal mit jemandem geschlafen haben.«

»Moment! Du hast bei deiner ersten Obduktion kein Sperma gefunden?«

»Na ja, wenn's nicht direkt frisch ist und quasi rausläuft, dann muss man Abstriche machen. Und das habe ich auch gemacht. Und bevor das Ergebnis da war, haben sie mich abgezogen vom Fall.«

»Und war also Sperma da?«

»Offensichtlich.«

»Aber dann hätten sie mir doch als Verdächtigem eine Speichelprobe abverlangt?«, wunderte sich Hartinger.

»Machen sie vielleicht noch. Wir haben die DNA durch die Datenbanken geschickt, aber leider ergebnislos. Ein bekannter Straftäter war's nicht. Aber – es waren zwei Männer.«

»Ich weiß nur, dass ich nicht zu den beiden zähle.«

»Ich glaub's dir, Gonzo.«

»Und die Foltermale, waren die frisch?«

»Was heißt Foltermale? Wie ich dir schon nach meiner ersten Obduktion sagte: Ich glaube, die junge Frau hatte zu manchen Spielarten der Sexualität eine recht aufgeschlossene Einstellung.«

»Das glaub ich auch«, murmelte Hartinger. Er erinnerte sich an die Bilder, die ihm Svetlana auf ihrem Handy gezeigt hatte.

»Ich meine: Fesseln, Sadomaso, Dominanz, Devotismus und so weiter. Ist heut ja fast schon normal«, fuhr sie fort. »Und da entstehen auch einmal Druckstellen. Es ist aber nicht so, dass die kurz vor ihrem Tod schlimm gequält worden wäre. Die hat das jahrelang gemacht. Wenn das jemand gut kann, ich meine sehr, sehr gut, dann siehst du wenig bis nichts.«

Hartinger traute seiner neuen Gespielin alles zu. Auch dass sie die beschriebenen Techniken bereits am eigenen Leib ausprobiert hatte. »Da spricht Erfahrung?«

»Die ich gern mit dir teile.« Während sie ihm dieses Angebot mit verführerischem Unterton in der Stimme über den Tisch schnurrte, bohrten sich ihre langen rot lackierten Fingernägel in seinen Unterarm.

Hartinger schrie so laut auf, als würde ihm die Hand abgehackt. Wieder kamen die Köche aus der Küche gelaufen, um zu sehen, was dort draußen los war.

Allmählich bekam Hartinger ein klein wenig Angst vor seiner Affäre. Nach dem heimlichen Videodreh am letzten gemeinsam verbrachten Wochenende war er gespannt, was ihn dieses Mal in ihrer Wohnung erwartete.

Am Montag früh um zehn Uhr wachte Hartinger allein auf. Dorothee Allgäuer hatte sich um acht aus der Wohnung geschlichen, um ihn nicht zu wecken. Die Zeitung hatte sie ihm zusammen mit zwei Croissants und einer Thermoskanne voll heißem Tee neben das Bett gestellt. An der Kanne lehnte ein Polaroidfoto, das sie aufgenommen haben musste, bevor sie die Wohnung verließ.

Es zeigte sie fertig angezogen und fertig geschminkt im Bett, neben ihm, dem verquollen Schlafenden. Ein Post-it mit dem

Aufdruck »From the desk of Dorothee Allgäuer« prangte darauf. Darauf hatte sie »Danke für die 14,5 Orgasmen. D.« geschrieben.

Er schüttelte den Kopf. Die Frau war wirklich ein wenig verrückt. Dann stopfte er sich ein Kissen in den Rücken und las die Süddeutsche.

Nach einer halben Stunde summte es aus seiner Jeans, die er Samstagnacht eilig neben das Bett geworfen hatte. Er fummelte das Blackberry heraus. »Hartinger?«

»Schaut ziemlich schlecht aus«, meldete sich Dotti. »Sie wollen keine Anfrage über Interpol nach USA zum FBI schicken. Ich hab es wirklich auf sehr direkten Wegen versucht, das darfst du mir glauben.«

Und sehr speziellen, dachte sich Hartinger im Stillen. »Weil's nichts bringt, oder haben sie keine Lust?«

»Mögen hätt ich schon wollen, aber dürfen hab ich mich nicht getraut! So hätte es der Valentin ausgedrückt, was mir die LKA-Jungs durch die Blume zu verstehen gaben. Wegen eines Cold Case wollen sie die Maschine nicht anwerfen, sagen sie. Aber vielleicht werden sie auch von oben gebremst.«

»Und was machen wir jetzt?«, schmatzte Hartinger. Das zweite Butterhörnchen war an der Reihe.

»Hinfliegen.«

»Hinfliegen? Nach Amerika?«

»Du hast doch eh nichts zu tun. Also, hopp in den Flieger. Vielleicht ist das endlich deine große Story, Gonzo.«

»Und wer bezahlt?«

»Daran soll's nicht scheitern, Süßer.«

»Kommt nicht infrage. Ich kann dir das nie im Leben zurückzahlen, wenn es keine Geschichte wird.«

»Überleg's dir. Ich hab genug für einmal Holzklasse nach L. A. auf der hohen Kante.«

»Niemals. Aber nett von dir, Dotti. Danke.«

»Dann nicht. Wann sehen wir uns wieder? Ich geh davon aus, dass du in die Berge fährst und deine Gespielin in der großen Stadt zurücklässt.«

»Muss leider. Hab da noch was zu tun, dort draußen.«

»Ich hab hier auch ein paar Patienten rumliegen. Rennt mir zwar keiner weg, aber ich möcht auch heute nicht bis Mitternacht hier rumschnippeln. Also, meld dich bald wieder. Und kehr die Krümel aus dem Bett. Sonst muss ich bei jedem Umdrehen an dich denken.«

Hartinger versprach es und legte auf.

Er duschte, zog sich an und verließ die Wohnung. Natürlich nicht, ohne das Polaroid und das Post-it als Trophäen eingesteckt zu haben.

»Brauchst nicht glauben, dass du auch nur einen Brösel von meinem Kaskuchen bekommst!« Kathi sah nicht vom Küchenbüfett auf, wo sie gerade den Schlagrahm steif schlug.

Hartinger schaute hilflos in Richtung Herrgottswinkel und des unter dem Gekreuzigten am Küchentisch sitzenden Albert Frey. »Dann geh ich am besten raus und fang zu schmirgeln an.«

»Am besten wär's. Das ist mir ein Arbeiter, der sich bequemt, nachmittags um drei anzufangen. Hat der Herr Hartinger ein kuscheliges Wochenende in München gehabt, ja?« So sehr sie sich bemühte, Kathi konnte nicht verhindern, dass aus ihrer Tirade eine gehörige Portion Eifersucht klang.

»Werden jetzt unbescholtene Mieter schon unter Kuratel gestellt?«, ätzte Hartinger zurück.

»Du weißt ja, wo der Zimmermann die Tür gemacht hat.«

»Liebe Leut, jetzt hörts doch bitte auf«, sagte Albert Frey genervt. »Ich komm mir vor wie auf den Golanhöhen. Könnt ihr euch nicht gegenseitig in Ruhe lassen?«

»Ist doch wahr«, grummelte Kathi in ihre Sahne.

»Ich schmirgel dir deine Läden schon ab, keine Angst«, brummte Hartinger, während er sich auf den Stuhl am Esstisch setzte. Dann gab er Frey einen Kurzbericht: »Das LKA wird nicht in USA forschen lassen. Wahrscheinlich Druck von oben.«

»Dann musst du hin, Karl-Heinz.«

Hartinger holte tief Luft. Schon das zweite Mal innerhalb

von drei Stunden, dass ihm eine unbezahlbare Reise nach Amerika vorgeschlagen wurde.

»Hau halt einen hier im Tal an. Einen, der was davon hat, wenn sich die alte Dame hier mal wieder blicken lässt.«

»Den Gruber, zum Beispiel«, mischte sich Kathi lachend ein. »Der ist doch immer für ein gschpinnertes Projekt zu haben.«

Hartinger schüttelte den Kopf. »Hat's euch jetzt? Mit Verlaub, Herr Frey. Aber gerade der Gruber. Der steckt doch mit denen unter einer Decke. Der wird einen Teufel tun und sich mit mir einlassen.«

»So eng mit dem Bürgermeister ist der auch nicht mehr, hört man«, wandte Frey ein.

»Außerdem kann der dich sicher brauchen. Als Pressesprecher oder so«, phantasierte Kathi weiter. Sie stellte Albert Frey einen Teller mit Kuchen und Sahne auf den Tisch. Der Platz vor Hartinger blieb leer.

»Krieg ich wirklich nix?«, intervenierte der.

»Nur, wenn du den Gruber nach einem Job fragst«, bestimmte Kathi.

Albert Frey nickte dazu. »Fragen kostet nix.«

»Ihr spinnts also wirklich. Aber gut, was macht man nicht alles für einen Käsekuchen mit Sahne und ein Haferl Kaffee.«

»Von Sahne und Kaffee hab ich nichts gesagt.« Kathi langte Hartinger das Telefonbuch vom Küchenbüfett. »Da steht seine Nummer drin.«

Hartinger blickte auf den Umschlag des schmalen gelben Heftchens. »Von 1979?«

»Die Nummer vom Gasthaus Panorama hat sich nicht geändert in den letzten dreißig Jahren. Und da hat er wohl sein Büro, der Gruber.«

»Du willst, dass ich das *jetzt* mache?«

»Jetzt sofort, sonst kein Kuchen. Kannst aber auch schmirgeln gehen. Und du sagst ihm, dass du die Läden erst noch fertig malern musst, bevor du anfangen kannst!«

Hartinger konnte nur noch mit dem Kopf schütteln. »Sonst noch was?«

»Ja. Und der Zaun wird gemacht, sobald der Schnee weg ist. Kannst ja an den Wochenenden erledigen.«

Hartingers Blick suchte Halt bei Jesus von Nazareth. Hätte er nicht von klein auf gegen dessen Repräsentanten auf Erden – wie gegen alle anderen Respekts- und Machtpersonen – opponiert, er wäre sicherlich nie so weit gesunken.

Dann blätterte er im ausgefransten Register des »Örtlichen Telefonbuchs Garmisch-Partenkirchen mit Oberau, Farchant, Grainau, Mittenwald« zu »G« wie »Gaststätten«.

## Kapitel 5

»So geht das nicht weiter!«, schäumte Anton Brechtl. »Die schreiben mir meinen guten Ruf kurz und klein! Und dass die Marianne rüber ins Poolhaus gezogen ist, weißt ja, oder?«

»Woher soll ich wissen, wo deine Frau schläft?«, gab der Bürgermeister scheinbar gelangweilt zurück. »Aber mach dir nix draus. Kommt in den besten Familien vor.«

»In denen kommt es aber nicht vor, dass ein angesehener, unbescholtener Bürger von einer Zeitung – von der sogenannten Heimatzeitung, welche Heimat meinen die denn? – in Verbindung mit einer weißrussischen Prostituierten gebracht wird!«

»Prostituierte? Das ist mir ganz neu. Denn so was gibt's meines Wissens in Garmisch-Partenkirchen, diesem unseren wunderschönen Ort, gar nicht.«

»Bist da sicher, Hansi?«

»Ganz sicher, Toni. Verordnung der Bayerischen Staatsregierung vom 14. März 1989. Prostitution ist erst erlaubt in einer Gemeinde über dreißigtausend Einwohner. Wir haben sechsundzwanzigtausend.«

»Aha. Und was nicht sein darf, kann auch nicht sein. Aber auch wurscht. Ich will auf alle Fälle nicht mit dem Weib und mit dem Mord an ihr in Verbindung gebracht werden! Hast es ja gelesen: ›Nach einer in der Regel gut unterrichteten Quelle unterhielt die Ermordete recht intime Kontakte zu einem bedeutenden Garmisch-Partenkirchner Entsorgungsunternehmer‹, steht da drin. Wenn ich die erwisch, die Quelle, des sag ich dir ...!«

»Dabei warst du bei der doch eher fürs Be- als fürs Entsorgen zuständig.« Der Bürgermeister lachte schallend.

»Na wart, du Drecksau, jetzt komm ich gleich durchs Telefon. Du warst des!«

»Ah, geh weiter, Toni, wer wird denn gleich so aufbrausend sein. Und kannst mir doch nicht erzählen, dass deine Marianne erst durch die Zeitung draufgekommen ist. Weiß doch der ganze Ort, dass du's mit der Svetlana gehabt hast. Da brauchts doch mich nicht als Quelle. Sogar der Bernbacher könnte das kapieren, so laut schreien's die Spatzen von den Dächern. So verrammeln kann der sein Bullenkloster gar nicht, dass er das nicht hört.«

Der Bagger-Toni war außer sich. »Wenn du mir jetzt auch noch die Bullen auf den Hals schickst, dann ...«

»Was dann? Sagst du denen dann, was du mit dem Ministerpräsidenten in deiner Jagdhütte besprochen hast?«

»War ja klar, daher weht der Wind. Du Drecksau, du ganz widerliche.«

»Kennst den schon: Treffen sich zwei Drecksäue. Sagt die eine Drecksau zur anderen Drecksau: ›Du Drecksau!‹« Bürgermeister Meier prustete vor Lachen.

Doch Anton Brechtl hörte genau, wie gekünstelt diese Lache war. An diesem Telefonat war nichts lustig. Gar nichts. Er versuchte es mit Vernunft. »Hansi, wenn ich's dir sag, ich *darf* es nicht erzählen. Ist am besten für uns alle, wenn das noch niemand erfährt. Absolut nobody, verstehst? Eh ein Wahnsinn, am Telefon.«

»My name is Nobody. Jetzt raus mit der Sprache. Was drehts ihr da mit meinem Tunnel?«

»Nein, am Telefon keine Chance. Es geht um was Nationales. Sicherheit. Da komm ich in Teufels Küche.«

»Du schmeckst ja schon, wie's da drin zugeht, Toni. Bist ja schon nah dran.«

»Also von mir aus. Aber das muss wirklich absolut unter uns bleiben. Und nur, wenn du dafür sorgst, dass mich die Zeitung und der Bernbacher in Ruhe lassen. Der muss wirklich nicht seinen Vorgesetzten stecken, dass ich die Svetlana einigermaßen gut gekannt hab.«

»Dafür sorg ich. Also, verzähl.«

»Nicht am Telefon. Heut Nacht. Elf Uhr. Treffpunkt Herrgottschrofen.«

## Kapitel 6

Die Strategie war klar: Das, was er eigentlich wollte, das Flugticket nach Amerika, durfte er nur eher beiläufig erwähnen. Erst einmal das Vertrauen des Veit Gruber gewinnen. Und dann um einen Job fragen. Die Chance stand sowieso eins zu tausend, dass der Gruber ihn nehmen würde. Doch wenn er ihn als Angestellten nicht wollte, dann speiste er ihn vielleicht mit der USA-Reise ab.

Hartinger parkte den Volvo auf dem Parkplatz des Berggasthofes Panorama, wo sich die Firmenzentrale von Veit Gruber befand. Von dort aus steuerte Gruber sein Multiunternehmen, bestehend aus etlichen Hektar Bergwald, dem Klettergarten, den vier oder fünf Gastwirtschaften und den Gewerbeimmobilien im Tal. Das Panorama lag auf einer Anhöhe unter dem Wank. Von hier konnte Gruber den gesamten Talkessel überblicken – wie ein General das Schlachtfeld.

In der Tat konnte man ihn in den seltenen Ruhepausen, die er sich gönnte, sehen, wie er mit gerecktem Kinn auf der Terrasse stand und auf Garmisch-Partenkirchen hinabblickte. Hin und wieder hatte ihn ein Beobachter auch schon erwischt, wie er dabei die rechte Hand zwischen die Knöpfe des Trachtenwamses gesteckt hatte.

»Na, Sie trauen sich was«, begrüßte Veit Gruber seinen ungebetenen Gast. »Wollens *mich* jetzt groß in der Zeitung durch den Kakao ziehen? Nur zu. Ich hab eh nichts zu verlieren außer einem schlechten Ruf.«

»Grüß Gott, Herr Gruber. Da könnten Sie recht haben. Hauptsache, der Name ist richtig geschrieben. Aber ich glaub, das gilt mehr für Schauspieler und andere Künstler und nicht so sehr für Geschäftsleute.«

»Einen Kaffee, Herr Hartinger? Vielleicht wird's ja doch ganz lustig mit Ihnen.« Veit Gruber brüllte eine Bestellung durch die halb geschlossene Bürotür: »Lydia, zwei Corretto!« Da sich direkt davor die Theke seines Gasthauses befand, war die Chance hoch, dass jemand dort draußen den Befehl vernahm.

Tatsächlich kam nach zwei Minuten eine dirndlbekleidete Bedienung mit einem Tablett ins Büro und stellte zwei doppelte Espresso auf den Schreibtisch. Aus den Tassen duftete es penetrant nach Grappa.

»Danke, Lydia. Mach die Tür zu. Von draußen«, wies Gruber seine Angestellte an. »Prost!«, nickte er Hartinger zu und zog den verbesserten Kaffee in einem Zug hinab.

Hartinger nippte nur und spülte mit dem Leitungswasser nach, das in zwei kleinen Gläsern auf dem Tablett stand. »Weswegen ich hier bin, Herr Gruber … Ich würde Ihnen gern meine Mitarbeit anbieten.«

»Sie? Mir?« Geschäftsbayer Gruber zerbiss beinahe das Zigarillo, das er gerade hatte anzünden wollen. »Wollens Holzhacken für mich? Oder Geschirrspülen?« Er lachte.

»Ich würde sehr gern Ihre Projekte in der Presse ins richtige Licht stellen. Als PR-Manager, sozusagen.« Hartinger musste den Würgreiz unterdrücken, den die Nennung dieser Berufsbezeichnung in ihm hervorrief. Vielleicht sollte er doch lieber den Rest des Lebens schmirgeln und Zäune hämmern.

Gruber schwieg. Er musste erst gedanklich verdauen, dass da einer, der sich bekanntermaßen als letzter unbestechlicher Journalist sah, ihm anbot, sich bei ihm zu verdingen. Schließlich sagte er: »Steht's so schlecht um Sie, Hartinger?«

»Um ehrlich zu sein, ja. Die Zeitung macht mit mir nichts mehr. Ich brauche aber Geld.«

Gruber schwieg wieder. Ganz allmählich gewöhnte er sich an den ungewöhnlichen Gedanken. Sofort formte er daraus eine Phantasie. »Jetzt mal angenommen, ich bin verrückt genug, mit Ihnen zusammenzuarbeiten, Hartinger. Dann sagen Sie mir mal: Wie würden Sie denn mein Image verbessern?«

Hartinger atmete tief durch. »Da würd ich gar nichts machen. An Ihrer Person. Personen sind eher aus der Presse herauszuhalten. Ihre Projekte müssen für sich sprechen. Ich finde die übrigens wirklich nicht alle dämlich. Nur falsch verkauft.«

Wieder entstand auf Grubers Seite des Schreibtisches eine lange Pause. »Sie neigen wirklich zur direkten Aussprache, Hartinger. Aber das ist nicht schlecht. So ein erfolgreicher Unternehmer wie ich, der verliert ja gern mal den unvoreingenommenen Blick auf die eigenen Engagements. Betriebsblindheit. Liest man immer wieder.« Dabei tippte Gruber auf einen Stapel noch in Versandfolie verpackter Harvard Business Manager.

»Und, wissen Sie was, Herr Gruber? Ich würd Ihnen vielleicht sogar das eine oder andere Projekt auch zukommen lassen. Zumindest die Idee dazu.«

»Da bin ich sehr gespannt. Zum Beispiel?«

»Freilich. Ideen sind nicht schützbar. Sie machen's, und ich schau in die Röhre.«

»Okay, Hartinger, sagen Sie mir mal eine Idee, und wenn die mir gefällt, dann sind Sie als Pressesprecher dabei. Ehrenwort.«

Hartinger hatte den geltungssüchtigen Mann beinahe dort, wo er ihn haben wollte. Zum Schein zögerte er noch ein wenig. »Ehrenwort, Ehrenwort. Wer schreibt, der bleibt.«

Gruber tippte einen Satz in den PC, druckte ihn auf ein Blatt Papier und unterschrieb. »Langt das, oder wollen Sie zum Notar, Hartinger?«

Hartinger las den Satz, der das Ehrenwort Grubers ausdrückte, gut zehn Mal. Dabei registrierte er mit Genuss, wie Gruber nervös mit den Fingern auf die Tischplatte trommelte.

Dann faltete er das Papier fein säuberlich zusammen und verstaute es in der Brusttasche seines Flanellhemdes. Dass er dabei umständlich einen Knopf öffnen musste, brachte Gruber an den Rand des Wahnsinns.

Endlich erlöste ihn Hartinger. »Na gut. Eisrevue, Herr Gruber. Casa Carioca. Paradise on Ice. Jo Saunders.«

Gruber starrte ihn an. »Ha?«

»Wir machen Garmisch-Partenkirchen zum internationalen Zentrum des Eislaufsports. Wie damals in der Casa Carioca. Der Name ist nicht geschützt, den müssen Sie bloß nehmen. Und sofort haben Sie die Tradition, Sie haben Erol Flynn, Liz Taylor, eine Riesengeschichte. Und Jo Saunders, die aus Garmisch stammt, nehmen Sie als Galionsfigur. Und die ganze Historie füllen Sie auf mit modernen Eisshows. Das ganze Jahr über. Wir haben hier ein Eisstadion, das spielt seine Kosten nie im Leben ein. Wenn Sie das ein bisserl aufhübschen, dann können Sie da täglich vor einigen Tausend Menschen eine Show aufführen. Ach was, eine nachmittags und eine am Abend. So, wie sie das in Hamburg mit ›König der Löwen‹ und dem ganzen Musical-Schmarrn machen. Da muss man mit dem Schiff hinfahren. Tagestouristen aus München holen Sie halt mit dem Bus ab oder mit Sonderzügen, zeigen denen die Show und karren sie zurück. Und an der Verköstigung und dem ganzen Merchandising verdienen Sie auch. Ist ja alles da. Man muss es nur zusammenführen. Und ordentlich Marketing machen.«

»Und das machen Sie, Herr Hartinger?« Veit Gruber hatte zum ersten Mal »*Herr* Hartinger« gesagt.

»Genau. Dazu brauchen Sie jemanden, der Stern, Spiegel, Focus und TV- und Radio-Leute kennt. Hier sitzt er.« Hartinger wunderte sich über sich selbst. Erstens war das gar nicht einmal an den Haaren herbeigezogen, was er dem Gruber da verkaufte. Zweitens würde es ihm vielleicht sogar Spaß machen. Und sei es nur deswegen, um seinen verschnarchten Garmischern mal zu zeigen, was sie mit ihrer Geschichte alles anfangen konnten, wenn nur mal einer aufwachen würde.

Veit Gruber inhalierte tief den Zigarillorauch. »Noch einen Kaffee, Lydia!«, brüllte er durch die Bürotür. Und dann: »Gar nicht so schlecht, Herr Hartinger. Hätt ich auch selbst draufkommen können.«

»Sind Sie aber nicht, Herr Gruber.« Hartinger tippte auf die Erklärung, die in seiner Hemdtasche steckte. »Und ich hab noch was: Wir nennen Garmisch-Partenkirchen in Zukunft einen ›Immersportort‹. Hab ich mir schon schützen lassen.«

»Immersportort anstatt Wintersportort ... Gute Idee, Herr Hartinger. Auch nicht schlecht. Und was war mit der Jo ... äh, Dingsda?«

»Die kennen Sie doch, die Geschichte. Die Jo Saunders ist in USA die Königin der Eisshows. An Land, auf dem Wasser, in der Luft. Es gibt keinen Ort, wo sie nicht phänomenale Erfolge gefeiert hätt. Und die kommt aus Garmisch. Geborene Josepha Stiller. Stellen Sie sich die Story vor. Sie kommt mit achtzig Jahren zurück in ihre Heimat und schenkt der Bevölkerung die beste Show, die sie jemals gemacht hat. Was für eine geile Geschichte – und Sie, Veit Gruber, sind der Impressario, der Big Man, der das möglich macht. Am ersten Immersportort der Welt. Stellen Sie sich das einmal vor!«

Das tat Veit Gruber bereits. Er malte sich den Erfolg dieser Shows in den buntesten Farben aus. Und die Millionen, die er damit scheffeln konnte. »Wenn das Eisstadion reicht. Da passen ja bestuhlt nur sechstausend Menschen rein. Vielleicht müssen wir größer denken. Das Skistadion. Überdacht. Wie wäre das? Oder ... wartens: Die Garmischer Fußgängerzone überdachen. Nein, da kann man keine Tribünen aufstellen. Jetzt hab ich's: den Rießersee! Dort, wo das mit dem Eislaufen hier in Garmisch angefangen hat vor hundert Jahren!«

»Und wo die Jo Saunders herkommt. Vom Stillerhof neben dem See«, spann Hartinger mit.

»Mein Gott, jetzt wird ein Schuh draus! Da kann man Bücher drüber schreiben, Filme machen, das ist ja oscarreif. Als Bauernmädel weggegangen. Als alte Dame zurück an den Ort ihrer Jugend. Fast ein ganzes Jahrhundert an Sportgeschichte vereint. Geil, Herr Hartinger, richtig geil.«

Hartinger lehnte sich zurück und genoss den Anblick des ins Schwärmen geratenen Gruber. Der löste seinen Blick von der Holzvertäfelung seiner Bürodecke und betätigte die Tastatur seines Computers. Er klickte und tippte wie ein Bessener darauf rum. »Ich find im Internet nix Aktuelles von der Frau Stiller oder Saunders.«

»Das ist die schlechte Nachricht: Sie lebt vollkommen zurückgezogen in Kalifornien. Man muss sie erst dazu bewegen hierherzukommen.«

»Ja, worauf warten Sie, Hartinger? Was machen Sie hier noch? Wartens, ich ruf im Reisebüro an. Oder machen Sie das gleich. Hier ist die Nummer. Sie holen die Frau hierher. Und dann sind wir im Geschäft. Flüge nach San Fransisco und Los Angeles gibt's von München aus jeden Tag. Hopp, hopp – in einer Woche will ich die Dame hier sehen!«

»Spesen?«

»Gegen Beleg alles Notwendige. Aber bittschön Economy. Nicht übertreiben, Herr Hartinger, gell?«

»So war das nicht gemeint, dass du dich gleich vom Acker machst, Gonzo!«, schimpfte Kathi Mitterer. »Die Läden und der Zaun …« Mitten im Satz verstummte sie, denn ihr ging auf, dass ja sie es gewesen war, die Hartinger zum Gruber Veit geschickt hatte.

»Nur für eine Woche. Den Zaun kann ich eh erst im Mai machen. Wenn der Schnee bis dahin geschmolzen ist. Und die Läden laufen auch nicht weg.«

»Das fürchte ich auch. Die lehnen jetzt da ewig im Hof rum. Sauber.« Sie blies sich eine Strähne aus dem Gesicht und klemmte sie unter der Haarspange fest.

»Und er zahlt wirklich alles?« Albert Frey saß an seinem Stammplatz unter dem Gottessohn.

»Habe das Ticket schon auf meinem Handy. Um zwanzig vor vier geht's los. Ich glaub's selbst nicht.«

»Ich habe Frau Saunders schon geschrieben, dass sie Besuch bekommt. Ein Telegramm. Dass ich so was noch mal mache …« Frey hatte seine Freude daran gehabt, in die Hauptpost am Bahnhof zu gehen, um ein gutes altes Telegramm aufzugeben. Er war gespannt gewesen, ob die jungen Postbediensteten das überhaupt noch konnten. Außerdem konnte man Telegramme abheften und irgendwann dem Marktarchiv hinterlassen. E-Mails waren so flüchtig …

»Dann ist sie nicht so überrascht, wenn ich bei ihr vor der Wohnungstür stehe«, meinte Hartinger. »Das ist gut.«

»Wohnungstüre ist gut. Portal würde ich das nennen. Ich hab mir die Adresse in Google Earth angesehen«, erklärte Albert Frey. »Das ist eine veritable Villa mit einem Park drum herum. Am Meer. Trotzdem Swimmingpool. Tennisplatz. Die hat da auch ein Nebengebäude, das könnte, von oben betrachtet, eine kleine Eishalle sein. Stell dich darauf ein, dass du da erst mal an Sicherheitsleuten vorbeimusst, Karl-Heinz.«

Hartinger nickte und wandte sich an die Hausherrin: »Könntest mir vielleicht schnell zwei oder drei Hemden …«

»Das auch noch.« Kathi schnaubte. »Aber nur, weil ich dich nicht als Repräsentanten meiner Heimat so abgerissen nach Amerika reisen lass, damit das klar ist, Gonzo. Musst eigentlich eine Jeans da rüber anziehen?«

»Hab nix anderes.«

»Der Trachtenanzug von meinem Vater passt dir doch wie angegossen. Der hat genau die gleiche Figur gehabt.«

»Im Trachtenanzug nach Kalifornien? Da hat's dreißig Grad aufwärts. Lieber die Lederhosn von deinem Opa.«

»In einer halben Stunde musst du los. Ess jetzt noch mal was Gscheits, und ich bügel dir derweil die Hemden.« Damit stellte Kathi die Reine mit den Rindsrouladen auf den Tisch.

Der Mann am Zoll musterte Hartinger ganz genau. Dann blätterte er den Pass aufmerksam durch und legte ihn auf den

Scanner. Das blaue Licht spiegelte sich in den Brillengläsern des Beamten. Er blickte wieder nach oben und schaute Hartinger direkt in die Augen. »Herr Hartinger? Herr Karl-Heinz Hartinger?«

»Steht doch drauf, oder?«, antwortete Hartinger ungeduldig. Das fehlte noch, dass er am Zoll aufgehalten wurde. Die Maschine der United würde nicht auf ihn warten. Er war spät dran.

»Nach Amerika wollen Sie?«

»Ja, ganz genau. Was dagegen?«

»Grundsätzlich nicht«, sagte der Beamte. Hartinger hatte keine Ahnung, dass er einen kleinen Knopf unter dem Tisch gedrückt hatte. »Wohin denn in Amerika?«

»Santa Barbara.«

»Das in Kalifornien.« Der Beamte musste Zeit schinden.

»Kennen Sie ein anderes?«

»Und was machen Sie dort?«

»Urlaub. Und jetzt gebens mir bittschön den Pass wieder.« Als Hartinger durch den kleinen Ausschnitt in der Plexiglasscheibe der Zollkabine langen wollte, machte es »klick«, und um sein Unterarmgelenk schloss sich eine Handschelle.

Rechts neben ihm stand auf einmal ein Mann in Zivil. An seinem Handgelenk lag die andere Handschelle. Und links neben ihm stand plötzlich auch einer, und der drehte ihm den linken Arm auf den Rücken. Und einer war hinter ihm, der ihm mit seinen Füßen die Beine auseinanderschob.

»Rechte Hand an die Wand, Beine spreizen!«, befahl die Stimme von hinten. Dann wurde Hartinger gründlich abgetastet.

»Was soll der Scheiß?«, brüllte er.

»Ganz ruhig, Herr Hartinger, ganz ruhig.«

Sie drehten ihn um. Drei Meter hinter den drei Zivilpolizisten standen zwei Uniformierte der Bundespolizei mit Maschinenpistolen im Anschlag.

»Das ist eine Verwechslung. Ich muss zum Flieger!«, wehrte sich Hartinger.

Aber es hatte keinen Sinn. Sie drehten ihm auch den rechten Arm nach hinten und führten ihn vor den Augen der gaffenden Flughafengäste ab.

Sie setzten ihn in ein kleines Kabuff der Bundespolizei und fesselten ihn mit den Handschellen an einen Stuhl. Dann verging eine Stunde, ohne dass etwas geschah.

Hartinger verzweifelte. Sowohl seine Schimpftiraden als auch seine Bitte nach einem Glas Wasser verhallten scheinbar ungehört.

Schließlich ging die Türe auf. Kriminalkommissar Hanhardt trat ein.

»Spinnts ihr jetzt komplett? Das ist Freiheitsberaubung. Ich zeig euch alle an!«, legte Hartinger los. »Von allen Beamten will ich die Personalnummern. So eine Sauerei ist mir noch nie untergekommen!«

»Herr Hartinger, Sie sind festgenommen«, sagte Jürgen Hanhardt lapidar.

»Und weswegen?«

»Wegen des dringenden Tatverdachts, Svetlana Ryschankawa ermordet zu haben. Möchten Sie einen Anwalt?«

»Hä? Ist das ein Déjà-vu? Hängt die Platte? Sie haben mich genau vor einer Woche entlassen, weil ich ein Alibi habe.«

»Es gibt Zweifel an Ihrem Alibi, Herr Hartinger.«

»Aber es gibt einen Film davon, was ich gemacht habe in der Zeit!«

»Videos können manipuliert werden, Herr Hartinger. DNA-Proben nicht.«

»Was soll das heißen?«

»Die Leiche der Svetlana Ryschankawa wurde noch einmal einer genauen Untersuchung unterzogen. Dabei ist Sperma gefunden worden.«

Weiß ich, von zwei Männern, hätte Hartinger um ein Haar gesagt. Doch er schwieg lieber.

»Darunter Ihr Sperma, Herr Hartinger. Das hat eine DNA-Analyse ergeben.«

Hartinger war fassungslos. »Welche DNA-Analyse? Sie haben doch gar keine Probe von mir. Schwachsinn!«

»Doch, haben wir. Aber mehr werde ich Ihnen jetzt nicht erzählen. Ich bring Sie jetzt in die Stadt, und dort werden Sie einem Untersuchungsrichter vorgeführt. Los jetzt. Ach ja, Herr Hartinger, immer noch keinen Anwalt?«

Hartinger sah ein, dass er nichts tun konnte, außer sich zu fügen. Das mit dem Anwalt war vielleicht keine ganz verkehrte Idee, fand er. »Ich muss telefonieren.«

Hanhardt rief einen Bundespolizisten herein und ließ ihn die Handschellen aufschließen. Mit dem bereitgestellten Diensttelefon wählte Hartinger erst Kurt Weißhaupts Nummer, und als der nicht an sein Mobiltelefon ging, rief er Albert Frey an. Er berichtete ihm in knappen Worten über das, was vorgefallen war, und bat darum, Frey möge über Weißhaupt einen fähigen Strafrechtler auftreiben.

Nach dem Telefonat ließ er sich von Hanhardt und zwei Bundespolizisten zu einem dunklen BMW führen, der ihn in das Münchner Strafjustizzentrum in der Nymphenburger Straße brachte.

Was Veit Gruber zu besprechen hatte, war einen offiziellen Termin im Rathaus von Garmisch-Partenkirchen wert. Normalerweise weihte er seinen alten Freund Hans Wilhelm nicht unbedingt in einer so frühen Phase in seine Pläne ein. Doch dieses Projekt ging leider nicht ohne den Ersten Bürgermeister. Das Eisstadion gehörte der Marktgemeinde, das Skistadion sowieso. Und auch irgendwo anders im Tal, am Rießersee oder vielleicht auf den Wiesen zwischen Hausberg- und Kreuzeckbahn, einen Eisrevuetempel zu errichten wäre ohne das Zutun Hans Wilhelm Meiers unmöglich.

Veit Gruber hatte beinahe die ganze Nacht wach gelegen. Diese neue Chance, die sich für ihn und seinen Heimatort durch die Idee des Hartinger auftat, ließ ihn keinen Schlaf finden. Schließlich war er aufgestanden und hatte bis um zwei Uhr früh die spärlichen Informationen, die zu der alten Casa

Carioca im Internet kursierten, gesucht, gefunden, ausgedruckt und sogar erste Skizzen angefertigt, wie die neue Casa Carioca aussehen sollte.

Das mit dem maurischen Stil wollte er unbedingt beibehalten. Auch da gab es ja eine Tradition. Hatte nicht der Bayernkönig, jener, der ähnlich wie der Gruber große zukunftsweisende Projekte umgesetzt hatte, von denen die Bayern noch heute touristisch zehrten, in seinem Jagdschloss am Schachen einen Maurischen Saal einrichten lassen? Das Arabische und das Bayerische, das gehörte irgendwie zusammen, dachte sich Gruber. Und wenn der ortsansässige Scheich von Al-Weyh Dabbey die riesige Eishalle, die Gruber vorschwebte, nicht finanzieren wollte, gab es ja immer noch die Chinesen. Oder den Ägypter, der Zermatt derzeit neu baute. Es würde sich schon jemand finden, das war das kleinere Problem.

Das größere Problem war die Zustimmung der Einwohnerschaft. Die unselige Olympiabewerbung hatte ja gezeigt, dass ein tiefer Riss durch Garmisch-Partenkirchens Bevölkerung ging. Die einen wollten nach vorn, in Richtung Zukunft, die anderen, dass alles so blieb, wie es war. Gruber selbst hatte den Traum von Olympia inzwischen, drei Monate vor der Entscheidung des Internationalen Olympischen Komitees, ad acta gelegt. Wer Zahlen lesen konnte, wusste, dass die Spiele nach Südkorea gehen würden. Nur der Bürgermeister und ein paar Sportverbandsfuzzis glaubten noch im Ernst daran, dass die Olympiade 2018 nach Deutschland vergeben würde. Das hatten die schon längst gründlich versemmelt.

Um gute Miene zum bösen Spiel zu machen, jubelte Gruber offiziell noch mit und ließ sich in den kleinen Textteilanzeigen, die die PrOlympiJa-Leute im Tagblatt schalteten, als Pate ablichten. Dabei ahnte er, dass gerade sein Konterfei ein paar mehr Bürger mehr dazu bewegen würde, bei der anstehenden Bürgerbefragung mit Nein zu stimmen.

Die ganze Kritik an den teuren Sportstätten, gipfelnd in der Skisprungschanze, die sich die Marktgemeinde nicht leisten konnte, wollte Gruber mit dem neuen Projekt zu seinen Gunsten drehen. Denn mit seiner »Casa Carioca reloaded«, wie er die Idee nannte, konnte er entweder das Skistadion oder das auch defizitäre Eisstadion mit einem beständigen Strom von Eisrevuegästen füllen und so zum Ergebnisbringer machen. Der Businessplan schrieb sich ja von selbst.

Bis fünf Uhr morgens hatte er in der Einsamkeit seines Arbeitszimmers auf Teufel komm raus geexcelt. Selbst bei einer mitteloptimistischen Planung konnte das Projekt gut und gern einen Umsatz von fünfzig Millionen Euro pro Jahr machen. Und eine Gewinnmarge von fünfzehn Prozent einkalkuliert, würden unterm Strich siebeneinhalb Millionen hängen bleiben. Dabei war die Miete für eines der Stadien bereits abgezogen. Die Gemeinde hätte also schon verdient. Okay, bei einem Neubau eines speziellen Casa-Carioca-Stadions müsste man noch die Finanzierung für den Bau einrechnen.

Derart vorbereitet und motiviert klopfte Veit Gruber am Morgen im Rathaus an der Bürotür des Vorzimmers und trat ein. Christina Mauereder klickte schnell die Patience auf ihrem PC weg und meldete den Besucher telefonisch bei ihrem Chef an.

»Sie möchten bitte ein paar Minuten warten, Herr Gruber, der Herr Bürgermeister hat gerade ein Gespräch. Er ist gleich für Sie da.«

Ich bin für *ihn* da, dachte sich der Gruber und spürte leichte Verärgerung in sich aufsteigen. Da kam er mit Plänen, welche sowohl die Zukunft des Ortes als auch die Karriere des Bürgermeisters beflügeln würden, und wurde auf die Wartebank verwiesen.

Unendliche zehn Minuten später kam der Bürgermeister aus seinem Büro. »Hast schon Mittag gegessen, Veit? Komm, wir gehen in den Murr auf eine Leberkassemmel.«

»Du, Hansi, ich hab da was ganz Aktuelles, ich weiß nicht, ob wir das am Stehtisch beim Metzger besprechen sollen.«

Widerwillig lenkte der Bürgermeister ein. »Okay, aber nach der Besprechung holen wir uns was. Ich sterb vor Hunger.« Damit bat er seinen Gast doch in sein Büro.

»Also, Hansi, um es kurz zu machen«, Grubers Euphorie war durch den Empfang, den ihm Meier bereitet hatte, bereits drastisch gesunken, »ich hab da den Plan, ich brauch nur das Eisstadion dazu. Oder das Skistadion.«

»Aber warum rufst da nicht bei den Hausmeistern an, die haben doch die Belegungspläne.«

»Naa, ich brauch's nicht für eine Veranstaltung oder für einen Tag. Ich brauch's für immer.«

Bürgermeister Meier schaute reserviert. Ihm schwante, dass ihm der Gruber gleich einen unglaublichen Schmarrn auftischen würde.

Der holte seinen Laptop aus der Aktentasche und klappte ihn vor dem Bürgermeister auf. Dann führte er ihn durch eine Präsentation, die seine Skizzen und die wesentlichen Kennzahlen des Businessplans beinhaltete.

»Veit, du spinnst«, resümierte der Bürgermeister. »Aber gar nicht schlecht, die Idee, muss ich sagen. Unsere teuren Sportstätten stehen wirklich das ganze Jahr über nutzlos in der Gegend rum. Dir kann ich's ja sagen, aber wenn jemals rauskommt, was die Schanze wirklich gekostet hat … Und dass wir da keinen Namenssponsor dafür finden, der sechs Millionen hinlegt, damit sein Logo draufpappt! Geht doch in München bei der Fußballarena auch. Ich versteh das nicht.«

»Vielleicht weil die Schanze nur einen Tag pro Jahr beim Neujahrsspringen im Fernsehen ist und der Sponsor der Vier-Schanzen-Tournee dann das Logo vom Namenssponsor überklebt?«

Der Bürgermeister schaute so, als hätte ihm gerade jemand gesteckt, dass es wahrscheinlich kein leibhaftiges Christkind gab.

Gruber textete unter Volldampf weiter. »Drum sag ich ja, Hansi, des müssen wir ganz anders aufziehen. Ganz groß. Das Skistadion ist mir ja eh noch lieber als das Eisstadion. Weil da kann man die Besucher auch im Sommer außenrum beschäftigen. Die könnten da sommerrodeln, Flying Fox fahren und ein Olympiamuseum anschauen und was weiß ich für einen

Schmarrn. Einen zweiten Kletterwald bau ich da auch noch hin. Aber das Kernstück wird die größte überdachte Eisfläche Europas werden. Und eine Paradise-on-Ice-Show vor Tausenden von Zuschauern jeden Abend. Und wenn ich's mir recht überlege: Warum eigentlich nur Eis? Vielleicht überdachen wir gleich auch noch den Slalomhang am Gudiberg nebenan, dann können wir Sommerskifahren anbieten. Da soll dir noch einer vorwerfen, dass du Millionen für einen Skilift ausgibst, der nur ein paar Tage Spitzensport im Jahr ermöglicht. Ist das nicht die Lösung vieler Probleme?«

Der Bürgermeister hatte Feuer gefangen. »Profitable Skihallen gibt's in Castrop-Rauxel genauso wie in Saudi-Arabien, da hast recht, Veit. Und was die in Abu Dhabi können bei der Fußball-WM, das können wir auch«, war er überzeugt. »Wenn die ihre Stadien von fünfunddreißig Grad im Schatten runterkühlen, dann werden wir doch da im Sommer erst recht Eis und Schnee zaubern können. Grad bei unseren Sommern. Voriges Jahr war der Sommer, glaub ich, ein Mittwoch.«

»Ja, freili! Überhaupt kein Problem heutzutage mit der Kühlerei. Brauchst halt a bisserl an Strom dazu. Die Kältemaschinen gibt's ja auf dem Markt«, eiferte Gruber. »Das Walchenseekraftwerk hängt doch noch am Netz. Da können wir gleich den Strom von da beziehen. Und schon ist die ganze Sache auch noch unglaublich nachhaltig! Wasserkraft, um Eis und Schnee herzustellen. Natürlicher geht's ja nicht: aus Wasser Eis machen.«

»Nachhaltigkeit! Natürlichkeit! Jawoll. Ganz wichtig. Und dann können wir die Schneekanonen, die acht Monate nur nutzlos rumstehen, auch als nachhaltige Ganzjahresinvestition sehen!«, freute sich der Bürgermeister. »Mensch, Veit, ich hab's ja immer gewusst. Mit solchen Visionären wie mit uns braucht sich dieser unser schöner Ort keine Sorgen um seine Zukunft zu machen!«

Die beiden sahen sich an. Dann nickten sie sich gegenseitig zu. Die Sache war geritzt.

»Nur noch eins, Veit«, warf Hans W. Meier nach einer kurzen Denkpause ein. »Das Pulver, wo kommt das her? Araber oder Chinesen diesmal?«

»Bei dem Businessplan werden wir Mühe haben, die Investoren zu bändigen. Die werden uns die Bude einrennen, Hansi. Ich hab mir gedacht, legen wir einen Fonds auf, da kann sich dann auch der Garmischer Normalbürger beteiligen. Eine sicherere Anlage gibt's da gar nicht als einen Immersportort. Weil: Immer Sport, immer Touristen, immer Geld!«

»Immersportort ... Wahnsinn, Veit. Sehr gutes Wort. Unabhängigkeit vom Klima. Sehr stark.«

»Und immer nachhaltig und natürlich.«

»Eh klar.«

»Und jetzt rat mal, wer da draufgekommen ist, auf Immersportort.«

»Du wahrscheinlich, Veit.«

»Ausnahmsweise nicht. Stell dir vor, der Hartinger.«

Bürgermeister Meier verschüttete den Kaffee, den er sich gerade aus der Thermoskanne hatte einschenken wollen, über den ganzen Tisch. Gruber konnte gerade noch seinen Laptop in die Luft reißen. »Der *wer?*«

»Der Hartinger Gonzo. Ich hab ihn engagiert. Er ist für mich unterwegs und holt die Jo Saunders aus Amiland. Die machen wir nämlich zur Galionsfigur.«

»Der ... Hartinger ... für ... dich ... in Amiland ...« Der Bürgermeister wurde blass.

»Ja mei, Hansi, ich weiß, dass der Kerl ein Schmerz im Hintern ist. Aber ich hab mir gedacht, binden wir ihn dieses Mal mit ein, dann macht er keinen Ärger.«

»Da kannst du recht haben, Veit. Dein neuer Mitarbeiter macht bestimmt keinen Ärger. Der sitzt nämlich seit gestern Abend in U-Haft. Noch keine Nachrichten gelesen?«

In der Tat schlug Karl-Heinz Hartingers Verhaftung hohe Wellen in den Online-Medien der Republik. Auf den Nachrichtenportalen und in den Blogs hatte der Verdächtigte schnell seinen Namen weg. Zum »Petruskreuz-Mörder« war Hartinger innerhalb weniger Stunden avanciert. Offenbar hatten Münchner Ermittlungsbehörden die Umstände von Svetlana Ryschankawas Tod einigen Berichterstattern zugeflüstert. Die Tatsache, dass das Opfer wohl durch Überkopfhängen gestorben war, nach den seitlich ausgestreckten Armen zu schließen, vielleicht an einem Kreuz, legte den Schluss nahe, dass die Hinrichtungsmethode, die der Apostel Petrus für sich ausgesucht hatte, auch bei der weißrussischen Gaststättenpächterin Anwendung gefunden hatte.

Von dieser Spekulation ausgehend, trieben es die Verbrechenskommentatoren im Internet immer weiter. Die alten Artikel, die Hartinger vor einem Jahr in einem anderen Fall als »Pfaffenhasser« gebrandmarkt hatten, wurden wieder ausgegraben und mit der Überkopfkreuzigung in Verbindung gebracht. Die Verwendung des auf dem Kopf stehenden Kreuzes im Okkultismus und bei schwarzen Messen reizte die Nachrichten-Spekulanten zu gewagten Thesen. Plötzlich war nicht nur Hartinger ein perverser Satanist, sondern auch Garmisch-Partenkirchen ein Hort des Bösen.

Ein Spinner, der von Berlin aus einen Blog mit dem Namen »Die Ganze Wahrheit« betrieb, behauptete, Hitlers Alpenfestung wäre irgendwo im Wettersteingebirge errichtet, aber nie entdeckt worden. Von dort aus, so der Text, trieben die Nachfolger des Diktators ihr Unwesen. Eine Erklärung, was der Mord oder gar der mordverdächtige Hartinger mit den Nazis zu tun haben könnte, blieb der phantasiebegabte Blogger schuldig.

Ein Agenturjournalist in Hamburg zitierte die These zunächst in der Absicht, ebendieses Aufblühen des Schwachsinns im Internet zu geißeln. Doch etliche Praktikanten in den Nachrichtenredaktionen der Regionalzeitungen nahmen die Meldung für bare Münze und stellten sie verkürzt online. »Hitler-Jünger foltern schöne Russin zu Tode«, lautete eine Headline, die zwischen Teutoburger und Spreewald auf den Webseiten stand.

Diese Meldung passte natürlich ganz ausgezeichnet zum

Datum. Man schrieb den 20. April. Die englische Boulevardpresse, die alle Nachrichten scannte, in denen die Worte »Nazi« und »Hitler« vorkamen, machte daraus eine Geburtstagsgeschichte für den größten Postkartenmaler aller Zeiten.

Karl-Heinz Hartinger bekam von diesen Nachrichten nichts mit. Als Untersuchungsgefangener galten für ihn mit der Ausnahme, dass er seine Privatkleidung anbehalten durfte, verschärfte Haftbedingungen. Und selbst wenn er im Regelvollzug gewesen wäre, hätte er keinen internetfähigen Computer in seiner Zelle in Stadelheim gehabt.

Doch an Hartinger im Regelvollzug wollte er nicht denken. Das Verbrechen, das ihm vorgeworfen wurde, hieß Mord. Und das einzig mögliche Urteil lebenslänglich. Und bei einer eindeutigen DNA-Spur brauchten sie nur ein paar Verhandlungstage, um zu diesem Urteil zu kommen. Ein gefundenes Fressen für einen Staatsanwalt.

Er musste also dieses Komplott aufklären, das ihn hierher gebracht hatte. Es musste eine von mächtigen dunklen Kräften eingetütete Verschwörung sein, deren Opfer er geworden war. Sein Sperma in Svetlana. Es musste von irgendjemandem dorthin verbracht worden sein. Das war sogar relativ leicht möglich. Für jemanden, der einen solchen Job übertragen bekam, einen Agenten welchen Dienstes auch immer, stellten die Sicherheitstüren der Gerichtsmedizin in der Nußbaumstraße kein Hindernis dar. Das wusste er von seinen eigenen Besuchen dort, als er noch Reportagen von und über diesen Ort verfasst hatte.

Nur – woher hatten sie sein Sperma? Er stellte Überlegungen an, die ihm selbst ein wenig peinlich waren. Wo hatte er Samen hinterlassen in der letzten Woche. Doch eigentlich nur bei Dotti. In Kondomen. Masturbiert hatte er, soweit er sich erinnerte, nicht. Sie mussten also die Kondome aus dem Müll von Dottis Wohnung gezogen haben, waren damit in die Nußbaumstraße marschiert und hatten eine Spur an der Leiche angebracht. Musste am Montag oder Dienstag passiert sein.

Ziemlich abstruse Geschichte, aber so musste es gewesen sein. Und woher hatten sie seine Speichelprobe?

Natürlich – die Arbeitsschürze, auf die er gespuckt hatte. Und die dann weg gewesen war. Wann war das gewesen? Freitag. Am ersten Arbeitstag auf dem Mittererhof. Jemand hatte den blauen Schaber von Kathis Großvater entwendet, während er im Haus gewesen war. Und Samstagnacht hatte er die Samenproben bei Dotti hinterlassen.

Doch warum hatten sie Svetlana am Montag überhaupt noch einmal untersucht? Die Obduktion musste doch schon in der vergangenen Woche abgeschlossen gewesen sein. Es musste also ein Komplott sein, in das auch Dottis Kollegen verwickelt waren. Oder Dotti selbst? Schon der Videodreh an ihrem ersten im Bett verbrachten Wochenende war ja seltsam genug.

Zu gern hätte er Dr. Dorothee Allgäuer zu der Geschichte befragt. Nur befanden sich einige Meter Stahlbeton und eine fünf Meter hohe Mauer zwischen ihm und ihr. Also musste das jemand anderes für ihn erledigen. Wer würde eine Besuchserlaubnis vom Staatsanwalt bekommen? Weißhaupt? Frey? Nein, am wahrscheinlichsten durfte ihn die Mutter seines Kindes besuchen. Er würde über seinen Anwalt, dessen Visite für vierzehn Uhr an diesem trüben Aprilmittwoch angesagt war, den Antrag stellen, dass Katharina Mitterer ihn besuchen durfte.

Albert Frey wusste, dass es nicht ganz dem Gesetz entsprach, was er da getan hatte. Noch bevor die Kripo in Begleitung einiger Beamter der Garmisch-Partenkirchner Polizeiinspektion nach Graseck kam, um die Habseligkeiten des Verdächtigen Hartinger zu durchsuchen, hatte er dessen Kameraausrüstung und alle Aufzeichnungen, die er unter dem Dach des Mittererhofs fand, in ein sicheres Versteck im Wald geschafft. Seine eigenen Unterlagen über den »Fall Casa Carioca« versteckte er ebenfalls. Es würde zwar sicher schwierig werden, einen Durchsuchungsbeschluss für seine Wohnung in Partenkirchen zu erhalten, aber ausschließen wollte er in dieser Angelegenheit nichts mehr.

Der Anwalt, der Hartinger von seinem Exchef Kurt Weißhaupt zur Verfügung gestellt wurde, hatte am Morgen dieses Mittwochs erst Akteneinsicht erhalten. Als er kurz darauf mit Kathi telefonierte, um ihr im dürren Juristendeutsch die Sachlage zu erläutern, war sie geschockt gewesen. Nein, nicht nur geschockt, geradezu außer sich. Die Spuren, die man von Hartinger bei der Frau gefunden hatte, die vor einer Woche vom Felsen gestürzt war, waren eindeutig.

Doch Kathi war nicht derart außer sich gewesen, weil diese »Beweise« sie von Hartingers Schuld überzeugt hätten. Im Gegenteil. Sie traute Hartinger vieles zu, aber keinen Lustmord. Umgehend hatte sie ihren Onkel Albert informiert, und der hatte zu Besonnenheit gemahnt. Nachdem sie eingehend über die Sache gesprochen hatten, war ihnen beiden klar, dass sie nicht glaubten, was sich die Münchner Staatsanwaltschaft da offenbar zusammengereimt hatte. Jemandem musste ein Fehler unterlaufen sein. Jemand hatte Beweismittel durcheinandergebracht. An eine Verschwörung zu denken, reichte ihre Phantasie nicht aus.

»Jetzt müssen wir die alte Frau erst recht aus Amerika herholen. Vielleicht stehen die beiden Toten ja in Zusammenhang. Auch wenn sechzig Jahre zwischen ihnen liegen«, schloss Frey seine Betrachtung.

»Willst *du* jetzt nach Los Angeles fliegen, Onkel Albert? Du kannst ja nicht einmal richtig Englisch.«

»Du vielleicht? Nein, wir machen es anders. Wir schreiben täglich ein Telegramm. Irgendwann wird sie dann antworten. Und dann überreden wir sie zu kommen.«

»Vager Plan. Gonzos Idee, hinzufliegen, war besser.«

»Warten wir's ab. Auf alle Fälle geh ich jetzt zur Post und geb ein Telegramm auf. Ich schreib was Dramatischeres rein. Und dann fahr ich nach München.«

»Staatsarchiv?«, fragte Kathi.

»So was Ähnliches. Ich will diesen Kurt Weißhaupt kennenlernen. Der scheint mir so was wie ein wandelndes Auskunftsbüro zu sein über all das, was in diesem Freistaat passiert. Der kennt Gott und die Welt. Wenn uns einer helfen kann, dann der.«

Was Albert Frey seiner Nichte nicht sagte: Er wollte sich auch diese Dorothee Allgäuer mal ansehen, mit der Karl-Heinz Hartinger offenbar ein Verhältnis hatte. Natürlich hatte er die Hartinger'sche Zettelwirtschaft studiert, bevor er die Papiere in eine Kiste unter einem im Fichtenwald versteckten Hochstand eingeschlossen hatte. Das Polaroidfoto mit einem Post-it-Zettel darauf war ihm gleich ins Auge gefallen.

Albert Frey steuerte seinen lindgrünen VW-Passat behutsam durch die Münchner Rushhour. Er hasste den Stadtverkehr, der sich in den über vierzig Jahren seit seinem Lehramtsstudium in der Landeshauptstadt ins Unerträgliche multipliziert hatte. Rechts und links schossen die Autos an ihm vorbei. Sein alters- und PS-schwaches Gefährt mit dem GAP-Nummernschild, das tiefste Provinz signalisierte, stellte für die nassforschen Managertypen an den Hightech-Volants der aufgerüsteten schwarzen Kombis und für ihre schicken Sekretärinnen an den Kunstlederlenkrädern der Minis allzu häufig ein ärgerliches Hindernis dar, an dem auf möglichst rücksichtslose Weise sich vorbeizudrängen offenbar eine Frage der Großstädterehre war.

Auch die Verkehrsführung durch die Altstadt machte ihm zu schaffen. Jedes Mal, wenn er sich motorisiert in die große Stadt wagte, hatte sie sich verändert.

Endlich erreichte er den Beginn der Ludwigstraße, wo er Kurt Weißhaupt in Schumann's Bar vermutete. So viel hatte ihm Hartinger über seinen ehemaligen Mentor und väterlichen Freund berichtet, nämlich, dass der Pensionär mindestens einmal am Tag, und das meistens ab fünf Uhr nachmittags, dort anzutreffen sei.

Damit stellte sich die nächste automobile Herausforderung, nämlich die Suche nach einem Parkplatz. Albert Frey hasste nur eine Sache mehr als Parkhäuser: illegal zu parken und womöglich einen Strafzettel dafür zu kassieren. Eher würde er Stunden damit verbringen, die Ludwig- und Leopoldstraße auf- und abzufahren, als dass er sich in eine Halteverbotszone stellte. Er bereute bereits, dass er nicht den Zug genommen hatte, aber er war sich nicht sicher gewesen, wann er die Heimreise würde antreten können. Und da Garmisch nach halb zwölf nachts mit der Bahn nicht mehr zu erreichen war, war er mit dem Auto auf Nummer sicher gegangen.

Frey hatte Glück. Er musste nur einmal bis zum Siegestor und dort wenden. Als er wieder auf die Feldherrnhalle zufuhr, wurde an der rechten Straßenseite ein Parkplatz frei. Die Lücke, die der eine dunkle Dieselwolke ausstoßende Mercedes-Geländewagen hinterließ, war mehr als komfortabel für Freys Passat. Sein Besitzer trug einen äußerst zufriedenen Gesichtsausdruck zur Schau, als er zum Parkscheinautomaten ging, wo er die Parkzeit mit ein paar Euro im Voraus bezahlte. Freys Laune ließ sich auch nicht dadurch trüben, dass eine Mitarbeiterin der städtischen Parkraumüberwachung vor seinem Auto stand, um ihm ein Knöllchen hinter den Scheibenwischer zu klemmen, als er vom Automaten zurückkam.

»Da, schauns, alles korrekt!«, rief er der blau uniformierten Frau zu. Die tippte bereits in den elektronischen Strafzetteldrucker hinein.

Wortlos nahm sie seinen Parkschein in die Hand und begutachtete ihn, bevor sie Frey das kleine Papier zurückgab. »Vierzig Euro sind fällig, der Herr. Und ein Punkt in Flensburg.«

»Was? Hier, ich bin doch nur da vor zum Automaten und hab den Parkschein geholt! So viel Zeit muss ich doch haben. Das geht doch gar nicht anders!« Frey schaute die Frau fassungslos an.

Die Parkraumbewirtschafterin verzog keine Miene. »Ich mach die Gesetze nicht. Und Ihr Parkschein ist auch nicht das Problem.«

»Was dann?«

»Was seh ma denn da vorn an der Windschutzscheibe, der

Herr?« Genüsslich klopfte die Dame mit ihrem knöchernen Finger auf das untere Eck des Verbundglases.

»Ja, nichts. Da wollte ich den Schein ja gerade hinlegen.« Frey drehte sich nach rechts und links. War das hier »Versteckte Kamera«?

»Und was seh ma da auch ohne den Parkschein?«

Frey schaute entgeistert. »Nichts. Rein gar nichts!«

»Genau. Nix seh ma da. Überhaupt nix. Und auf der anderen Seite auch nix.«

»Wo ist das Problem, gnäd'ge Frau?«

»Umweltzone, der Herr. Sie sind in München. Da brauchen Sie eine Plakette.«

Frey schloss die Augen. Natürlich. Wie konnte er nur so vergesslich sein. Die Feinstaubplakette. Er zählte im Kopf langsam bis zehn und bemühte sich, dabei tief durchzuatmen. Nur so gelang es dem Exoberstudienrat, nicht auf die Evolutionsstufe eines Neandertalers zurückzufallen.

»Na gut«, sagte er. »Tun Sie, was Sie tun müssen. Ich beuge mich dem Gewaltmonopol des Staates.«

Dann ging er schnurstracks auf die andere Straßenseite und betrat zum ersten Mal in seinem Leben Deutschlands bekannteste Bar.

Er ging in den Nebenraum, durch den man in den eigentlichen Gastraum gelangte. Obwohl die Tische mit den roten Reserviert-Schildern an diesem frühen Mittwochabend noch längst nicht gefüllt waren, flitzten die mit weißen Barjacken und langen weißen Schürzen bekleideten Angestellten um ihn herum, ohne ihn dabei weiter zu beachten. Er sah sich vorsichtig um und erblickte linker Hand ein dickes Reservierungsbuch. Wenn er sich dort postierte, musste irgendwann einer der Barmänner auf ihn aufmerksam werden.

In der Tat musste er nur gut fünf Minuten dort stehen, bis ihm die Ehre zuteil wurde, von einem der Kellner auf seinen Wunsch angesprochen zu werden.

»Ich suche Herrn Weißhaupt.«

»Noch nicht da«, lautete die knappe Antwort.

»Und wenn er da wäre, wo würde er denn sitzen?«

»Dort hinten.« Der junge Mann, auf dessen Brusttasche der Name »Michael« aufgestickt war, deutete quer durch den Raum, ohne einen bestimmten Tisch genau zu bezeichnen.

»Wir sind verabredet. Vielleicht darf ich an seinem Tisch auf ihn warten?«

Michael musterte den Mann in kariertem Hemd und beigefarbener Wollweste, in der Fjällräven-Hose und den Mephisto-Schuhen. Kurt Weißhaupt hatte sich in den vergangenen dreißig Jahren im Schumann's mit Opernstars, Fußballgrößen und jeder Menge Leuten in Nadelstreifen getroffen. Nun ersuchte offensichtlich ein verrenteter Beamter darum, zu ihm vorgelassen zu werden. Michaels professioneller Instinkt ließ nur zwei Schlüsse zu: Entweder handelte es sich um einen penetranten Leserbriefschreiber, der sich persönlich bei Weißhaupt über die Süddeutsche beschweren wollte. Oder der Mann hatte wirklich einen Termin.

Michael entschied sich für die zweite Lösung und führte den Mann an den hintersten Tisch links neben der Bar. »Was darf ich bringen?«

»Ein Weißbier, bitte.«

»Wir haben nur Pils, der Herr.«

Bürgermeister Hans Wilhelm Meier hatte in den vergangenen Nächten schlecht geträumt. Sehr schlecht.

Zuerst hatte er in einem Albtraum die absolute Mehrheit verloren. Das war in der Nacht von Montag auf Dienstag gewesen.

In der folgenden Nacht hatte er von einem Erdrutschsieg der Grünen geträumt. Gerade noch hatte er durch eine Koalition mit den Freien Wählern und den Feuerwehrlern, den Trachtlern und den Skiclubs seine Mehrheit retten können. Wobei er sich keinen Reim darauf machen konnte, warum diese Organisationen in seinem Traum auf einmal eigenständige politische Gruppierungen gewesen waren, da sie doch eigentlich alle zu den Stützen seiner Partei zählten.

In der Nacht auf Donnerstag hatte er dann geträumt, dass die Splittergruppen im Garmisch-Partenkirchner Gemeinderat immer mehr wurden. Und dass sie alle das gleiche Programm vertraten: »Weg mit Meier« stand auf den Plakaten. Dann schmiss ihn der Ministerpräsident persönlich aus der Partei. Per SMS. Und dann wurde er mit Schimpf und Schande aus dem Tal gejagt. Ohne Dienst-Audi. Mit dem Zug musste er das Werdenfelser Land verlassen.

Er hatte keine Ahnung, wohin der Zug eigentlich fuhr. Er spürte nur, dass die Gleise nach unten führten und der Zug bergab rollte. Immer steiler. Immer schneller. Dass er in den Abgrund gerissen wurde. Dass er sich im freien Fall befand. Als er aufkam, war der Zug verschwunden. Bürgermeister Meier lag im Schlafanzug und mit einem Lodenmantel bekleidet auf dem Boden eines riesigen Abwasserkanals. Nur dass darin kein Wasser floss. Es war zu spiegelglattem Eis gefroren.

Er versuchte auf dem Eis aufzustehen, wobei er zweimal gestreckter Längs auf dem Bauch landete. Als er endlich stand, versuchte er, in Richtung des kleinen Lichts am Ende des Tunnels zu laufen, rutschte aber immer wieder aus und fiel. Das Licht wurde und wurde nicht größer, er kam dem Ausgang des Tunnels nicht näher.

Plötzlich aber stand er am Ende der Röhre. Sie war vergittert. Er rüttelte am Gitter. Da fiel das Gitter nach unten, und als er über die Kante blickte, stand er auf dem Herrgottschrofen. Die Wiese unter ihm war bedeckt von Frauenleibern, die von Planierraupen zusammengeschoben wurden. Auf den Planierraupen erkannte er das Gesicht des Lokaljournalisten Hartinger.

Er drehte sich vor Grausen um, doch dort befand sich nur die Schwärze des Tunnels. Schritte näherten sich, aber er konnte nichts sehen. Die Schritte kamen immer näher. Dann fiel ein Schuss.

Und Meier wachte auf. Schlafanzug und Matratze waren patschnass. Die Zudecke lag am Boden. Er musste sie im Schlaf von sich geworfen haben.

Der Radiowecker zeigte 5:45 in roten Ziffern. Er stand auf, schleppte sich unter die Dusche und wusch sich den Albtraum aus den Poren. Dann zog er sich seinen Trachtenanzug an und fuhr ins Rathaus. Er musste der Ursache für seinen Traum auf den Grund gehen.

In seinem Büro angekommen, fuhr er den Laptop hoch und öffnete den Internetbrowser. Hochkomplexe wissenschaftliche Abhandlungen waren nicht sein Ding. Dafür hatte er die Spezialisten in seinen Ämtern. Aber in dieser Angelegenheit konnte er niemanden von denen zurate ziehen. Die letzten beiden Tage, seit ihm der Bagger-Toni Montagnacht reinen Wein eingeschenkt hatte, hatte er gegrübelt, wen er fragen konnte. Den Chef des örtlichen Fraunhofer-Instituts? Sicher, der wüsste Bescheid. Aber das täte er dann auch: Bescheid wissen. Über die geheimen Pläne. Und dann wüsste es bald halb Bayern. Und dann ganz Deutschland.

Andererseits wollte der Bürgermeister es auch gar nicht so genau wissen. Im Internet nachsehen hätte er schon längst können. An diesem Morgen tat er es, nachdem ihm die Geschichte den Schlaf geraubt hatte. »Cäsar hatte davon geträumt, dass man ihn ermorden würde. Und er wurde ermordet.« Das war so ziemlich das Einzige, was bei ihm aus sieben Jahren Lateinunterricht hängen geblieben war. So war es im Schulbuch Roma I gestanden, das er in der fünften Klasse auf dem Gymnasium erhalten hatte. Sollte es ihm genauso ergehen wie dem römischen Imperator? Würde er den Rubikon überschreiten, wenn er dem Treiben des Bagger-Toni und der hohen Herren weiterhin nur zusah?

Hätte er doch nur nicht darauf bestanden, es zu wissen. Er verfluchte sich dafür, dass er der absolute Herrscher über Garmisch-Partenkirchen sein wollte. Das musste er sein, um diesen Ort nach vorn zu bringen, und dennoch gab es offenbar Dinge, die waren auch für ihn eine bis zwei Nummern zu groß. Wenn die Pläne irgendwann ans Tageslicht kamen – und das mussten sie, ewig ließ es sich nicht verheimlichen, was da gespielt wurde –, konnte er sich immer noch als Unwissender und Retter der Gemeinde in Szene setzen. Allerdings … Wollten die Leute einen Bürgermeister, der nicht wusste, was bei seinem Prestigeprojekt geschah? Würde ihm jemand glauben, dass er keine Ahnung gehabt hatte?

Diese Überlegungen waren müßig.

Also stellte sich die Frage: Wie sollte er mit diesem Wissen umgehen. Sollte er das gut finden oder schlecht? Sollte er dafür sein oder dagegen? Sollte er so tun, als ob er dafür sei, oder sollte er sich als Gegner geben? Er wusste schlicht nicht, was seine Garmisch-Partenkirchner davon halten würden. Bei den anderen Großprojekten war es immer um Sportstätten gegangen. Oder um Einkaufszentren. Da ging im Großen und Ganzen alles durch. Auch wenn die Schanze so unglaublich teuer wurde, dass das nie einer erfahren durfte. Auch wenn ihm die supermodernen Konsumtempel im Ortskern selbst nicht gefielen.

Er wusste aber immer: Die Leute wollten am 1. Januar Garmisch-Partenkirchen auf den TV-Bildschirmen sehen und das Gefühl haben, dass die Welt an diesem Neujahrstag zu ihrem Ort blickte, wo sich einige junge bulimische Burschen der sinnlosesten aller sinnlosen Sportarten, dem Skispringen, widmeten. Und die Leute wollten einkaufen, aber nicht jedes Mal nach München oder Innsbruck fahren müssen, um ihr Geld auszugeben.

Er hatte ihnen mehrere Legislaturperioden lang das Gefühl gegeben, dabei und in einer kleinen Metropole beheimatet zu sein. Einer Metropole, in der es alles gab, was auch das Leben in einer großen Stadt angenehm machte: Shopping, Kino, Theater. Ohne die Nachteile der City: Kriminalität, Verschmutzung, Verkehrschaos. Das alles hatte er ganz gut in den Griff bekommen, wie er fand. Wenn nun auch noch Olympia kam, würden sie ihm ein Denkmal setzen.

Doch dann kam der Plan vom Ministerpräsidenten, dem Baron von Storck und Co. Das warf alles über den Haufen. An Olympia dachten die gar nicht mehr, hatte der Brechtl Toni ihm am Montag am Herrgottschrofen eröffnet. Genau an dem

Platz, an dem sich die Zukunft des Ortes entscheiden würde, genau dort hatte der Brechtl ihn hinbestellt, wie er ihm gesagt hatte. Nicht im südafrikanischen Durban, wo im Juli die Vergabe der Winterspiele 2018 stattfinden sollte. Nein, am Südportal des geplanten Kramertunnels. Wobei, hatte der Brechtl gesagt, es den Tunnel ebenso wenig geben würde wie Olympische Winterspiele in Garmisch-Partenkirchen. Niemals nicht würde sich der Verkehr zweispurig durch den Kramer schlängeln. Zumindest nicht in der Lebenszeit, die ihnen beiden noch bliebe. Denn ohne Olympia kein Tunnelbau. Weder hier im Kramer noch im Wank oder eine Ortschaft weiter nördlich in Oberau. Das könne er, der Bürgermeister, sich abschminken, hatte ihm der Brechtl mitgeteilt.

Worauf es aber ankomme, sei der Erkundungsstollen. Der werde gebaut, und das sei so sicher wie das Amen in der Kirche. Die Mittel seien in Berlin und in München bereits bewilligt und somit so gut wie ausgegeben. Während er dies sagte, hatte sich der Bagger-Toni die Hände gerieben, womit klar war, dass ein Gutteil dieses Geldes in seinen Taschen landen würde. Denn er führte ja die Erdarbeiten durch. Jedenfalls würde der Erkundungsstollen, so der Brechtl, fertiggestellt werden, und er würde die längste Tunnelröhre auf bayerischem Gebiet sein. Und eine der sichersten. Denn, so der Bagger-Toni, der Bau des Erkundungstunnels sei so etwas von schwierig – lockeres Gestein im Karstgebirge, wasserführende Schichten, mehr müsse er einem Ortskundigen ja nicht sagen –, dass die fertig ausbetonierte und stahlarmierte Röhre so bombenfest und stabil werden würde, dass man da ganz neue Optionen hätte. Auch wenn man dann keinen echten Autotunnel vierzig Meter weiter entfernt graben würde.

Ganz neue Optionen ... Das war das Stichwort gewesen, bei dem Hans W. Meier gezuckt hatte. Doch der Brechtl genoss es, den allmächtigen Bürgermeister schmoren zu lassen. Nur so viel dürfe er verraten: Der Erkundungsstollen mit seinen knapp vier Kilometern Länge, einer lichten Höhe von sieben Metern und einer Breite von zehn Metern war in den

Augen von – wie der Brechtl meinte – »über unser Wohl und Wehe entscheidenden Männern« ein idealer Ort, um Sachen sicher zu lagern, die man nicht irgendwo herumstehen lassen konnte.

»Stell dir vor, zweihundertachtzigtausend Kubikmeter atombombensicherer Lagerraum! Was würdest du denn da reintun?«, hatte der Brechtl seine Ausführungen geschlossen. Und den Meier weitergrübeln lassen. »Ich sag nur eins: top secret! Und noch ein Stichwort: Zwischenlager«, hatte der Brechtl mit einem Augenzwinkern geflüstert.

Dann hatte er sich auf den Fahrersitz seines Mercedes-Jeeps gewuchtet und war mit Vollgas quer über die für den Besuch des Ministerpräsidenten planierte Fläche geprescht, dass der vom übermotorisierten Allradler aufgewühlte Kies in hohen Fontänen himmelwärts gespritzt war.

Nun saß der Bürgermeister vor seinem Laptop und durchwühlte Google und Wikipedia nach Substanzen, die der unterirdischen Lagerung bedurften. Es gab schlichtweg zu viele davon, um sich auf eine wahrscheinliche festzulegen.

Er konnte sich lebhaft vorstellen, wie sehr bald Lastwagen mit großen Fässern anrollen würden, um ihre giftige oder zumindest gefährliche Ladung im Kramertunnel zu deponieren. Eigentlich, so wurde ihm nach zwei Stunden unergiebigen Internetsurfens klar, war es auch vollkommen wurscht, was dort entsorgt würde. Seine Tage als Bürgermeister Garmisch-Partenkirchens waren gezählt, wenn dieses Szenario Wirklichkeit wurde. Die Bürger würden ihn abwählen und davonjagen. Wie in seinem Traum, der ihn vor ein paar Stunden aus dem Bett getrieben hatte. Wenn er allerdings gegen die Nutzung des Kramerstollens aufbegehrte, würde ihm der Ministerpräsident den Hahn zudrehen.

Bürgermeister Meier befand sich in einer veritablen Zwickmühle. Egal, wohin er zog, er konnte nur verlieren.

Da fiel ihm ein weiteres Bruchstück der an ihn vergeudeten humanistischen Bildung wieder ein: »Zu Dionys, dem Tyrannen schlich Damon, den Dolch im Gewande …« Was, wenn nicht er der Cäsar wäre? Wenn der Ministerpräsident einem Tyrannenmord zum Opfer fiele? Er musste ja nicht gleich sterben. Ein geschickt eingefädelter Verrat konnte ebenfalls die erwünschte Wirkung haben.

Anton Brechtl schnitt sich ein großes Stück vom Schweinsbraten ab und hebelte es sich querkant in den Schädel. Während er darauf herumkaute, nickte er anerkennend. Dann blickte er von seinem Teller auf und der Bedienung hinterher, die soeben von der Terrasse in die Gaststube ging. »Saftig«, meinte er anerkennend.

»Gutes Fleisch, gell«, freute sich Veit Gruber über das Lob des Freundes.

»Ja, die Sau auf dem Teller auch«, meinte der Bagger-Toni und lachte seine dreckigste Lache.

»Weshalb ich dich hergebeten hab, Toni. Ich hab da ein Wahnsinnsprojekt. Und ich wollt es dir sagen, bevor es die Runde macht. Weil: du willst es vielleicht unterstützen oder dich daran beteiligen.«

»Kommt jetzt wieder dein Tempel-Freilichtmuseum da rings umadum?« Der Bagger-Toni hatte von den Plänen des Veit Gruber gehört, am Fuß des Berges Wank ein Zentrum aller Weltkulturen zu errichten.

»Das liegt derzeit a bissl auf Eis. Internationale Investoren…«, seufzte Gruber und schaute zum Himmel. »Aber da sind wir schon beim Thema: Eis. Wir machen Garmisch zum internationalen Zentrum für Eissport.«

»Sind wir das nicht schon?«

»Bundesleistungszentrum für Curling und Eisstock, ich bitt dich herzlich. Diese Steinschieberei. Ich spreche von der hohen Kunst des Eislaufens.« Veit Gruber machte mit Unterarmen und Händen eine für Männer seines Schlages ungewöhnliche Bewegung, so als wolle er zwei auseinanderfließende Wellen beschreiben.

Der Bagger-Toni interpretierte die Geste sofort auf seine Weise. »Bist schwul worden?«

»Ah geh. Ein Mordsgeschäft wartet darauf, entwickelt zu werden. Ein Schatz, den wir heben können, Toni!« Dann erzählte er dem Bagger-Toni von der Casa Carioca, von Jo Saunders und vom überdachten Skistadion mit angeschlossenem Slalomhang für Sommerskifahren. »Immersportort, verstehst? Immer. Sport.« Dabei ließ er die rechte Hand den Talkessel nachzeichnen, den man von der Terrasse des Panorama so einmalig im Blick hatte. Er gab sich Mühe, die Armbewegung männlich und nicht zu schwärmerisch rüberkommen zu lassen.

Der Bagger-Toni war mittlerweile mit seinem Schweinsbraten fertig und spülte die Zahnzwischenräume mit einem Maulvoll Bier aus. »Ich bagger dir alles, was du da brauchst, keine Frage.«

»Ich brauch aber nicht nur deine Bagger. Ich brauch ein bissl Pulver von dir, Toni.«

»Du, ich hab so interessante Projekte, ganz ehrlich, die sind ein paar Nummern größer …«

»Ich schick dir meinen Businessplan. Du wirst begeistert sein. Bei der Rendite kannst nicht Nein sagen. Aber ich bräucht noch was von dir. Könntest in München ein Wort einlegen für den Hartinger? Dass der im Knast arbeiten darf für mich, einen Laptop bekommt oder so? Du hast doch die besten Kontakte nach ganz oben, Toni.«

»Bist narrisch? Hat uns genug gekostet, dass der ausgeschaltet ist!«

Veit Grubers Augen verengten sich. »Wer ist jetzt ›uns‹, Toni? Und wer hat den ausgeschaltet?«

Anton Brechtl spürte, dass er einem abgezockten Geschäftsmann wie dem Veit Gruber gegenüber vorsichtiger sein musste. »Ich mein halt, sind doch alle froh, dass der nicht mehr hier umanandaspringt. Dass Ruhe herrscht im Tal.«

»Hast auch wieder recht, Toni. War nur so eine Idee.« Auch Gruber hatte ein sicheres Gespür dafür, wann es Zeit zu reden und wann es Zeit zu schweigen war.

Albert Frey spürte eine leichte Panikattacke in sich aufsteigen, während er in die Karte des Il Mulino starrte. Mit der Summe, die er in diesem Restaurant für ein Mittagessen hinblättern sollte, hätte er in Garmisch die Einkäufe einer ganzen Woche bezahlen können.

Doch ihm war keine vernünftige Alternative eingefallen, als ihm Frau Dr. Dorothee Allgäuer am Telefon dieses Lokal vorgeschlagen hatte. Er kannte in München sonst nur das Hofbräuhaus. Und seit Neuestem das Schumann's. Sich dort mit der jungen Dame zu treffen hielt er jedoch nicht für angebracht. Außerdem wusste er nicht, ob er einen Tisch bekommen hätte.

Obwohl er am Vorabend viele Stunden mit der grauen Eminenz Kurt Weißhaupt im Schumann's verbracht hatte. Gemeinsam hatten die beiden Pensionäre einen wechselnden Hofstaat an Weißhaupts Tisch unterhalten. Weißhaupt hatte immer wieder junge Medienschaffende an seinen Tisch gebeten, darunter auffallend viele und überdurchschnittlich junge und durch die Bank weg sehr gut aussehende Frauen. Dann waren die jungen Leute von Galeristen, Rechtsanwälten und Professoren abgelöst wurden. Und von Müßiggängern, von denen Albert Frey auch nach einer Stunde Unterhaltung immer noch nicht wusste, was sie eigentlich tagsüber machten.

Erst gegen zwei hatten die beiden elder Statesmen die Bar in ihren ungleichen Aufzügen verlassen. Weißhaupt hatte wie immer die rote Breitcordhose und das Tweedsakko getragen und seinen englisch anmutenden Schlamperlook mit einem violetten Schal gekrönt. Der Wandererlook Freys hatte an diesem Abend niemanden mehr gestört, ihn selbst am allerwenigsten. Er fand die Leute alle sehr freundlich, was auch kein Wunder war, denn für die meisten von ihnen war es eine große Ehre, dass Weißhaupt sie an seinen Tisch gebeten hatte, und Weißhaupt hatte Frey jedem als seinen »alten Freund Frey aus den Bergen« vorgestellt. Die beiden älteren Herren hatten es prächtig verstanden, sich gegenseitig die Bälle zuzuwerfen. Was der eine an Klatsch der letzten dreißig Jahre nicht wusste, konnte der andere durch profundes Geschichtswissen, das er anekdotisch einstreute, ergänzen. Dies machte den Abend zu einem der außergewöhnlichen, an Esprit überschäumenden Schumann's-Abende, an dem neue Filme und Magazine oder wenigstens Kolumnen und Artikel erdacht wurden – wenn sich die Erfinder am nächsten Tag an ihre Eingebungen noch erinnerten.

Hinsichtlich des Falls Hartinger war allerdings bei der Unterredung mit Kurt Weißhaupt nichts herausgekommen, rekapitulierte Albert Frey, während er auf die junge Frau Doktor wartete. Vielleicht hatte er so etwas wie einen neuen Freund gefunden, immerhin. Das kam in seinem Alter ja nicht mehr so oft vor. Kurt hatte ihn sogar im Gästezimmer seiner Stadtwohnung übernachten lassen. Mit dem Auto hätte er natürlich nicht mehr fahren können. Als er es am Vormittag in der Ludwigstraße abholen wollte, hatte sich zu dem Strafzettel wegen fehlender Umweltplakette ein weiterer wegen abgelaufenen Parkscheins gesellt. Das nahm Albert Frey mit einer weltmännischen Gelassenheit zur Kenntnis, die er bisher nicht von sich gekannt hatte. Und da der Strafzettel schon ausgestellt war, konnte ja nun nichts Schlimmeres mehr passieren, also ließ er den Wagen einfach stehen.

Den Weg ins Il Mulino zu Fuß zu gehen bereitete ihm große Freude, denn er führte ihn durch die Schellingstraße, wo er irgendwann im vergangenen Jahrtausend Deutsch auf Lehramt studiert hatte.

Als die junge Dame, auf die er wartete, das Restaurant betrat, fühlte er sich um Jahrzehnte verjüngt. Das Großstadtleben überraschte ihn als Stellvertreter des eingekerkerten Karl-Heinz Hartinger mit immer neuen Aspekten. Er vergaß die Sorge um die zu erwartende horrende Rechnung und dachte an das Polaroidfoto, das er in seiner braunen Aktentasche mit sich herumtrug. Und an die Botschaft auf dem immer noch daran klebenden gelben Post-it-Zettel.

»Sehr erfreut, Sie kennenzulernen«, begrüßte er Dorothee Allgäuer.

»Ist mir eine Ehre. Ich habe so viel von Ihnen gehört. Gonzo ist ja ein großer Fan von Ihnen.«

»Tatsächlich. Ich wusste gar nicht, dass Sie sich so ausführlich mit Herrn Hartingers Familie beschäftigt haben.«

Haben Sie nicht, dachte er. Ich weiß, was Sie auf den Zettel geschrieben haben.

»Doch, doch. Sie sind der Onkel der Kindsmutter.«

Haben Sie also doch!, wunderte sich Albert Frey im Stillen.

»Das ist richtig. Es ist eine Schande, was mit ihm passiert ist. Können Sie mir das erklären? Sein Anwalt spricht von – nennen wir es – Samenraub aus Ihrer Wohnung. Es ist mir peinlich, so etwas mit Ihnen zu besprechen. Aber was hilft's? Wir müssen ihn aus Stadelheim wieder herausbekommen.«

»Tun Sie sich keinen Zwang an. Ich bin Medizinerin. Gerichtsmedizinerin. Ich habe schon mal einen nackten Menschen gesehen, wissen Sie? Viele davon. Teilweise in sehr interessanten Zuständen.« Dorothee Allgäuer steckte sich genüsslich ein Grissini in den Mund.

»Das glaube ich. Also sehen wir den Fakten ins Auge. Wenn er nichts mit der Toten hatte, der Karl-Heinz, also kein Verhältnis, Sie wissen schon, kein sexuelles …«

»Wenn er sie nicht gebumst hat … Ja, ich kann folgen.«

Albert Frey schaute irritiert. »Ja, dann hat also jemand diese – sagen wir – Flüssigkeit … bei Ihnen beschafft und in die Leiche eingebracht. Da Sie dort arbeiten, wo die Leiche liegt und untersucht wurde, ist ein gewisser Zusammenhang nicht von der Hand zu weisen.«

Die junge Ärztin wurde todernst. »Ich war es nicht. Ich schwöre bei meiner Dissertation, bei meiner Approbation, bei meiner rechten Hand: Ich habe mit der Sache nichts zu tun.« Dann wich der Ernst aus ihrem Gesicht. »Also nicht mit der Verbringung des Spermas. Mit der Gewinnung vielleicht schon.« Dabei schaute sie den Oberstudienrat a. D. mit einem Dackelblick an, als hätte sie als Neuntklässlerin unerlaubt den Oberstufenball besucht.

»Sie sind erwachsen und können machen, was Sie wollen.

Aber wie ist die ... die Flüssigkeit dann aus Ihrer Wohnung herausgekommen? Das ist die erste Frage. Und dann schließt sich die Frage an: Wie ist sie in die Leiche hineingekommen?«

»Ich habe keine Ahnung. Eingebrochen wurde bei mir nicht. Zumindest habe ich nichts davon bemerkt.«

»Das muss nichts heißen.« Albert Frey räusperte sich. »Jetzt muss ich mal was sehr Peinliches fragen ...« Er schenkte sich ein Glas Mineralwasser ein.

»Fragen Sie. Ich bin Ärztin.«

»Was machen Sie damit?«

»Womit?«

»Mit dem ... Na ja, wie entsorgen Sie das ... Sperma?«

Dorothee Allgäuer musste lachen. Sie lachte immer lauter, fast hysterisch. Vieles war sie schon von Männern gefragt worden, aber das war neu. Und der, der ihr die Frage stellte, war ein pensionierter Lehrer mit Henri-Quatre-Bart. Könnte ihr Vater sein, der Mann.

»Na ja ...« Auch sie wurde bei diesem Thema ein wenig verlegen, worüber sie sich selbst wunderte. »Teilweise ... hm ... natürlich, ich meine ... Aber das ist ja dann weg. Sozusagen verdaut, Sie verstehen? Das kann ja niemand mehr stehlen. Und ansonsten landet es im Kondom. Die werden meistens oben zugebunden. Sie wissen das doch selbst, so alt sind Sie doch nicht!« Sie musste wieder hysterisch lachen.

»Ja, so weit erinnere ich mich an die Vorkriegszeit. Und dann? Das ist das wirklich Spannende: Toilette oder Müll?«

»Toilette oder Müll? Beides ... So wie's kommt, hätte ich jetzt beinahe gesagt.« Sie musste einen weiteren Lachanfall unterdrücken. »Nein, es kann schon sein, dass da auch mal eins im Mülleimer in der Küche landet.«

»Gut.« Albert Frey war warm geworden. Sehr warm. Er atmete tief durch. »Dann die Frage: Haben Sie den Küchenabfall am Montag weggebracht? Aus der Wohnung?«

»Nein, das macht meine Perle. Die kommt am Dienstag. Bis dahin stopfe ich den Müll immer in den Eimer.« Sie seufzte. »Was ich Ihnen alles gestehe ...«

»Also hätte jemand am Montag in Ihre Wohnung eindringen und aus dem Mülleimer den Samen von Karl-Heinz Hartinger stehlen können«, folgerte Frey.

»Eindringen ...« Sie kicherte wie ein Schulmädchen. »Ja, das wäre möglich. Aber ich hab nichts gesehen. Keine aufgebrochene Tür, nichts. Und ich wohne im fünften Stock, da steigt auch niemand durchs Fenster ein.«

»Sicher?«

»Ha!«, rief sie durch das ganze Lokal. »Wie kann man nur so dämlich ... Die Videokamera! Dazu hab ich sie ja! O mein Gott, die hatte ich völlig verdrängt, nachdem ich sie gebraucht habe, um ein Wochenende vorher dem Gonzo das Alibi zu untermauern. Aber eingeschaltet hab ich das Ding wieder, nachdem die Polizei die Festplatte kopiert hatte.«

»Prima. Dann sehen wir uns jetzt Ihr Überwachungsvideo an. Herr Ober, zahlen!« Albert Frey fiel ein großer Stein vom Herzen. Nicht nur, dass eine vage Möglichkeit bestand, Karl-Heinz Hartinger zu entlasten. Er musste auch keine riesige Zeche beim Nobelitaliener bezahlen, sondern nur die horrend teure Flasche Pellegrino und zweimal Gedeck.

Seit er als Dreizehnjähriger »Papillon« gelesen hatte, hatte Karl-Heinz Hartinger einmal Knasterfahrung machen wollen. Mit sich selbst allein sein, ganz auf sich gestellt. Sich in der extremen Ausgeliefertheit beweisen müssen. Gegenüber den Wachleuten. Gegenüber den Mitgefangenen. Erleben, wie er auf die größtmögliche Einschränkung der eigenen Rechte reagierte.

Dazu war es in den vergangenen dreißig Jahren noch nie gekommen. Hartinger hatte seine Probleme mit der Obrigkeit gehabt, aber er hatte niemals so über die Stränge geschlagen, dass sie ihn eingebunkert hätten. Das Knastleben hatte er dennoch kennengelernt. Am Rande. Als Besucher. Mehrmals hatte er sich als Polizeireporter nicht auf Protokolle und den Eindruck verlassen, den Delinquenten in Gerichtsverhandlungen gemacht hatten. Er hatte einige von ihnen in den Justizvollzugsanstalten besucht. Mörder, Mitglieder des organisierten Verbrechens, Wirtschaftskriminelle.

Von daher kannte er Stadelheim. Doch es war etwas ganz anderes, im Besucherraum auf der dem Ausgang zugewandten Seite des Tisches zu sitzen als auf der Seite, hinter der es wieder zurück in den Zellentrakt ging.

Besuch bekam Hartinger täglich. Von seinem Anwalt. Dr. Mertens war ein Mann, der offenbar nie lachte, nicht einmal lächelte. Er unterhielt sich mit Hartinger auch nur über das Nötigste. Klärte ihn über seine Rechte als Untersuchungsgefangener auf. Was er sich gefallen lassen musste und was nicht. Fragte, was Hartinger benötigte, vor allem an Medien, ob er Besuch haben wollte und von wem. Dies alles notierte er und stellte dann seine Anträge. Am nächsten Tag kam er mit den Ergebnissen.

Obwohl Hartinger erst den dritten Tag einsaß, kam es ihm schon wie eine langjährige Routine vor. Der Knast zog die Zeit in die Länge. Lebenslänglich würde sich also anfühlen wie drei Leben lang, mindestens.

Über seinen Fall unterhielten sie sich kaum. Hartinger hatte in der ersten Sitzung seine Sicht der Dinge geschildert, und Dr. Mertens hatte ein genaues Protokoll angefertigt. Er zog die Angaben seines Mandanten nicht in Zweifel, erklärte ihm aber, dass sich diese Geschichte für Außenstehende unglaubwürdig anhöre.

Dr. Mertens war auch immer anwesend, wenn Jürgen Hanhardt aus Weilheim als ermittelnder Kriminalbeamter kam, um Hartinger zu vernehmen. Er hatte das bisher zweimal getan, gleich am Dienstagmorgen und an diesem Donnerstag, ebenfalls am frühen Vormittag. Er stellte immer wieder die gleichen Fragen: Wie es sein konnte, dass Hartingers Sperma in Svetlana Ryschankawas Körper gefunden worden war, ob sich Hartinger ganz sicher sei, keinen Geschlechtsverkehr mit ihr gehabt zu haben, und ob nicht in der Woche vor dem Wochenende etwas zwischen ihnen gelaufen sei, denn man habe Zeugen, die Hartinger und die Ryschankawa, wie sich

Hanhardt unsentimental ausdrückte, am Donnerstag in trauter Zweisamkeit im John's Club gesehen hätten. Es würde Hartinger doch entlasten, wenn er das zugäbe, denn sein Alibi für das Wochenende sei ja durch die Videoaufzeichnungen aus Dr. Allgäuers Wohnung hinreichend glaubhaft.

»Hinreichend glaubhaft?«, hatte Hartinger an dieser Stelle eingeworfen. »Warum nicht einfach glaubhaft?«

Ansonsten beantwortete er die meisten Fragen nur knapp, gab aber das Date mit Svetlana am Donnerstagabend natürlich zu, und er erklärte auch den Grund für seinen Annäherungsversuch, nämlich dass er sich Informationen über den Bagger-Toni von ihr erhofft hatte. An den hatte er herankommen wollen, nicht an Svetlana. Und dass sie nach dem Besuch des John's getrennter Wege gegangen waren. Und dass das alles mit den Knochen am Herrgottschrofen zu tun hatte.

Kriminalhauptkommissar Hanhardt wollte von einem Zusammenhang zwischen dem Knochenfund und dem Tod der Ryschankawa nichts wissen. Er begründete dies mit einem »Zirkelschluss«, wie Dr. Mertens die Argumentation des Polizisten immer wieder bezeichnete, und der lautete, dass Hartinger ja nichts mit dem Tod der jungen Frau zu tun haben könnte, die in den Vierzigern oder Fünfzigern am Herrgottschrofen vergraben worden war. Also tauge dieser Knochenfund auch nicht, Hartinger in irgendeiner Weise im Fall der Ryschankawa zu entlasten.

Natürlich war längst klar, wo sie ihn hinhaben wollten: Der Freitag war die Lücke. Hanhardt hatte Hartinger von den Obduktionsergebnissen berichtet – von Obduktion eins und Obduktion zwei –, wobei er »aus ermittlungstaktischen Gründen« nicht damit herausrücken wollte, warum oder auf wessen Veranlassung die Leiche nach einer Woche noch einmal obduziert worden war. Jedenfalls sei laut den Ergebnissen beider Leichenöffnungen nicht ausgeschlossen, dass die Ryschankawa am Freitag gestorben sei, so Hanhardt. Sie habe sich am Freitagmittag aus der Eisstockhütte ins Wochenende verabschiedet, ab zwölf Uhr mittags habe ihre Schwägerin Dienst geschoben. Also könnte sie ihre Liaison mit Hartinger am Freitagnachmittag fortgesetzt haben, und dabei hätte es zum Tod durch Überkopfhängen kommen können. Da Hartinger erst abends um acht in München mit Dr. Allgäuer verabredet gewesen war, sei dies ein Zeitfenster von immerhin sieben Stunden.

»Und das reicht«, schloss Hanhardt seine zum fünften Mal wiederholten Betrachtungen.

Hartingers Anwalt wiederholte seinerseits zum sechsten Mal, dass sein Mandant felsenfest der Überzeugung sei, Opfer eines Komplotts zu sein.

Wie eine Gebetsmühle antwortete Jürgen Hanhardt darauf: »Nehme ich zur Kenntnis. Aber die Wahrscheinlichkeit geht gegen null, dass in der Rechtsmedizin der Ludwig-Maximilian-Universität jemand einen solchen Fehler macht. Und absichtliches Mauscheln an Beweisen in einem Kapitalverbrechen wollen Sie doch nicht unterstellen, Herr Doktor. Das bekommen Sie vor einem Strafgericht nicht durch.«

Hartinger wusste selbst, dass die Indizien gegen ihn sprachen. Kein Staatsanwalt dieser Welt – und schon gar kein bayerischer – würde so etwas auf einem rechtsmedizinischen Institut, das ja seine Behörde mit den allerwichtigsten Informationen versorgte, sitzen lassen. Und kein Richter würde die Indizienkette, die Hanhardt zusammengetragen hatte, durch die Geschichte des Samenraubs angegriffen oder sogar gesprengt sehen.

Schließlich – und darauf spekulierte wohl Dr. Mertens – mussten aber die Polizei und die Staatsanwaltschaft einen eindeutigen Beweis für die Freitagnachmittag-These erbringen. Und der war nirgends zu erkennen. Denn sollte Hartinger tatsächlich mit dem Opfer geschlafen haben, hätte das ja auch in der Nacht von Donnerstag auf Freitag, nach ihrem gemeinsamen Besuch des John's Club, geschehen sein können. Und danach war Svetlana Ryschankawa ja noch einmal gesehen worden. Sie hatte am Freitagvormittag wie üblich die Eisstockhütte aufgesperrt, bewirtschaftet und gegen zwölf Uhr die Schlüssel ihrer Schwägerin übergeben. Dafür gab es mehr Zeugen, als nötig gewesen wären.

Hartinger hätte also von Dr. Mertens aus ruhig zugeben können, dass er in der Nacht von Donnerstag auf Freitag Geschlechtsverkehr – ungeschützten Geschlechtsverkehr – mit dem späteren Opfer gehabt hatte. Dies wäre nach seiner Lagebeurteilung die eleganteste Lösung. Hartinger würde dann mit einiger Wahrscheinlichkeit mangels Beweisen freigesprochen werden und die bayerische Justiz nicht in den Verdacht geraten, dass schlampig ermittelt oder untersucht worden war oder gar dass hinter den Kulissen Beweise geschoben worden waren.

Doch so, wie Dr. Mertens seinen Mandanten kennengelernt hatte, und nach dem, was er vorher schon aus seinen Quellen über ihn erfahren hatte, war der für einen solchen Deal nicht zu haben. Ein Freispruch zweiter Klasse kam für Hartinger nicht infrage. Er wollte einen Freispruch mangels Verdachts oder, besser, dass das unselige Ermittlungsverfahren gegen ihn sofort eingestellt wurde. Auch das sagte Hartinger im Zehn-Minuten-Takt.

An diesem Donnerstagmorgen blieb Dr. Mertens nach der Vernehmung noch eine halbe Stunde lang bei Hartinger und teilte ihm die Entscheidungen der Staatsanwaltschaft und des Haftrichters mit:

Besuch von Katharina Mitterer – abgelehnt, Verdunklungsgefahr!

Umschluss mit anderen Häftlingen – abgelehnt!

Besuch des Leseraumes der Anstalt – eine Stunde pro Tag gestattet!

Verrichtung von selbstständiger Arbeit – grundsätzlich gestattet!

»Damit werden wir eine zweite Stunde im Leseraum heraushandeln, denn Sie müssen ja lesen und schreiben, und das können Sie am besten im Leseraum«, erläuterte Dr. Mertens. »Wollen Sie an der Gemeinschaftsverpflegung teilnehmen oder sich von außen beliefern lassen? Das dürfen Sie als Untersuchungsgefangener.«

Hartinger dachte nach. Nach zwei Tagen Anstaltsessen wäre eine Pizza vom Italiener um die Ecke schon was gewesen. Aber erstens konnte er sich das nicht leisten, und zweitens hoffte er, durch Minimalernährung ein paar Kilo zu verlieren. »Ich esse mit den anderen. Darf ich zum Sport? Gewichtheben würde ich gern.«

»Sind Sie sicher? Ich schreibe es in meine Anträge heute rein. Gegen das Besuchsverbot von Frau Mitterer lege ich Beschwerde ein. Noch was? Dann bis morgen, Herr Hartinger.«

Nachdem der Anwalt gegangen war, wurde Hartinger in seine Zelle zurückgebracht. »Ich würde gern eine Stunde in den Leseraum gehen«, sagte er zu dem Vollzugsbeamten.

Der schaute die richterliche Genehmigung, die Hartinger ihm zeigen wollte, nicht einmal an. »Morgen vielleicht. Das hier ist kein Hotel, Hartinger.«

## Kapitel 7

Albert Frey war außer sich. Allerdings vor Begeisterung.

Er bremste den alten Passat vor dem Schuppen ab, dass die blockierenden Räder auf dem Kies einen halben Meter weit rutschten, bevor der Wagen zum Stehen kam. Er sprang aus dem Auto und stürmte auf die Eingangstüre des Mittererhofs zu.

»Sie kommt!«, rief er in den Flur, damit Kathi es auch hörte, ganz egal, wo im Haus sie gerade herumwerkte. Dann eilte er in die Küche und setzte sich an seinen Stammplatz.

In der Küche war seine Nichte nicht, aber in den Töpfen auf dem Herd blubberte und köchelte es. Sie konnte also nicht weit sein.

Mit einem schweren Wäschekorb kam sie aus dem Keller herauf und stellte ihn direkt vor Albert Frey ab. »Wer kommt?«

»Die Jo Saunders. Josepha Stiller! Da, schau!« Er hielt ihr den

Ausdruck einer E-Mail unter die Nase. »Heute Nacht hat sie mir geschrieben. Sie will am Montag hier sein! Unglaublich, oder?«

»Unglaublich«, stimmte ihm Kati zu. »Die alte Frau und E-Mail?«

»Alter schützt vor Digitalisierung nicht, meine Liebe. Die Alten sind die heftigsten Nutzer, das wird oft vergessen, wenn es um den Schmarrn von wegen Facebook-Generation und so geht. Schau dir mal mein Archiv an. Tausende von Stunden habe ich alles eingescannt. Katalogisiert. Und ins Internet gestellt. Mit bestimmt dreißig, vierzig Geschichtsforschern stehe ich ständig im Austausch. Auf der ganzen Welt. Dabei geh ich auf die siebzig zu. Ich hab keinen Fernseher, weil mein Fenster in die Welt ist mein Rechner.«

»Sag amal, Onkel Albert, irgendwas ist anders an dir heute.« Kathi schaute an Albert Frey auf und ab. Viel sah sie nicht von ihm, da ihm die Tischkante bis zur Mitte des Bauchs reichte. »Steh mal auf, bitte.«

Der alte Mann tat, wie ihm geheißen. »Wieso, was soll sein?«, sagte er mit Unschuldsmiene.

»Rote Cordhose, Hemd mit Manschettenknöpfen, dunkelgrünes Sakko … Onkel Albert, bist auf Fasching?«

»Ab und an kann man doch mal was Neues anziehen, oder?«

»Und beim Haareschneiden warst auch«, erkannte Kathi und zog die Brauen nach oben. »Cherchez la femme, würden da manche sagen. War's gestern nett mit der Rechtsmedizinerin vom Gonzo, ja?«

»Honi soit qui mal y pense, würden da andere antworten. Hör auf mit dem Schmarrn. Was soll denn die mit so einem alten Dackel wollen?«

»Genau, das würden die allermeisten sagen. Aber wer sooo virtuell ist, ist vielleicht auch sooo viril.« Kathi lachte laut und herzhaft und wandte sich ihrem Wäschehaufen zu.

»Ich muss schon sehr bitten. Katharina. Verwechsel mich nicht mit deinem Hallodri, dem Hartinger.«

»Was soll denn das heißen, ›meinem Hallodri‹? Ich hab

doch mit dem nichts zu schaffen, und das seit vierzehn Jahren nicht. Er ist mein Mieter. Oder war's. Jetzt wohnt er ja auf Staatskosten, der Depp. Eine Schande ist das. Weil er überall sein Ding ... Ach, was reg ich mich auf. Wir kennen ihn ja.«

»Du wirst sehen, das klärt sich alles auf, wenn die Jo Saunders da ist. Dann wird die ganze Geschichte neu aufgerollt. Vielleicht vom LKA oder gleich vom BKA.«

»Ah was, die gehören doch alle zusammen. Da hackt doch keine Krähe der anderen ein Auge aus.«

»Dann müssen wir das eben tun, wir kleinen Spatzen.« Damit langte Albert Frey nach seiner Aktentasche, kramte darin herum und zog ein paar Blätter heraus, die er verkehrt herum auf den Esstisch legte.

»Schau.« Er drehte das mittlere Blatt um. Ein Schwarzweißfoto war darauf zu sehen.

»Ist das von der Pornokamera der Frau Doktor?«, ätzte Kathi.

»Es ist ihre *Überwachungs*kamera. Und du musst keine Angst haben, du siehst deinen Don Juan darauf nicht. Aber das hier siehst du.« Er deutete auf einen Schatten, der auf der recht unscharfen Aufnahme zu sehen war, und zwar in einem Spiegel, der im Eingangsbereich von Dr. Dorothee Allgäuers Wohnung hing. »Und jetzt zehn Sekunden vorher.« Er drehte den links liegenden Ausdruck herum. »Und jetzt zehn Sekunden später.« Er drehte auch den rechten um.

Auf den beiden links und rechts liegenden Aufnahmen war der Schatten nicht zu sehen.

Kathi las die Datums- und Zeitangabe auf dem mittleren Foto vor. »Montag, 18. April 2011, 11 Uhr, 48 Minuten und 20 Sekunden.« Sie sah Albert Frey an. »Da war also jemand in der Wohnung. Kann man das aus dem Bild schließen?«

»Messerscharfer Verstand, ganz der Onkel.« Er grinste sie an, dann wurde er wieder ernst. »Und zwar in der Küche der Wohnung. Denn daher kommt die Spiegelung. Der Spiegel hängt an der Flurwand gegenüber der Küchentür. Und in der Küche ist der Mülleimer. Und im Mülleimer ... da ist ... vom Karl-Heinz ...«

»Ich kann's mir denken, Onkel Albert. Brich dir keinen ab.«

»Genau. Die Samenraubthese ist somit untermauert.«

»Ist aber eine wacklige Mauer. Wer soll das glauben? Und wieso soll der da auf dem Bild, wenn's überhaupt ein Mensch ist, etwas gestohlen haben? Davon sieht man doch nichts.«

»Leider. Es ist nur ein Indiz. Uns reicht es, aber einem Staatsanwalt sicher nicht. Wir müssen dieses Bild vergrößern und schauen, ob wir dann mehr erkennen können. Der Ausdruck ist schlecht, am Bildschirm sieht man da schon ein paar Details mehr. Kein Gesicht oder so etwas. Aber es ist der einzige Strohhalm, nach dem wir greifen können.«

»Schade, dass wir nicht bei CSI Miami sind. Die würden da gleich eine 3-D-Animation anfertigen und genau wissen, wer's war.«

»Schade, dass wir wo nicht sind?«

»Ach, Onkel Albert, du hast ja keinen Fernseher. Vergiss es.«

Christina Mauereder klopfte an der Bürotür ihres Chefs.

»Herr Bürgermeister, auch keinen Kuchen heute?«, fragte sie, noch immer erstaunt, in den Raum hinein.

Bereits das traditionelle freitägliche Weißwurschtfrühstück um zehn mit allen Behördenleitern hatte der Bürgermeister ausfallen lassen. Zum ersten Mal seit zwölf Jahren, wie sich seine Sekretärin zu erinnern glaubte.

Er habe zu tun, grummelte er auch diesmal wieder und sah nicht von seinem Laptop auf. Und zum Mittagessen war er auch nicht gegangen.

Seit dem Vortag ging das schon so. Alle Termine, die nicht unbedingt stattfinden mussten, hatte sie für ihn verschieben müssen. Bürgermeister Meier surfte wie ein Besessener durch das Internet. Und er druckte jede Menge Papier aus. Alle Viertelstunde, so hatte er angewiesen, sollte ihm Christina Mauereder den neu angesammelten Papierstapel ins Büro bringen.

Seit gestern hatte sie schon zwei Mal fünfhundert Blatt Druckerpapier nachlegen müssen. Und einmal die Kartusche gewechselt. Natürlich schaute sie immer kurz auf die Blätter, die der Chef da fabrizierte. Es ging um Dioxin, um verpresstes Kohlendioxid, um Methan, um Fluorchlorkohlenwasserstoffe, um Gold, Silber, Diamanten, um Senfgas, Chlorgas, andere Kampfmittel, biologische Kampfstoffe, Sprengstoffe, Impfstoffe … Alle paar Viertelstunden fiel ihm ein anderes Thema ein, zu dem er das halbe Internet ausdruckte. Zuletzt hatten Themen wie Vorratsdatenspeicherung, Datenschutz und Geheimdienste sein Papierwerk bestimmt.

Wenn der so weitermacht, dachte sich Christina Mauereder, konnte sie den pünktlichen Feierabend vergessen. Und das am Freitag! Doch im Moment schöpfte sie Hoffnung. Seit einer halben Stunde hatte der Drucker keinen Datennachschub mehr bekommen und war verstummt.

»Jetzt hab ich's!«, hörte sie schließlich den Bürgermeister hinter der verschlossenen Tür brüllen. Dann meldete er sich auf Christina Mauereders Telefon. »Holens mir den Brechtl Toni ans Rohr. Egal, wo er gerade ist. Und mit wem. Ich muss ihn sprechen. Jetzt!«

»Kommens ruhig rein in die gute Stube, mein lieber Herr Brechtl!«, schallte der Bass des Hausherrn durch die halb geöffnete Tür. Die Zirbelstube der Münchner Staatskanzlei einmal persönlich betreten zu dürfen, das war die Erfüllung des Lebenstraums für parteitreue Bayern wie Anton Brechtl. Und er wurde auch noch vom Ministerpräsidenten persönlich ins Allerheiligste hineingebeten. Wie ein alter Spezl.

Nun, das würde er ja auch bald sein, wie er hoffte. Die Zirbelstube hatte zwar mit guter Stube und Gemütlichkeit so viel zu tun wie ein Andenkondor mit einer Alpendohle, aber Brechtl wusste, hier wurden die wirklich wichtigen Staatsgäste empfangen. Und die wirklich wichtigen Dinge besprochen. Dachte er zumindest, denn die wirklich entscheidenden Dinge wurden in Wahrheit in der Stadtwohnung des Ministerpräsidenten zweihundert Meter Luftlinie entfernt ausgekartelt. Aber das wussten die allerwenigsten.

»Was darf's sein, Herr Brechtl? Ein Weißbier geht schon am Freitagnachmittag um halb drei, oder?« Mit diesen Worten wies der Gastgeber dem Bagger-Toni einen Platz neben sich auf der Eckbank zu.

In der Tür erschien eine Bedienstete der Staatskanzlei in einem schwarzen Rock, weißer Schürze und ebensolchem Häubchen. Sie schien direkt der TV-Werbung eines bekannten Münchner Kaffeeherstellers entsprungen zu sein.

Das Mädchen nickte nur, da sie die Frage des Hausherrn als unumstößliche Bestellung aufgenommen hatte. Dann zog sie sich zurück und schloss leise die Tür.

Keine zwei Minuten später klopfte es, die junge Dame trat wieder ein, diesmal mit einem Tablett in den Händen, und stellte kommentarlos zwei Biergläser auf den Tisch, bevor sie erneut geräuschlos entschwand.

»So, mein lieber Herr Brechtl, endlich haben wir unsere Ruhe. Mein Gott, war das ein schönes Wochenende mit Ihnen und dem Baron vor zwei Wochen. So lange ist das schon wieder her. Kinder, wie die Zeit vergeht!«

»Ja, ganz großartig war's.« Brechtl vermied eine direkte Anrede, denn er wusste nicht, ob er hier wie an dem Wochenende in den Ammergauer Alpen den Ministerpräsidenten mit seinem Nachnamen oder mit »Herr Ministerpräsident« ansprechen sollte.

»Mein lieber Herr Brechtl, was ich Ihnen persönlich sagen wollte: Ich werde Ihnen den Bayerischen Verdienstorden verleihen.«

Brechtl schluckte.

»Was sagens jetzt, Herr Brechtl? Da sind Sie baff, was?«

Brechtl *war* baff, in der Tat.

»Das war schließlich Ihre Idee mit dem Tunnel. Ich bin dem Herrn Baron so dankbar, dass er sie an mich weitergetragen hat. Eine gute Idee hat ja immer viele Väter. Aber der Kern des Gedankens, der Nukleus, der kam von Ihnen, lieber Herr Brechtl.« Der Ministerpräsident stieß mit seinem Glas an das von Brechtl und nahm einen langen Zug. Natürlich befand sich in seinem Weißbierglas die alkoholfreie Variante. »Auf den Nukleus, Herr Brechtl!«

Brechtl ließ das Glas stehen. Er war von der Ehre, die ihm zuteil wurde, wie paralysiert. »Ja, aber ich hab doch nur … Ich mein, das lag doch auf der Hand, der ganze Platz wäre ja sonst verschwendet gewesen. Also direkt rausgeschmissen. Und das bei den ganzen vielen Millionen, die der Stollen kostet …« Nur allmählich erholte sich Brechtl von seinem Schock. Der Bayerische Verdienstorden. Die höchste Auszeichnung im Freistaat. Ihm, dem Versitzgrubensauger, dem Güllekutscher, dem Scheißeunternehmer. Er hatte es von ganz unten nach ganz oben geschafft.

»Dennoch, das muss erst einmal jemandem einfallen«, fuhr der Ministerpräsident fort. »Nur ein Unternehmer mit Weitblick sieht so etwas. Und Sie wissen noch gar nicht, wie weit Sie geblickt haben, lieber Herr Brechtl.«

»Na ja, es ist ja nur für eine Übergangszeit, gell?«

»Das ist Auslegungssache, das mit der Übergangszeit, Herr Brechtl. Ich habe gute Nachrichten für Sie. Sehr gute.«

»Wie meinens des jetzt, Auslegungssache? Und welche guten Nachrichten haben Sie denn *noch* für mich? Der Orden ist doch schon das Höchste!«, schleimte der Bagger-Toni.

»Schauens, Herr Brechtl, Ihre Idee, die Akten des Bundesnachrichtendienstes während des Umzugs von Pullach nach Berlin in dem Tunnel dort draußen zwischenzulagern, die Idee war eins a. Wirklich erste Güte. Wieso sollten wir für das sauer verdiente Geld unserer Steuerzahler Hochsicherheitslagerhallen anmieten oder gar erst bauen, wenn wir doch diesen Tunnel haben, der trocken ist, der nur hinten und vorn einen Eingang hat und der nicht nur den Absturz einer 747, sondern auch einen Atombombenangriff überstehen würd?« Der Ministerpräsident musste lachen. »Mein Gott, Atombombenangriff, Herr Brechtl, diese abstrusen Sicherheitsvorschriften, so ein ausgemachter Schmarrn! Wer soll uns denn eine Atombombe aufs Haupt schmeißen? Die Österreicher? Die Griechen? Die Italiener? Tomba la Atombomba?«

Der Landesvater kriegte sich vor Prusten gar nicht mehr ein. Er wischte sich mit dem gebügelten Schneuztücherl, das er aus der Brusttasche der Lodenjoppe zog, eine Lachträne aus dem rechten Auge. Dann wurde er wieder ernst.

»Aber egal, Vorschriften sind Vorschriften. Auf jeden Fall habe ich das alles durch meine Beamten prüfen lassen. Und was soll ich sagen, der Anton Brechtl aus Garmisch-Partenkirchen hat recht. Nichts und niemand kann die Sachen, die da eingelagert sind, angreifen, stehlen, zerstören. Wenn man die beiden Tore hinten und vorn gut bewacht. Und bewachen können wir, lieber Herr Brechtl.«

Brechtl nickte und nahm ebenfalls einen Schluck Weißbier.

»Und als sie so das ganze Thema kreuz- und querverproben und zwischen den Abteilungen ventilieren, meine braven Beamten«, fuhr der Ministerpräsident fort, »kommen die doch mit einem wahnsinnig guten Vorschlag. Aber bevor ich Ihnen den erläutere, muss ich Ihnen den Eid abnehmen, dass Sie niemandem ein Sterbenswörtchen erzählen. Stehens auf, Herr Brechtl.«

Brechtl stand auf. Der Ministerpräsident zog aus der Schublade des Zirbelholztisches eine Bibel. »Rechte Hand drauf, Herr Brechtl. Schwören Sie, so wahr Ihnen Gott helfe, keinem Menschen davon zu erzählen, was ich Ihnen jetzt gleich sage?«

Brechtl legte die rechte Hand auf das Buch, dann sagte er mit bebender Stimme: »Ich sage niemandem kein Sterbenswörtchen nicht. So wahr mir Gott helfe.«

»›Ich schwöre‹ müssens noch sagen, Herr Brechtl.«

»Ich schwöre. So wahr mir Gott helfe.«

»Sehr gut.« Der Ministerpräsident schmiss die Bibel wieder in die Lade und knallte sie zu.

»Also, Brechtl, jetzt passens auf. Akten des Geheimdienstes sind das eine. Die kann man da locker einen Sommer zwischenlagern. Man kann sie dort auch einhundert Jahre zwischenlagern. Eintausend. Zehntausend. Man kann ja ständig hin an die Container und nachsehen, ob's denen noch gut geht. Die Temperatur messen und die Luftfeuchte. Das sagen die Beamten aus dem Amt für Datensicherheit. Und dann hab ich andere Ministerien und Ämter mal unverbindlich befragen lassen, ob sie auch was zum sicher Lagern hätten. Weil, lieber Brechtl, vier Kilometer Tunnel, da bringen wir doch auch noch was anderes rein als Papier. Und, was glauben Sie? Die Beamten aus dem Amt für Strahlensicherheit haben die Untersuchungsergebnisse der Datenschützer einmal hin- und hergewälzt. Und sind ganz begeistert. Na, schnackelt's?« Der Ministerpräsident machte ein Lausbubengesicht.

»Äh … nein, noch nicht.« Anton Brechtl hatte das Wort »Strahlensicherheit« durchaus gehört, jedoch weigerte sich sein Gehirn, den naheliegenden Schluss zu ziehen.

»Ist doch für einen gewieften Mann wie Sie nicht so schwer. Sie lesen doch auch die Zeitung«, sagte der MP. »Mensch, Brechtl, Sie als Entsorgungsspezialist! Das Endlagerthema. Gorleben, Asse und der ganze Kladderadatsch da oben. Die wollen doch tatsächlich jetzt, dass wir ergebnisoffen prüfen, ob man den ganzen Atommüll nicht bei uns endlagern kann. In unserem schönen Bayernland!« Das Wort ›ergebnisoffen‹ langte der Ministerpräsident sozusagen mit spitzen Fingern an und sprach es entsprechend gespreizt aus.

»Aber wir haben doch schon erklärt, dass es bei uns keine wirklich geeigneten Lagerstätten gibt«, entsann sich der Bagger-Toni.

»Eine Erklärung wird uns nichts bringen. Aber Taten, lieber Brechtl, Taten sind das Entscheidende. Schauens her, wenn wir ein kleineres Problem lösen, rauschen die größeren Probleme an uns vorbei. Drum werden wir die Brennstoffkugeln aus Jülich bei uns einlagern. Also, bei Ihnen dort draußen im Tunnel. Zwischenlagern halt, nicht für die Ewigkeit, lieber Brechtl.«

»Aber für hundert Jahre schon?«

»Oder für tausend, wer weiß? Und, ganz ehrlich: Wen interessiert's? Das Zeug ist so sicher, da würde ich mir einen Castor im Keller von meinem Reihenhaus lagern. Wenn er reinpassen würde. So einer wiegt siebenundzwanzig Tonnen.

Und, mein lieber Brechtl, wenn ich das Geld dafür bekommen würde. Und da kommt die gute Nachricht: Die ganze Infrastruktur und das Handling von den einhundertzweiundfünfzig Castoren machen Sie, die Firma Brechtl!«

Brechtl wurde für einen kurzen Moment schwarz vor Augen. Er hatte große Teile seines Vermögens mit Müll verdient. Aber er hätte nie geglaubt, dass es eines Tages Atommüll sein würde. Er wusste, dass er die Gewinnspannen aus dem Atomgeschäft mit Joghurtbechern nicht würde erzielen können. »Kann ich des?«, brachte er wie in Trance hervor.

»Herr Brechtl, so kenne ich Sie gar nicht. Ein bayerischer Unternehmer, der die Zukunft in die Hand nimmt. Die Zukunft seines Landes, seiner Gemeinde, auch seine eigene. Ob Sie das können, lieber Herr Brechtl? Sie? Das kann ehrlich gesagt jeder Depp. Die Castoren aus Jülich enthalten so Brennstoffkugeln. Tennisballgroß. Rund dreihunderttausend Stück insgesamt. Ja, klar, da ist Uran dabei, Plutonium auch. Reden wir nicht drum herum: hochradioaktiv, das Ganze. Aber die Castoren, das ist deutsche Wertarbeit. Sphäroguss. Gusseisen mit Kugelgrafit. Die sind so sicher und so dicht, da geht in hunderttausend Jahren nichts durch. Und dabei ist so ein Castor nicht größer als ein normaler Heizöltank. Da flanschen Sie einfach einen Hallenkran an die Decke von dem Tunnel, und mit dem bewegen Sie die Castoren hin und her. Oder besser gesagt, Herr Brechtl: Sie bewegen sie einmal hin. Und dann lange Zeit nicht mehr her. Sehr lange Zeit, unter Umständen. Aber in dieser Zeit kassieren Sie Miete. Und das nicht zu knapp. Und Ihre Nachkommen. Also wir. Ich meine natürlich: das Konsortium. Und wir beauftragen Sie. Das Konsortium tut das. Aber das sind Details. Dazu kommen wir später.«

Brechtl hatte seine schnelle Auffassungsgabe wiedergefunden. »Und man kommt ja immer hin zu den Containern, falls mal was wäre.«

»Ganz genau, Herr Brechtl. Jetzt hat's geschnackelt! Da ist zwar nie nix, weil da kann ja gar nix sein. Gar nie nix! Aber genau das ist der Charme der Lösung. Man kommt hin, wenn man muss. Oder müsste. Das Zeug ist eben nicht Tausende von Metern im Untergrund verschüttet. Und dann findens fünfzig Jahre später raus, dass es da unten modert, weil Wasser reinläuft. Wie bei dieser Asse jetzt grad. So eine Sauerei. Und dann muss das alles für ein irres Geld wieder nach oben geholt werden. Ich weiß gar nicht, wie man auf so eine damische Idee kommen konnte, überhaupt nach einem Endlager zu suchen. Der Schlüssel heißt ›dauerhafte Zwischenlagerung mit Rückholbarkeit‹. So nennen's meine Beamten jedenfalls. Und die im Bundesamt für Strahlensicherheit auch. Und das Konsortium. Die Idee hat sich in Windeseile rumgesprochen in Fachkreisen. Und, wenn ich's mir recht überlege, ist der Anton Brechtl aus Garmisch-Partenkirchen draufgekommen. Gratuliere, Herr Brechtl!«

Brechtl wurde wieder schwarz vor Augen. Mit offenem Mund saß er am Zirbelholztisch und schnappte nach Luft.

»Da bist ja endlich! Die Christina versucht's seit Stunden!« Bürgermeister Meier war anzuhören, dass er es nicht schätzte, seine wichtigsten Bürger nicht zu erreichen, wenn er das wollte.

»Ja, mein Handy war aus. Was gibt's?« Anton Brechtl durchmaß gesetzten Schrittes den Hofgarten. Sein Auto hatte er in der Tiefgarage stehen lassen. In der Tiefgarage der Bayerischen Staatskanzlei. Er war auf einmal wer im Freistaat. Er genoss die Nachmittagssonne und gönnte sich ein wenig Großstadtflair. O München, hast schon immer große Visionäre angezogen, die du ganz nach vorn gebracht hast, sinnierte er mit einem Blick auf die Türme der Theatinerkirche. Die von Millers, die Pettenkofers, die Fraunhofers, die Montgelas. Es war nicht so, dass er die bayerische Geschichte nicht kannte. Seine bescheidene Bibliothek in der Villa auf der Maximilianshöhe in Garmisch bestand eigentlich ausschließlich aus Bavarica. Er drehte sich zurück zur Staatskanzlei um, zur Kuppel des ehemaligen Armeemuseums. Vielleicht, so dachte er, würde er diesem weltbekannten Schumann's erstmalig einen Besuch abstatten. Er, der baldige Träger des Bayerischen Verdienstordens. Der Erfinder der dauerhaften Zwischenlagerung mit Rückholbarkeit.

So richtige Lust, mit Bürgermeister Hans Wilhelm Meier zu telefonieren und sich den Höhepunkt seines Schaffens durch das Gerede des Provinzpolitikers versauen zu lassen, hatte er nicht. Der Bürgermeister konnte ja keine Ahnung haben, dass Anton Brechtl ganz oben angekommen war. Darum plapperte er auch munter drauflos.

»Ich hab's. Ich weiß jetzt, was ihr da lagern wollt! Die BND-Akten. Was anderes kann's ja gar nicht sein. Aber keine Angst, ich verrat's niemand. Ist ja eine saubere Sache. Papier ist ja kein Gift, Toni, oder?«

Anton Brechtl schwieg.

»Hättst mir ruhig sagen können und nicht so ein Rätsel draus machen müssen, Toni. Ich gesteh's ein, war eine harte Nuss. Top secret und Zwischenlager. Aber du hast halt einen Bürgermeister, der nicht auf der Brennsuppe dahergeschwommen ist. Sag amal, dürfen wir überhaupt über das Thema reden an einem Telefon. Ich mein jetzt, so unverschlüsselt?«

Der Bagger-Toni sagte immer noch nichts. Denn er spürte, er wäre sonst der Versuchung erlegen, dem Meier Hansi das Geheimnis anzudeuten. Hätte er ihm nur nicht die Stichworte »top secret« und »Zwischenlager« geliefert. Nun gut, Meier hatte ihn unter Druck gesetzt, regelrecht erpresst. Wenn er die Information, dass er von oben, von ganz oben beschützt würde, früher gehabt hätte, dann hätte er dem Meier Hansi das nicht gesteckt. Jetzt half nur noch eines: Der Meier musste weg. Zunächst aus diesem schönen Freitagabend verschwinden. Und dann aus Anton Brechtls Leben.

Er imitierte ein Rauschen in der Leitung, brüllte: »Du, ich hör nix mehr, Funkloch«, und legte auf. Dann schaltete er das Mobiltelefon aus.

Der Lufthansa-Flug 453 war überpünktlich. Bereits neun Minuten vor der für 16 Uhr 06 geplanten Ankunftszeit vermeldete die Anzeigetafel auf dem Münchner Flughafen »Franz Josef Strauß«, dass die gut dreihundert Tonnen Metall, die dreihundertsechsundzwanzig Passagiere in ihrem Inneren wohlbehalten über einen Kontinent und einen Ozean geflogen hatten, sicher im Erdinger Moos aufgesetzt hatten.

Wie immer an diesem Flughafen dauerten Aussteigen und Zollkontrolle wesentlich weniger lang als die Anlieferung des Gepäcks auf dem Karussell. Jo Saunders hatte sich bereits einen Dienstmann gesichert, der ihre Koffer aus der Samsonite-Flut retten sollte. Wenn diese endlich einmal losfließen würde. Doch noch standen die Bänder still.

Das gab Jo Saunders Gelegenheit, sich umzusehen und über diesen Flughafen zu staunen. Sie war viel herumgekommen in den letzten fünfzig Jahren, in den Staaten und auf der ganzen Welt, und sie war auch hin und wieder ein paar Tage in Deutschland gewesen, in den Siebzigern in Düsseldorf und Ende der Achtziger in Hamburg. Aber ihre Heimat Bayern hatte sie seit 1952 nicht mehr besucht. Wenn dieses Land so aussah, wie dieser Flughafen es andeutete, dann hatte sich viel verändert in den vergangenen sechzig Jahren, dachte sie.

Klar strukturiert, durchsichtig, effizient. So gab sich der Airport und wirkte damit so völlig anders als das Bayern-Bild, das das Klischee von den Deutschen auf der ganzen Welt bestimmte – und das sie aus ihrer Jugend im Werdenfelser Land mit sich herumschleppte. Dieses Bild war geprägt von dimpfelnder Bierseligkeit, von bäuerlichem Dickschädel-um und jeden Fortschritt bremsendem Hamma-scho-immer-sogmacht.

Endlich lief das Gepäckband an, und der Dienstmann hievte auf ihre Anweisung nach und nach die vier riesigen Koffer, darunter einen, der beinahe Schrankformat aufwies, auf den spiegelglattpolierten Granitboden. Vom Umfang seines Auftrages überrascht, musste er seine orangerote Spezialkarre herbeischaffen, die eigentlich für das Sperrgepäck vorgesehen war, sonst hätte er mindestens zwei, eher drei Gepäcktrolleys vor sich herschieben müssen. Jo Saunders war gewohnt, mit großer Garderobe zu reisen. Zudem wusste sie nicht, wie lange sie in der Heimat bleiben würde. Sie war gekommen, um mit der Vergangenheit abzuschließen. Da waren Tage und Wochen keine relevanten Recheneinheiten.

Direkt hinter der Glastüre, mitten unter den anderen Abholern, standen Albert Frey und Martin Bruckmayer. Das Pappschild »Garmisch-Partenkirchen«, das Frey sich vor den Bauch hielt, hätten sie sich sparen können. Jo Saunders, den keuchenden Dienstmann im Schlepp, kam direkt auf die beiden zu.

»Martin!«, sagte sie, als sie vor Martin Bruckmayer stehen blieb. Dann schauten sich die beiden eine gefühlte Ewigkeit lang an. »Sixty years. Als wenn es gestern gewesen wäre.« Endlich fielen sich die beiden Achtzigjährigen in die Arme.

Albert Frey stand verlegen daneben und drückte dem Dienstmann das Pappschild in die Hand.

»You must be Albert Frey. Sorry, mein Deutsch is a bissl eingerostet.« Jo Saunders lachte, nachdem sie sich die Tränen mit einem Taschentuch aus den Augenwinkeln getupft hatte. »Albert – ich darf Albert sagen? –, ich bin so dankbar, dass Sie mich überredet haben. I really appreciate it.«

»Wir haben dankbar zu sein, verehrte Frau Saunders.«

»Jo. Nennen Sie mich Jo, bitte. So habe ich die letzten sechzig Jahre geheißen. Ich denke nicht, dass ich mich da umgewöhnen kann.«

»Wollen wir?« Martin Bruckmayer nickte dem Dienstmann zu. »Ich stehe direkt vor der Tür. Gott sei Dank habe ich das große Auto dabei.«

Mit Müh und Not fand das Gepäck in Bruckmayers Mercedes-Geländewagen Platz. Der Dienstmann erhielt ein fürstliches Trinkgeld, dann rauschte das Trio mit Jo Saunders auf dem Beifahrersitz in Richtung Süden.

Jo Saunders blickte fassungslos aus dem Fenster. »Euch Deutschen geht es wohl wirklich so gut, wie man es in der Zeitung lesen kann. BMW, Mercedes, Porsche all over the place. The U.S. are second world compared to you.« Als sie an der

Fußballarena im Münchner Norden vorbeirollten, fragte sie: »Fahren wir durch die Stadt? Ich würde so gern die Frauentürme ansehen.«

Martin Bruckmayer gehorchte. Auch wenn der innerstädtische Münchner Verkehr für einen Garmisch-Partenkirchner eine Zumutung war. Aber er war während seiner Karriere im holländischen Bierkonzern durch schlimmere Städte gekommen. Einige Jahre hatte er in Tokio gearbeitet und fast ein Jahrzehnt in Rio de Janeiro verbracht. Dagegen waren deutsche Großstädte verschnarchte Dörfer.

Hartinger hatte fast alles bekommen, was er wollte. An diesem Dienstagvormittag durfte er zuerst eine Stunde in die Muckibude der Justizvollzugsanstalt München-Stadelheim und dann, nach dem Mittagessen, den ganzen Nachmittag in der Bibliothek verbringen. Doch die Benutzung eines eigenen Computers war ihm vorerst nicht erlaubt worden, und man gestattete ihm auch keinen Internetzugang. Den gab es nur für Gefangene, die einen Computerkurs besuchten. Und auch dort im PC-Raum wurden nur für den Kurs nötige Seiten freigeschaltet. Internetnutzung war im Gegensatz zum Fernsehen noch kein Grundrecht.

Als er den Fitnessraum in Begleitung eines Vollzugsbeamten betrat, wollte Hartinger am liebsten auf der Hacke kehrtmachen. Es war nicht der Geruch in der schlecht belüfteten Sporthalle. Es war der schiere Anblick seiner Sportsfreunde. Das also waren Knackis in Reinkultur.

Hartinger hatte seine Mithäftlinge bei den gemeinsamen Mahlzeiten beobachten können. In ihrer uniformen Kleidung sahen sie alle mehr oder weniger gleich und auch durchschnittlich aus. Doch an den glänzenden Hanteln und unter den imposanten Gewichten machten diese Männer einen ungemein gefährlicheren Eindruck. Sie hatten die Muskeln aufgepumpt, und die meisten hatten umfangreiche Tätowierungen nicht nur auf den Unterarmen.

Hartinger fragte sich, ob es eine gute Idee war, in dieser

Halle und vor allem mit diesen Männern zu trainieren. Sobald er die stählernen Trainingsgewichte in die Hände nehmen würde, konnte jeder sehen, dass er nicht gerade Arnold war. Er hoffte inständig, dass der Beamte, der ihn hergebracht hatte, während der Stunde Trainings an seiner Seite bliebe. Dennoch unterdrückte er sowohl den Fluchtreflex als auch die Bitte »Sie bleiben aber?«, die ihm auf der Zunge lag. Und schon stand er allein unter zehn Bodybuildingtieren, von denen ihn jeder mit Leichtigkeit in der Mitte auseinanderreißen konnte. Und – wer wusste das schon – so etwas bestimmt auch schon des Öfteren getan hatte. Das waren keine Wirtschaftskriminellen, die sich als Banker nonchalant die eine oder andere Million auf das eigene Konto in der Südsee transferiert hatten, sondern Verbrecher, die vor Raub, Totschlag, Mord nicht zurückschreckten. Zumindest sahen sie so aus.

Hartinger raunte ein verdruckstes »Servus« in die Runde. Schnell wollte er sich in die Ecke zu einer Butterfly-Maschine zurückziehen, wo er sich der allgemeinen Aufmerksamkeit zu entziehen hoffte.

Doch zu seinem Entsetzen rollte der größte und aufgeblasenste Muckimann bereits auf ihn zu.

Anstatt Hartinger aber in den Schwitzkasten zu nehmen, hielt er ihm die Pranke hin und sagte mit einer für seinen massiven Körper lächerlich hohen Fistelstimme: »Servus. Ich bin der Markus. Ich bin der Trainer hier. Freut mich sehr, dass ein neues Gesicht reinschaut bei uns. Kennst dich aus, oder sollen wir einen Trainingsplan aufstellen?«

Hartinger schloss aus Markus' hoher Tonlage, seinen Muskelbergen und der für einen Mann mittleren Alters ungewöhnlichen Gesichtsakne, dass man im Knast wirklich alles bekommen konnte, auch anabole Steroide in rauen Mengen.

»Ich bin der Gonzo. Trainingsplan wäre super. Bin viel gelaufen in letzter Zeit.«

»Aber nicht schnell genug, sonst wärst nicht hier, was sagts ihr, Burschen?« Markus lachte sich halb tot und mit ihm die angesprochenen Muskelmänner an den Maschinen.

Hartinger nickte nur zustimmend. »Also oben rum müsste ich schon mal wieder was machen.«

»Da fangen wir mit Rücken und Bauch an. Arme und Brust kommen später. Wichtig ist eine gute Rumpfmuskulatur. Da, schau her.« Markus drehte sich um und zog sein Tankshirt nach oben, um Hartinger die Stränge seiner Rückenmuskulatur zu zeigen. »Ein starker Rücken bricht nicht. Auch nicht im Knast.«

»Imposant.«

»Kriegst du unter meiner Planung auch hin, Gonzo. Lass mich nur machen.«

»Ich meine das Tattoo.«

»Ah, das da unten.« Markus klatschte sich auf den Lendenbereich, wo er über dem Hosenbund einen formatfüllenden Spruch in Frakturschrift eingetintet trug.

»›Come in and die!‹ Was soll das heißen?«, fragte Hartinger, obwohl er fürchtete, die Bedeutung bereits erraten zu haben.

»Genau, was da steht. Und auf Englisch, damit's auch ein jeder versteht. Wer bei mir da hinten rein will, der ist tot. Ganz einfach. Haben viele hier, diesen Spruch. Und wir meinen's auch so, falls du's herausfinden willst.«

»Ich? Ich bin Normalo«, versicherte Hartinger ganz schnell.

»Das sind die meisten, wenn sie hier reinkommen. In zehn, zwanzig Jahren ändern sich die Vorlieben manchmal. Und was ist schon normal?«

Hartinger wechselte schnell das Thema. »Dann machen wir jetzt mal einen Trainingsplan, würde ich sagen.« Er wusste, dass er sich an Markus halten sollte, wenn er seine Aussichten auf ein relativ problemfreies Leben hinter diesen Mauern verbessern wollte.

»Kommen Sie rein, Herr Frey. Wir haben mit dem Abendessen auf Sie gewartet.« Martin Bruckmayer hängte Albert Freys Jacke an die Garderobe und führte ihn in das riesige Wohnzimmer seiner Villa, das am linken Eck einen schönen Erker mit einem runden Tisch mit einer Bank darum hatte. Dort saß bereits Jo Saunders. Die Hausangestellte kam mit einer großen Suppenterrine und stellte sie auf den Untersetzer. »Jo hat sich Griesnockerlsuppe gewünscht. Ich hoffe, das ist nach Ihrem Gusto, Herr Frey.«

Frey mimte den Empörten, wie es sich geziemte: »Ich bitte Sie, wie könnte ich dem Wunsch von Frau Saunders widersprechen. Und gegen eine gute Griesnockerlsuppe habe ich ohnehin nichts einzuwenden. Könnte ich Tag und Nacht essen.«

»Perfekt wären die Nockerln, wenn sie innen einen gelben Kern hätten«, freute sich Jo Saunders.

»So mag ich sie auch. Und die Marga hat sie sicher so hinbekommen. Gell, Marga?«

Die Hausangestellte nickte ihrem Chef nur zu und verschwand dann wieder in der Küche.

»Wenn die einmal nicht mehr ist, die Marga ... Man bekommt ja kein ordentliches Personal heutzutage«, sinnierte Martin Bruckmayer und blies mit gespitzten Lippen die Suppe auf seinem Löffel kühl.

»Well, Martin, wie alt ist sie? Sechzig? Du bist achtzig. She will see you out...«

»Sprechen wir nicht übers Sterben, meine Lieben. Nicht bei einer so guten Suppe.«

»Ich muss heute noch über das Sterben sprechen«, sagte Jo Saunders in ihren Teller hinein, in dem sie gerade ein Griesnockerl mit dem Löffelrand teilte. »Über den Tod meiner Schwester. Ich habe etwas mitgebracht.«

»Da bin ich sehr gespannt, gnädige Frau«, sagte Albert Frey.

»Aber lasst uns erst essen, bitte«, mahnte Martin Bruckmayer.

Den Rest der Mahlzeit herrschte Schweigen am Tisch, das nur durch das Gründeln der Löffel auf den Böden der Suppenteller unterbrochen wurde. Als Marga die Teller abtrug und sich nach Käse oder Dessert erkundigte, hielt es Jo Saunders nicht länger aus. »Sorry, ich kann nicht länger warten. Hier, das wollte ich euch zeigen.« Sie zog einen dicken Aktendeckel aus der Tasche, die neben ihrem Stuhl stand, und legte ihn zwischen Martin Bruckmayer und Albert Frey.

»Was ist das?«, fragte Martin Bruckmayer.

»Ein geheimer Untersuchungsbericht der US-Armee, steht ja drauf«, meinte Albert Frey.

»So gut ist mein Englisch auch, Herr Frey. Ich meine, was steht da drin?«

»Das habe ich gefunden, als Tom starb«, erklärte Jo. »In seinem Safe ganz unten. Er scheint es dort vor vielen Jahren deponiert zu haben.«

»Darf ich reinschauen?«

»Selbstverständlich, Herr Frey. Deswegen zeige ich es Ihnen.«

Albert Frey öffnete den Verschluss des Aktendeckels, der aus einem Pappknopf und einem roten Faden bestand, der darum gewickelt war.

»Die Untersuchungsakte über das Verschwinden Ihrer Schwester Franziska!«, sagte er staunend, nachdem er die erste Seite gelesen hatte.

»Über den *Mord* an meiner Schwester. Hier stehen vier Tatverdächtige. Und vielleicht ein fünfter. Sie haben an dem Abend des 26. April 1951 meine Schwester in ein Auto gesetzt und sind mit ihr davongefahren. Ich möchte wissen, ob einer von diesen Männern noch lebt.«

»26. April … Das war heute vor sechzig Jahren!«, rief Albert Frey aus.

»Zufall, Herr Frey.«

»Und diese Unterlagen hat Ihr Mann sechzig Jahre lang vor Ihnen verheimlicht?«

»Ja, und ich habe keine Idee, warum er das getan hat.«

Martin Bruckmayer räusperte sich. »Vielleicht, weil er dich geliebt hat. Er wollte dich schützen.«

»Das macht man nicht. Gerade, wenn man jemanden liebt. Jeder Mensch hat das Recht auf die Wahrheit. Ich werde mir meine beschaffen. Und die von Franziska.«

Um den Tisch herum herrschte betretenes Schweigen.

»Darf ich die Unterlagen mitnehmen?«, fragte schließlich Albert Frey. »Nur für einen Tag?«

»Nein, ich möchte nicht, dass es Kopien davon gibt, Herr Frey. Wenn Sie daran forschen wollen – und darum würde ich Sie sehr herzlich bitten –, müssen Sie die Unterlagen hier einsehen. Sie können jederzeit zu mir kommen. Oder, Martin?«

»Jederzeit, Herr Frey. Mi casa es su casa.«

Kathi Mitterer räumte auf. Sie rannte zwischen Wohnzimmer und Küche hin und her, hob dort etwas auf, was sie hier wieder in eine Schublade steckte. Im Hintergrund lief der Fernseher. Eine Politiksendung im Bayerischen Rundfunk. Sie lauschte nur mit einem halben Ohr.

*»… werden sicherlich auch ganz neue Optionen prüfen. Wie Sie wissen, ist Bayern seit jeher in energietechnischen Fragen ganz vorn dabei. Energie ist ein zentrales Kompetenzthema von uns hier in Bayern. Sehen Sie sich das Walchensee-Kraftwerk und die Isar-Stauwehre an. Stromerzeugung auf nachhaltigste und umweltfreundlichste Art und Weise. Seit fast einhundert Jahren! Ja, umweltfreundliche Energie ist eine Kompetenz von uns. Wir brauchen gar keinen Wind. Wenn Sie mir das Wortspiel erlauben, das Erzeugen von bewegter Luft überlassen wir lieber der Opposition. Die können noch so dicke Backen machen, da regt sich doch bei uns nur ein laues Lüfterl, wenn man ganz ehrlich ist. Aber zurück zur naturgegebenen Energie-Kompetenz der Bayern und der CSU. Wir beteiligen uns nämlich auch an dem verantwortungsvollen Umgang mit den sogenannten Altlasten. Gerade dieses kerntechnische Erbe ist uns wichtig. Die CSU steht für Verantwortung.«*

*»Bedeutet dies, dass doch ein Endlager in Bayern …?«*

*»Na, es gibt ja leider überhaupt keine geeigneten geologischen Formationen dafür in Bayern. Das haben wir auch immer gesagt. Da, wo unsere Kompetenz wieder ins Spiel kommt, setzen wir in der Debatte viel weiter vorn an. Ich*

*frage Sie hier und heute: Muss es denn eigentlich ein Endlager sein?«*

*»Die atomaren Abfälle strahlen doch Hunderttausende von Jahren, da sollte man schon …«*

*»… gut drauf aufpassen, da gebe ich Ihnen vollinhaltlich recht, Frau Bitter. Ich persönlich bevorzuge übrigens die Bezeichnung ›Zerfallwertstoffe‹. Aber zurück zu Ihrer Frage: Tut man das eigentlich, geht man eigentlich verantwortungsvoll mit Zerfallwertstoffen um, indem man sie in Fässer packt und so tief im Boden vergräbt oder im Meer versenkt, dass man sie vermeintlich nicht mehr sieht? Wir werden auch in Zukunft Zerfallwertstoffe höchst sicher lagern, und zwar hinter sehr dicken Mauern. Hunderten von Metern dicken Mauern. Denn die haben wir. Wir haben die Berge.«*

*»Ääh … die bayerischen Berge, Herr Minister?«*

*»Richtig. Vollinhaltlich korrekt, Frau Bitter. Weil eines ja klar ist: Wenn Sie hinkommen, wenn mal etwas ist – wobei ja nie was ist, weil das ja gar nicht sein darf, weil das ja praktisch ausgeschlossen ist …«*

»So ein Schmarrn.« Katharina Mitterer schaltete den Fernseher aus. Sie konnte das Gelaber nicht länger ertragen. »Atommüll im Berg. So weit kommt's noch.« Sie schüttelte den Kopf, während sie den Ohrenbackensessel in die richtige Position hob. Sie musste sich um die wirklich wichtigen Dinge kümmern. Für den nächsten Tag waren Rohrnudeln vorzubereiten. Viele Rohrnudeln.

Eine Touristengruppe hatte sich angesagt. Zwei oder drei Mal jährlich kamen die vom bayerischen Staat eingeladenen israelischen Diplomaten, Politiker und Geschäftsleute bei ihr in Mittergraseck vorbei. Der Mittererhof war einer der wenigen Orte in Bayern, an dem zum Ende der Naziherrschaft ein Dissident mit jüdischen Wurzeln versteckt gehalten worden war. Darauf verwies man als Ausgleich zum obligatorischen Besuch des KZ Dachau stets sehr gern. Amerikanischen Delegationen präsentierte man bevorzugt das Hofbräuhaus, chinesischen Abgesandten gern auch einmal die Rotlichtetablissements rund um den Mittleren Ring und Arabern die von Geschwindigkeitsbeschränkungen weitgehend freigehaltene A95 München–Garmisch.

Bier, Bumsen, BMW standen zwar auch auf dem Programm der meist männlichen Reisenden aus dem Gelobten Land. Doch erfahrungsgemäß waren die jüdischen Besucher geradezu süchtig nach Kathis Werdenfelser Rohrnudeln. Also ging sie vom Wohnzimmer in die Küche und zog die Küchenwaage und eine großformatige Reine aus dem Schrank.

Als sie das Mehl abwiegen wollte, klopfte es an der Küchentür. Onkel Albert kam auf einen spätabendlichen Besuch vorbei.

»Schon halb neun. Was treibt dich so spät da herauf, Onkel Albert?«, fragte Kathi, ohne von ihrem Werk abzulassen. Nachdem sie das Mehl genau bemessen hatte, wischte sie die Hände an der Schürze ab und schenkte dem Onkel wortlos ein Hefe-Weißbier ein, das sie vor ihm abstellte.

»Machst Rohrnudeln für die hohen Gäste?«

»So isses. Kommen morgen zu zwanzigst mit irgendeinem Unterstaatssekretär aus der Staatskanzlei. Ich glaub, ich bin der absolute Höhepunkt auf deren Reise. Oder meine Rohrnudeln. Wahrscheinlich sollte ich einfach meinen Preis verdoppeln.«

»Du tust auch Gutes für den Ruf unseres Landes, vergiss das nicht.«

»Ja ja, Onkel Albert, scho recht. Nur wenn ich in den Supermarkt runterfahre, dann geben sie mir dafür nichts.«

»Hast auch wieder recht. Du machst das schon richtig, meine Lieblingsnichte.«

»Wie war's mit der Jo Saunders und dem Martin Bruckmayer heute Abend?«, wollte Kathi wissen.

»Ein Wahnsinn. Der komplette Wahnsinn. Ich sag's dir, wir haben deinen Karl-Heinz sehr bald aus dem Gefängnis raus. Es ist eigentlich vollkommen ausgeschlossen, dass die Knochen vom Herrgottschrofen nicht von Franziska Stiller stammen.«

Albert Frey trank einen großen Schluck aus dem Weißbierglas. Dann erzählte er Kathi die Geschichte von der geheimen Untersuchung der amerikanischen Armee und deren Ergebnissen. Und dass diese Ergebnisse sechzig Jahre von Tom Saunders, der sie damals geleitet hatte, unter dem Teppich gehalten worden waren.

Als er mit der Zusammenfassung fertig war, hielt es Kathi nicht mehr bei Mehl, Hefe und Eiern. »Heute genau vor sechzig Jahren? Mensch, Onkel Albert, wenn du das in einem ›Tatort‹ siehst, dann denkst du dir: Was für ein Schmarrn! Aber eine Josepha oder besser Jo, die ihr ganzes Leben auf einer Bühne gestanden ist, hat sicher einen Sinn für Inszenierungen. Was mich aber noch mehr interessiert, sind die Täter. Vier oder fünf? Ist sie sicher, dass zwei davon tot sind?«

»Zwei der vier Täter waren GIs. Und deren Namen und Dienstnummern stehen in dem Untersuchungsbericht. Du kannst dir vorstellen, dass die Jo Saunders keine Probleme hatte, über die Freunde ihres verstorbenen Mannes im Verteidigungsministerium an die entsprechenden Informationen zu gelangen.« Albert Frey holte seinen Notizblock aus der Tasche hervor. »Das Pentagon hat ihr Folgendes bestätigt: James Andrews, Jahrgang 1923. Dienstrang 1951 in Garmisch: Lieutenant. Ordonanz des Garnisons-Kommandanten Thomas Saunders. Wurde nach USA zurückversetzt und von dort nach Korea, wo er seit 1952 vermisst ist. Missing in action, wie die Amis so schön sagen. Ich schätze, sie haben ihn zur Strafe in ein Himmelfahrtskommando geschickt. Daniel Rees, Jahrgang 1922. Dienstrang 1951 in Garmisch: Corporal. War Fahrer des Garnisons-Kommandanten. Wurde ebenfalls umgehend in die USA und dann nach Korea versetzt. Überlebte den Korea-Krieg und starb 1963 an Lungenkrebs.«

»Puh, starker Tobak. Der Ordonanzoffizier und der Fahrer ihres Mannes ermorden ihre Schwester. Und er erzählt ihr nichts davon. Sechzig Jahre lang. Nimmt das Geheimnis mit ins Grab.«

Albert Frey genehmigte sich noch einen Schluck und wischte

sich den Henri Quatre ab. »Und lässt die Unterlagen in seinem Safe liegen? Hm, wieso hat er sie nicht vernichtet?«

»Ist doch klar. Damals, 1951, wollte er Josepha bekommen und da kein Risiko eingehen. Wenn die junge Josepha gewusst hätte, dass ihre Schwester von zwei seiner Mitarbeiter vergewaltigt und ermordet worden ist, wäre sie dann mit ihm nach Amerika? Erstens hätte sie ihn doch gefragt: Was für Leute hast du um dich rum? Zweitens hätte sie sich selbst Vorwürfe gemacht. Und dann wollte er aber doch, dass sie am Ende die Wahrheit erfährt.«

»Hm. Weibliche Logik. Ob die auf einen hartgesottenen amerikanischen Karriereoffizier anwendbar ist?«, zweifelte Albert Frey die Überlegungen seiner Nichte an. »Aber gut, lassen wir es einmal dahingestellt, warum er die Unterlagen nicht vernichtet hat. Vielleicht hat er wirklich vergessen, dass sie im Safe lagen. Der Mann war neunzig.«

»Und er wusste ja nicht, wann er stirbt.«

»Gut. Das Spannende ist, da sind noch zwei andere Täter in den Unterlagen genannt, aber über die hat Jo Saunders nichts in Erfahrung bringen können. Deswegen ist sie eigentlich hier. Sie will wissen, ob die noch leben. Na klar, sie kann sich dunkel an die Leute von damals erinnern, aber auch nicht an alle Namen und Gesichter. Sie war der Star der Show. Hat sich nie mit den niederen Chargen gemeingemacht.«

Kathi riss entsetzt die Augen auf. »Sind die beiden vielleicht sogar Einheimische?«

»Nicht in dem Sinn, was man hier unter einheimisch versteht. Also nicht seit der Römerzeit hier ansässig. Nein, es waren Reingeschmeckte. Aber vielleicht haben sie sich hier niedergelassen, wer weiß. Jedenfalls waren damals laut den Ami-Unterlagen an der Tat beteiligt: Lazlo Balta, ungarischer Eistänzer. Paul Rudolph, gebürtig in Dresden, nach Entlassung aus russischer Gefangenschaft in Garmisch gelandet und Aushilfskellner in der Casa Carioca. War auch so was wie der Lakai der Eisprinzessinnen, hat Botengänge für sie erledigt. Hatte wohl das Vertrauen vieler von ihnen. Und sicher auch das Vertrauen der Kolleginnen, also der Bedienungen, wie Franziska eine war. Hübscher Kerl, eigentlich. Wie gesagt, sie erinnert sich schon an die, aber eher schemenhaft.«

»Du hast Fotos gesehen?«

»Ja, in der Akte gibt es Bilder der Verdächtigen. Allerdings sind die beiden Namen nirgends sonst vermerkt. Was aber nichts bedeutet. Jo Saunders hat bisher nur Google dazu befragt. Und ich auch. Über Achtzig- bis Neunzigjährige steht da nicht immer etwas. Die haben ihre Jugendsünden nicht mit dem Handy fotografiert und auf Facebook getwittert oder was man da heutzutage alles treibt.«

»Das musst du doch wissen, du bist doch unser viriler Virtueller, Onkel Albert.«

»Mach dich nur über einen alten Mann lustig. Aber der weiß schon, was er jetzt tut. Er wird sich in den Archiven verkriechen und die beiden Namen Lazlo Balta und Paul Rudolph durchleuchten. Mal sehen, was denen in den vergangenen sechzig Jahren so widerfahren ist.«

»Aber erst machst eine Brotzeit und trinkst ein zweites Weißbier, wie ich dich kenne, Onkel Albert.«

»Vielleicht auch noch zwei. Das Bett unterm Dach ist ja frei, nachdem dein Tschamsterer nach wie vor einsitzt.«

»Gern. Bett ist frisch gemacht. Nur eines schuldest du mir noch: Was ist mit dem fünften Mann?«

»Ja, das ist die große Ungereimtheit. In den Geständnissen der vier Täter steht, dass sie zu viert waren.«

»Woher kommt dann der fünfte Mann?«

»Aus der Zeugenaussage des Barkeepers. Er hat gesehen, dass Franziska am Ende des Abends, nachdem die Gäste alle weg waren, mit einigen Männern an einem Tisch gesessen ist. Sie müssen sich schwer besoffen haben. Und er sagte in seiner allerersten Einvernahme aus, dass fünf Männer mit der jungen Frau verschwunden seien. Später behauptete er dann, er wär sich nicht sicher, ob es vier oder fünf gewesen seien, aber dass es wohl eher vier waren. Und andere Angestellte und Militärangehörige sprechen uneinheitlich von vier oder fünf Männern.«

»Der Fahrer, die Ordonanz … Vielleicht war der Garnisons-Chef selbst auch dabei?«

»Schlaues Kind, meine Nichte.«

»Sogar so schlau, dass ich weiß, wer der Barkeeper war.«

»Nicht schwer zu erraten. Unser heutiger Grandseigneur Martin Bruckmayer.«

»Der Jugendfreund von Josepha und Franziska. Bei dem Franziska Unterschlupf gefunden hat. Interessante Konstellation.«

## Kapitel 8

Der Audi des Bürgermeisters knirschte auf dem Kies und stoppte genau an der Stelle, an der die Holztribüne für den Auftritt des Ministerpräsidenten gestanden hatte. Innerhalb einer Woche hatte sich alles geändert. Der MP war für Meier nicht mehr zu sprechen gewesen, wegen des Auftritts dieses irren Hartinger. Die Leute vom Bernbacher hatten den Hartinger zwar zusammen mit Männern, die Meier nicht kannte – und auch nicht kennen wollte –, aus dem Verkehr gezogen, doch das hatte keinen Stimmungsumschwung in der Staatskanzlei bewirkt. An Frau Wimmer kam Hans Wilhelm Meier schon seit Tagen nicht mehr telefonisch vorbei. Nicht einmal der persönliche Referent war für den Garmisch-Partenkirchner Partei-Statthalter zu sprechen. Dabei wollte Meier doch nur seine uneingeschränkte Unterstützung der neuen Pläne kundtun. Akteneinlagerung des BND, dagegen war doch nichts zu sagen, fand er. Das wäre ja vielleicht ein ausbaufähiges Geschäftsmodell. So wie in ehemaligen Schweizer Bunkern Akten und Kunstwerke mittlerweile für hohe Gebühren gelagert werden konnten. Endlich Arbeitsplätze in Garmisch-Partenkirchen, die nicht von Sonne, Schnee und Regen abhingen.

Zumindest bis zum vergangenen Abend hatte er die Pläne begrüßt. Dann hatte er den Umweltminister in der Talkshow des Bayerischen Rundfunks gesehen und auf diese Weise erfahren müssen, dass keineswegs nur Akten des Bundesnachrichtendienstes im Kramertunnel – in *seinem* Kramertunnel – gelagert werden könnten.

Natürlich hatte er sofort eins und eins zusammengezählt. Meier war mindestens so schlau wie ein durchschnittliches Kabinettsmitglied der Bayerischen Staatsregierung. In dem Moment, als der Umweltminister, dieses speichelleckende Nachlafferl des Ministerpräsidenten, im Fernsehen seinen großartigen Plan verkündet hatte, war dem Meier schlagartig klar geworden, dass sein Loisachtal, sein Werdenfelser Land, sein Garmisch-Partenkirchen, sein Tunnel Teil dieser Überlegungen waren. Denn dieser sein Tunnel war wahrscheinlich der einzige geeignete Ort im ganzen Freistaat für eine dauerhafte Zwischenlagerung atomarer Abfälle.

Wenn das herauskam, konnte sich Bürgermeister Meier gleich ein Austragshäusl in Alaska oder auf den Fidschis suchen. Nie und nimmer würden die Garmisch-Partenkirchner die Lagerung von Atommüll in ihren Bergen gutheißen. Freilich, zu so unschönen Szenen wie in Gorleben, Wackersdorf oder Stuttgart würde es nicht kommen. Der Oberbayer taugte nicht zum Wutbürger. Aber der eh schon angekratzte Ruf der Partei und damit das Wahlergebnis eines Bürgermeisters Meier würden geradezu pulverisiert, wenn diese Ideen ruchbar wurden. Und da der Bürgermeister außer einem mittelmäßigen ersten Staatsexamen in Juristerei keinerlei Qualifikation oder Erfahrung vorzuweisen hatte, wäre das Ende seiner Karriere als Lokalpolitiker gleichbedeutend mit dem Ende seines Erwerbslebens. Im Ort würde niemand mehr etwas mit ihm zu tun haben wollen. Ein Dasein als Kneipier schied also aus. Vielleicht könnte er einen Kiosk übernehmen. Rauchern war es egal, wo und bei wem sie ihre Suchtmittel erstanden. Aber auch die Raucher wurden immer weniger.

Diese düsteren Zukunftsaussichten veranlassten ihn dazu,

den Brechtl Toni auf der Tunnelbaustelle aufzusuchen. Hier heraußen am Herrgottschrofen konnte er dem Müllunternehmer die Leviten lesen. Ohne dass das gleich der ganze Ort erfuhr. Er wusste den Verräter an seiner Heimat und seinen Mitbürgern, wie er ihn zu betiteln sich fest vorgenommen hatte, in einem der knallgelben Bürocontainer am Rande der Kieswüste. Wie eine Trutzburg empfingen ihn die vier aufeinandergestapelten Bürokisten, die natürlich das Konterfei ihres Besitzers trugen.

»Ob kalt, ob heiß – ich kümmer mich um jeden Scheiß«, las sich Hans W. Meier den in Garmisch-Partenkirchen allgegenwärtigen Satz leise vor. »Dieser Scheiß wird dir *zu* heiß, mein Lieber!«, grummelte er vor sich hin, bevor er die Metalltür eines Containers aufriss, an der das Schild BAULEITUNG hing.

Er stand vor einem überraschten Brechtl. Der hatte, hinter seinem Schreibtisch sitzend, in »Müll und Abfall« geblättert, der Fachzeitschrift des Entsorgungswesens.

Bürgermeister Meier riss ihm das Magazin aus den Händen und schlug es zu. Mit einem verächtlichen Blick auf das in kommunalorange gehaltene Logo der Abfallpostille schrie er: »Aha. Kommt man da auf so superschlaue Ideen?« Dann feuerte er das Heft in die Containerecke.

Der Bagger-Toni starrte ihn fassungslos an. »Sag amal, drehst du jetzt total durch? Und überhaupt, was für Ideen?«

»Das weißt du ganz genau, du Verräter, du gemeiner Haderlump, du Bazi, du ganz ausgschamter.«

Der Bagger-Toni erhob sich hinter seinem Tisch. »Eahm schaug o, ganz der ander. Soll ich dir einen Platzverweis erteilen?«

»Das ist immer noch mein öffentlicher Grund, auf dem deine Scheißhäuslcontainer umanandastehn, nur dass des klar ist!«, konterte der Bürgermeister.

»So …«, der Brechtl setzte sich wieder und ließ den Bürgermeister vor seinem Schreibtisch stehen. »Ganz recht. Öffentlich. Sogar sehr öffentlich. Höchstes öffentliches Interesse herrscht an diesem Grund. Und an der Röhre, die wir da reintreiben in ein paar Wochen. Und du kannst es dir ja überlegen, wie öffentlich du das haben willst.«

Vor Wut wäre der Meier beinahe wie ein bengalisches Licht verglüht. »Sauhund, elender!«, schimpfte er weiter, aber der Brechtl nahm es als Kompliment und lachte sein dreckiges Bagger-Toni-Lachen.

»Ja, Hund samma scho, elende!«, freute er sich und griff zur Zigarilloschachtel, um sich auf seinen Triumph erst einmal eine Purito der Marke Romeo y Julieta anzustecken. Er genoss den ersten Zug, lehnte sich in seinem Chefsessel zurück und verschränkte die Arme hinter dem Kopf.

Der Bürgermeister hielt die Provokation nicht länger aus. Er sprang um den Schreibtisch herum und packte Anton Brechtl am Kragen. »Du versaust mir nicht unser Tal! Du nicht! Und wenn es das Letzte ist, was ich tue, den Deal verderb ich euch, darauf kannst Gift nehmen!«

Ohne dass er den Brechtl auch nur einen Zentimeter nach oben bewegt hätte, ließ er wieder von ihm ab. Mit höchster Befriedigung bemerkte er, dass er ihm zwei Hemdknöpfe abgerissen hatte.

Unter dem Hemd kam eine Tätowierung auf der Brust zum Vorschein. Brechtl bedeckte sie sofort wieder. Doch der Bürgermeister war viel zu aufgebracht, um auf solche Spinnereien wie Tätowierungen zu achten.

Der Bagger-Toni ließ den Bürgermeister ungeschoren. Wäre er aufgestanden und hätte ihm eine gelangt, wäre die Sache schlecht für den Meier ausgegangen. Der Brechtl wog mindestens das Doppelte des auch schon als keif zu bezeichnenden Meier. Und er war drei Köpfe größer als dieser. »Jetzt beruhig dich wieder, Hansi. Was ist denn so wild eigentlich?«

»Was so wild ist? Und das fragst du? Weißt du, wie viele Touristen noch herkommen, wenn wir ein Atommülllager hier im Kramer haben? Da wird's einsam im Tal, das kannst mir aber glauben.«

»Ah geh, Schmarrn. Das ist doch dem Skifahrer wurscht, ob da ein paar so Fassl umanandaliegen. Und es wird doch auch anständig gemanagt, das Zeug. Die Zerfallswertstoffe. Bombensicher. Atombombensicher. Die Gefahr, dass du dir beim Skifahren einen Haxen abreißt, ist wesentlich größer, als dass dich auch nur ein einziger Gammastrahl aus unserem dauerhaften Zwischenlager trifft.«

»Jetzt red du auch noch wie unsere Politiker. Du hast doch keine Ahnung. Weder von Gammastrahlen noch von der Psychologie des Bergtouristen.«

»Aber du.«

»Das weiß doch jeder, dass man eine Atommüllkippe nicht als Kurort verkaufen kann.«

»Ah so, kann man nicht? Abgesehen davon, dass das hier keine Atommüllkippe wird, sondern ein Ort, an dem höchst sichere Castoren höchst sicher zwischengelagert werden. Es geht auch anders: In Bad Steben verkaufen sie durchaus die natürliche Radioaktivität als Heilmittel.«

»Bist jetzt deppert? Das ist doch was ganz anderes. Dann hätten wir ja auch nach Tschernobyl unsere Eierschwammerl als Gesundmacher verscheppern können. Es geht doch um die Wahrnehmung, Toni, nicht darum, was wirklich ist. Bist du so blöd?«

»Ich nehme wahr, dass wir einen Tunnel bauen, den nie niemand brauchen wird. Und dass wir daher etwas Nachhaltiges damit tun müssen. Zum Wohl unserer Gemeinde. Arbeitsplätze schaffen wir da auch ein paar neue.«

»Und Millionen fließen dabei in deine Taschen.«

»Wärst Müllkutscher worden und nicht Bürgermeister, Hansi, dann bräuchtest nicht neidig sein.«

»Ich bin Müllkutscher, mein Lieber. Mehr als du glaubst.« Mit dieser nebulösen Ansage ließ Bürgermeister Meier seinen Gewerbesteuerzahler Nummero eins in seinem Baucontainer zurück. Er stapfte durch den Kies zu seinem Wagen und schoss ähnlich impulsiv davon, wie das vor einer Woche der Bagger-Toni mit seinem Allradler gemacht hatte.

Als er über die Behelfsbrücke an der Bundesstraße fuhr und nach links in Richtung Ort abbog, kam ihm ein Gedanke.

Wenn er schon einmal hier heraußen war, konnte er ja Martin Bruckmayer seine Aufwartung machen. Es war ihm zu Ohren gekommen, dass eine berühmte Garmisch-Partenkirchnerin bei dem Bruckmayer in der Villa auf der Maximilianshöhe Quartier bezogen hatte.

Hartinger bemerkte die Veränderungen in seinem Denken und Fühlen, die Gefangene oft beschrieben hatten. Oder er glaubte sie zumindest zu spüren. Da war diese Wurschtigkeit dem Außenleben gegenüber. Was dort draußen, außerhalb dieser dicken Mauern, passierte, interessierte ihn immer weniger. Er war kein Teil mehr von dort draußen. Er war nun ein Teil von hier drinnen. Doch hier war er noch kein vollständig integrierter Teil.

Er entdeckte jeden Tag Neues. Er war ständig auf der Hut. Er hatte Angst. Als Untersuchungshäftling war seine Situation in wesentlichen Aspekten besser als die eines Gefangenen im Regelvollzug, wie das im Beamtendeutsch so schön hieß. Die Privilegien würden wegfallen, sobald er verurteilt war. Vergewaltiger und Mädchenmördern erging es im Knast nicht gut, das wusste er. Noch hatte er eine Einzelzelle, worauf er Wert legte. Er durfte Zivilkleidung tragen, worauf er verzichtete. Er genoss fast so etwas wie Einzelbetreuung durch die Vollzugsbeamten. Er wurde einzeln zum Sport gebracht, wo er auch an diesem Morgen wieder eine Stunde unter der Anleitung seines neuen Freundes Markus – oder Mucki-Markus, wie er ihn im Stillen nannte – Rücken und Bauch trainiert hatte. An diesem Tag durfte er den Nachmittag zudem in der Bibliothek verbringen. Doch zunächst war das tägliche Verhör mit Kriminalhauptkommissar Jürgen Hanhardt zu absolvieren.

»Sie können es sich und uns einfach machen, Herr Hartinger. Wenn Sie den GV mit dem Opfer zugeben. Der könnte ja *vor* dem Mordwochenende stattgefunden haben. Dann wären Sie aus dem Schneider.«

»Mein Mandant hat doch schon gefühlte einhundert Mal erklärt, dass er mit dem Opfer in keinerlei sexueller Beziehung stand. Lassen Sie doch Ihr Spielchen, Herr Hauptkommissar. Sie werden von meinem Mandanten kein Eingeständnis einer Lüge erhalten, *weil* er *nicht* lügt. Und Ihre scheinheilige Behauptung, dass er als Ihr Verdächtiger ausscheide, wenn er einen früheren GV zugibt, mit Verlaub, nimmt Ihnen kein Mensch ab. Sie wissen besser als wir, dass das Zeitfenster eines Samennachweises sieben Tage ist. Und wir wissen beide, welchen Tag Sie sich dann als Tatzeitpunkt heraussuchen würden. Nein, wir liefern Ihnen kein Indiz. Und, mein lieber Herr Hauptkommissar, nachdem Sie immer noch keinen Beweis erbracht haben, dass mein Mandant am Wochenende nicht in München in der Wohnung der Dr. Allgäuer war, wird es nach einer Woche U-Haft Zeit, dass ich die Inhaftierung richterlich überprüfen lasse.«

»Das sagen Sie jetzt auch schon seit einer Woche, Herr Dr. Mertens. Machen Sie. Tun Sie sich keinen Zwang an. Jeder von uns erledigt nur seinen Job.«

»Mehr wird es auch nach einer weiteren Woche nicht zu besprechen geben. Sie sind auf dem Holzweg, verehrter Herr Hauptkommissar. Und ich bin nicht sicher, dass Sie Ihren Job wirklich machen. Herr Hartinger wurde hereingelegt. Er ist Opfer einer kriminellen Handlung. Ich habe, wie Sie wissen, auch bereits Anzeige gegen unbekannt wegen Beweismittelfälschung erstattet.«

»Das ist ein anderes Verfahren, das hat mit meinen Ermittlungen nichts zu tun, Herr Dr. Mertens. Insofern mache ich durchaus meinen Job. Ich verbitte mir …«

»Machen Sie sich das nicht ein wenig einfach? Oder vielmehr zu schwer? Wenn Sie die oder den Beweismittelfälscher haben, da gehe ich jede Wette ein, haben Sie eine heiße Spur zu dem oder den Mördern der Svetlana Ryschankawa. Das muss Ihnen doch bitte schön einleuchten.«

»Ich sehe eine Nebelkerze, die leuchtet nicht, die dampft und raucht.« Hanhardt klappte die Akte, die vor ihm auf dem Tisch lag, zu. »Das wär's für heute, die Herren. Oder haben Sie noch etwas zu Protokoll zu bringen, Herr Hartinger?«

»Ich bin Opfer einer Verschwörung.«

»Ja, das sagten Sie bereits. Dann sehen wir uns morgen wieder. Mal sehen, ob Ihnen bis dahin etwas Besseres einfällt.«

Im Marktarchiv des Rathauses Garmisch-Partenkirchen kannte sich Albert Frey aus wie in seiner Sockenschublade. Der Leiter des Archivs war ein guter Freund. Ohnehin pflegten die Heimatforscher am Ort einen freundschaftlichen Umgang miteinander, denn gerade bei Fragen der jüngeren Geschichte der Doppelgemeinde war man oft auf gegenseitigen Beistand angewiesen. Nicht allen Mitbürgern und erst recht nicht den Lokalpolitikern war an einer allzu genauen Aufarbeitung der Dreißiger- und Vierzigerjahre des zwanzigsten Jahrhunderts gelegen. Doch dieser Zeitabschnitt war Albert Freys Spezialgebiet.

Gemeinsam mit dem Leiter des Marktarchivs hatte er eine Ausstellung konzipiert, die zur Ski-WM im Februar gezeigt worden war. Noch vor wenigen Jahrzehnten wäre es undenkbar gewesen, dass eine solche Darstellung der Nazizeit im Rahmen eines internationalen Events von der Gemeinde gefördert worden wäre. Natürlich war die Ausstellung »Die Kehrseite der Medaille« der Hoffnung auf Olympia 2018 geschuldet gewesen. Wer im einundzwanzigsten Jahrhundert Olympische Spiele ausrichten wollte, musste sich zu seiner Geschichte bekennen. Die Verantwortlichen des Bewerbungskomitees hatten das erkannt, und so eine kleine Ausstellung reichte dann auch hoffentlich als Aufarbeitungsversuch.

Allzu genau wollte das Internationale Olympische Komitee da auch nicht hinschauen. Dann hätte man ja auch das aktuell in Olympialändern stattfindende Unrecht benennen müssen. Nein, hundert Quadratmeter alte Fotos mit »Juden unerwünscht«-Schildern und der Geschichte, wie diese extra für Olympia '36 von den Nazis selbst wieder abgeschraubt wurden, waren genug der historischen Vergangenheitsbewältigung, fand man im Kreise der Sportfunktionäre und Politiker und hatte die Ausstellungsmacher entsprechend kurz gehalten. Zudem hatte man die Ausstellung im Kurpark Garmisch gut versteckt und sich peinlicherweise sowohl den Druck eines Katalogs als auch eine englische Übersetzung der Ausstellungstexte gespart.

Aber dass die Ausstellung überhaupt zustande gekommen war, das war für Albert Frey und alle Mitwirkenden schon fast eine kleine Sensation gewesen.

Nicht erst seit der Arbeit an dieser Ausstellung ging Albert Frey im Marktarchiv ein und aus. Und so konnte er auch an diesem Tag den Mittag dort verbringen. Er saß schon seit dem frühen Morgen über alten Akten und suchte nach Hinweisen auf die beiden Männer Lazlo Balta und Paul Rudolph.

Zunächst musste er feststellen, dass es wenig bis nichts Offizielles aus dem amerikanischen Hoheitsbereich gab. Das hätte ihn auch überrascht. Selbstverständlich hatten die Amerikaner ihre Akten über die Verwaltung der Garnison und des Erholungszentrums mit mehreren Hotels, eigener Skischule, einem Eislauftempel, einem Kino, einer Bowlingbahn, einem eigenen Einkaufszentrum, einer Schule, einem Kindergarten und eigenen Bedienstetenwohnungen nicht der Gemeinde Garmisch-Partenkirchen überlassen, als sie die über den Ort verstreuten Liegenschaften nach und nach aufgegeben hatten, um sich im Edelweiß-Resort zu sammeln. Sie hatten die ganzen Unterlagen wahrscheinlich nach Hause geschickt, wo sie nun irgendwo lagerten.

Sicher hatte das Pentagon jeden Zettel mikroverfilmt und archiviert. Nur da ranzukommen war sicher ausgeschlossen. Selbst wenn eine offizielle Anfrage in Washington bearbeitet würde, war kaum anzunehmen, dass sich in einem riesigen Aktenlager irgendwo in Nebraska oder in Ohio oder wo auch immer ein Archivar in Bewegung setzte, um für Albert Frey aus Garmisch-Partenkirchen nach einem Eisläufer und einem Aushilfskellner aus den Fünfzigerjahren zu forschen. Das konnte er abhaken.

Lange suchte er nach alten Einwohnerkarteien. Leider fand er keinerlei historische Karteikästen und Einwohnerbücher.

Diejenigen, die vor der Digitalisierung des Einwohnermeldewesens in den Achtzigern und Neunzigern des letzten Jahrhunderts noch mit der Hand und später mit Schreibmaschine ausgefüllt worden waren, waren mittlerweile alle ins Bayerische Staatsarchiv gewandert.

Nach Stunden der Suche, mit einem Loch im Bauch und einem staubigen Geschmack auf der Zunge, saß Albert Frey noch immer an seinem Tisch und hatte nichts, was er in sein Notizbuch hätte eintragen können.

Da kam der Leiter des Archivs vom Mittagessen zurück. »Und, immer noch nichts?«, fragte er.

Frey fasste zusammen: »Die Amis haben euch nie was gegeben, und alle anderen alten Unterlagen habt ihr nach München schaffen lassen. Also muss ich weiterziehen. Mal schauen, was die im Staatsarchiv haben. Die haben doch sicher alle Meldekarteien abgescannt oder auf Mikrofilm gezogen.«

Der Archivar dachte eine Weile nach. Schließlich kniff er die Augen zusammen und kratzte sich an der Nase. »Mikrofilm, Mikrofilm … Da war was. Stimmt! In den Siebzigern hat mal eine ortsansässige Firma unsere alten Einwohnerkarten verfilmt. Eigentlich alle ab dem neunzehnten Jahrhundert. Mikroverfilmung war damals noch der Stand der Technik. Da hat der ganze Inhalt des Kellers in einen kleinen A6-Kasten gepasst. Ich glaub, der steht noch irgendwo rum. Aber ob man da etwas lesen kann?«

Die beiden Heimatforscher machten sich also daran, in den Regalen des Archivs einen Kasten zu suchen, von dem sie nicht wussten, ob er aus Holz oder aus Plastik war oder welche Farbe er hatte. Als sie dort nichts fanden, weiteten sie die Suche auf den Keller und später den Speicher des Rathauses aus. Überall gab es vieles, aber nicht die mikroverfilmte Einwohnerkartei.

Um fünf Uhr abends verließ Albert Frey das Rathaus von Garmisch-Partenkirchen mit einem Hunger, der ihn einen Werdenfelser Weideochsen hätte am Stück verspeisen lassen. Er hatte einen ganzen Tag mit der ergebnislosen Suche nach

Lazlo Balta und Paul Rudolph vertan. Wobei für einen Historiker auch ein ergebnisloser Tag nicht unbedingt ein vertaner Tag war, das wusste er selbst am besten. Er konnte nun wenigstens sagen, wo die gesuchten Unterlagen nicht waren.

Er musste sich wohl oder übel auf einen Tag in München im Staatsarchiv einstellen, und dieser Gedanke verbesserte seine Laune, denn in München könnte er seine Recherche ja mit einem Mittagessen mit der jungen Frau Dr. Allgäuer verbinden.

Er stieg in seinen altersschwachen Passat und lenkte ihn hinüber nach Garmisch, wo er Jo Saunders und Martin Bruckmayer Bericht erstatten wollte. In der Bruckmayer'schen Villa hoffte er auch ein üppiges Abendbrot vorgesetzt zu bekommen. Das hatte er sich nach einem Tag Staubfressen redlich verdient. Zudem vermutete er im Keller des Brauereierben eine exquisite Auswahl gut gelagerter bayerischer Biere. Da würde schon ein Weißbier dabei sein.

Noch bevor er an diesem Abend an seinem Stammtisch Platz genommen hatte, fielen die Garmischer Honoratioren über Bürgermeister Meier her.

»Da kommt er ja! Hansi, so geht's nicht!«, begrüßte ihn der aufgeregte Chef des Hotel- und Gaststättenverbandes. »Du musst was machen! Wir sind ein sauberer Ort. Unser guter Ruf wird so was von durch den Dreck gezogen, da kommen wir nie mehr raus! Was machen deine Pressefritzen und PR-Agenturen?«

Der Sprecher der Werbegemeinschaft knallte ihm einen Stapel Zeitungen vor die Nase. »Der Mädchenmörder von Garmisch: Geht er immer noch um?«, titelte die BILD, die ganz oben auf dem Stapel lag.

Hans W. Meier war beinahe froh, dass sich seine Mitbürger nur über den Mord an Svetlana Ryschankawa echauffierten. Sie hätten ihm die Haut in Streifen abgezogen und ihn auf dem Spanferkelgrill des Bräustüberl langsam geröstet, hätten sie gewusst, was in wenigen Jahren in einem Kilometer Luftlinie hinter dem Bräustüberl im Kramertunnel passieren sollte. Wenn es nach der Bayerischen Staatsregierung und dem Bagger-Toni ging. Der hatte natürlich an diesem Abend Besseres zu tun, als sich am Garmischer Bürgermeisterstammtisch seine Zeit zu vertreiben, bemerkte Meier. Er tüftelte sicher wieder irgendwo an der nachhaltigen Verschandelung des Ortes, grollte es in seinem Inneren.

»Beruhigts euch doch bitte endlich. Ich will erst einmal ein Bier. Das ist ja unglaublich, ihr führts euch ja auf wie ein Haufen Schulmadl, wenn in der Bravo ein Starschnitt vom Brad Pitt erscheint.«

»Mach du dich nur lustig. Dein Gehalt ist ja sicher. Du stehst ja nicht vor einem leeren Hotel, wenn bald niemand mehr in unser Tal kommt, weil da ein Mädchenmörder umanandarennt. Wo wir doch gerade auch auf den Nordic-Walking-Trend aufgesprungen sind. Da traut sich doch keine Touristin mehr in den Wald!« Der Hotellerieboss bekam rote Flecken am Hals.

Endlich kam die Bedienung Anni und stellte das Alkoholfreie auf den Bierdeckel vor Bürgermeister Meier. Der nahm einen tiefen Schluck, tat so, als wäre das Zeug das Beste, was er jemals zu trinken bekommen hatte, und wischte sich volksnah mit dem Handrücken den Schaum von den Lippen. »Jetzt sag ich euch amal was. Ich habe wirklich eine super PR-Truppe da in München. Und wissts, was die sagen? Die sagen: Am allerbesten nichts machen. Jede Meldung von uns gibt der Journalistenmeute nur einen neuen Anlass, wieder über den Fall zu schreiben. Nach einer Woche redet kein Mensch mehr drüber, da treiben die schon längst eine neue Sau durchs Dorf. Und zwar durch ein anderes, nicht durch unseres.«

Der Gewerbechef ließ nicht locker. »Was redst denn da? Das ist jetzt schon länger als eine Woche her, Hansi. Du zahlst also die teure Münchner Agentur von unserem Geld fürs Nichtstun? Ich hätt geglaubt, das könnts ihr selber auch recht gut!« Die Runde lachte zustimmend und prostete sich zu.

»Ihr werds es schon sehen, in ein paar Tagen redet keiner mehr von dem Fall. Außerdem ist ja mit dem Hartinger ein Hauptverdächtiger bereits festgenommen. Ist doch eine Frage von Stunden und Tagen, bis der zusammenbricht und gesteht.«

»So, der Hartinger? Zusammenbrechen?« Die Stammtischler waren sich da nicht so sicher.

»Warts es ab. Wo ist eigentlich der Brechtl Toni? Um welchen Scheiß kümmert der sich denn heut Abend anstatt um uns?«, lenkte der Bürgermeister das Thema auf seinen neuen Lieblingsfeind.

»Hat sich bei uns nicht abgemeldet«, kam es aus der Runde.

»Mei, der hat wahrscheinlich wirklich was anderes zu tun.« Der Bürgermeister wurde ernst. »Hoffentlich geht's ihm nicht nass nei mit dieser vermaledeiten Tunnelausschreibung. Hab ich euch ja schon erzählt, dass da mit ganz harten Bandagen vorgegangen wird. Die osteuropäische Konkurrenz bietet da mit. Die baggern für die Hälfte von den bei uns üblichen Preisen. Wenn der Toni den Auftrag nicht bekommt, dann wird's mir angst und bang um ihn, das sag ich euch. Also, bitte, ganz im Vertrauen. Muss natürlich an diesem Tisch bleiben. Aber er hat sich wohl schon die Maschinen bestellt für den Tunnel. Riesige Kieslaster und auch ein paar Spezialmaschinen. Für etliche Millionen. Und außerdem …« Meier wurde ganz leise, sodass seine auf einmal mucksmäuschenstillen Zuhörer mit den Köpfen über der Tischplatte zusammenrücken mussten. »Außerdem soll er sich ziemlich mit Aktien verhauen haben. Ist ja auch kein Wunder, so wie's zurzeit an den Weltmärkten rauf- und runtergeht. Aber bitte, muss wirklich unter uns bleiben. Ich hab nix gsagt. Aber offene Rechnungen würde ich schnell bei ihm einkassieren. Ich hoffe ja, dass er das alles unbeschadet übersteht, der Toni. Unternehmer wie ihn – und wie euch – braucht unser wunderschöner Ort. Aber bitte, kein Wort darf diese Runde verlassen.«

Sie alle nickten verschwörerisch. Bürgermeister Meier konnte sicher sein, dass spätestens am nächsten Vormittag die drohende Pleite der Anton Brechtl Fuhr- und Entsorgungsgesellschaft mbH & Co. KG Thema aller Frühschoppenrunden und Weißwurstzirkel im Tal sein würde.

Die Chefs der Kreissparkasse, der Raiffeisen- sowie der Hypovereinsbank verließen kurz hintereinander den Stammtisch, um auf der Toilette hektisch Kurznachrichten in ihre Mobiltelefone zu tippen.

Wenigstens Jo Saunders hatte Aufregendes zu berichten. Die Polizisten des Landeskriminalamts waren am Vormittag da gewesen, um ihre Speichelprobe zu nehmen. In wenigen Tagen würde feststehen, ob die Knochen, die am Herrgottschrofen gefunden worden waren, von ihrer Schwester Franziska stammten oder nicht.

Am Nachmittag hatte sie sich mit Martin Bruckmayer zusammen die Pläne von Veit Gruber für »Casa Carioca reloaded« angesehen.

Begeistert berichteten sie Albert Frey davon.

»Das müssen Sie sich vorstellen, lieber Herr Frey. Er will zunächst das gesamte Eisstadion verschönern und täglich am Nachmittag eine Revue geben.« Jo Saunders Augen strahlten. »Mit Bussen und Sonderzügen sollen die Touristen auch im Sommer aus München und Innsbruck kommen. Er rechnet mit einem Zuschauerschnitt von fünftausend. Für den Anfang. Und wenn das Eisstadion zu klein wird, in ein paar Jahren, dann will er das Skistadion überdachen und darin dann die größte künstliche Eisfläche Europas bauen. Und da können wir in drei Eisringen gleichzeitig die Show zeigen. Oder unterschiedliche Shows und der Zuschauer geht auf der Tribüne außen herum und sucht sich das aus, was ihm am besten gefällt.«

»Halten Sie das wirklich für möglich, gnädige Frau?«

»Und ob ich das für möglich halte, junger Mann. Wissen Sie, was ich schon alles auf die Beine gestellt habe. Ich, das kleine Girl vom Rießersee. Ich habe den Madison Square Garden gefüllt mit meiner Show. Ich war zwei Jahre am Stück auf Tour durch die USA. Ich habe auf Kreuzfahrtschiffen die Eisrevue eingeführt. Auch da haben die Leute zuerst gesagt: ›Ice skating in the Carribean – are you nuts?‹ Und, what happened? Es war ein riesiger Erfolg.«

»Das hört sich so an, als ob Sie ihm bei dem Projekt unter die Arme greifen möchten«, bemerkte Frey mit ungläubiger Miene.

»Well, er hat mir ein Angebot gemacht. Ich soll seine Executive Consultant sein, beraten, aber auch mitreden können. Eine großartige neue Aufgabe für mich!«

Martin Bruckmayer hatte den Elan seiner Freundin nicht bremsen wollen, doch nun ergriff er das Wort. »Na ja, bei aller Begeisterung, Jo. Der Herr Gruber muss das Geld erst einmal zusammenbekommen. Und mit der Überdachung des Slalomhangs am Gudiberg ... Wenn er sich da mal nicht vergaloppiert, der Gute. Er ist nicht gerade dafür bekannt, dass all seine Megaprojekte auch tatsächlich umgesetzt würden. Ich erinnere mich da an eines, da wollte der doch tatsächlich eine Moschee und eine Synagoge und was weiß ich nicht für Sakralbauten aus aller Welt drüben am Wank hinsetzen. Bei uns. Im christlichen Abendland. Da haben wir aber schon was dagegen unternommen.«

»Interessant«, meldete sich Albert Frey. »Wer ist denn ›wir‹?«

Bruckmayer reagierte aufgebracht. »Es gibt noch rechtschaffene Christen in diesem Ort, Herr Frey! Auch wenn man an manchen Stellen meinen könnte, Sodom und Gomorrha hätten eine Provinz im Werdenfelser Land errichtet. Aber wir lassen uns nicht alles gefallen.«

Albert Frey wollte Bruckmayers Gastfreundschaft nicht überstrapazieren, obwohl er schon gern genauer gewusst hätte, wer mit ›wir‹ gemeint gewesen war. Dem Thema Religion stand er reserviert gegenüber. Als Geschichtslehrer hatte er sich oft die Frage gestellt, wie viele Kriege weniger es in einer von Atheisten bestimmten Menschheitsgeschichte wohl gegeben hätte.

Er wandte sich an Jo Saunders. »Dann können wir uns darauf einrichten, dass Sie länger an diesem Ort bleiben, gnädige

Frau? Das würde uns natürlich sehr freuen. Und mich ganz besonders. Denn Menschen wie Sie haben so unglaublich viel zu erzählen. Ich habe es Ihnen ja berichtet, die Geschichte der US-Besatzung ist in den hiesigen Archiven vollkommen unterbelichtet. Darf ich vielleicht gleich morgen damit anfangen, ein Interview mit Ihnen aufzuzeichnen?«

»Of course, lieber Herr Frey. Aber ich dachte, morgen müssten Sie nach München ins Staatsarchiv. Aber vielleicht sind Sie ja am Nachmittag wieder da. Ich bin morgen mit Herrn Gruber zum Lunch verabredet. Vielleicht holen Sie mich dort ab, dann nehme ich mir ein paar Stunden Zeit für Sie. Wo treffen wir den Herrn Gruber, lieber Martin?«

»Im Panorama um eins. Er will uns seine Pläne zeigen. Und dann darfst du um vier zum Herrn Bürgermeister ins Rathaus, dich ins Goldene Buch eintragen.«

»Well, Herr Frey, warum treffen wir uns nicht um drei Uhr, three p.m., im Panorama?«, schlug Jo Saunders vor. »Dann können Sie sich die Pläne auch noch ansehen. Interessiert Sie doch sicher als Historiker, wenn die Zukunft besprochen wird.«

»Sehr gute Idee, Jo«, pflichtete Martin Bruckmayer bei. »Und jetzt entschuldigst du uns vielleicht für eine Viertelstunde. Ich möchte Herrn Frey auch noch ein bisserl Geschichte zeigen. Nämlich meinen Bierkeller und unser Familienarchiv.«

Der Leseraum der Justizvollzugsanstalt München-Stadelheim war nicht gerade das, was man unter einer kuscheligen Bücherecke verstand. Wie überall in diesem und sicher auch in anderen Gefängnissen waren die obersten Ziele der Architekten nüchterne Sachlichkeit und die Eignung des Raumes zu dessen schneller und unkomplizierter Pflege gewesen. Anders als bei Gemeinschaftseinrichtungen, die freien Menschen dienten, bestand die Aufgabe des Inneneinrichters bei einem Gefängnis natürlich auch darin, alle beweglichen Gegenstände möglichst fest mit den unbeweglichen Teilen des Gebäudes zu verbinden. Oberste Einrichtungsprämisse war es, Suizid-,

Mord- und Verletzungsrisiko so klein wie möglich zu halten. Darum waren Tische und Stühle fest mit dem Boden verschraubt.

Hartinger fragte sich, wieso man nicht auch die Bücher durch Ketten mit den Regalen verbunden hatte. Mit Teil drei der Brockhaus-Enzyklopädie »AUSW – BHAR« hätte man leicht einem Bewacher oder Mithäftling den Kopf in den Rumpf treiben können.

Der Band lag aufgeschlagen vor ihm, doch nach Krawall war Hartinger nicht zumute. Er schmökerte sich quer durch *Badorfer Keramik*, *Barsortiment* und *Beweisaufnahme*. Wieder und wieder fiel ihm beim Querlesen des Lexikons auf, was er alles nicht wusste. Und wie gut es tat, sich von seinem Nichtwissen überraschen zu lassen. Die schnelle Suche nach Erklärungen für Unbekanntes in Google und Wikipedia, die er sich angewöhnt hatte, hatte doch so etwas ungemein Zielstrebiges. Wie gut es tat, die Augen und das Gehirn wieder mal quer durch die Ansammlung von unnützem Wissen mäandern zu lassen. Einfach zu staunen, welche unglaublichen Dinge sich auftaten, sobald man eine Seite umschlug.

Vielleicht, so dachte er nach einer Weile, würde ihm eine gewisse Zeit im Gefängnis sogar helfen, zu sich und zur Ruhe zu finden. Da war sie wieder, die alte Papillon-Sehnsucht. Doch im nächsten Moment war sie auch schon wieder verflogen, davongeflattert wie ein Schmetterling. Denn eine gewisse Zeit würde in seinem Fall eine sehr lange werden. Er wollte nicht in zwanzig Jahren als alter Mann aus diesem Bau herauskommen.

Er wäre dann so alt wie der Häftling, der einen Tisch weiter ihm gegenübersaß und der einen enormen Bücherberg rechts und links neben sich aufgetürmt hatte. Der war mindestens sechzig. Ob der jemals wieder als freier Mann die Luft des Münchner Frühlings schnuppern würde? Er schien sich mit der Situation sehr gut arrangiert zu haben. Offenbar hatte er ein Spezialgebiet gefunden, das ihn sehr interessierte. Überall aus den Büchern hingen gelbe Post-its und andere Einmerker, und tief in sich versunken, schrieb er in eine telefonbuchstarke Kladde.

Eigentlich, dachte Hartinger, war es ja auch vollkommen egal, ob so jemand hier saß oder zu Hause oder in einem Büro. Sofern seine Bücherwünsche erfüllt wurden – und es sah bei diesem Mann so aus, als sei dies der Fall –, konnte er hier sicherlich ungestörter arbeiten als so manch anderer in einem Unternehmen, wo ein unnützes Meeting das andere jagte, oder in einem Homeoffice, wo ihm Katzen, Hunde und Kinder zwischen den Beinen herumwuselten und die Konzentration störten.

Um vier Uhr würde die Lesezeit, die man Hartinger zugestanden hatte, vorüber sein. Bevor der Beamte kam, um ihn wieder in die Zelle zu bringen, wollte er den Mann mit dem Bücherberg ansprechen. Denn der war ihm bereits bei den Gemeinschaftsmahlzeiten aufgefallen. Er schien zu niemandem Kontakt zu haben und saß immer in derselben Ecke des Speisesaals, von wo aus er alle anderen Insassen genau zu studieren schien.

Hartinger räusperte sich und fragte: »Entschuldigen Sie. An was forschen Sie da?«

Der alte Mann nahm die Lesebrille ab und schaute sich Hartinger mit wässrigen Augen lange an. Dann sagte er: »Interessiert Sie das wirklich?«

»Würde ich sonst fragen?«

»Was weiß ich, was Sie wollen. Aber Sie sind neu hier, das sehe ich. Sie haben vielleicht noch keine üblen Pläne, die erfordern, dass ich in meinen Büchern irgendetwas für Sie hier reinoder rausschmuggle.«

»Gute Idee. Eine Feile, vielleicht?«

»Sie werden lachen, das hat noch niemand verlangt. Pistolen, Messer, Drogen. Das ist das Übliche.«

»Ich rauch nicht mal.«

»Na denn. Lutz Gustav Geisler mein Name. Professor für Quantenphysik.«

»Karl-Heinz Hartinger. Fotograf. Sehr angenehm.«

»Das hört sich spannend an, Fotograf.«

»Kommt darauf an. Quantenphysik ist sicher spannender.«

»Kommt auch darauf an. Aber ich habe das Glück, am LHC mitarbeiten zu dürfen. Das macht die Sache sehr spannend.«

»Am was?«

»Oh, Verzeihung. Am Large Hadron Collider. Teilchenbeschleuniger am CERN in Genf. Ich bin Mitglied der Forschungsgruppe ›Ursprung und Struktur des Universums‹ am Max-Planck-Institut in München.«

Hartinger glotzte den Mann in seiner Häftlingskleidung an. Dieser Mensch war einer jener wenigen superintelligenten Vertreter der Spezies, der daran forschte, was die Welt im Innern zusammenhielt?

»Wenn Sie mir nicht glauben, ist das auch egal. Würde ich auch nicht.«

»Ich frage mich nur – Sie verstehen meine Skepsis –, was machen Sie hier drin?«

Der Mann, der sich als Professor Geisler bekannt gemacht hatte, schaute kurz hinauf zu den Neonröhren an der Decke, als müsste er sich erst orientieren, wo er eigentlich war. »Ganz einfach, sehr geehrter Herr Hartinger. Auch Menschen, die sich auf eine Milliardstelsekunde an den Urknall herangepirscht haben, ist es leider nicht gestattet, ihrer Frau mit einem Scheit Holz den Schädel zu spalten.«

Plötzlich stand der Vollzugsbeamte neben Hartingers Tisch und unterbrach ihr Gespräch: »Hartinger, die Zeit ist um. Reden ist übrigens hier drinnen verboten.«

Hartinger blieb ungerührt sitzen. »Wie ungerecht«, sagte er zu seinem Gegenüber.

»Gell, finde ich auch. Besonders in meinem Fall. Sie hat mich betrogen. Mit einem Wurschtelphysiker.«

»Mit einem Chemiker?«

»Schlimmer. Mit einem Mediziner. Dem Chef der Rechtsmedizin der LMU.«

Hartinger schüttelte sich, als hätte er einen elektrischen

Schlag erhalten. »Professor Marchsteiner?«, rief er überrascht aus.

Der Vollzugsbeamte zischte ein scharfes »Hartinger! Auf geht's, gemma.«

»Sie kennen ihn? Hüte dich vor den Selbstgerechten, denn sie sind die wahrhaft Durchtriebenen.«

»Lukas oder Markus?«

»Weder noch. Lutz Gustav.«

»Sind Sie morgen wieder hier?«, fragte Hartinger, als ihn der Beamte am Arm von seinem Tisch wegzog.

»Ich bin immer hier«, antwortete der Professor, ohne zu Hartinger aufzusehen.

»Viel hat sich nicht getan seit letztem Mittwoch. Die Spurensicherung war da. Und zwei Leute von der zuständigen Polizeiinspektion. Haben meine Aussage zu Protokoll genommen und das Überwachungsvideo kopiert. Das war's in groben Zügen.« Dr. Dorothee Allgäuer kaute an einem Grissini herum.

»Sie behandeln es also als ganz normalen Einbruch«, rekapitulierte Albert Frey, der ihr wieder einmal im Il Mulino gegenübersaß.

»Und da muss ich wohl schon froh sein, das haben die mich jedenfalls die ganze Zeit über spüren lassen. Ein Mann steht in meiner Küche – na und? Könnte ja auch ein Gast sein. Keine Einbruchsspuren an Türen und Fenstern. Keine Fingerabdrücke. Nichts fehlt. Als ich sagte, es könnte vielleicht was aus dem Müll gestohlen worden sein, haben sie das nicht mal protokolliert. Als ich ihnen dann erklärte, was der Einbrecher unter Umständen hat mitgehen lassen, haben sie nur blöd gegrinst und gekichert. Ist natürlich auch eine seltsame Geschichte.«

»Zugegeben, wenn ich Polizist wäre und eine junge Frau riefe mich an und würde sagen, ein Unbekannter habe ein gebrauchtes Kondom aus ihrem Mülleimer gestohlen, würde ich sicher auch eher auf geistige Verwirrung tippen.«

»Na, großartig. Jetzt stecken die mich auch noch in die

Klapse. So wird's ausgehen. Dann ist wieder eine unbequeme Zeitgenossin aus dem Fall Knochen/Ryschankawa/Hartinger weggesperrt.«

»Das wäre zu augenscheinlich, das machen die nicht. Und in der Arbeit ist es für Sie sicherlich auch kein Spaß mehr, oder?«

»Nicht nur für mich. Das Betriebsklima hat sich gedreht. Als wäre gestern ein wunderschöner Sommertag am Chinesischen Turm gewesen, und heute ist Dezember im Gulag. So kommt es mir vor, wenn ich da reingehe. Und nicht nur mir geht's so. Klar werde ich geschnitten. Aber die Leute mögen sich alle untereinander nicht mehr. Der Prof ist wie ausgewechselt. Hat hintenrum beim LKA die Überprüfung aller Kolleginnen und Kollegen vorgeschlagen. Und die haben das auch gemacht, wie ich erfahren habe.«

»Was haben die überprüft?«

»Kontobewegungen, größere Anschaffungen, Ansatzpunkte für mögliche Erpressungen. Wissen Sie, Herr Frey, das ist Polizeisprache. ›Ansatzpunkte für mögliche Erpressungen finden‹ heißt im Klartext, dass sie wissen wollen, mit wem Sie schlafen, mit wem Sie nicht mehr schlafen, warum Sie mit wem nicht mehr schlafen, was Sie glauben, denken und fühlen. Und wie ermittelt man das? Indem man Leute ausfragt. Leute aus Ihrem privaten Umfeld. Und das merkt man natürlich sehr schnell. Also einige Kollegen haben's gemerkt. Und nicht nur ich habe sehr gute Kontakte zum LKA. Unsere Mitarbeiter wissen, dass sie ausgeschnüffelt wurden – und wahrscheinlich noch werden –, als wäre unsere Belegschaft ein Dissidentennetzwerk in der DDR. Und das alles, weil diese Samenraubgeschichte bei uns im Institut passiert sein soll. Also, ist sie ja, glaub ich ja selber dran. Da hat einer der Kollegen gemauschelt. Wenn ich nur wüsste, wer. Wir sind über zwanzig, die an die Leiche hingekommen wären.«

»Also interne Untersuchung im vollen Gange. Interessanterweise hat man noch nichts davon gelesen oder gehört.«

»Dass die Presse davon nichts erfahren hat, wundert mich

nicht. Erstens kennt der alte Marchsteiner nicht nur den Kurt Weißhaupt von der SZ sehr gut; der hat ein Netzwerk, das ist unwahrscheinlich. Zweitens schafft es auch das LKA in Ausnahmefällen, eine Nachrichtensperre durchzusetzen, und das *ist* eine Ausnahmesituation. Denn wenn sich tatsächlich herausstellt, dass im Rechtsmedizinischen Institut der Uni München Beweise gefälscht werden, dann können Sie sich vorstellen, was die Verteidiger bei zukünftigen Strafverfahren in Bayern zu unseren Gutachten sagen werden. Und wie viele alte Fälle wieder aufgerollt werden müssten. Für die Bayerische Justiz wäre das der Superduper-GAU.«

»Und für Professor Marchsteiner.«

»Für den sowieso. Er geht in zwei Jahren in Pension. Da will er keinen Megaskandal am größten Rechtsmedizinischen Institut des Freistaats. Er muss halt jederzeit sagen können: ›Kein Problem, wir haben jeden überprüft, von denen macht keiner so was.‹ Und der Prof hat recht, er muss seine Abteilung sauber halten.«

»Und Sie, liebe Frau Dr. Allgäuer, müssen sich und Ihren Ruf auch sauber halten. Immerhin besteht der Verdacht, dass die … Substanz aus Ihrem Küchenabfall stammt.«

»Was noch lange nicht heißt, dass ich sie in die Leiche eingebracht habe. Es spricht eigentlich alles dagegen. Sonst würde es das Video gar nicht geben. Und ich hätte auch keinen Typen gebraucht, der sich bei mir in der Küche rumtreibt.«

»Die werden sagen: Ablenkungsmanöver.«

Dorothee Allgäuer schaute Albert Frey hilflos an. »Genau das haben die, Herr Frey. Ich stecke hüfthoch in der Scheiße, wenn Sie mir den Ausdruck erlauben.«

»Nur weil Sie ihn vor der Vorspeise gebrauchen.«

Der Kellner brachte zwei Vitello Tonnato. Er schaute abwartend, wer von den beiden wohl an diesem Abend einen gellenden Schrei ausstoßen würde.

Ludwig Bernbacher hatte ausnahmsweise kein ungutes Gefühl, als er die Nummer seines Bürgermeisters auf dem Display des Diensttelefons sah. In letzter Zeit hatte er alles im Sinne des Bürgermeisters geregelt. Er hatte versucht, die Knochenfundergebnisse richtig zu kommunizieren. Daran, dass die Geschichte am Ende doch nicht unter dem Wasen am Loisachufer verbuddelt werden konnte, war einzig der Hartinger schuld. Und den auszuschalten hatte er ja auch mitgeholfen. Immerhin war es einer seiner Leute gewesen, der den blauen Schaber mit der Speichelprobe oben in Mittergraseck hatte mitgehen lassen.

Er lehnte sich also zufrieden in seinem Chefsessel zurück und hob ab. »Polizeiinspektion Garmisch-Partenkirchen, Polizeihauptkommissar Ludwig Bernbacher, was darf ich für Sie tun?«

»Spinnst du jetzt komplett? Ludwig, bist es du?«, blaffte der Bürgermeister.

»Ah, Herr Bürgermeister. Was für ein wunderschöner Frühlingstag.«

»Was mischen die euch in euer Mittagessen?«

Garmisch-Partenkirchens oberster Polizist lachte entspannt in den Hörer. »Passt scho, Hansi, war nur ein kleiner Spaß. Stell dir vor, die Bayerische Polizei würde so schleimig ans Telefon gehen wie die bei euch in der Tourismusverwaltung.«

»Wahnsinnig lustig, Ludwig. Ich lach mich tot. Nur dass die in unserem leistungsstarken und innovativen Tourismusamt halt professionell ihren Job machen. Auf einem immer schwieriger werdenden Weltmarkt. Unter Aufbietung von Einsatz und persönlicher Identifikation mit diesem unseren wunderschönen Landl – und der Erbringung ungezählter unbezahlter Überstunden! – leisten die Mitarbeiterinnen und Mitarbeiter tagtäglich Außerordentliches!«

Ludwig Bernbacher tat es schon längst leid, ein Spaßettl mit dem Bürgermeister getrieben zu haben. »Passt scho, Hansi. Was is los?«

»Geht doch. Also, ich würd dich bitten, in der nächsten Zeit ein bisserl auf den Brechtl Toni aufzupassen.«

»Wird der bedroht? Hat er ein Problem?«

»Ludwig, ich darf's noch nicht sagen, aber es könnte was im Anmarsch sein«, orakelte der Bürgermeister.

»Dann stimmt's also doch. Ich hab erst heute Vormittag gehört, dass es ihm geschäftlich derzeit nass neigeht.«

»Ehrlich? Verzähl, wer verzählt so was?«

»Mei, geheißen hat's es halt in der Früh bei unserer Latte-Runde im Al Capone in der Ludwigstraße.«

»Der richtige Ort für meinen ersten Ordnungshüter, muss schon sagen.«

»Ja mei, was kann ich dafür, wie der Luigi seinen Laden nennt. Da gibt's halt den besten Latte Macchiato im Ort. Oder heißt das *die* Latte? Weil da hätt ich die beste.« Bernbacher lachte sich halb tot über seinen Pennälerwitz.

»Hast heute einen Clown gefrühstückt beim Luigi? Los, erzähl weiter, Depp!«

»Okay, okay. Jedenfalls hat da einer, ich glaub, der Gruber Veit war's, der hat gesagt, dass er aus Garmisch drüben gehört hat, dass der Bagger-Toni kurz vor der Pleite steht.«

»Ah, geh zu. Interessant, Ludwig. Jetzt macht das also schon die Runde. Nicht gut für Garmisch-Partenkirchen, Ludwig, gar nicht gut. Aber gut, dass du deine Ohren überall hast in unserem wunderschönen Ort.«

»Gell?«

»Also bitte, pass auf ihn auf. Am besten, du hängst ein paar Tage einen von deinen Leuten an den Toni. Vielleicht in Zivil. Aber so, dass er nichts merkt. Nicht dass der sich was antut. Und es wär ganz gut, wenn du mir regelmäßig Bericht erstatten tätest, was er so treibt, der Toni. Sagen wir – alle zwei Stunden einmal? Merci vielmals.«

Der Bürgermeister wartete keine Bestätigung ab, dass sein Befehl verstanden worden war, sondern legte sofort auf.

Ludwig Bernbacher war sich durchaus bewusst, wie ungemein delikat diese Situation war. Der größte Gewerbesteuerzahler der Gemeinde stand offenbar am Abgrund. Da hieß es für den Bürgermeister natürlich: Obacht geben. Einen weiteren Skandal mit bundesweiter Pressebegleitung wollte Hans

W. Meier sicher nicht an seinem Ort. Daher rührte wohl auch seine Sorge um den Brechtl Toni.

Ludwig Bernbacher wusste genau, was zu tun war. Er ließ seinen besten Beamten Jakob Neumann zu sich ins Büro kommen.

Albert Frey hasste nichts mehr als Unpünktlichkeit. Er hasste sie bei anderen Leuten. Und noch mehr bei sich selbst.

Doch sein Passat gab einfach nicht mehr her als einhundertfünfzig. Und er war zu spät aus dem Il Mulino aufgebrochen. Am liebsten wäre er noch ein Weilchen geblieben. Er hatte Gefallen gefunden an der jungen Rechtsmedizinerin Dr. Allgäuer. Für einen Mann seines Alters ein wenig zu viel Gefallen.

Mittlerweile drängte die Verabredung mit einer wesentlich älteren, aber auch nicht uninteressanten Dame.

Frey ließ das Auto am Ende der Autobahn im Tempotrichter ausrollen und passierte mit den vorgeschriebenen achtzig Stundenkilometern die Blinklichtkaskade. Sie signalisierte selbst Blinden und holländischen Wohnwagengespannfahrern die Verengung der Bundesautobahn auf die zweispurige Bundesstraße. Auf der gab Frey wieder Gas und trieb das Fahrzeug bis an die einhundertzehn, das war zehn Prozent über der zulässigen Höchstgeschwindigkeit und somit an der Obergrenze dessen, was sein braves Beamtenherz – nach Abzug einer Fehlertoleranz von geschätzten fünf Prozent eingedenk seines alten analogen Tachos – ihm zugestand.

Er passierte Oberau wieder mit exakt fünfzig und rollte mit achtzig durch den Farchanter Tunnel. Die Uhr im Armaturenbrett zeigte Viertel nach drei, als er die Garmisch-Partenkirchner Ortsgrenze überquerte.

Der Drang, die Verspätung möglichst gering zu halten, kollidierte mit seiner Angst, hinter dem Ortsschild mit siebzig geblitzt zu werden. Trotzdem ließ er den Volkswagen an der Polizeiinspektion Garmisch-Partenkirchen mit überhöhter Geschwindigkeit vorbeisausen, um direkt danach links in Richtung Berggasthof Panorama abzubiegen.

Fünf Minuten später betrat Albert Frey den Nebenraum, in dem laut Auskunft der Bedienung der Chef Veit Gruber zusammen mit seinen Gästen tafelte.

Die drei saßen allerdings nicht um einen Tisch herum, sondern standen vor drei riesigen Modellen, die im Raum aufgestellt worden waren. Eines stellte ein ziemlich verändertes Garmisch-Partenkirchner Eisstadion dar, das zweite ein Skistadion, das nur noch ein geübter Betrachter als solches erkennen konnte, und das dritte erstreckte sich beinahe bis zur Decke des Raumes und zeigte einen Berg, über den eine halb transparente Folie gespannt war.

Die drei im Raum Anwesenden bemerkten Albert Frey nicht. Leise schloss er die Tür. Ein im Trachtenanzug vor Begeisterung schwitzender Veit Gruber erläuterte Jo Saunders und Martin Bruckmayer gerade seine Ausbaupläne für den »Immersportort«.

»Nicht Sonne und Hitze werden noch länger die Synonyme für Urlaub sein, sondern Eis, Schnee und Kälte. Und da sind wir ja schon von Haus aus nicht schlecht. Unser Wetter ist ja nicht gerade besonders. Weder besonders gut, noch besonders schlecht. Beziehungsweise im Winter ist es oft *zu* gut und im Sommer zu schlecht. Also gut und schlecht nach den alten Kategorien, Sie verstehen. Unterm Strich hat unser Wetter aber ein großes Problem.« Gruber machte eine bedeutungsvolle Pause und schaute seine Zuhörer direkt an. »Es ist unberechenbar. Wir können dem Touristen weder Sonne im Sommer noch Schnee im Winter versprechen. Und daher drehen wir das jetzt um. Wir versprechen Schnee im Sommer und Sonne im Winter. Mit der Überdachung des Skistadions und des Gudibergs sind wir weltweit die Einzigen, die echte Eis- und Schneelandschaften bieten können. Mehr als nur eine Skihalle in Abu Dhabi. Echten Winter auf echten Bergen. Und als zentralen Anziehungspunkt, als Vereinigung von Sport, Kunst und Kultur, sehr geehrte Frau Saunders – Ihre Show ›Paradise on Ice‹, die wir hier ganzjährig bieten werden. Dreihundertfünfundsechzig Tage im Jahr, mindestens zwei Vorstellungen am Tag. Die Welt wird auf Garmisch-Partenkirchen schauen. Auf Garmisch-Partenkirchen, auf ›Paradise on Ice‹ – und auf Jo Saunders, gnä' Frau. Und die Gäste erst, die dieses Winterwunderland genießen werden, die internationale Hautevolee … Chinesen. Japaner. Amerikaner. Araber. Juden. Geldige Leute, Sie verstehen. Garmisch-Partenkirchen wird eine Blüte wie vor dem Krieg erleben. Grandhotels werden gebaut und natürlich auch Unterkünfte für das Fußvolk, ist ja klar, wir brauchen ja auch die normalen Besucher, wir brauchen ja auch eine gewisse Masse, Sie verstehen.«

»Juden und Araber? Da bin ich kritisch, mein lieber Gruber. Muss das sein, ausgerechnet bei uns?«, warf Martin Bruckmayer ein.

Veit Gruber überging die Unterbrechung. »Masse, aber mit Sinn und Verstand ausgewählt. Unten ein Grundrauschen. Darauf die guten Gäste. Es fühlt sich ja auch kein Reicher wohl, wenn er unter Reichen ist. Das ist ja furchtbar. Auf wen will er dann herabschauen. Dann hat er ja den ganzen Tag nur Angst, dass die anderen Reichen reicher sind als er. Also, wir brauchen da schon auch Mittelschicht. Die kommt wiederum, wenn die Oberschicht da ist, weil sie sich dann in deren Nähe spürt und meint dazuzugehören. Schauen Sie sich Kitzbühel an, wie geschickt die das gemacht haben. Da rennen ohne Ende billige Flitscherl mit Louis-Vuitton-Tascherl rum und meinen, sie gehörten dazu. Einen Dreck tun sie. Zur Bespaßung der Reichen sind die da. Und danach werden sie wieder aussortiert. Ja, ist doch so.«

»Und solche Zustände wollen Sie an unserem Ort?«, fragte Martin Bruckmayer und klang geradezu empört. »So ein Russengeschmeiß und was weiß ich? Da werden Sie aber Probleme bekommen. Sind eh schon genug da. Muss man ja schaun, wie man denen Herr wird.«

Veit Gruber versuchte die Einwürfe des Einheimischen mit einem Verkäuferlächeln abzumildern. Es war ihm klar, dass Widerstand gerade aus konservativeren Kreisen kommen würde. Aber da musste er durch.

»Come on, Martin, lass den Herrn Gruber das doch zu Ende bringen.«

»Das könnt ihr allein machen, hier eure Wolkenkuckucksheime bauen, eure verlotterten. Ohne mich.« Bruckmayer wirbelte auf dem Absatz herum, um zur Tür zu stürmen, wo Albert Frey stand. »Grüß Gott, Herr Frey. Grüß Gott, alle miteinander!«, rief Bruckmayer und verschwand.

Veit Gruber und Jo Saunders standen vor den Modellen wie Murnau-Werdenfelser Rinder nach einem dreiwöchigen Schnürlregen.

Jo Saunders fand zuerst die Sprache wieder. »Herr Frey, wir haben Sie gar nicht kommen gehört. Dieser Martin. Well, auch nicht mehr der Jüngste. Manche werden strange, merkwürdig, wenn Sie verstehen, was ich meine. Mein Tom …« Sie verstummte, wollte den Satz, den sie begonnen hatte, nicht beenden und sagte stattdessen: »Das ist das Alter. Da werden die Männer einfach komisch.«

Albert Frey kam näher, um sich die Modelle genau anzusehen. Er tat so, als hätte er die Szene eben nicht mitgekriegt. Er beugte sich über das Modell des Eisstadions, das ein Friedensreich Hundertwasser in Zusammenarbeit mit Jeff Koons und Damian Hirst nicht bombastischer mit amorphen Formen und Glitzersteinen hätte ummanteln können. »Enorm, Herr Gruber. Respekt. Aber im Ernst, ein bissl gschpinnert schon, oder?«

»Mei, was heißt gschpinnert? Schauen Sie sich am Golf um. Die schütten Inseln im Meer auf. Bauen ganze Stadtviertel aus Europa nach und kühlen die auf achtundzwanzig Grad runter. Das ist unsere Konkurrenz als Fremdenverkehrsort von Rang und Namen. Nicht Berchtesgaden und Ehrwald.«

Albert Frey nickte bedächtig. Es konnte sogar sein, dass dieser irre Gruber recht hatte. »Und das Geld, Herr Gruber?«

»Ah, hörens auf mit Geld. Geld ist doch da wie Heu. Liegt doch überall auf der Straße. Lassen Sie das meine Sorge sein. Wichtig ist, dass die Frau Saunders an Bord ist. Sie wird unsere Eisheilige.«

»Wenn der Herr Bruckmayer da nicht andere Heilige aufmarschieren lässt, Herr Gruber«, warnte Albert Frey.

»Schau ma mal. Jetzt aber, liebe Frau Saunders, habe ich die Ehre, Sie beim Herrn Bürgermeister Meier vorbeizufahren. Der wartet in seinem Rathaus auf Sie mit seinem Goldenen Buch. Kommens mit, Herr Frey?«

»Da muss ich eh ins Marktarchiv.« Er wandte sich an Jo Saunders. »Das Bayerische Staatsarchiv war heute Morgen nicht die Offenbarung. Die Unterlagen sind wohl ins Hauptstaatsarchiv gewandert. Da muss man sie aber erst aus einem Außenlager holen. Die Bestellung dauert mindestens eine Woche. Das ist eine Katastrophe.«

»Ja, was suchens denn, Herr Frey?«, mischte sich Veit Gruber ein.

»Ach, nichts, nur ein bisserl Geschichte über die Casa Carioca.«

»Sie auch? Ich hab da mittlerweile eine nette Sammlung zusammengestellt. Alte Programmhefte und Fotos und so etwas.«

»Ja, das ist auch interessant, aber uns geht's um alte Personallisten. Da haben Sie nichts?«

»Muss ich nachschauen. Ich habe ein paar Umzugskartons voll mit Papier vom ehemaligen Geschäftsführer der Ami-Hotels gekauft. Der Mann war Jahrzehnte als Zivilangestellter bei denen tätig und hat das einfach alles zu Hause im Arbeitszimmer gehabt. Und die Amis haben ihn nicht danach gefragt, als er in Pension gegangen ist. Können Sie gern durchschauen.«

Albert Frey war wie elektrisiert. »Wo haben Sie die Kartons? Hier? Kann ich gleich damit anfangen?«

»Nein, bei mir zu Hause im Keller. Ich bring Sie hin. Wissen Sie was, Herr Frey, ich bin sehr froh, wenn das ein Fachmann durchsieht. Können wir ja vielleicht für unsere neue Casa Carioca gebrauchen. Wollen Sie nicht eine historische Schrift verfassen, Herr Frey, die wir später im Merchandising-Shop verkaufen? Oder ein E-Book. Oder vielleicht auch altes

Filmmaterial sammeln, das wir dann auf DVD rausbringen. Wollen Sie mein Schriftleiter werden, Herr Frey?«

Polizeiobermeister Jakob Neumann erledigte den Job mit der Umsicht und Professionalität, die sein Chef Ludwig Bernbacher von ihm erwartete.

Jakob Neumann hatte viel vor mit sich. Er plante keine der üblichen Polizistenkarrieren, die nach fünfunddreißig Jahren im mittleren Dienst endeten, drei Besoldungsstufen höher, als sie angefangen hatten. Mit einer Verabschiedung in den »wohlverdienten Ruhestand« durch den Chef des Präsidiums Oberbayern Süd, einer Medaille, einem Schrebergarten und dem Job als Kassenwart im Taubenzüchterverein.

Neumann verpasste keinen Krimi im Fernsehen, keine CSI-Folge, und er hatte sich auch schon eine ordentliche Bibliothek an Fachbüchern zugelegt. Auch Kriminalromane las er in rauen Mengen. Nicht so sehr dieses Heimatkrimi-Zeug, das verschwurbelte. Eher die richtigen Klassiker wie Raymond Chandler, moderne Heroen wie Andrew Vachss und Thriller, in denen es psychologisch und schön technisch zuging. Er freute sich besonders, wenn er den Thriller-Autoren Fehler nachweisen konnte. Die postete er dann begeistert auf seiner Facebook-Seite »the criminalist«. Ja, das wollte er werden. Ein Kriminalist. Profiler im LKA vielleicht. Wenn er nächstes Jahr das Abitur auf dem zweiten Bildungsweg machen würde, konnte er sich für den gehobenen Dienst bewerben.

Ein perfekt ausgeführter Spezialauftrag seines Inspektionsleiters wäre eine weitere Gelegenheit, seine Fähigkeiten unter Beweis zu stellen. Natürlich würde es über die Beschattung des Brechtl, Anton, geboren am 5. Mai 1952 in Garmisch-Partenkirchen, nie eine offizielle Akte geben. Ebenso wenig wie über die Beschaffung der Speichelprobe vom Hartinger, für die auch Neumann verantwortlich zeichnete. Doch er wusste, dass es in der Bayerischen Polizei auch Listen gab, die in ganz speziellen Datenbanken abgespeichert wurden: in den Köpfen der Führungsseilschaften. Dass sein Chef Bernbacher zu einer solchen Seilschaft gehörte, war jedem klar. Wie hätte der sonst Leiter einer so großen und wichtigen PI wie der Garmisch-Partenkirchner werden können.

Neumann hatte von Bernbacher ein kurzes Briefing erhalten, das im Wesentlichen lautete: in Zivil den Brechtl überwachen und alle zwei Stunden Lagebericht per E-Mail an Bernbachers Privatadresse bernbacher_ludwig@gmx.de. Danach hatte er zu seinem Dienstende um siebzehn Uhr die PI Garmisch-Partenkirchen verlassen, hatte seine Abendverabredungen im Auto per Handy abgesagt, war mit seinem 3er nach Hause gefahren und hatte sich unauffällige Klamotten angezogen: eine schwarze Jeans, ein schwarzes Polohemd und einen dunkelgrauen Janker. In diesem Aufzug war er auch in der draußen gerade anbrechenden Dämmerung sicherlich kaum zu sehen.

Den Brechtl gegen sechs Uhr abends aufzuspüren war nicht allzu schwer. Er arbeitete um diese Zeit sicher noch. Neumann fuhr hinüber zur Tunnelbaustelle, ließ den BMW am Kanu-Parkplatz an der Loisach stehen und ging zu Fuß über die Behelfsbrücke. Er sah Brechtls Mercedes-Geländewagen vor den gelben Baucontainern. Also musste er nur warten, bis der Brechtl Feierabend machte, und sich dann unauffällig an ihn dranhängen.

Profi, der er war, wollte er sich aber vergewissern, ob der zu Beschattende auch wirklich an seinem Schreibtisch im Container saß. Nicht dass er die halbe Nacht auf den Mercedes aufpasste, während der Brechtl mit einem anderen seiner Autos irgendwo durch Garmisch fuhr.

Also schlich er sich im Schutz der in einer Reihe geparkten Kieslaster und Radlader an die Baubüros heran und rannte geduckt zu dem Container, an dessen Tür BAULEITUNG stand. Unter dem Fenster neben der Tür machte er sich ganz klein. Von drinnen hörte er mehrere Stimmen. Auch die einer Frau?

Langsam, ganz langsam steckte er den Kopf nach oben, bis er mit den Augen über die Unterkante des Fensters ins Innere des Containers schauen konnte.

Genau in diesem Moment klatschten zwei nackte Füße von innen gegen die Scheibe. Neumann sah nicht, wo die dazugehörenden unbekleideten Frauenbeine endeten, denn zwischen ihnen stand ein Koloss von einem nackten Mann, der dem Polizisten seinen muskulösen Rücken zuwandte. Es war klar, wo die Frontseite dieses Mannes endete. Auf seinem Rücken prangte zwischen den Schulterblättern eine Tätowierung, die einen Felsen mit einem umgedrehten Kreuz auf der Spitze zeigte. Und weiter unten, direkt über dem sich heftig vor- und zurückbewegenden Hintern, stand in Fraktur »Come in and die!«.

Neumann fingerte das Handy aus der Hosentasche, schaltete auf Filmen und hob das Gerät mit dem kleinen Objektiv vorsichtig über die untere Kante des Fensters.

Rechts neben dem Schreibtisch stand der Bagger-Toni mit einer Videokamera in der Hand. In die situationstypischen Oh- und Ah-Laute der beiden Protagonisten hinein brüllte er seine Regieanweisungen.

Neumann ließ sein Smartphone noch zehn Sekunden laufen, dann hatte er genug mitbekommen. Sein erster Bericht an Bernbacher würde alles andere als langweilig werden. Er verzog sich von seiner Spähposition und wartete auf der anderen Seite der Brücke darauf, dass sich der Filmproduzent Brechtl nach getaner Arbeit in Richtung seines trauten Heimes aufmachte.

Wie ein Paar, das nach einem langen Leben die letzten schönen Jahre gemeinsamen genießt, schlenderten Jo Saunders und Martin Bruckmayer Arm in Arm durch die Garmischer Fußgängerzone.

»Hier hat sich alles sehr verändert«, sagte Jo Saunders. »Die Alte Apotheke steht noch, aber sonst?« Sie gingen schweigend ein paar Meter weiter, dann ergriff sie erneut das Wort: »Ich bin froh, dass du dich wieder beruhigt hast.«

»Manchmal, da bin ich ein bisserl impulsiv, ich weiß. War ja schon immer so. Du kennst mich.« Ein paar Stunden nach seinem Auftritt bei Veit Gruber schämte sich Martin Bruckmayer für sein eigenes Verhalten.

»Allerdings«, sagte Jo Saunders. »Wie du damals dem Wanninger beinahe den Schädel eingeschlagen hättest.«

»Ich, dem Wanninger Sepp? Wann wär das gewesen?«

»Irgendwann damals in der Casa. Erinnerst du dich nicht? Um das ganze Eisstadion herumgeprügelt hast du ihn. Er ist, glaube ich, der Franziska zu nahe gekommen.«

»Ah, jetzt weiß ich's wieder. Angetatscht hat er sie, der Sauhund. Unter den Bedienungsrock gelangt. Die waren ja kürzer, als es die Polizei erlaubte. Und das damals. Hat sich ja irgendwann in den Siebzigern mit seinem Porsche am Gsteig oben darennt, der Wanninger. Aus der Schwabekurve hat's ihn rausgedreht. In Immobilien hat er gemacht, und viel Geld soll er verdient haben. Und sein Ende hat er auch verdient. Würde mich nicht wundern, wenn irgendein gehörnter Ehemann ihm die Bremsleitungen durchgezwickt hätte.«

»Martin, du regst dich ja schon wieder auf. Ist doch alles ein halbes Jahrhundert her.«

»Manche Sachen verjähren nicht.«

»Du warst schon in die Franziska ... verliebt, damals?«

»In die Franziska?« Martin Bruckmayer blieb stehen und sah sie fassungslos an. »In die Franziska? Jo! Josepha! Das ist nicht dein Ernst. Du weißt es sechzig Jahre später immer noch nicht? Sag, dass das nicht wahr ist.«

»Martin ... du und ich ... wir sind im gleichen Monat geboren. Wir sind zusammen aufgewachsen und kennen uns, seitdem wir laufen können. Wir waren wie Geschwister. Wir sind wie Geschwister, Martin.«

»Das sind Eheleute doch auch irgendwann, oder nicht? Ich wollte immer nur dich, Josepha. Und keine andere. Ich habe nie geheiratet. Du schon.«

Jo Saunders stand wie vom Donner gerührt. »Du warst in mich verliebt?«

»Was heißt da ›verliebt‹? Was heißt da ›war‹? Ich liebe dich, Josepha Stiller.«

Eine halbe Ewigkeit standen sie sich bewegungslos gegenüber.

Jo Saunders zeigte auf die Konditorei Krönner. »I could use a drink. How 'bout you? Die servieren da Rum sicher auch ohne Tee.«

## Kapitel 9

Es war ein höchst aufschlussreicher Tag für Karl-Heinz Hartinger. Die morgendliche Sportstunde im Fitnessraum hatte er dazu genutzt, sich von seinem Freund Markus in die Feinheiten des Knastbetriebs einweisen zu lassen. Was war dran an dem Gebot, sich nicht nach der Seife zu bücken? Wer hatte unter den Gefangenen das Sagen? Vor wem musste man sich in Acht nehmen?

Markus versprach Hartinger beizubringen, wie er die Mitgefangenen »lesen« konnte, wie er es nannte. Hinter Gittern gab es ganz andere Codes als draußen. Hier konnte der, der zurückgezogen und still vor sich hin lebte, in Wahrheit der gefährlichste Killer sein, der nur auf die Gelegenheit wartete, einem an die Gurgel zu gehen. Und der größte Lautsprecher konnte in Wirklichkeit die Hosen gestrichen voll haben und schützte sich vielleicht nur durch die Mauer aus Gewalt, die er um sich herumzog.

Eins sei unbestritten, erklärte Markus, während er Hartinger beim Bankdrücken die Langhantel sicherte: dass der Knast die Menschen eher schlechter als besser machte. Denn der von Haus aus Gewalttätige habe einen Startvorteil, den der Sanftmütige schnell aufzuholen hatte, wollte er nicht zum Spiel der Wellen werden. Nur ganz wenige brächten das Kunststück fertig, sich außerhalb der Gewaltspirale ihre Nische zu schaffen. Ja, manche der Häftlinge hätten tatsächlich Respekt vor anderen Mitgefangenen, auch wenn diese keine gefährlichen Gewaltverbrecher waren. Zum Beispiel, weil sie unglaublich schlau waren. Davor hätten die meisten Knackis Respekt, referierte Markus. Denn irgendwie hielten sie sich alle für schlau.

Die meisten starteten ihre kriminellen Karrieren genau deshalb: weil sie sich für schlauer als die anderen hielten. Die bloße Brutalität sei mittlerweile nicht mehr das Mittel, um zu Geld zu kommen. Da musste man schon etwas von Computern und solchen Dingen verstehen, meinte Markus.

Natürlich saßen hier auch Leute ein, die keine klassische Ganovenlaufbahn eingeschlagen hatten. Beziehungstäter, die ihre Frauen nicht mehr ertragen konnten. Vergewaltiger. Die im Knast übrigens wahrlich kein schönes Leben hätten. Die würden meistens zu Spielbällen der Profis.

Markus ermahnte Hartinger, auf geheime Sprachen und Verschlüsselungen zu achten. Je schneller er zum Beispiel die Bedeutung der wichtigsten Tattoos kenne, desto besser für ihn.

»So wie ›Come in and die!‹«, erinnerte sich Hartinger an dieser Stelle.

»Das ist ein sehr deutliches. Aber es gibt viel subtilere. Schau dort drüben, der Jocki. Lebenslänglich. Netter Kerl, eigentlich. Leider ein ›Neffe Gottes‹.«

»Und was bedeutet das?«

»Die kennst du nicht, gell? Das ist ein Geheimbund oder so. Die gibt's auch draußen, so eine Art Sekte. Hier drinnen fallen die halt auf, weil sie dieses Tattoo haben. Wir haben hier vier oder fünf von denen.«

»Und wieso bekommen solche lebenslänglich?«

»Weil sie sich als verlängerten Arm ihres alttestamentarischen Rachegottes sehen. Und zwar auch bei Moralvergehen. Die klemmen sich auch hier drinnen an die Vergewaltiger und stechen sie ab, wenn sie können. Ist denen ja wurscht, sie sitzen ja eh lebenslang.«

»Und belohnt werden sie vom Himmel?«

»Schlauer Bub, unser Gonzo. So wie die Gotteskrieger bei den Mullahs. Sie sehen sich als Verwandte von Jesus. Als Abkömmlinge von Petrus. Also dem Bruder Jesu, wenn du willst.

Darum Neffen Gottes. Sie rächen die sieben Todsünden oder so.«

»Wie in dem Film ›Seven‹ mit Brad Pitt? Hochmut, Geiz, Habgier und so weiter?«

»Geiz und Habgier sind ein und dieselbe Sünde. Wollust, Zorn, Neid, Völlerei, Faulheit und Hochmut. Ich denk, das sind alle. Die passen auch hier drinnen auf, dass niemand beim Sündigen über die Stränge schlägt. Drum sind sie bei der Leitung gar nicht so ungern gesehen. Meinen, sie haben die Wahrheit mit Löffeln gefressen.«

»Gehören vielleicht eher in eine klinische Abteilung.«

Markus überlegte. »Vielleicht hast du recht.«

»Was hast eigentlich du angestellt?« wollte Hartinger wissen. »Du scheinst mir nicht gerade in der Neunten kurz vor dem Quali im Hasenbergl von der Schule geflogen zu sein.«

»Aber in der Zehnten vor der Mittleren Reife von der Realschule in Neuperlach. Okay, ich schau nicht so aus, aber ich hab mich schon von klein auf für Malerei und Bildhauerei interessiert. Das wollte ich machen. Künstler werden. Hab ganze Wagenladungen von Kunstbüchern geklaut und auswendig gelernt. Selber war ich nie gut genug oder wurde halt nie genug gefördert. Mein Vater hat gesoffen und meine Mutter geprügelt. Und andersrum. Volles Klischeeprogramm. Ich bin dann kein Künstler geworden, sondern Kleinkrimineller. Und dann hab ich mich auf Kunstbeschaffung spezialisiert. Kirchenraub, Galerien, Museen, Privatsammlungen. War ein super Geschäft. Das meiste ist ja schlecht gesichert. Nur hat auch alles mal sein Ende. Raub wird leider streng bestraft. Besonders, wenn sie dich mit einer Waffe im Hosenbund erwischen. Und mit dem Schlüssel zu einer Lagerhalle mit alten Meistern und jungen Wilden. Und einem Kreis von festen Abnehmern, die das Zeug nach Russland oder Asien verschiffen. Da heißt's dann gleich: organisierte Kriminalität. Achteinhalb Jahre hab ich bekommen. Drei davon hab ich noch vor mir.«

»Und die Gottesneffen machen dir keinen Ärger? Ist doch eindeutig Habgier.«

»Mich lassen alle in Ruhe. Ich bin der Tätowierer und der Fitnesstrainer. Ich mach die Männer hier drinnen schöner, verstehst du? Und die Neffen Gottes, die haben sich in den letzten Jahren eh auf Wollust spezialisiert, hört man. Übrigens weiß man bei denen nicht genau, warum die ihr Zeichen tragen. Sie selbst sagen wegen Petrus. Für die anderen sind sie Okkultisten, die den Christenglauben nur vor sich herschieben, um vom Satanismus abzulenken, den sie eigentlich leben. Spannende Sache, find ich. Aber ich frag die Burschen nicht danach. Die haben die Angewohnheit, von einer Sekunde auf die andere komplett auszuticken. Ich tinte denen das Zeichen dorthin, wo sie's haben wollen, und basta.«

»Welches Zeichen?«

»Na, das Petruskreuz. Schau, da beim Jocki auf dem rechten Oberarm. Felsen mit Kreuz drauf, das auf dem Kopf steht. ›Petrus‹ heißt Fels. Weiß ja jeder. Und der Petrus hat sich der Legende nach mit dem Kopf nach unten kreuzigen lassen. Darum Petruskreuz. Kirchen, die dem heiligen Petrus geweiht sind, haben ein umgedrehtes Kreuz auf der Turmspitze. Noch nie gesehen? Hier in München der Alte Peter, zum Beispiel. Aus dem hab ich mal … egal. Jedenfalls, Okkultisten verwenden das Kreuz auch. Und auch Satanisten und diese Art von Irren. Als Zeichen der Ablehnung von Gott und Kirche. Uns Kunstexperten fällt da natürlich sofort Georg Baselitz und sein auf dem Kopf stehender Christus ein.«

Hartinger richtete sich auf der Hantelbank auf. Georg Baselitz war ihm bei dem, was Markus gerade erzählt hatte, nicht in den Sinn gekommen, sondern der Herrgottschrofen und eine tote nackte Weißrussin.

Der Ministerpräsident ging am frühen Freitagabend zu Fuß zu seiner Wohnung im Lehel. Er hatte es eilig. Der Baron wollte mit ihm über die Zukunft sprechen. Die Zukunft des G-Projekts, wie sie die geplante Atommülldeponie im Garmischer Tunnel nannten.

Freilich würde auch eine andere Zukunft an diesem Abend

konkrete Formen annehmen: Der weitere Lebensweg des Ministerpräsidenten stand auf der versteckten Agenda.

Um Punkt fünf klingelte es. Der Baron kam allein. Er ging immer unbewacht durch sein München. Zumindest dachte er das.

Seine schmale Gestalt versank beinahe in der breiten Ledercouch. Der Ministerpräsident schenkte ihm einen Single Malt ein. Der Adlige nippte am Glas.

»Danke, dass Sie am späten Freitagabend noch in der Stadt bleiben, mein Lieber«, sagte der bedeutende Gast. Beide wussten, dass der Ministerpräsident dem Baron viel mehr zu danken hatte als andersherum.

»Für Sie würde ich auch nach Sibirien reisen, Baron von Storck. Danke, dass Sie es ermöglicht haben.«

»Es war mir sehr wichtig, dass wir beide uns einmal unter vier Augen unterhalten. Ohne diese Unternehmensvertreter. Sind ja alle sehr anständige Manager und brave Steuerzahler. Aber unter uns, auch ein Vorstandsvorsitzender eines Energieriesen ist halt nur ein Angestellter.«

»Wem sagen Sie das? Ich habe ja den ganzen Tag mit denen zu tun. Wollen in der kurzen Zeit, in der sie an der Spitze ihres Unternehmens stehen, alles Mögliche drehen, und wir in der Politik sollen willfährig jeden Quatsch mitmachen. Oder ausbaden, je nachdem. Aber richtige Gestalter sind das nicht. Das sind schon wir, die wir in der Politik die Richtlinien und Rahmenbedingungen vorgeben.«

»So wie früher unsere Familien. Darum ist mir ja auch an einer starken Partei in Bayern gelegen. Langfristigkeit, Beständigkeit, Werterhaltung, mein Lieber. Das haben früher die adligen Familien geleistet. Die, die eben dazu in der Lage waren. Über die Jahrhunderte und die Moden hinweg. Und das müssen heute Menschen wie Sie tun. Und da gibt es leider nicht so viele. Schauen Sie sich mal diese Liberalen an. Eigentlich brauchbar. Konservativ im Kern. Aber heute so und morgen so.« Der Baron musste seinen Ekel mit einem Schluck Whisky herunterspülen.

»Furchtbar«, stimmte ihm der Ministerpräsident zu. »Und jetzt wird auch noch die in Berlin wankelmütig. Atomausstieg – so ein Irrsinn! Energiewende – purer Populismus! Weil in Japan eine Welle ins AKW geschwappt ist. Haben wir hier Tsunamis? In der Isar? Wie der Dichter schon sagt: ›Wir sind auf erdbebensicherem Gebiet!‹« Auch der bayerische Landesvater musste sich mit einem großen Schluck beruhigen. Er spürte, wie ihm die Hitze, die der Methylalkohol in seinen Innereien verursachte, ein wohliges Entspannungsgefühl bereitete.

»Reden wir nicht darüber, mein Bester«, seufzte der Baron. Und dann tat er es doch: »Welche Werte da vernichtet werden. Meine Bank finanziert ja die deutschen Energieerzeuger mit. Isar I und II gehören eigentlich mir. Genauso wie Gundremmingen. Gut, Führung heißt, das Beste draus zu machen. Also werden wir erst einmal das Ausstiegsthema zu unseren Gunsten drehen. Ich habe bereits über die Aufsichtsräte die Managements angewiesen, großzügig zu entlassen und alles auf den Ausstieg zu schieben. Damit werden wir die Gewerkschaften und die Linken spalten. Es wählt halt jemand nicht mehr so unbedacht Grün oder Sozi, wenn er durch deren Politik den Job verliert. Und ganz ehrlich: Da sind ja auch Heerscharen von Untätigen rumgesessen, in den Konzernen. Einen derartigen Wasserkopf in der Verwaltung haben ja nicht mal Ihre Ministerien, mein Lieber.«

»Ja, aber bitte, Herr Baron, wenn's geht, Entlassungen in Bayern bitte ich zu vermeiden. Stärkt eine Landesregierung ja nicht unbedingt, wenn Tausende von qualifizierten Arbeitsplätzen verschwinden. Und ich kann's halt nicht einfach so auf die in Berlin schieben. Wir sind ja ein Teil der Regierung.«

»Das hat Ihre Vorgänger auch nie gestört, mein Lieber. Immer feste druff. Die Bayern wollen harte Kante sehen. Ob das alles in sich schlüssig ist, interessiert nicht.« Er nahm noch einen Schluck, dann sagte er: »Aber wir wollten heute ja die Zukunft besprechen. Und die geht über die nächsten Landtagswahlen hinaus.«

»Gottlob, Herr Baron. Wenn ich die Kommentatoren und Unternehmen höre, meine ich, die Zukunft umfasst allenfalls das nächste Quartal.«

»Furchtbar. Wo bleibt der Werterhalt?«, schimpfte der Baron.

»Also. Gute Nachrichten. Wir haben die G-Sache jetzt vollends im Griff. Mein Umweltminister hat das ja Anfang der Woche im Bayerischen Fernsehen durchblicken lassen. Also nicht G als Standort, sondern überhaupt.«

»Ich hab's gesehen.«

»Jetzt kann es natürlich sein, dass unser Bayerisches Fernsehen gar niemand mehr anschaut, wenn nicht ›Blickpunkt Sport‹ oder ›Dinner for One‹ laufen, aber es hat sich keiner beschwert. Kein böser Presseartikel, nichts. Auch keine Bürger-E-Mails. Ich sag Ihnen, diese Verwirrungsstrategie, die wir jahrzehntelang gefahren haben, die zahlt sich jetzt aus. Die Leute glauben uns auch nicht mehr, wenn wir die unverblümte Wahrheit sagen. Die sitzen vor der Glotze und denken: Redets ihr nur, ihr machts am Schluss ja doch was anderes, als was ihr sagts.«

»Nur dass Sie es diesmal nicht anders machen, stimmt's, mein Bester?«

Die beiden Staatsmänner hoben die Gläser. »Auf die schottischen Highlands und das bayerische Oberland!«, toastete der Gastgeber.

Der Baron fühlte sich an die Zeiten seines Wirtschaftsstudiums in London erinnert und retournierte: »To our wives and lovers – may they never meet!«

Der Ministerpräsident hüstelte ein gekünsteltes Lachen. »Sehr gut, Herr Baron, den kenn ich noch gar nicht ...« Was sich bereits als folgenschwer erwiesen hatte. Bei ihm zu Hause brannte das Dach. Darum blieb er immer öfter auch übers Wochenende in München.

»Den kannte schon Robert F. Scott. Damit hat er sich in der Royal Geographic Society vor seiner Reise zum Südpol verabschiedet. Hat geholfen. Seine Frau hat wohl nie seine Geliebten getroffen. Ihn allerdings auch nicht mehr.«

»Pionier-Schicksal«, meinte der Ministerpräsident lapidar.

»Und jetzt zurück zu *unserem* Pionier, dem ich gegenüberzusitzen die Ehre habe.«

»Herr Baron, ich bitte Sie…«

»Nein, nein, schon recht. Sie haben der deutschen Wirtschaft einen riesigen Dienst erwiesen. Die dauerhafte Zwischenlagerung wird die Sicht auf die Kernenergie verändern. Die werden wir noch viel länger behalten, als mancher heutzutage glauben mag. Und das ist für den Industriestandort Deutschland von entscheidender Bedeutung. Sie, mein Lieber, haben Milliarden eingespart. Viele hundert Milliarden, wenn unsere Idee tatsächlich verfängt.«

Der Ministerpräsident räusperte sich. Hatte der Baron da eben »unsere Idee« gesagt? Dabei hatte er zunächst den Plan, die bayerischen Berge für die Atommülllagerung zu nutzen, in Bausch und Bogen abgelehnt. Allerdings nur, bis er begriffen hatte, dass dieses Geschäft ein ewig währendes war. Und dass, wenn seine Bank es finanzierte, für ihn eine ebenso ewige Einnahmequelle sprudelte.

Es hatte ungefähr eine Viertelstunde gedauert, bis ihm diese Erkenntnis auf einem Hochsitz im Loisachtal gedämmert war. Seither dachte der Baron nicht mehr in Zeitabschnitten von Jahrhunderten, sondern in Jahrhunderttausenden.

»Das wird sie«, sagte der Ministerpräsident. »Ich meine die Idee. Ich meine, sie verfängt. Sie ist einfach zu brillant. Man kommt halt immer ran an das Zeug. Das verstehen selbst die Grünen, Sie werden sehen. Wir werden das mit großen Mehrheiten umsetzen. Jetzt fangen wir klein an mit den Kugeln da aus Jülich. Aber wenn das eingespielt ist, dann bitte her mit den Tonnen aus den AKWs. Die hundertfuchzig Castoren aus Jülich, die packen wir in zweihundert Meter Tunnel. Dann haben wir noch drei Komma acht Kilometer übrig.«

»Das Konsortium prüft gerade das Patent. Nicht dass die Schweizer oder die Österreicher das nachmachen, ohne dafür Lizenzgebühren zu bezahlen.«

»Sehr gut. Ich geh davon aus, dass sich das Europäische Patentamt der Sache beschleunigt annimmt.«

»Keine Sorge, mein Bester. Das hat seinen Sitz nicht zufällig in München. Und wir haben dafür gesorgt, dass das nur Beamte mit deutschdeutschem Hintergrund bearbeiten.«

»Äh … deutschdeutsch?«

»Na ja, halt – Sie wissen schon – echte Deutsche halt. Ohne Hintergrund whatsoever. Mit Stammbaum, einem deutschen.«

»Ahhh, ja.«

»Apropos Konsortium. Deswegen bin ich eigentlich heute Abend hier. Sie wissen, dass meine Bank der wesentliche Gesellschafter dort ist. Zusammen mit d.off, MTA, Mainstahl und einer Bankenholding auf den Kaimaninseln, an der wiederum die deutschen Großbanken beteiligt sind. Ich kann die ja nicht draußen lassen. Denen gehören die anderen Gesellschafter ja. Anyway, mein Lieber: Dieses Konsortium wird einen Chef brauchen.«

Der Ministerpräsident tat so, als müsste er angestrengt nachdenken. Er goss sich nach und lehnte sich zurück. »Hm … der Lödermann ist da ein zu kleines Licht. Noch. Ein paar Skandale als Minister hat der noch zu überstehen, bis der sich die richtige Schicht zugelegt hat. Teflon hat er schon. Für diesen Job aber braucht es eine Stahlpanzerung. Jemand aus der Forschung? Blöd, der Professor Geisler sitzt in Stadelheim. Bringt der seine Frau um. Depp. Jemand aus dem Rheinland, wo die Konzerne sitzen, geht nicht, ist der bayerischen Bevölkerung nicht vermittelbar. Ein Automann macht das nicht, ist denen zu unsexy. Alles eitle Fatzkes. Moment, der Lindauer? Oder vielleicht jemand, der keine Angst hat vor nichts und niemand. Der, der die Bayerische Agrar derzeit aufmischt. Na, wie heißt er gleich?«

»Der? Nie und nimmer. Erstens gebe ich den nicht her, der muss da erst einmal den Turnaround hinkriegen; wenn der das nicht kann, dann keiner. Und zweitens achtet der auf sein Image. Der legt sich nicht mit Umweltschützern und Autonomen an.«

»Dass die da auftreten, damit ist zu rechnen, ja. Zumindest am Anfang. Nicht die Garmischer selbst, aber die Berufsdemonstranten werden von Gorleben, Stuttgart und Berlin aus hier einfallen.«

»Wenigstens werden sie kein illegales Hüttendorf auf den Wiesen errichten. Da schlagen ihnen die Garmischer selbst ein paar über die Schädel, dazu braucht's gar keine Bereitschaftspolizei und Wasserwerfer diesmal«, freute sich der Baron.

»Da haben Sie recht. Oder wartens, wir lassen ein paar Chaoten ein, zwei Wochenenden dort draußen campieren. Und dann sagen wir den Bauern: ›Schauts her, das habts jetzt davon, dass ihr die sauren Wiesen nicht für Olympia hergegeben habts!‹ Haha! Und dann geben wir die Chaoten zum Abschuss frei. Am Ende können wir vielleicht auch noch so einen Olympia-Verweigerer wegen Körperverletzung am Chaoten einkasteln!« Der Ministerpräsident strahlte wie ein frischer Brennstab. Die Vorfreude auf seine Rache an den Garmischer Bauern und der Maltwhisky wärmten die Seele und durchbluteten die Gesichtshaut.

»Ich sehe schon, mein Lieber. Wie in den schottischen Highlands: Es kann nur einen geben.«

»Herr Baron, Sie meinen doch nicht etwa ... Nein, also bitte, machen Sie sich nicht über mich lustig«, schauspielerte der Ministerpräsident bambiverdächtig.

»Jetzt gehen Sie zu, mein Bester. Wer in Bayern ist wie Sie durch die Stahlgewitter der unterschiedlichsten Skandale abgehärtet? Wer kennt jeden Bürgermeister landauf, landab? Wer kennt die Volksseele so gut wie Sie? Wenn es nach mir geht, dann machen *Sie* das!« Der Baron machte eine Pause. »Und es geht nach mir.«

»Das ist ... Ich muss mich da erst einmal sammeln, Herr Baron.«

»Sie haben das Wochenende Bedenkzeit. Und – weil Sie gerade darüber nachdenken, wie ich an Ihren Augen sehe – wir zahlen zweistellig.«

»Zweistellig? Im Monat?«

»Vor dem Komma, in Mio, pro Jahr. Und der Firmensitz ist Liechtenstein. Nur zur Information.«

Der Ministerpräsident saß stumm da und stierte auf den elektronischen Kalender, den ihm als Ehrenvorsitzender des Alpenvereins der Geschäftsführer der Bergbekleidungsfirma mit der Fuchstatze zu Weihnachten geschenkt hatte. Das Aprilmotiv zeigte die Drei Zinnen im Sonnenuntergang, darunter leuchtete das Datum dieses Tages: Den 29. April 2011 würde er wohl nie vergessen.

Es war der Tag, an dem sich seine Tätigkeit in der Partei und in ungezählten Vereinen und Verbänden endlich rentierte. An diesem Tag war Zahltag. Der Zahltag seines Lebens. Am liebsten hätte er laut »Ja! Ich mach's!« geschrien und einen Veitstanz auf das Edelparkett seiner Wohnung hingelegt. Und dann für den Rest des Abends eine Handvoll Latex-Damen aus dem Studio Unschlagbar am Frankfurter Ring in seine Wohnung bestellt. Mit Champagner und allem Drum und Dran.

Doch er riss sich zusammen. Anstandshalber musste er ein Wochenende Bedenkzeit einhalten. Und dann auch noch seine Legislaturperiode absitzen. Wobei, dachte er, ein Skandal mit Latex-Damen wäre natürlich gut geeignet, um seine Abdankung als MP in kürzester Zeit hinzubekommen. Er grinste in sich hinein.

Der Baron erhob sich. »Jetzt habe ich Ihnen also eine Denkaufgabe für das Wochenende gegeben. Rufen Sie mich am Montag früh um neun an und teilen Sie mir Ihre Entscheidung mit. Ich muss jetzt los. Freitagsmesse im Alten Peter. Familientradition, Sie verstehen. Wo gehen Sie eigentlich zur heiligen Messe?«

Am Samstag war Sporttag in der JVA. Die Werkstätten, in denen die meisten Gefangenen unter der Woche arbeiteten, hatten geschlossen. Also spielte man Fußball, Basketball oder trainierte im Fitnessraum. Entsprechend voll war es dort, und Hartinger ließ sich bereits nach einer halben Stunde wieder abholen, um den Rest der Freizeit lieber im Leseraum zu verbringen.

Dort traf er nur auf ein halbes Dutzend Mithäftlinge, die

in Zeitschriften und Büchern lasen. An seinem Tisch saß, als hätte er sich dort tagelang nicht wegbewegt, der Professor.

Hartinger holte sich wahllos den Brockhaus-Band »Karn – Khme« aus dem Regal und setzte sich an den Tisch neben den Wissenschaftler. Nach ein paar Minuten Lektüre sprach Hartinger ihn an. »Sie, ich komm da nicht weiter. Ich lese den ganzen Artikel schon das zweite Mal durch. Also, diese Kernenergie … Warum klappt das mit der Kernfusion nicht? Da wäre doch alles gelöst.«

Hartinger wusste, dass er über ein Fachthema an den Mann heranmusste. Dabei interessierte er sich eigentlich für den Ex-Liebhaber der Frau von Professor Geisler. Für Professor Friedrich Marchsteiner, den Chef von Dr. Dorothee Allgäuer.

»Sie haben ja Nerven. Soll ich Ihnen das alles in fünf Minuten erklären, wofür Tausende von höchstintelligenten Wissenschaftlern keine Lösung einfällt?«

»Ja, bitte. Versuchen Sie es wenigstens.«

»Na schön, ganz kurz: Wenn Sie einen Atomkern spalten, erhalten Sie viel Energie. Das können wir beherrschen. Das nennt man Atomkraftwerk. Wenn Sie zwei Atomkerne aufeinander schießen, damit sie verschmelzen, erhalten Sie noch viel mehr Energie. Wie bei einem Stern. Diese Verschmelzung können wir technisch noch nicht beherrschen. Bewirken können wir sie. Das nennt man Wasserstoffbombe.«

Hartinger grübelte schweigend nach einer schlauen Frage, dann wollte er wissen: »Und das Problem ist die Energiemenge?«

»Ja, die ist enorm. Die größte Bombe, die der Mensch gebaut und gezündet hat, war 1961 eine russische Wasserstoffbombe. Die hatte eine Sprengkraft von siebenundfünfzig Megatonnen TNT. Zum Vergleich: Hiroshima wurde mit einer Spaltungsbombe dem Erdboden gleichgemacht. Hatte ein Äquivalent von dreizehn Kilotonnen TNT. Verstehen Sie? Dreizehntausend Tonnen TNT. Das ist schon mal ein ordentlicher Knall. Und die Wasserstoffbombe siebenundfünfzig Millionen Tonnen TNT. Viertausend mal mehr als Hiroshima. Und dieses Wasserstoffbömbchen war nicht größer als ein Lastwagen.«

»1961? Vor fünfzig Jahren? Und das ist seither nicht beherrschbar?«

»Wir tun unser Bestes.«

»Und daran forschen auch Sie?«

»Ja, unter anderem. Derzeit muss ich mich mit Kleinkram herumplagen. Ein Gutachten für die Bayerische Staatsregierung. Atommüll in Bergen zwischenlagern. Pipifax. Klar geht das. Muss halt trocken sein, damit die Fässer nicht rosten. Aber die können Sie auch in einem Kindergarten zwischenlagern. Die beherrschen wir, das ist überhaupt kein Problem. Aber warum wollen Sie das alles wissen? Wenn ich richtig informiert bin, sitzen Sie hier in U-Haft, weil Ihnen der Mord an einer weißrussischen Prostituierten zur Last gelegt wird. Das war sicher keine Atomforscherin.«

»Sie sind offenbar gut vernetzt, Herr Professor, aber schlecht informiert.«

»So?«

»Ja. Denn erstens bin ich unschuldig, und zweitens war es eine Gastwirtin.«

»Hier drin sind fast alle unschuldig, da sind Sie nicht allein. Und Gastwirtin oder das andere, streiten wir uns nicht über solche Nebensächlichkeiten.«

»Verstehe. Zyniker. In den bayerischen Bergen?«

»Wie, bitte? Ich kann Ihnen nicht folgen.«

»Die Zwischenlagerung. Sollen Sie ein Gutachten abgeben, ob so eine Zwischenlagerung in den bayerischen Bergen möglich ist?«

»Ja, natürlich, ist ja die Bayerische Staatsregierung. Ich habe hier eine Liste von Standorten, die ich bewerten soll. Überall, wo es Stollen gibt, die keiner mehr braucht. Und da ist Bayern voll davon. Altes Zeug aus dem Krieg, unterirdische Montagehallen und so weiter. Da haben wir schöne bei Ihnen da draußen, wo Sie herkommen, Herr Hartinger. Flugzeugmontage in Oberammergau und Eschenlohe. Der schönste Stollen entsteht aber gerade erst mit dem Geld des Bundes, das freut die in der Staatskanzlei besonders – der Kramertunnel.«

»Und da könnte man … Atommüll lagern?«

»Vollkommen problemlos, wie ich Ihnen sagte. Kein abgestürztes Flugzeug und keine Bombe könnte so einen Tunnel beschädigen, wenn er weit genug im Berg liegt. Selbst die Wasserstoffbombe von '61 nicht. Also höchstwahrscheinlich. Aber wenn die über uns explodiert, ist eh alles egal.«

»Es ist zum Auswachsen. Die schönsten Personallisten und Gehaltsabrechnungen. Aber leider erst ab 1960. Nichts aus den Fünfzigern. Das ganze Wochenende hab ich das alte Papier aus dem Gruber seinen Kisten gewälzt. Schöne Fotos. Lustige Abmahnungen. Zugegangen ist's da schon ordentlich, das kannst du mir glauben.« Albert Frey hatte für diesen Montag einen Tag im Marktarchiv eingeplant, um weiter nach dem Verbleib von Lazlo Balta und Paul Rudolph zu suchen. »Und der neue Chef vom Einwohnermeldeamt weiß nicht einmal, wann die alten Karteikarten mikroverfilmt worden sind. Oder wann das Staatsarchiv was bekommen hat. Das hätte der Huber Max alles gewusst, aber der ist ja in die Klamm gefallen…«

Der Archivleiter saß an seinem PC und klickte sich durch irgendwelche gescannten Materialen. Von Albert Frey nahm er an diesem Tag offenbar kaum Notiz und zuckte nur hin und wieder mit den Schultern.

»Ich weiß, du musst diese Festschrift ›75 Jahre Garmisch-Partenkirchen‹ fertig machen, ich lass dich schon in Ruhe.«

Der Leiter des Marktarchivs nickte dankbar. Dann fiel ihm etwas ein. »Der Chef wollte, dass du zu ihm raufgehst, wenn du da bist.«

Albert Frey hob die Augenbrauen. »Was will denn der?«

Der Archivar zuckte nur mit den Schultern.

»Na gut, bringen wir es hinter uns.« Albert Frey erhob sich und verließ das Archiv, um die Treppe in den ersten Stock des Rathauses zu erklimmen, wo sich das Büro des Bürgermeisters befand.

Oben angekommen, meldete er sich bei Christina Mauereder. Die bat ihn, auf dem Stuhl vor ihrem Schreibtisch Platz zu nehmen, bis der Bürgermeister sein Gespräch mit einem Besucher beendet hätte.

Das konnte dauern, wusste Frey. Er setzte sich dennoch, und um keine Langeweile aufkommen zu lassen, versuchte er sich in seinem alten Spiel, Leuten, die partout keine Unterhaltung wünschten, eine solche aufzudrängen. Bei Christina Mauereder, das wusste er aus vielen Besuchen, war das eine besondere Herausforderung.

»Schön haben Sie's hier«, begann Albert Frey. »Großes Büro.«

Die Bürgermeistersekretärin brachte nur ein »Schon« über die Lippen.

»Ah, Thailand. Sehr schön. Fahren Sie da öfters hin?« Frey deutete auf die an den Raumteiler gepinnten Kalenderblätter, die allesamt langweilige Palmenstrände und im Meer stehende Felsen zeigten.

»Ja, schon«, kam es diesmal hinter dem Bildschirm hervor. Immerhin zwei Worte.

Noch ein paar Fragen, und die Dame würde ›Krieg und Frieden‹ aufsagen, dachte Frey. »Irrsinn, so ein Gummibaum. Wie alt ist denn der?« Eine offene Frage würde das Gehirn der Frau vielleicht von ihren Patiencen ablenken.

In der Tat sah sie vom Bildschirm auf.

»Weiß ich nicht, der war schon da, als ich vor zwölfeinhalb Jahren hier angefangen hab.«

Ein ganzer Satz! Frey schöpfte Hoffnung. Es würde vielleicht doch noch ein Gespräch werden. Seiner Meinung nach müsste die Dame ihm dafür allerdings ihrerseits ebenfalls eine Frage stellen, eine, die im Entferntesten ein Interesse an seiner Person erkennen ließ.

Aber zunächst war er noch dran. »Katzen oder Hunde, was mögen Sie lieber?«, wollte er wissen. »Sie haben Poster von beidem hinter sich hängen.«

»Ich mag die Viecher allesamt nicht. Die sind noch von meiner Vorgängerin.«

Von vor zwölfeinhalb Jahren? Darauf fiel auch Frey nur ein »Oh« ein. Dann, nach einer kleinen Pause: »Die Bücher auch? Darf ich mir die ansehen?« Im Regal stand neben einer Unmenge an Ordnern ein halber Meter Bücher, deren Rücken Belletristik verhießen.

»Schon.«

Albert Frey stand auf und zog einen Band heraus. »Simmel. ›Niemand ist eine Insel‹. Glaubt man hier herinnen gar nicht, gell, Frau Mauereder?«

»Was?«

»Schon gut, Frau Mauereder.« Frey schob das Buch zurück ins Regal und nahm ein anderes. »›Die Unendliche Geschichte‹. Ja ja, der Michael Ende. Zweiterfolgreichster Garmischer Schriftsteller.«

Da geschah es. Frau Mauereder schien verstört. »Wieso? Der hat doch auch Jim Knopf und so …«

»Aber so viel geschrieben und verkauft wie Rolf Kalmuczak hat niemand, liebe Frau Mauereder.«

»Wer?«

»Kalmuczak. Aber Sie kennen eher eines seiner hundert Pseudonyme. Stefan Wolf zum Beispiel. ›TKKG‹, schon mal gehört?«

»Lesen meine Buben.«

»Wie Millionen andere auch. Vierzehn Millionen Bücher und dreißig Millionen Tonträger. Nur ›TKKG‹.«

»Aha.«

»Leider viel zu früh gestorben, der Mann. Wie dieser hier auch.« Frey stellte das Buch des bekanntesten Garmisch-Partenkirchner Schriftstellers Michael Ende wieder ins Regal.

Dabei stieß er drei am Rand stehende Bände um, die aus dem Regal und zu Boden fielen. Frey bückte sich, um die Bücher aufzuheben. Eines war unter den Aktenschrank gerutscht, der neben dem Regal stand.

Albert Frey ging auf die Knie, um unter den Schrank zu sehen. Er fingerte im Staub herum, zog das Buch heraus. Und stutzte.

Unter dem Büromöbel, ganz hinten an der Wand, stand eine

kleine Schachtel. Er erreichte sie gerade noch mit den Fingerspitzen und schob sie in eine Position, in der er sie greifen konnte. Zum Vorschein kam ein verdreckter und verstaubter kleiner Karteikasten, dessen Plastik einmal beigefarben gewesen sein könnte.

Albert Frey blies die Staubflocken vom Deckel und öffnete das Kästchen. Darin befanden sich Mikrofiches. Er nahm einen davon heraus und hielt ihn gegen das Fenster, um zu erkennen, was sich auf den Negativfilmen befand.

Sein Herz machte einen Sprung, als er das Querformat von Karteikarten erkannte. Sie waren auf das halbe Format einer Briefmarke verkleinert, daher konnte er nichts lesen.

»Frau Mauereder, ein Lesegerät für diese Mikrofiches, gibt's das irgendwo?«

»Müssens den Ali fragen. Der weiß alles.«

»Mach ich. Wo find ich den?«

»Irgendwo im Haus. Ich kann ihn anpiepsen.«

»Das wäre großartig, weil …«

In diesem Moment wurde die Türe zum Bürgermeisterbüro geöffnet, und ein gut gelaunter Hans Wilhelm Meier trat heraus. »Ah, unser Gemeindehistoriker, hervorragend. Sie kommen wie gerufen, Herr Frey. Unsere Festschrift, über die wollten wir mit Ihnen sprechen. Kommens doch bitte rein.«

Dr. Dorothee Allgäuer hielt es kaum noch in ihrem Institut aus. Mittags musste sie raus. Mit den Kollegen zusammen in der Kantine der Unikliniken zu essen, wäre für sie unerträglich gewesen. Und für die Kollegen sicher auch, dachte sie. Denn die Veränderungen in ihrem Team waren ja durchaus ihr anzulasten. Nur dass sie sich dennoch unschuldig fühlte.

Ja, sie hatte mit diesem Mann aus den Bergen geschlafen. Aber sie war es doch nicht, die – wenn es denn wirklich passiert war – einen Beweis gefälscht hatte. Und das war das Schlimmste: dass niemand über das sprach, was angeblich passiert war oder auch nicht. Das Thema wurde ausgeklammert, überall herrschte nur noch eisiges Schweigen.

Sie konzentrierte sich auf ihre Arbeit, sezierte Leichen und fertigte Gutachten an. Und dann nichts wie raus.

An diesem Maitag, an dem sich der Sommer das erste Mal blicken ließ, nutzte sie die Pause, um sich im Segafredo am Rindermarkt die ganze Angelegenheit noch einmal durch den Kopf gehen zu lassen. Wieder einmal. Sie setzte sich auf einen der Plätze draußen und schaute dem Treiben auf der Kreuzung vor dem Stadtmuseum zu. Wie die Leute vor die Autos sprangen, weil sie meinten, ein Zebrastreifen machte sie unverwundbar. Wie sich Autofahrer gegenseitig die Vorfahrt nahmen. Wie Radlfahrer zwischen den Fußgängern, Autos und Lastern riskant umhersausten.

Immer wieder stellte sie sich die eine Frage: Wollte sie am Institut weiterarbeiten? Sollte sie etwas ganz anderes machen? Ein Café eröffnen? Ein weiteres, richtiges Buch schreiben? Bücher von Gerichtsmedizinern gingen gut. Drehbücher über Gerichtsmediziner auch. Oder war der Zug schon wieder abgefahren? Sie musste sich da mal mit jemandem unterhalten, der Ahnung hatte.

Aber eigentlich war sie mit Leib und Seele Medizinerin, Forscherin. Sie wollte direkt mit der Materie arbeiten, mit der sie sich auskannte, und nicht darüber schreiben. In ihrem Fall war diese Materie tote Materie. Doch sie liebte diesen Job. Sie hatte mitgeholfen, Verbrechen aufzuklären, die ohne sie gar nicht als solche erkannt worden wären. Sie hatte das Institut geliebt. Ihren Chef geschätzt, bewundert.

Sollte sie die Stadt wechseln? Gute Pathologen und Rechtsmediziner wurden auch in Hannover gebraucht. Oder in Berlin. Sie schaute in den mit zarten weißen Wolkenbändern durchsetzten hellblauen Münchner Himmel. Hier weggehen?

Sie bestellte noch einen Espresso. Und dachte alles erneut von vorn durch. Aushalten? Bis der neue Chef kam? Aufhören? Das Institut wechseln? Sie fand keine Antwort. Mit wem sollte sie reden? Der Mann, der ihr bisher am besten gefallen hatte, auch im angezogenen Zustand, saß in U-Haft. Die Eltern hätten gesagt: »Kind, mach weiter, es geht vorbei.«

Außerdem konnte sie ihrer Mutter oder dem Vater diese Mülleimer-Geschichte nicht zumuten. Wäre sie nicht Ärztin geworden, würden ihre Eltern immer noch davon ausgehen, dass sie an den Storch glaubte. Die waren aus einer anderen Zeit. Wahrscheinlich hatten die sich nur einmal im Leben gegenseitig nackt gesehen, und das war bei ihrer Zeugung gewesen. Wenn sie da das Licht nicht ausgemacht hatten.

Aber sie musste mit jemandem drüber sprechen. Mit Albert Frey, dem lustigen Kauz aus Garmisch, der so etwas Väterliches an sich hatte? Gute Idee, dem war sicher nichts Menschliches fremd. Ehemaliger Lehrer. Der hatte sich die Sorgen ganzer Schülergenerationen angehört. Genauso kam sie sich gerade vor. Wie eine Schülerin in der neunten Klasse, die etwas ausgefressen hatte und wusste, es würde sich wieder richten, wenn sie es nur endlich beichtete. Der nur der Mut dazu fehlte.

Fehlender Mut war aber nicht wirklich ihr Problem. Sie hatte einfach nichts zu beichten. Sie hatte nichts getan. Dennoch ließen alle ihre schlechte Stimmung an ihr aus.

Okay, also Frey. Aber würde der so schnell nach München kommen? Nur um sich ihr Geheule anzutun? Sie hatte ihm ja keine neuen Informationen zu bieten. Trotzdem wollte sie es versuchen.

Vielleicht sollte sie nach Garmisch fahren. Eigentlich war das gar keine schlechte Idee. Ein paar Tage freinehmen, sich in einem der Wellnesshotels in der Elmau einnisten, sich den Rücken von einem begabten Masseur durchkneten und die Seele von Albert Frey massieren lassen. Hervorragend!

Sie legte einen Fünf-Euro-Schein auf den Tisch und marschierte zurück in Richtung Institut. Sie würde bei Professor Marchsteiner gleich einen Urlaubsantrag abgeben. Vielleicht konnte sie schon morgen dort draußen sein. Dienstags war im Kranzbach und im Schloss Elmau sicher nichts los. Die Cayenne-Fraktion fiel da am Wochenende ein. Und vielleicht war ja ein alleinstehender junger Mann auch auf ein paar Tage Entspannung aus …

Polizeihauptkommissar Ludwig Bernbacher war stolz auf sich. Das ganze Wochenende über hatte Jakob Neumann in seinem Auftrag Anton Brechtl überwacht. Und es war einiges an Berichtenswertem zusammengekommen. Das Highlight bildeten natürlich die Dreharbeiten für den »Naturfilm« im Baucontainer am Herrgottschrofen. Wie gut, dass der POM Neumann seinerseits auch einen Film aufgenommen hatte, mit seinem Handy. Sehr abgebrüht, der junge Kollege. Bernbacher hatte seinem Bürgermeister einen Augenzeugen plus Videomaterial zu bieten, das jederzeit bewies, dass der angesehene Bürger Brechtl einem äußerst delikaten Hobby frönte.

Dazu kamen seit Freitag diverse Vergehen des Herrn Brechtl gegen die Straßenverkehrsordnung, einschließlich zweier Trunkenheitsfahrten und inner- und außerörtlicher Geschwindigkeitsüberschreitungen. Auch die nächtliche Überprüfung eines Gutteils der Brechtl'schen Kieslasterflotte war vom Erfolg gekrönt. Mindestens die Hälfte der schweren Maschinen hatte abgefahrene Reifen, und bei dreien der zwanzig auf dem Betriebsgelände ab Freitagabend in Reih und Glied aufgestellten gelben Mammuts war der TÜV abgelaufen. Wenn man da einmal die Bremsen testen würde …

Zusätzlich zu diesen Verfehlungen, die den Bagger-Toni den Führerschein und Bußgelder in empfindlicher Höhe kosten konnten, lag eine Liste jener Personen, mit denen sich Anton Brechtl getroffen hatte, in dem unauffälligen grauen Aktendeckel, den Jakob Neumann vor dem Mittagessen auf Bernbachers Schreibtisch gelegt hatte.

Am Freitag war der Bagger-Toni nach abgeschlossenen Dreharbeiten nach Hause gefahren und war dort geblieben. Am Samstagvormittag war er zwischen verschiedenen Baustellen hin- und hergefahren. Danach war er mit seiner Familie nach Innsbruck zu IKEA gefahren, wahrscheinlich brauchte eine der Töchter Kram fürs Jugendzimmer. Am Abend hatte er im Bräustüberl an seinem Stammtisch eine Runde nach der anderen geschmissen (woraus die erste Trunkenheitsfahrt resultierte). Nach der zünftigen Bräustüberl-Einkehr dann ein ausführlicher Besuch seines John's Club, inklusive Trunkenheitsfahrt, diesmal allerdings im Vollrausch. POM Neumann hatte die Runde an Brechtls Tisch genauestens vermerkt. Zumindest soweit ihm die Namen bekannt waren. Dies traf zu auf Klaus Suldinger, den Türsteher der Disco, der, wie das Protokoll vermerkte, immer wieder zum Auftanken an Brechtls Tisch gekommen war, sowie auf den Großbäcker Illenhofer (dessen Backfabrik für das Bäckereisterben im Landl verantwortlich war). Der Rechtsanwalt Dr. Maschenberger war zwischen einundzwanzig und dreiundzwanzig Uhr zugegen gewesen, der tirolstämmige Werbeagenturbesitzer Langnusser zwischen zweiundzwanzig und ein Uhr. Der Multiunternehmer Veit Gruber hatte nach dreiundzwanzig Uhr bis drei Uhr, als der Tanzschuppen schloss, an dem ovalen Stehtisch gelehnt, ab ein Uhr mussten sie ihm zur Stabilisierung eine vollbusige Polin rechts und eine über eins achtzig große, dafür dürre Koreanerin links zur Seite stellen.

Überhaupt die Frauen – da musste POM Neumann passen. Er wusste ihre Namen nicht. Daher konzentrierte er sich auf ziemlich genaue Beschreibungen des Aussehens und des Aufzugs der Grazien, aus denen Ludwig Bernbacher wiederum messerscharf schloss, dass es sich bei ihnen um professionelle Liebesarbeiterinnen handeln musste. Sicher waren die auch zu Dreharbeiten unter die Zugspitze gereist. Ob das zweifelsfrei junge Talent, das am Freitagabend im Baucontainer die weibliche Hauptrolle übernommen hatte, unter ihnen gewesen war, konnte Neumann allerdings nicht sagen. Er hatte das Gesicht der Dame nicht gesehen, und auf dem Handyvideo war auch nur der Rücken des männlichen Akteurs, die Füße der weiblichen Darstellerin an der Glasscheibe und der Regie führende Fuhrunternehmer Brechtl zu sehen (das allerdings in aller Deutlichkeit).

»Früher sind Stars wie die Zsa Zsa Gabor gekommen, und heute … Pfui Deifel!«, schloss Ludwig Bernbacher den Bericht, den er pünktlich um dreizehn Uhr seinem Bürgermeister Hans W. Meier am Telefon durchgab.

»Ah geh, Ludwig, die Zsa Zsa Gabor, was war denn die für ein Star? Das war ja die geistige Mutter aller Paris Hiltons dieser Welt. So eine B-Prominenz kommt doch zu den Weltcuprennen immer noch nach Garmisch. Was wir brauchen an diesem unseren wunderschönen Ort, das sind echte Berühmtheiten. Lady Gaga, verstehst? Die erste Liga.«

Bernbacher verstand nicht, weil er den Unterschied zwischen Paris Hilton und Lady Gaga nicht kannte. Aber das war ja auch nicht sein Job. Für Glanz und Glamour hatte Garmisch-Partenkirchen ja einen Ersten Bürgermeister und seine Tourismusmarketinggesellschaft. Als Ordnungshüter war er dafür da, dass den Prominenten, egal, ob A, B, C oder D, nichts zustieß. Wenn sie denn einmal kämen.

Dann tat Hans W. Meier etwas, was er nur ganz selten tat: Er lobte seinen obersten Polizisten Ludwig Bernbacher. »Jetzt muss ich's mal sagen, Ludwig: sauber gemacht. Weil, du siehst selbst, der Brechtl Toni muss überwacht werden. Der ist ja eine Gefahr für das Image unseres wunderschönen Ortes. Und dein Mann hat das wirklich mit eigenen Augen gesehen, das in dem Baucontainer? Wann kannst mir das Video schicken?« Bernbacher konnte am Telefon förmlich hören, wie sich der Bürgermeister die Hände rieb.

»Ist schon an eine geheime Stelle ins Netz geladen. Cloud sagt man da jetzt dazu. Der Neumann, der kennt sich da aus. Er bringt dir hernach das Passwort vorbei. Das mailt man besser nicht, meint er. Ein guter Beamter. Sehr brauchbar.«

»Sehr gut, Ludwig, sehr gut. Nur weiter so. Wir beide müssen Schaden von diesem unseren Ort abwenden. Wenn es irgendwie geht, müssen wir jetzt Tag und Nacht am Brechtl Toni dranbleiben. Also, vielleicht hättest du ja noch einen zweiten Mann, den du abstellen kannst?«

»Mann vielleicht nicht, aber die Janine Wagner ist Single und hat Zeit«, ging Bernbacher in Gedanken sein Personaltableau durch. »Ist halt aus dem Osten, also keine Einheimische. Aber mei, Ludwig, die verstehen sich ja eh aufs Spitzeln, oder?«

»Du kennst deine Leute besser. Also, bitte Rundumüberwachung der diskreten Art für die Person B., wenn's geht.«

Hartinger wurde in das Besucherzimmer geführt. Zwei andere Gefangene saßen bereits auf den Stühlen an dem vier Meter langen Tisch, der von einer dreißig Zentimeter hohen Milchglasscheibe mittig getrennt wurde. Sie sollte verhindern, dass die Besucher den Gefangenen Gegenstände zuschoben.

Am linken Ende des Tisches stand ein etwas erhöhter Stuhl, auf dem ein Vollzugsbeamter saß. Er wies Hartinger mit einer Handbewegung seinen Sitzplatz zu. Auf der anderen Seite der Glasscheibe saßen die Besucher. Zwei Frauen mit jeweils zwei Kindern besuchten die beiden »Kollegen«. Sie unterhielten sich in radebrechendem Deutsch. Bei Besuchen waren keine fremden Sprachen erlaubt, damit der Beamte mithören konnte.

Die Tür auf der anderen Seite des Raums wurde geöffnet, und Kathi kam herein.

Hartinger stand auf. Kathi setzte sich. »Ist das furchtbar hier. Ich war ja seit zehn Jahren nicht mehr in der Stadt. Und jetzt auch noch in den Knast«, sagte sie. »Nur wegen dem Anton, das sag ich dir, Gonzo.« Kathi Mitterer zeigte sich wieder einmal von ihrer feinfühligen Seite.

»Freut mich, dass du dir solche Sorgen um mich machst. Aber im Ernst: Danke, dass du mich besuchen kommst.«

»Dein Anwalt sagt, ich bin die Einzige, der sie es genehmigen. Also was soll ich machen. Deine Rechtsmedizinerin wäre dir sicher lieber gewesen.«

Hartinger überhörte die Spitze. »Wirklich schön, dass du da bist.«

»Scho recht. Aber jetzt erzähl, wie ist es da herinn so?«

»Hört sich vielleicht blöd an, Kathi, aber ich hab ja so ein Knast-Faible, seitdem ich Papillon gelesen hab. Ich find es durchaus aushaltbar. Man kommt zu sich, sagen wir's einmal so. Allerdings würden ein paar Wochen reichen.«

»So wie Exerzitien.«

»Genau. Du hast einen total geregelten Tagesablauf. Du

kannst Sport machen oder lesen und verpasst nichts. Andere Leute gehen in ein Wellnessressort und zahlen dreihundert Euro die Nacht dafür.«

»Na ja, der Ausblick ist hier vielleicht ein bissl eingeschränkt. Aber ich seh, dir geht's gut. Überrascht mich. Ich hab geglaubt, dass ich ein Nervenbündel treff, das an den Gitterstäben rüttelt und rumplärrt.«

»Das wäre der alte Gonzo gewesen, Kathi. Der neue ...«

»... hat was Mönchisches.«

»Was auch kein schlechtes Leben ist. Nur der Zölibat halt.«

»Wem sagst du das.«

»Bei dir ist es ja selbst gewählt, das hab ich dir, glaub ich, schon mal gesagt, Kathi. Schaust gut aus, bist fesch und verkriechst dich da oben auf dem Berg.«

»Um mich geht's jetzt nicht. Aber danke für die Blumen. Nach zwei Wochen unter Männern gefall ich dir wieder.«

»Vielleicht hält's ja so lang, bis ich rauskomme?«

»Muss nicht sein, danke.«

»Ich werd eh nicht mehr lange dableiben. Der Dr. Mertens meint, wenn sie nächste Woche nichts Greifbareres vorlegen, dann müssen sie mich entlassen.«

»Wenn ihnen da nichts einfällt. Aber was anderes. Wie ist es so mit den Männern? Wie kommst du mit den anderen da herinnen aus?«

»Überraschenderweise gut. Ich habe zwei Kumpels, die unterschiedlicher nicht sein könnten. Der eine professioneller Kunstdieb, Tätowierer und Bodybuildingpapst. Der andere vergeistigter Atomphysiker, der seine Frau erschlagen hat. Unglaublich, was du da für Leute triffst.«

»Dann kannst ihn ja fragen, deinen Atomphysiker, was sie mit dem Atommüll in den Alpen vorhaben.«

»Woher weißt denn du das?« Hartinger schaute erstaunt.

»Aus dem Fernsehen. Hat der Umweltminister verzapft. So ein Schwachsinn. Vielleicht wollen sie die Partnachklamm zubetonieren und das Zeug drin vergraben.«

»So ähnlich. Jetzt mal ohne Schmarrn. Mein Professor da,

Geisler heißt der, der macht da gerade ein Gutachten drüber. Der findet den Kramer-Erkundungsstollen großartig geeignet.«

»O mei, o mei, jetzt spinnens aber komplett. Das muss ich gleich dem Bund Naturschutz stecken.«

»Unbedingt, Kathi. Besser auch dem Bürgermeister. Das ist so eine Sauerei, da hat nicht mal der Meier etwas damit zu tun. Und wenn, soll er ruhig kapieren, dass es mehr Leute gibt, die etwas davon wissen. Der Professor hat zwar gesagt, keinerlei Gefahr, aber das sagen die ja immer bei so was.«

»Und du bist ganz sicher?«

»Todsicher. Da fällt mir übrigens was anderes ein. Du musst dem Onkel Albert was ausrichten. Eine Sekte oder Gemeinschaft oder Loge oder so. Da soll er mal forschen. Christen. Petrus-Anhänger. Nennen sich Neffen Gottes. Haben als Zeichen das umgedrehte Kreuz auf einem Felsen.«

»Noch so ein Schmarrn. Aber bei Kreuz und Felsen, da fällt mir was ein …«

»Mir auch«, sagte Hartinger und verlieh seinen Worten durch ein kurzes Nicken und einen Blick in Kathis Augen Nachdruck. Es war nicht gestattet, über den Fall des U-Häftlings zu sprechen. Der das Gespräch mithörende Vollzugsbeamte konnte aber offenbar mit den Begriffen Kreuz und Felsen nichts anfangen.

Kathi wechselte schnell das Thema. »Also, dem Anton geht's auf alle Fälle gut. Er will dich unbedingt besuchen kommen. So ein Knast ist wohl auch für Buben etwas Spannendes.«

Der Beamte räusperte sich. Die Besuchszeit ging ihrem Ende zu.

## Kapitel 10

Albert Frey machte es wieder einmal spannend. Er hatte sich bei Jo Saunders und Martin Bruckmayer für den Dienstagvormittag angekündigt und bereits am Telefon gute Nachrichten versprochen. Und er wollte seine Arbeit ausreichend gewürdigt wissen.

Daher baute er auf dem runden Erkertisch in Martin Bruckmayers Villa Papierstapel um Papierstapel auf, bevor er mit seinem Vortrag begann. Zu dritt standen sie an der dem Zimmer zugewandten Seite des Tisches.

»Nur durch einen unglaublichen Zufall bin ich in den Besitz sämtlicher Einwohnermeldekarteikarten der Jahre 1890 bis 1960 gekommen«, begann Frey. »Natürlich wären die auch irgendwo im Hauptstaatsarchiv rumgelegen, aber eine Woche Wartezeit wäre da das Mindeste, bis man an die herankommt. Und dann darf man auch nicht alle auf einmal einsehen. Denen muss man schon genau sagen, was man sucht. Also, ich jedenfalls habe sie im Rathaus gefunden.«

Frey zeigte auf das beigefarbene Karteikartenkästchen. Er machte einen Schritt auf den Tisch zu und öffnete die Box.

»Mikrofiches. Hat die Firma Heumader in den Siebzigern verfilmt. Das Problem ist, ohne passendes Lesegerät sind die Aufnahmen nicht zu entziffern. Ist alles negativ, also das Papier ist schwarz und die Schrift weiß, außerdem ist das Ganze ziemlich verkleinert. Wenn Sie einmal selbst schauen möchten.«

Er reichte Martin Bruckmayer einen Mikrofiche und ließ ihn das dünne Plastikkärtchen in A6-Größe gegen das Licht des Panoramafensters halten.

»Also braucht man ein Lesegerät«, fuhr er fort. »Und was soll ich sagen, die Welt ist voller Wunder. Im Rathaus auf dem Speicher stand so ein altes Gerät. Natürlich: Lampe kaputt. Speziallampe. Die Geräte werden seit zwanzig Jahren nicht mehr hergestellt, sagte mir die Firma Kodak. Und die Lampen auch nicht mehr. Und jetzt passen Sie auf. Die Frau Heumader, die das kleine Mikroverfilmungsgeschäft ihres Mannes, der in den Achtzigern verstorben ist, bis vor wenigen Jahren betrieb, die hatte noch so eine Lampe im Keller. Bei mir um die Ecke wohnt die Gute.«

Frey strahlte. Er hatte seit gestern gute alte Detektivarbeit geleistet. Kein DNA-Abgleich, keine Computerrecherche in internationalen Datenbanken, keine automatische Nummernschilderauswertung im Verkehrsleitsystem, keine Satelliten. Er hatte einfach im Staub gegraben und war fündig worden.

»Ich also Lampe rein und hab mir von Frau Heumader Anweisungen geben lassen, wie das Lesegerät funktioniert. Eine reizende Dame übrigens. Na ja, Katzentick, aber was soll's? Auf jeden Fall: Alle neu seit 1950 hinzugekommenen Einwohner Garmisch-Partenkirchens habe ich herausgeschrieben. Bis 1960. Ergebnis?«

Frey machte eine lange Künstlerpause.

Martin Bruckmayer wollte nicht länger warten. »Na los, jetzt sagen Sie schon!«

»Ergebnis: nichts. Kein Lazlo Balta. Kein Paul Rudolph.«

»Wäre ja auch ein Wunder, wenn jemand einen Mord begeht und sich dann unter seinem echten Namen in derselben Stadt anmeldet«, warf Jo Saunders ein.

»Ganz recht, gnädige Frau. Also habe ich mir die alten Programmhefte aus dem Werdenfelser Museum noch einmal durchgesehen. Ich hatte da am Anfang nur so ein Gefühl.« Albert Frey deutete auf einen Stapel von gedruckten A4-Broschüren. »Erst einmal muss ich sagen: Toll, was da damals gemacht wurde. Zweitens: Von allen in den Heften abgebildeten Schönheiten sind Sie die schönste, gnädige Frau.«

Frey zog eine Broschüre aus dem Stapel. Die Titelseite war überschrieben mit CASA CARIOCA GARMISCH – ICE REVUE. Darunter waren drei auf zartem Orangerot gezeichnete Eisläufer zu sehen, davon zwei weiblich. Eine von ihnen befand sich zentral in der Mitte der Zeichnung und machte im Eislaufkostüm gerade einen Sprung. Die andere trug einen sehr kurzen Rock und ein Spitzenhäubchen und staubte mit einem langen Feudel den Titel des Programms MAKE A WISH ab.

»Ich gehe davon aus, dass die gezeichnete Dame in der Mitte Sie sind, Frau Saunders.« Frey schlug das Heft an der Stelle auf, an der ein Post-it klebte. Dort zeigte ein Foto eine Eistänzerin, die der auf der Titelseite gezeichneten sehr ähnelte. »Josepha Stiller« stand über dem Schwarzweißbild.

»Herrje.« Mehr sagte Jo Saunders nicht.

»Jedenfalls, ich hab mir alle Bilder in diesen Programmheften genau angesehen. Und irgendwann bin ich drauf gekommen: Das war wie im Zirkus. Die Leute mit der Bären-Nummer sind auch die Luftakrobaten. Lazlo Balta taucht oft in den Programmen auf. Bis 1953. Dann verschwindet sein Konterfei. Und bis dahin hat er drei verschiedene Namen. Da, sehen Sie selbst.« Albert Frey schlug weitere Hefte auf, dort, wo er jeweils ein Post-it auf die Seite geklebt hatte. »Bill Murray. Hamilton Griffin. Franz Dachstein. Das ist immer Lazlo Balta.«

»Jetzt, da Sie es sagen … Natürlich. Wir hatten ja die unterschiedlichsten Nummern und trugen teilweise auch Masken. Gerade die Boys, die unsere Auftritte, also die der Stars, eher abrundeten. Darum konnte ich mit den Namen auch nichts anfangen, als ich die in den Akten meines Mannes …«

»Was sagen Sie dazu, Herr Bruckmayer?«

»Pff … Ich stand hinter dem Tresen und hab Bier gezapft. Und ständig neue Fässer angeschlagen. Was da vorn auf der Eisfläche ablief, hat mich ehrlich gesagt nicht so interessiert.«

»Verständlich«, meinte Frey und erklärte dann: »Ich habe diese Namen mit der Einwohnerkartei verglichen.«

»Und?«, fragten Jo Saunders und Martin Bruckmayer wie aus einem Mund.

»Nichts. Da findet sich weder ein Bill oder Robert Murray noch ein Hamilton Griffin noch ein Franz Dachstein.«

»Herr Frey, ich bekomme gleich eine Heart Attack …«, schimpfte Jo Saunders.

»Na gut, um es abzukürzen: Ich habe mich mit der ungarischen Sprache beschäftigt. Konnte nicht schlafen die halbe Nacht. Und im Internet … Na ja, teto heißt Dach auf Ungarisch. Und ko heißt Stein. Und 1953 hat sich ein Ferenc Tetoko in Garmisch niedergelassen.«

»Franz Dachstein …«, murmelte Martin Bruckmayer.

»Und was ist mit ihm?«, wollte Jo Saunders wissen.

»Ferenc Tetoko war Eislauftrainer für die Jugend des Sportclubs Riessersee. Bis Ende der Achtziger. Allerdings wieder unter anderem Namen. Er hat 1972 in Garmisch geheiratet und den Namen seiner Frau angenommen. Und seinen Vornamen wieder eingedeutscht. Franz Blechschmied. Und jetzt halten Sie sich fest. Er lebt noch. Ist Großvater und dreifacher Urgroßvater. Jeden Donnerstagnachmittag um vierzehn Uhr liest er Kindern im Michael-Ende-Haus zwei Stunden aus Büchern vor.«

»Und er war es? Er hat Franziska …«

»Moment, meine Liebe, das geht zu schnell«, fiel Martin Bruckmayer ein. »Da sind ein paar Unwägbarkeiten in der Geschichte. Erstens: Der Geheimbericht von deinem Mann, die alte Akte … Das muss so nicht stimmen. Das sind Vermutungen. Verdächtigungen. Also: War Lazlo Balta überhaupt beteiligt? Oder, noch davor: Ist Franziska überhaupt auf diese grässliche Art und Weise …«

Jo Saunders stoppte Martin: »Dass sie das ist, steht fest. Das waren ihre Knochen. Hat der DNA-Test ergeben.«

»Gut. Aber dennoch: War es dieser Lazlo Balta? Ist Lazlo Balta dieser Franz Dachstein? Ist Franz Dachstein dieser Ferenc Tetowo oder wie auch immer?«

»Tetoko«, sagte Albert Frey. »Aber Sie haben natürlich recht, Herr Bruckmayer. Sicher ist gar nichts.«

»Und was ist mit dem anderen, diesem Paul Rudolph?«, fragte Jo Saunders.

»Nichts. Keine Hinweise. Der war ja Kellner. Und die stehen nicht in den Programmheften. Aber vielleicht bekommen wir auf anderem Wege etwas heraus.«

»Ich wüsste einen«, sagte Jo Saunders. »Ask Franz.«

»Ich soll den Franz Blechschmied aufsuchen für Sie, gnädige Frau?«

»No, thanks. Ich werde es selbst tun. Wo ist dieses Michael-Ende-Haus?«

Dem Mann vom LKA war sichtlich unwohl in seiner Haut. Obwohl die Mittagstemperaturen an diesem 2. Mai durchaus dazu angetan waren, sich auf den Aluminiumstuhl des Segafredo am Rindermarkt zu fläzen und den Sonnenstrahlen möglichst viel Fläche zu bieten, saß der Mann zusammengesunken vor seinem Cappuccino. Den Kragen der schwarzen Lederjacke hatte er hochgeschlagen und die Basecap tief ins Gesicht gezogen.

»Jetzt entspann dich. Bei mir zu Hause warst du auch nicht so schüchtern«, sagte Dr. Dorothee Allgäuer zu ihm und wirkte belustigt.

»Bei dir zu Hause sind auch nicht Tausende von Menschen außen rum. Was ich hier mache, ist illegal und kann mich meinen Job und die Pension kosten.«

»Manchmal muss man sich entscheiden, mein Lieber. Frau und Kinder oder Job. Du willst doch sicher nicht, dass deine Frau von uns beiden erfährt.«

»Ich krieg dich dran, das schwör ich, Dotti.«

»Keine leeren Versprechungen. Was ist jetzt mit den Vergrößerungen?«

Der Mann langte in die Innentasche der Lederjacke und zog einen A5-Umschlag heraus, den er vorsichtig vor Dorothee Allgäuer auf den Tisch legte. »War nicht ganz leicht. Hat mich eine halbe Nacht gekostet. Und allzu viel ist auch nicht zu sehen.«

Dorothee Allgäuer griff nach dem Umschlag und öffnete ihn.

»Bist du wahnsinnig? Mach das zu Hause oder auf dem Klo!«, zischte der Mann.

»Ist ja schon gut. Was ist schon dabei? Du hilfst mit bei der Aufklärung eines Verbrechens. Das ist doch dein Job.«

»Haha. In meinen Dienstvorschriften steht nur leider nichts davon, dass ich die Überwachungsvideos aus der Wohnung einer durchgeknallten Gerichtsmedizinerin heimlich auswerte und ihr die Vergrößerungen liefere. Noch dazu einer, die offensichtlich persönlich in einen komplexen Fall verstrickt ist.«

»Was das anbelangt, kann ich dir versichern, dass ich unschuldig bin.«

»Ach, dann ist's ja gut, wenn du das sagst.«

»Schön, dass wir uns verstehen. Das könnten wir einmal wieder an einem weniger öffentlichen Ort … ähm, vertiefen«, gurrte Dorothee Allgäuer.

»Du spinnst echt. Erst bumst du mich, dann erpresst du mich, und dann geht's von vorn los!«

»Oder von hinten, wenn dir das lieber ist, mein Bester.« Sie legte ihm unter dem Tisch die Hand auf den Oberschenkel und fuhr damit langsam nach oben.

»Hm. Na gut. Aber nicht mehr in deiner Wohnung. Die wird überwacht, wie du dir sicher denken kannst. Irrsinn, dass ich mit dir hier rumsitze am helllichten Tag.«

»Dann halt im Hotel. Morgen Abend, acht Uhr, im ParkInn-Hotel an der Nürnberger Autobahn? Ich mag es, wenn draußen die Autos vorbeirauschen …«

Martin Bruckmayer stellte seinen Geländewagen auf dem Parkplatz von Veit Grubers Berggasthof Panorama ab. Um vierzehn Uhr hatte Jo Saunders hier einen Termin mit dem Gruber, doch Martin Bruckmayer wollte diesmal nicht dabei sein. Er müsste sich nur wieder über das irrsinnige Unterfangen, wie er Grubers Pläne nannte, ärgern. Daher hatte er Jo gebeten, in der Zwischenzeit spazieren gehen zu dürfen.

Der Bitte hatte sie nicht ohne Freude stattgegeben. Endlich könnte sie allein mit dem Mann sprechen, der ihre Leistungen der Vergangenheit wirklich zu würdigen wusste und dem es nichts ausmachte, eine Achtzigjährige als Geschäftspartnerin zu haben.

Es war aber erst kurz nach dreizehn Uhr, denn Jo Saunders

wollte mit Martin Bruckmayer vor dem Treffen mit Gruber das Kloster St. Anton besuchen, das nur wenige Meter unterhalb des Panorama lag. Jo hakte sich bei Martin unter. Vorsichtig gingen sie die steile Teerstraße hinab, auf der noch der Rollsplitt des Winters lag.

Als sie das Kloster erreichten, zog Jo einen kleinen Bilderrahmen aus ihrer Handtasche und reichte Martin Bruckmayer einen Nagel und einen Hammer. »Kannst du mir bitte hier an einer freien Stelle den Nagel einschlagen?«

»Jo … das sind hier alles vermisste Soldaten aus den Kriegen.« Martin deutete auf die unzähligen Bilderrahmen und Holztafeln, mit denen die einheimischen Familien die Suche nach Verschollenen dem heiligen Antonius anvertraut hatten. Sie hingen links und rechts des Laubengangs, der zur Pforte der Kirche hinaufführte.

»Wo steht geschrieben, dass man nicht auch eine junge Bedienung aus der Nachkriegszeit suchen darf?«, fragte sie. »Ist der Antonius nur für Soldaten zuständig? Well, that's new. Und es waren ja zwei Amis dabei, nicht?«

Martin Bruckmayer zögerte immer noch. »Ja, aber du hast sie ja schon gefunden. Wenn es auch nur die Überreste sind. Viele andere wären froh, wenn sie die wenigstens aus Russland oder Frankreich zurückbekommen hätten.«

»Ich habe Knochen von Franziska. Aber ihr Geheimnis kenne ich noch nicht. Vielleicht hilft mir der Antonius ja auch, dieses Rätsel zu lüften.«

Martin Bruckmayer schnaufte entnervt. »Na gut. Hier ist noch ein wenig Platz.« Er schlug den Nagel in das Holz einer der Wände des Treppenaufganges und wollte Jo das Bild aus der Hand nehmen, um es aufzuhängen.

»Thanks, das mache ich selbst.« Sie hängte den Bilderrahmen an den Nagel. Hinter dem Glas befand sich ein weißes Stück Papier, auf dem sie ein altes Schwarzweißfoto geklebt hatte. Darauf waren Franziska und Josepha als Kinder zu sehen und im Hintergrund der Rießersee und die Waxensteine. Daneben hatte sie »Franziska, ich vermisse dich!« geschrieben und ein Edelweiß geklebt, das sie offenbar aus einer Zeitschrift ausgeschnitten hatte.

»Du warst schon immer so stur, ich erinnere mich«, sagte Martin Bruckmayer nach einem Augenblick der Andacht.

Sie antwortete nicht, sondern ging hinauf zur Kirchentür. Wortlos trat sie ein, bekreuzigte sich mit dem Weihwasser und deutete einen Knicks in Richtung Altar an. Martin Bruckmayer folgte und tat es ihr gleich. Die kleine Barockkirche war menschenleer.

»Das wollte ich sehen. Ich habe im Internet gelesen, dass es hier hängt.« Jo Saunders stand vor einem Gemälde, das den Einzug der amerikanischen Truppen in Garmisch-Partenkirchen im April 1945 zeigte. »Damals sind wir oben auf dem Kochelberg gesessen und haben alles angeschaut, erinnerst du dich?«

»Unglaublich. Wir waren fünfzehn. Wir sind ein Stück Geschichte, Jo.«

»Und danach hat unser neues Leben angefangen. We are blessed, you know.«

»Lass uns eine Kerze stiften.«

Sie gingen zum rechten Seitenaltar, wo sich ein großer Kerzenständer befand. Martin nahm einen Schein aus der Brieftasche und steckte ihn in die schwarze Kassette.

»Dafür darfst du alle Kerzen hier anzünden«, sagte Jo.

»Es gibt genug verlorene Seelen. Lass uns für sie beten.« Er nahm eine einzelne Kerze aus dem Fach, entzündete sie an einer bereits brennenden und steckte sie in einen Halter. Dann ging er zurück ins Hauptschiff, nahm in der ersten Reihe Platz und kniete sich zum Gebet nieder.

Jo blieb bei den Kerzen stehen. Auch sie nahm eine, entzündete sie und steckte sie fest. »Franziska, I miss you«, sagte sie und schloss fest die Augen, um ihren innigsten Wunsch mit aller Kraft an Gott, das Universum oder wer auch immer dafür zuständig war zu übermitteln: Die Mörder von Franziska sollten gefunden und bestraft werden.

Nach einer gefühlten Ewigkeit berührte Martin sie am Arm.

»Komm, lass uns gehen«, sagte er, und sie verließen das kleine Wallfahrtskirchlein durch den Seitenausgang.

Draußen fanden sie sich inmitten der nach dem langen Winter erwachenden Natur wieder. Zartes Grün schlug aus den Laubbäumen, und auch die Latschen und Fichten wechselten ihre Farbe von Dunkel nach Hell. Der Wiesenhang, an dem das Kloster St. Anton lag, war mit Krokussen und Maiglöckchen gesprenkelt.

»Wenn wir uns doch nur so erneuern könnten, jedes Jahr«, seufzte Jo Saunders.

»Der Herrgott gibt's, der Herrgott nimmt's«, sagte Martin Bruckmayer.

»Ich wusste gar nicht, dass du so religiös bist, Martin. Warst du das schon immer?«

»Wer wie ich viel herumgekommen ist, der braucht etwas zum Festhalten«, erklärte er. »Nachdem mein Vater die Brauerei verkauft hatte und meine Eltern bald darauf beide verstorben sind, hatte ich einen Haufen Geld. Aber glücklich war ich nicht. Die Holländer haben mir dann den Job bei ihnen angeboten und mich um die Welt geschickt. Aber zu Hause war ich nirgends. Also habe ich mich auf jene Wurzeln besonnen, die jeder von uns hat und die nichts zu tun haben mit dem Ort, an dem man sich gerade befindet, oder den Verhältnissen, aus denen man stammt und in denen man lebt. Den Glauben.«

»Ich hatte meinen Halt in Tom. Ich habe für ihn gelebt. Und für meinen Sport, natürlich. Aber Tom …« Sie legte sich die Hand aufs Herz. »Hier drinnen habe ich nur für ihn gelebt. Hätte ich gewusst, dass er mich so hintergeht … Bastard …«

»Du darfst nicht so streng über ihn urteilen, Jo. Er wollte dich schützen. Vergib ihm. Er war ein guter Mann.«

»Das kann ich nicht. Vielleicht, wenn ich diese Mörder gefunden habe. Vielleicht kann ich ihm dann danken, dass er die alten Unterlagen nicht verbrannt hat.«

Sie gingen eine Zeitlang schweigend auf dem Spazierweg nebeneinander her.

»Dass du das sagst … ›Er war ein guter Mann‹ …«, sinnierte Jo Saunders. »Obwohl er mich dir weggenommen hat?«

»Das habe ich überwunden. Und du bist ja zu mir zurückgekehrt.«

»Bin ich das?«

»Zumindest für eine Weile. Mal sehen, was daraus wird.«

»Well, auch du bist stur, Martin Bruckmayer.«

»Wie darf ich das interpretieren, Herr Hanhardt, dass ich Sie heute am Mittwoch das erste Mal in dieser Woche sehe? Als gutes oder als schlechtes Zeichen?«

»Als Zeichen, dass ich viel zu tun habe. Es gibt ja nicht nur diese Ryschankawa-Sache. Außerdem stelle ich die Fragen, Herr Hartinger.«

»Ich dachte, ich stelle auch mal eine, damit unser Plausch nicht wieder so gähnend langweilig wird.«

»Danke, ich unterhalte mich bestens. Und als Erstes frage ich Sie, ob Sie es sich anders überlegt haben? Hatten Sie GV mit dem Opfer, zu welchem Zeitpunkt auch immer?«

Dr. Mertens mischte sich ein. »Herr Kriminalhauptkommissar, so kommen wir doch nicht weiter. Sie wissen, dass ich am Montag Haftprüfung beantragt habe. Es ist eine Frage von Tagen, bis Herr Hartinger auf freien Fuß gesetzt wird. Sie haben nichts, aber auch gar nichts gegen ihn in der Hand.«

»Natürlich habe ich das. Ich habe sein Sperma in einer Leiche. Und solange Herr Hartinger uns nicht sagt, wie es dorthin gekommen ist, ist er tatverdächtig.«

»Das hat mein Mandant doch nun wirklich bis zum Erbrechen wiederholt.« Mertens seufzte laut. »Wir gehen davon aus, dass das Beweismittel gefälscht ist.«

»Wie Sie wollen.« Jürgen Hanhardt schlug seinen Block zu, knipste das Diktiergerät aus und nickte dem Vollzugsbeamten zu, der an der Wand des Verhörzimmers saß. »Ende der Veranstaltung. Lassen Sie uns bitte raus.«

Der Anwalt und der Ermittler erhoben sich und verabschiedeten sich von Hartinger. Der hörte, wie Dr. Mertens zu dem Kriminalpolizisten im Hinausgehen sagte: »Lassen Sie uns doch gemeinsam zu Mittag essen. Es gibt einen netten Italiener um die Ecke.«

Diesmal hatte Albert Frey eine dünne Aktenmappe und eine Papprolle unter dem Arm, als er den Klingelknopf am Tor zu Martin Bruckmayers Villa drückte. Seine Laune war ganz ausgezeichnet.

»Sind die Herrschaften im Erkerstüberl?«, fragte er die Hausangestellte, die ihm öffnete.

»Ja, ich habe soeben das Abendessen reingestellt und wollte gerade gehen. Möchten auch Sie noch eine Portion Tellerfleisch? Ist noch warm.«

Und ob Albert Frey wollte. Den ganzen Tag hatte er sich wieder mit den Personallisten der Amerikaner, der mikroverfilmten Einwohnerkartei und anderen Archivalien herumgeschlagen und darüber einmal mehr das Mittagessen vergessen.

»Einen guten Appetit«, rief er Jo Saunders und Martin Bruckmayer zu, als er das Wohnzimmer betrat. Er setzte sich an den runden Tisch und wartete darauf, dass man ihm das Essen auftrug.

»Haben Sie was Neues?«, wollte Martin Bruckmayer wissen.

»Und ob.«

»Wir würden vor Neugier sterben, Herr Frey, wenn Sie erst essen würden. Please …«, drängelte Jo Saunders.

»Also gut. Heute alles in gebotener Kürze. Paul Rudolph lebt.«

Jo Saunders legte das Besteck beiseite. »Hier in Garmisch?«

»Ja.«

»Wie haben Sie das wieder herausgefunden, lieber Herr Frey?«, wunderte sich Martin Bruckmayer.

»Fleiß und Glück. Und ein Wimpel. Und die Heimatzeitung.«

»Sie werden es uns ohnehin irgendwann berichten wollen, also, warum nicht gleich?« Martin Bruckmayer verdrehte die

Augen zur zirbelhölzernen Kassettendecke. »Sicher ist das auch wieder eine dünne Theorie ...«

»Nun gut, wenn Sie es unbedingt genau wissen wollen«, freute sich Albert Frey. »Ich habe Ihnen erzählt, dass in der von mir gefundenen Box die mikroverfilmte Einwohnerkartei bis 1960 erhalten ist. Und dass die Unterlagen, die Veit Gruber von dem Manager der Ami-Hotels erhalten hat, ab 1960 sind. In diesem Jahr hat der Mann dort angefangen. Es gibt also eine Überschneidung von zwölf Monaten. Und jetzt sehen Sie, bitte.« Er ließ die Eckgummis des Aktendeckels auf dessen Rücken schnalzen und legte die Fotografie einer maschinengetippten Einwohnerkarteikarte auf den Tisch. »Die habe ich vom Lesegerät abfotografiert und beim Buidlmacher – Sie wissen, diesem Fotoladen in der Ludwigstraße – ausgedruckt. Hier steht: Paul Rudolph, geboren 14.09.1925 in Dresden. Zugezogen nach Garmisch-Partenkirchen am 27.04.1947. Wohnung Pitzaustraße 18. Abgemeldet am 15.12.1960. Kein neuer Wohnort bekannt.«

Frey zeigte das nächste Foto in A4-Größe. Auch dieses zeigte eine alte Karteikarte, schwarzweiß und negativ. »Detlev Gürtler, geboren am 14.09.1925 in Dresden. Zugezogen nach Garmisch-Partenkirchen am 15.12.1960. Wohnung Pitzaustraße 18. Kein weiterer Eintrag.«

»Dasselbe Geburtsdatum, derselbe Geburtsort, dieselbe Adresse«, staunte Jo Saunders, die sich die Fotos genau besah. »Der eine meldet sich kurz vor Weihnachten ab, und der andere zieht an genau diesem Tag zu?«

»Seltsam, oder? Kann natürlich passieren, so ein Zufall. Aber jetzt kommt's.« Frey zog das Original einer Personalliste des amerikanischen Armed Forces Recreation Centers hervor. Sein Zeigefinger wanderte über die Zeilen nach unten. »15. November 1960. An diesem Tag werden so ziemlich alle Bediensteten in den Hotels der Amerikaner entlassen. Das ist normal. Machten Hoteliers früher im ganzen Ort so, wenn sie ihre Häuser bis Weihnachten dichtmachten. Auch die Amis. Und hier findet sich Restaurant-Manager Paul Rudolph, Von-

Steuben-Hotel. Im Von Steuben ist aber Paul Rudolph nicht mehr eingestellt worden. In keinem Hotel der Amerikaner. Nicht 1960 und auch später nicht. Aber ...« Albert Frey zog ein weiteres Blatt mit einer Namensliste hervor. »Sehen Sie die Neueinstellungen vom 15. 12. 1960. Detlev Gürtler, House Keeper, Green Arrow Hotel. Am 15.12. haben die Hotels den Betrieb wieder aufgenommen.«

»Aber das beweist doch nichts«, war Martin Bruckmayer überzeugt.

»Moment, ich bin noch nicht fertig. Ich habe nach einem Detlev Gürtler in den Telefonverzeichnissen gesucht. Nichts. Aber das muss heutzutage ja nichts mehr heißen, viele Menschen lassen sich dort gar nicht eintragen. Also musste ich weiterforschen. Es gibt eine kleine Abteilung mit AFRC-Archivalien im Marktarchiv.«

Albert Frey zog die Kopie eines Artikels aus dem Garmisch-Partenkirchner Tagblatt hervor. Auf dem grobkörnigen Schwarzweißbild war eine Truppe von mehreren Hundert Personen zu sehen, die auf einem Parkplatz Aufstellung genommen hatte. Das Foto war offensichtlich von einem ziemlich hohen Haus oder einem Kranwagen aufgenommen worden.

»1966«, sagte Albert Frey. »Zwanzigstes Jubiläum des Armed Forces Recreation Centers in Garmisch. Ich darf die Bildunterschrift vorlesen: ›Die 345 Angestellten des AFRC unterzeichneten 20 Wimpel, die den offiziellen Vertretern der Gemeinde und des Landkreises Garmisch-Partenkirchen und der amerikanischen Armee überreicht wurden.‹«

Albert Frey ließ einen der weißen Plastikdeckel des Papprohrs aufploppen. Er nestelte ein Stück Stoff heraus und rollte es auf dem Tisch aus.

»Da. Der Wimpel, der 1966 dem Bürgermeister überreicht wurde«, sagte er. »Bitte schauen Sie genau hin. Dieses Autogramm dort oben ist von Paul Rudolph. Sechs Jahre nach dem ominösen Wohnungs- und Jobtausch. Warum er dort seinen richtigen Namen hingeschrieben hat, weiß ich nicht. Vielleicht einfach nur Leichtsinn. Jedenfalls habe ich damit den Leiter des Einwohnermeldeamts konfrontiert und ihn aufgefordert, eine Abfrage nach Detlev Gürtler zu machen. Der Mann ist neu und glaubt an Vorschriften. Na ja, eine halbe Stunde später hat er mir bestätigt: Detlev Gürtler wohnt in der Höllentalstraße 82. Nur eben nicht als Detlev Gürtler. Hat 1972 geheiratet und den Namen seiner Frau angenommen. Detlev Beck.«

»Hat nicht auch Lazlo Balta alias Ferenc Tetoko alias Franz Blechschmied 1972 geheiratet und den Namen seiner Frau angenommen?«

»Sehr gutes Gedächtnis, gnädige Frau. Die beiden haben ja auch zusammen etwas ausgefressen. Sie werden sich über die jeweiligen Schritte des anderen informiert haben, um zu erfahren, wie der alte Komplize seine Tarnung aufrechterhält oder erneuert.«

»Das ist alles sehr dünn, Herr Frey, das muss ich schon sagen«, meinte Martin Bruckmayer.

»Ich würde eher sagen, ein bisschen viele Zufälle, Herr Bruckmayer.«

»Und was machen wir nun?«, wollte Martin Bruckmayer wissen. »Damit können Sie doch nicht zur Polizei gehen.«

»Warum denn nicht? Zusammen mit der Akte von Frau Saunders reicht das für ein paar unangenehme Fragen, da bin ich mir sicher.«

»Lassen Sie mich zuerst mit diesem Detlev Beck und diesem Franz Blechschmied reden, Herr Frey«, bat Frau Saunders.

»Gnädige Frau, ich bewundere Ihre Einsatzbereitschaft und Ihren Mut. Aber wenn ich mich nicht täusche, haben wir es hier mit Mördern zu tun.«

»Mörder waren sie vor sechzig Jahren. Ich glaube nicht, dass sie mich einfach so …«

»Ich gehe auf alle Fälle mit, Jo«, unterbrach sie Martin Bruckmayer.

»Gut«, sagte Jo Saunders und setzte bestimmend hinzu: »Morgen suche ich als Erstes diesen Blechschmied oder besser: Balta auf.«

»Bist narrisch? Da kannst du doch jetzt noch keine Pressekonferenz machen. Das ist doch alles noch ein Hirngespinst!« Bürgermeister Hans W. Meier zweifelte einmal mehr an der Geistesgesundheit seines alten Spezls Veit Gruber.

Der Angesprochene saß entspannt auf dem Besucherstuhl in Meiers Büro und ließ sich nicht aus der Ruhe bringen. »Die formaline Kraft des Praktischen. Hast davon schon mal was gehört?«

»Normative Kraft des Faktischen, Depp!« Natürlich hatte der Bürgermeister davon gehört. Und weit mehr als das. Sich nicht durch unnötige Zweifel Dritter von seinem, dem richtigen Weg abbringen zu lassen war oberste Maxime seiner Politik. Daher stellte er seinen Gemeinderat und seine Bürger grundsätzlich vor vollendete Tatsachen.

»Von mir aus, normative Kraft von was weiß ich. Wir müssen das Eisen schmieden, solange es heiß ist. Erstens, Hansi: Die Jo Saunders ist nicht ewig da. Die werden bald die Knöcherl von ihrer Schwester freigeben, und dann wird die beerdigt, und dann ist die Saunders weg. Zweitens: In München gastiert gerade eine Eistanztruppe in so einem Kochzelt. Weißt schon, Schneebocks Theatrissimo, draußen in Riem. Zweite Liga zwar, wie die ganze Veranstaltung; die nennen sich im Ernst ›Heiß auf Eis‹, und aus Österreich sind's auch noch. Aber mit anständig Trockeneisnebel, einer gescheiten Lightshow und Musik satt holen wir da schon das Maximum raus. Es ist ja nur eine Vorabpräsentation. Und drittens, lieber Hansi, kannst du ein bissl Good News auch vertragen.«

»Da hast allerdings recht. Unser schönes Landl ist durch diese abscheulichen Vorgänge imagemäßig beeinträchtigt. Gott sei Dank hat sich die Presse schon längst wieder auf was anderes gestürzt. Aber ausgestanden ist das nicht, solange keiner da eindeutig verurteilt ist. Die kommen wieder.«

»Na also. Wir liefern den TV-Leuten ein paar nette Bilder mit langhaxerten Eisläuferinnen in knappen Kleiderln und auf einer Riesenleinwand die Pläne und die Animationen von der neuen Casa Carioca. Casa Carioca reloaded. Und schon haben wir Garmisch-Partenkirchen wieder positiv besetzt. Und die Casa Carioca wiederbelebt. Eins darfst nicht vergessen: So ein Name ist nicht schützbar. Außer du verwendest ihn gerade. Und wenn wir das tun, gehört er uns.«

»Dir, meinst, Veit. Dir gehört er dann.«

»Ah geh zu, Hansi, der Name ist doch untrennbar mit diesem Ort verbunden. Und ich übrigens sowieso.«

»Ich fürcht's auch«, murmelte der Bürgermeister.

»Sorry, ich hab dich nicht verstanden.«

»Nix, red nur weiter.«

»Prominenz brauchen wir halt für einen sauberen Event.«

»Also ich komm dann schon mal.«

»Ah ja, ich mein … Klar, das ist super und natürlich das Allerwichtigste. Ohne dich geht's ja überhaupts gar nicht, Hansi. Wo denkst du hin? Ich mein, ohne dich … Das wär ja wie Ostersonntag auf dem Petersplatz ohne den …«

»Passt schon, Veit.«

»Aber neben dir auf den Rängen bei der Show, da will ich auch den Garmischer Oberami, den jetzigen, sehen. Schön in Ausgeh-Uniform. Und den obersten Gebirgsjäger aus Mittenwald, den Oberstleutnant … äh, dings. Und natürlich den amerikanischen Generalkonsul aus München. Wegen Völkerfreundschaft. Bayerisch-amerikanische Freundschaft. Die wird hier ja gelebt seit der Casa-Carioca-Zeit. Überhaupt, aus München könnten sich da auch ein paar von den Unseren herablassen. Wir bieten ja was. Wir machen ja Sportförderung von der Pike auf. Das muss man ja durch die Brille des Nachwuchses sehen. Wenn wir da die Jo Saunders präsentieren, da sehen doch die jungen Leut, was werden kann aus ihnen. Also, einen Sportminister oder so was will ich da schon haben. Der Ministerpräsident …«

»… kommt sicher nicht, das kannst dir verreiben, Veit.«

»Gut, aber doch dann der Chef vom Bewerbungskomitee. Oder der Dings, der … Und natürlich unsere Sportler. Der Neureuther und die Riesch, eh klar. Rosi und Christian, eh. Die sind ja allawei sowieso dabei. Und die Curlerinnen. Sind eh unsere erfolgreichsten Sportler. Und die Dings, die war mal Deutsche Meisterin. Und wart, so Filmsternchen brauchen wir da auch. Die Schönfelder, die mit den …«, er machte zwei eindeutige Handbewegungen vor seiner Brust und pfiff durch die Zähne, »weißt schon, die ist ja aus Gröbenzell, da kommt ja auch der Rubi her, der soll uns das gleich moderieren …«

»Schöneberger heißt die, Veit.«

»Ja, von mir aus. Deine Burschen im Tourismusamt haben doch da die Listen, wo die ganzen A-, B- und C-Promis draufstehen. Die kommen doch ab einer gewissen Schublade auch für einen Hotelgutschein. Da ballern wir die Tribüne voll damit, dass die von der Bunten und der Gala mit dem Mitschreiben gar nicht mehr mitkommen. Mei, oben auf der Liste, da muss man vielleicht den einen oder anderen Tausender springen lassen. Ein paar A-Leut brauchen wir auch. Eiskunstlauf. Die Witt halt, würd ich sagen. Die kostet natürlich. Aber ein billigeres PR-Instrument wie einen solchen Event kriegst nicht mehr. Bloß blöd, dass ihr mir meinen PR-Mann eingesperrt habts.«

»Ja, freilich. Das tät fehlen, dass der Hartinger das verkündet. Du spinnst echt. Du kennst doch den.«

»Ich weiß aber auch, wie hoch seine Schulden sind, Hansi. Der hätte mir aus der Hand gefressen, des glaubst. Na ja, egal, müssen wir halt eine Agentur anstellen.«

»Wie meinst das jetzt mit ›wir müssen eine Agentur anstellen‹, Veit?«

»Ja, also wir halt. Ist ja zur Hälfte mindestens zum Wohle Garmisch-Partenkirchens, Hansi, oder? Da wirst ja zustimmen.«

»Unsere PR-Agentur hat eh nix zu tun zurzeit. Die sagen: Schnauze halten wegen Knochen und Ryschankawa. Da machen mir die Geschäftsleute am Stammtisch eh schon die Hölle heiß. Die Agentur soll das ein paar Tage mitbetreuen, deinen Auftrieb.«

»Du machst also mit?«

»Veit, der Schmarrn hört sich so verrückt an, dass ich ihm

fast eine Chance geben muss. Eins habe ich in den letzten Jahren gelernt: Je narrischer, desto erfolgreicher. Schau die Ischgler mit dem Billigsekt in Dosen und der Paris Hilton an.«

»Die könnten wir natürlich auch haben. Ich kenn einen in München, der hat Verbindungen zu ihrem Manager. Achtzigtausend kostet die für zwei Stunden, sagt der. Ohne Extras, natürlich. Und ohne Kosten, die die selber verursacht.«

»Freilich. Die steigt dann ohne was drunter aus dem Auto aus, und ich hab die rechtschaffenen Bürger unseres wunderschönen Ortes am Hals. Vergiss es. Keine solchen Diplom-Schlampen. Auch wenn's pressetechnisch natürlich helfen würde, ist ja auch mir klar. Aber nicht zurzeit, wo so eine bei uns vom Felsen gefallen ist. So, und jetzt geh ma rüber zum Murr auf einen Leberkäs mit Kartoffelsalat.«

Hartinger hatte gerade erst die Halle betreten und sich an seinem Arbeitsplatz niedergelassen. An diesem Tag wollte er den eigenen Rekord brechen und pro Stunde über eintausend Contemplo-Kataloge in das SZ-Magazin einstecken. Doch daraus wurde nichts. Ein Läufer der Wachmannschaft kam und holte ihn ab. Er hatte Besuch von seinem Verteidiger.

Dr. Reinhold Mertens saß allein, ohne Kripomann Hanhardt, in dem engen Einzelbesuchsraum. Hartinger setzte sich an den quadratischen Besprechungstisch. Dr. Mertens hatte seinen Laptop auf den Tisch gestellt und das Netzgerät in die dafür extra eingebaute Dose über dem Tisch gesteckt. Das Ladelämpchen glomm hellgrün. Der Bildschirm des Computers war schwarz.

»Herr Hartinger. Gute und schlechte Nachrichten. Beziehungsweise es liegt an Ihnen, ob die Nachrichten gut oder schlecht sind. Ich komme vom Oberstaatsanwalt. Ich habe alle Karten ausgespielt.« Der Anwalt machte eine theatralische Pause und zog die Brauen weit nach oben, wodurch seine Augen beinahe oben und unten über die schmalen Gläser der randlosen Brille hinausragten. Dann drückte Dr. Mertens eine Taste des PCs, und der Bildschirm wurde hell.

Darauf war die Vergrößerung eines Fotos zu sehen. Es zeigte eine Person, die von hinten aufgenommen worden war. Auf dem Ausschnitt war lediglich ihre Körpermitte zu sehen, unten und oben der obere Rand einer Hose und der untere eines sehr kurzen schwarzen T-Shirts und dazwischen blanke Haut und ein Tattoo.

»Wer ist das?«, fragte Hartinger. »Ein Knacki?«

»Wie kommen Sie darauf?«

»Na, wegen des Spruchs. Ist zwar schlecht zu lesen, denn es fehlt die Hälfte, aber ich wette, vor dem ›and die‹ steht ›Come in‹. Das haben hier ein paar harte Jungs, um klarzumachen, dass sie für den Erhalt ihrer Jungfräulichkeit töten würden.«

»Interessant«, murmelte Dr. Mertens und machte sich Notizen.

»Das wissen Sie nicht? Als Strafverteidiger?«

Der ansonsten so distinguierte Jurist reagierte leicht verschnupft. »Ich hab noch nie eingesessen, das gehört nicht zu den Schlüsselqualifikationen, wenn Sie das meinen.«

»Schon gut, Sie können ja nicht alle Knastgebräuche kennen, stimmt schon.«

»Jedenfalls ist das der Mann, der in Frau Dr. Allgäuers Wohnung eingedrungen ist und wahrscheinlich Ihr Sperma entwendet hat.«

»Woher haben Sie das Bild?«

»Tut nichts zur Sache. Die Polizei kannte es nicht. Jedenfalls lassen Sie sich gesagt sein, dass die Frau Doktor es gut mit Ihnen meint.«

»Und der Oberstaatsanwalt kennt das Bild?«

»Und Hanhardt. Dem habe ich es zuerst gezeigt. Natürlich unter der Hand. Die wissen, dass sie mit Ihnen den Falschen haben, Herr Hartinger. Aber Sie haben der Gerichtsmedizin der Universität Beweisfälschung vorgeworfen. Im Hintergrund läuft eine interne Ermittlung, die Wellen schlagen kann. Hohe Wellen. Und wir wissen nicht, wie die Untersuchung ausgeht. Da kommen dann Mächte ins Spiel, die wir nicht beeinflussen können. Vielleicht tauchen da noch ganz andere Beweise gegen Sie auf. Ich hab schon Pferde vor der Apotheke kotzen gesehen.« Dr. Mertens starrte Hartinger beschwörend in die Augen, während er sagte: »Die können Sie nicht rauslassen, wenn Sie nicht zugeben, mit dem Opfer Verkehr gehabt zu haben. Und daher habe ich einen Deal vorgeschlagen. Sie geben es zu, dann wird Ihr Sperma in der Frau erklärbar. Sie hatten GV mit ihr am Donnerstag nach Ihrem Tête-à-Tête in diesem … Club. Die werden Ihnen keinen Strick draus drehen. Ich habe das Ehrenwort des Oberstaatsanwalts. Und wir löschen diese Bilder von dem Einbruch aus allen Gedächtnissen und von allen Speichermedien.«

»Was ist das Ehrenwort Ihres Oberstaatsanwalts wert, Herr Dr. Mertens?«

»Seine Karriere. Der Seniorpartner unserer Sozietät ist sein Doktorvater. Mehr muss ich Ihnen wohl nicht sagen.«

»Das ist ein schmutziger Deal. Das ist alles höchst illegal, Herr Anwalt.«

Dr. Mertens beugte sich zum Ohr seines Mandanten und zischte hinein. »Das ist Ihre schmutzige illegale Rettung, Herr Hartinger. Lassen Sie sich eine ritterliche Geschichte einfallen, warum Sie so lange geschwiegen haben. Am nächsten Tag verlassen Sie dieses Gebäude durch die Pforte ›Hauptwache‹ als freier Mann. Ansonsten: fünfzehn Jahre Minimum, Herr Hartinger, eher zwanzig. Oder zweiundzwanzig. Sie sind Mitte sechzig, wenn Sie wieder rauskommen. Ihr Sohn fünfunddreißig. Sie haben ein kleines Zeitfenster. Sehr klein. Oder ein sehr großes. Machen Sie die Aussage bald. Und dann löschen Sie diese Geschichte von Ihrer Festplatte da oben.«

»Das werde ich mir bis morgen überlegen.«

»Ihr Gerechtigkeitsempfinden und Ihr Drang zur Wahrheit in allen Ehren, Herr Hartinger – machen Sie die Aussage heute.«

»Das ist das Michael-Ende-Haus? Das alte Kurhaus?« Jo Saunders staunte, als sie mit Martin Bruckmayer die Stufen vom Richard-Strauss-Platz in den Garmischer Kurpark hinabstieg.

»Ja, damit für die Jungen auch etwas gemacht wird. Etwas, das Werte vermittelt. Und nicht nur Sex and Crime, wie überall an den Kiosken und im Fernsehen. Ich habe eine gewisse Summe gespendet, als sie das Haus umgebaut haben vor ein paar Jahren.« Martin Bruckmayer erzählte seiner Jugendliebe nicht ohne Stolz von seinem Engagement für die Jugend Garmisch-Partenkirchens. »Schau, auch hier in dem Park stehen ein paar von den Figuren aus den Michael-Ende-Romanen als Statuen herum. Das war ja vorher ein Friedhof. Nur Rentner und Kurgäste. Da hätte sich kein junger Mensch hinein verirrt. Setzen wir uns doch ein paar Minuten.« Martin deutete auf eine Bank, die unter einem Baum unterhalb der Terrasse des Michael-Ende-Hauses stand.

»Well, wir haben eigentlich ein Ziel heute. Ich will diesen Lazlo Balta treffen.«

»Genießen wir die Sonne. Der Balta ist ja eine ganze Stunde da. Wir können in zehn Minuten hineingehen.«

Auf einmal wurde die Tür des ehemaligen Kurhauses geöffnet, und ein gutes Dutzend Kinder von fünf bis acht Jahren sprang lärmend heraus. Den Kindern folgte ein alter Mann. »Hier setzt euch!«, rief er den Kindern zu.

Nach und nach versammelten sie sich auf der Terrasse, wo drei Parkbänke ein an einer Seite offenes Quadrat bildeten. Die Kinder setzten sich auf die Bänke, und der Mann rollte aus der Eingangstür einen großen rosaroten Sitzball, auf dem er Platz nahm. »Meine rosarote Wolke, auf der ich fliegen darf, weil ich euch so brav vorlese.«

Die Kinder lachten. Eins der jüngeren rief: »Ich will auch auf einer Wolke reiten!«

»Wenn ich fertig gelesen habe, darf ein jedes kurz auf der Wolke schweben. Aber nur, wer brav und leise war.«

Die Kinder nickten, und der Mann holte aus seiner einfachen Stoffumhängetasche ein Buch. Er räusperte sich und begann zu lesen:

»Was die kleine Momo konnte wie kein anderer, das war: zuhören. Das ist nichts Besonderes, wird nun vielleicht mancher Leser sagen, zuhören kann doch jeder. Aber das ist ein Irrtum. Wirklich zuhören können nur ganz wenige Menschen. Und so wie Momo sich aufs Zuhören verstand, war es ganz und gar einmalig. Momo konnte so zuhören, dass dummen Leuten plötzlich sehr gescheite Gedanken kamen. Sie konnte so zuhören, dass ratlose oder unentschlossene Leute auf einmal ganz genau wussten, was sie wollten. Oder dass Schüchterne sich plötzlich frei und mutig fühlten …«

»Das ist er«, sagte Martin zu Jo Saunders.

»I know. Ich habe ihn erkannt.« Jo hörte weiter zu, wie der Mann vorlas. »Er hat keinen Akzent.«

»Einen ganz leichten vielleicht. Aber er hat sehr an sich gearbeitet.«

»Du hast gewusst, dass er hier ist.«

»Ich bin im Vorstand des Michael-Ende-Vereins. Ich weiß, wer hier was macht. Und irgendwann habe ich ihn erkannt.«

»Und jetzt?«

»Lass uns spazieren gehen.«

»Wieder die Fußgängerzone auf und ab? Noch ein Geständnis?«

»Ich habe noch etwas entdeckt, das muss ich dir zeigen.«

Sie erhoben sich, ohne dass der Vorleser oder eines der Kinder Notiz von ihnen genommen hätte. Durch den Seitenausgang verließen sie den Park, um wenige Meter neben der Idylle, die die alten Bäume mitten in die Garmischer Innenstadt zauberten, in der geschäftigen Shoppingmeile herauszukommen.

»Dort, wo wir das letzte Mal mit dem Bummel aufgehört haben«, dirigierte er sie weiter die Straße in Richtung Spielbank hinauf.

»Eigentlich müsste ich jetzt zur Polizei.«

»Lass uns heute Abend darüber sprechen, Jo. Du hast den Mann gesehen. Das war das, was du wolltest.«

»Eigentlich wollte ich mit ihm sprechen.«

»Das kannst du immer noch. Ich möchte nur keinen Bürgerkrieg an diesem Ort.«

»Bürgerkrieg? Der Mann hat meine Schwester vergewaltigt und ermordet!«

»Es stehen derlei Verdächtigungen in der Akte, die du nach sechzig Jahren gefunden hast. Das heißt längst nicht, dass er es wirklich getan hat.«

»Und warum hat der Mann dann seinen Namen geändert?«

»Er hat eine Frau geheiratet und ihren Namen angenommen. Das war damals ungewöhnlich, aber er wollte vielleicht auch einfach einen deutschen Nachnamen.«

Jo Saunders ging ein paar Meter schweigend neben Martin Bruckmayer her. »Maybe you're right. Let's talk it over.«

Martin nickte. Dann blieb er auf einmal vor dem Schaufenster des Trachtenmodengeschäfts stehen. Eine ganze Werdenfelser Trachtenfamilie aus Plastik stand darin. Vater und der kleine Sohn in Lederhose, Mutter und die halbwüchsige Tochter im Dirndlgwand.

Jo Saunders brauchte die Schaufensterpuppen nicht lange zu studieren. »Oh, my god! Martin, look! Die Frau und das Mädchen, die tragen genau das Dirndlkleid, das ich mit dreizehn bekommen habe!«

Martin Bruckmayer zog eine alte Schwarzweißfotografie aus der Innentasche seiner eleganten Lodenjoppe. »Das bist du in genau dem gleichen Dirndl. Bei den Farben musste ich mich auf meine Erinnerung verlassen. Aber der Rest stimmt haargenau.«

»Und das hast du hier für mich …«

»… in der Manufaktur dieses Geschäfts anfertigen lassen. Richtig. Sie wollen es ins Programm aufnehmen und nach dir benennen. Für Kinder und Erwachsene. Wollte ich dir neulich schon zeigen. Aber dann musstest du dringend Rum ohne Tee im Café Krönner trinken. Komm, wir gehen rein. Du musst es gleich anprobieren.«

In puncto Service ließ die bayerische Justiz stark nach, fand Hartinger. In die Justizvollzugsanstalt Stadelheim hinein war er in einem bequemen 5er BMW durch das Südportal chauffiert worden, hinten rechts sitzend, wie sich das gehörte. Der Weg aus dem Knast führte zu Fuß durch den Haupteingang, und auch draußen wartete niemand mit einer BMW-Limousine auf ihn. Das Schloss des schweren Tores schnappte hinter ihm zu, und er stand in einem Graben, der parallel zur langen Gefängnismauer an der Stadelheimer Straße gebaggert worden war. Wohl aus Sicherheitsgründen befand sich die Pforte der Hauptwache im Souterrain, und man musste zuerst nach links oder rechts einen langen Weg nach oben steigen, wenn man sich wieder als freier Mensch fühlen wollte.

Es war alles ruckzuck gegangen. Am Tag zuvor hatte Hartinger seinen Anwalt Dr. Mertens wissen lassen, dass er eine Aussage bei Kriminalhauptkommissar Jürgen Hanhardt machen wolle. Hanhardt kam sofort aus Weilheim angerast. Eine Stunde, nachdem ihm Dr. Mertens die Inhalte des von ihm ausgehandelten Deals – und die Konsequenzen, die daraus erwuchsen, wenn Hartinger nicht auf diesen Deal einging – ausgedeutscht hatte, saß der Delinquent abermals im kleinen Dreier-Besprechungsraum. Hanhardt schaltete sein Band an, doch Hartinger musste nicht viel mehr darauf sprechen, als dass er am Donnerstag, dem 7. April, nach einem Besuch des John's Club in Garmisch-Partenkirchen einvernehmlichen Geschlechtsverkehr mit Svetlana Ryschankawa gehabt habe. Dieser habe in seinem Auto, Marke Volvo, stattgefunden. Hartinger sagte noch, er habe dies zunächst nicht zugeben wollen, da er zu der Mutter seines Sohnes wieder zarte Bande zu knüpfen versuche. Diese Bemühungen habe er nicht durch das Zugeben einer Affäre mit Frau Ryschankawa zunichte machen wollen. Nach drei Wochen in Untersuchungshaft sei ihm nun klar geworden, dass er der Wahrheit den Vorzug vor einer etwaigen Familienzusammenführung geben müsse.

Hanhardt war vollkommen bewusst, dass er eine Lüge zu Protokoll nahm. Normalerweise wäre das kein Problem gewesen. Beschuldigte durften lügen. Doch in diesem Fall machte auch er sich schuldig. Er würde diese Lüge benutzen, um den Fall Ryschankawa abzuschließen. Zumindest was den Tatverdächtigen Karl-Heinz Hartinger anbelangte. Der Fall war damit so offen wie vor einem Monat, als die junge Weißrussin, mit dem Stativ Hartingers durch die Brust gerammt, gefunden worden war. Hanhardt beruhigte sich damit, dass er wenigstens den sehr wahrscheinlich unschuldigen Hartinger freilassen konnte.

Dass er keine Ahnung hatte, wie und wo er die Ermittlung wieder aufnehmen sollte, beruhigte ihn weniger. Er würde diesen Fall aufklären, schwor er sich. Und er wollte auch wenn möglich in Erfahrung bringen, wer das Beweismittel zu Hartingers Ungunsten gefälscht hatte. Auch Hanhardt ging mittlerweile von einer kriminellen Verschwörung gegen Hartinger aus.

Dr. Mertens war nicht wohl in seiner Haut, aber er war zufrieden. Wenn alle Beteiligten die Klappe hielten – und das würden sie, es stand von Dienstsuspendierungen bis lebenslänglicher Haft zu viel für die Einzelnen auf dem Spiel –, würde sein Mandant ohne einen einzigen Buchstaben in seinem Führungszeugnis alt werden können. Wie Hartinger in seinem Garmisch-Partenkirchen mit der Geschichte am Hals weiterleben sollte, war ihm zwar ein Rätsel, aber dessen Lösung gehörte nicht in seinen Aufgabenbereich. Er notierte sich allerdings in seinen Blackberry, dass er gleich am nächsten Morgen Frau Dr. Dorothee Allgäuer einen riesigen Blumenstrauß der besten Gärtnerei der Stadt schicken wollte.

Nun stand Hartinger also in dem aufgebügelten Lodenanzug von Kathis Opa oben an der Straße. Er hätte noch an der Pforte ein Taxi rufen sollen, aber drei Wochen lang hatte man ihm wie ein unmündiges Kind vorgeschrieben, was er zu tun und zu lassen hatte. Er musste sich wohl erst wieder daran gewöhnen, seine eigenen Entscheidungen zu treffen. Wenn niemand ein Taxi bestellte, war eben keines da. Von seiner durch jugendliche Papillon-Lektüre ausgelösten Gefängnis-Sehnsucht war er jedenfalls kuriert.

Es war Freitagnachmittag, und Dotti würde sicher noch

arbeiten. Er simste ihr ein »Bin draußen« und ging nach links, wo er die nächste U-Bahn-Station am Mangfallplatz wusste. Bereits am Kolumbusplatz schaffte es die Antwort-SMS von Dorothee Allgäuer durch die Stahlarmierungen des Münchner Untergrunds. Sie lautete: »19 Uhr bei mir.« Hartinger spürte, dass er wie ein Siebtklässler vor der Mathe-Nachhilfestunde bei der angebeteten großen Schwester des besten Freundes feuchte Hände bekam.

Dorothee Allgäuer hatte die E-Mail wie alle anderen auch erst um kurz nach fünfzehn Uhr erhalten. Vollversammlung um siebzehn Uhr. Sie hatte sich pünktlich zum Vorlesungssaal 1 des Gerichtsmedizinischen Instituts München begeben, wo sie mit ihren Kolleginnen und Kollegen gespannt darauf wartete, was man ihnen mitteilen wollte. Die meisten der knapp einhundert Mitarbeiter des Instituts saßen in Gruppen zusammen. Nur neben ihr waren rechts wie links alle Plätze frei.

Eine Betriebsvollversammlung war ungewöhnlich. Dorothee Allgäuer hatte in den sieben Jahren, die sie für das Institut arbeitete, kein derartiges Plenum erlebt. Aber es hatte in letzter Zeit genug andere ungewöhnliche Vorkommnisse gegeben, um eine solche Versammlung zu rechtfertigen.

Vorn, wo normalerweise formaldehydgetränkte Leichen vor den Studierenden seziert wurden, stand Professor Marchsteiner. Er trug nicht wie üblich seinen langen weißen Kittel, weshalb sie ihn beinahe nicht erkannt hätte. Er sah mit seinem sportlich-gepflegten Outfit sehr attraktiv aus für sein Alter, wie Dorothee Allgäuer fand.

»Herzlichen Dank, dass wir alle am späten Freitagnachmittag noch zusammenkommen können. Mir war es wichtig, noch vor dem Wochenende zu Ihnen zu sprechen, denn nach diesem Wochenende wird das Institut ein anderes sein.«

Ein Raunen und Tuscheln ging durch die Sitzreihen. Der Professor wartete so lange, bis alle Zuhörer ihre Vermutungen darüber, was kommen würde, ausgetauscht hatten. Als dann endlich wieder gespannte Stille herrschte, fuhr er fort.

»Die vergangenen vier Wochen waren eine besondere Zeit für Sie und mich an diesem Institut. Besonders schwierig. Aber auch besonders lehrreich. In dieser Krisensituation haben wir über den anderen mehr erfahren, als es uns in fünf Jahren der harmonischsten Zusammenarbeit möglich war. Ich wünsche mir, dass Sie diese Erfahrungen positiv sehen. Denn unterm Strich kann man durchaus mit einigem Stolz sagen: Unser Institut war Anfeindungen von außen ausgesetzt, doch wir haben zusammengestanden und sind durch diese Situation näher zusammengerückt. Ich bin stolz auf Sie. Dennoch möchte ich eine solche Zeit nicht noch einmal durchmachen.«

Professor Marchsteiner löste sich vom Seziertisch, an dem er lässig mit dem Rücken gelehnt hatte, und trat drei Schritte nach vorn auf die nach hinten ansteigenden Stuhlreihen zu.

»Darum habe ich mich entschlossen, nach diesem Semester meine praktische Arbeit und meine Lehrtätigkeit einzustellen. Ich werde mich auf die Forschung konzentrieren. Am Laboratoire de Sciences Judiciaires et de Médecine Légale in Montreal ist eine Austausch-Professur frei geworden. Ich habe mich schon vor längerer Zeit dort beworben, und nun scheint es zu klappen. Und ich nehme die Chance wahr. Jemandem, der die sechzig überschritten hat, bietet sich eine solche Gelegenheit nicht mehr oft.«

Zunächst saßen die Mitarbeiter wie eingefroren an den Tischen. Dann begann einer, mit den Fingerknöcheln auf den Tisch zu klopfen. Immer mehr fielen in einen nicht enden wollenden akademischen Applaus ein.

»Sind Sie so froh, dass ich gehe?«, fragte Professor Marchsteiner lächelnd in den Lärm hinein. »Danke, danke, ich weiß Ihren Zuspruch sehr zu schätzen. Danke, dass Sie meine Entscheidung nicht ablehnen.«

Die Ersten standen auf und begannen zu klatschen. Auch das machte ihnen der Rest nach, und selbst Dorothee Allgäuer beugte sich schließlich dem Gruppenzwang.

»Jetzt ist's aber gut«, sagte Professor Marchsteiner. »Ich bin ja noch ein paar Monate da.« Doch der Beifall, der der

Lebensleistung des Professors galt, brach nicht ab. Er machte beschwichtigende Handbewegungen. »Bitte setzen Sie sich doch.«

Als schließlich wieder Ruhe eingekehrt war, sagte er: »Ich habe mir diese Entscheidung nicht leicht gemacht, wie Sie sich vorstellen können. Und sie ist nicht erst in den letzten Wochen gereift, sondern steht schon länger fest. Doch in den letzten beiden Wochen dachte ich, dass ich sie revidieren müsste, um den guten Ruf dieses Instituts wiederherzustellen. Man haut nicht ab, wenn das Institut in der Krise steckt. Daher bin ich heute umso glücklicher, Ihnen mitteilen zu können, dass die Vorwürfe, die gegen uns erhoben wurden, nicht nur entkräftet, sondern vollständig ausgeräumt worden sind. Mehr dazu werden Sie sicher der morgigen Presse entnehmen können. Nur um eines möchte ich Sie bitten: Geben Sie sich selbst einen Stoß und vergessen Sie alle Vorverurteilungen, die sich Ihnen vielleicht gegenüber dem einen oder anderen Mitarbeiter aufgedrängt haben. Niemand an diesem Institut hat mit der Sache etwas zu tun.«

Dorothee Allgäuer sah deutlich, dass der Blick des Professors in einem großen Bogen um ihre Person herum ging. Es bereitete ihm sichtlich Mühe, sie nicht anzusehen. Und ganz gelang es ihm auch nicht: Am Schluss seiner Erklärung kreuzten sich ihre Blicke.

»Am Montag«, so Professor Marchsteiner weiter, »beginnt die Transitionsphase zwischen mir und dem neuen Leiter dieses Instituts. Wer das sein wird, werden Sie rechtzeitig erfahren. Mir bleibt nur noch, bekannt zu geben, dass es eine Veränderung in der Geschäftsführung des Instituts geben wird. Mit sofortiger Wirkung ist Ihre Kollegin Dr. Dorothee Allgäuer stellvertretende Verwaltungsdirektorin des Gerichtsmedizinischen Instituts.«

Kaum dass der Name gefallen war, flüsterte, raunte und zischelte es überall aufgeregt durcheinander. Dieses Mal war aus dem Geflüster und Gemunkel kein wohlmeinender Ton herauszuhören. Die unter ihr sitzenden Kolleginnen und Kollegen drehten sich nach und nach zu Dorothee Allgäuer um und starrten sie erstaunt und verwirrt an.

Während des Abendessens im Erkerzimmer sagte Jo Saunders: »Morgen will ich mir den anderen ansehen.«

Martin Bruckmayer schenkte Weißwein nach. »Gern. Ich fahre dich, wohin immer du willst. Morgen Vormittag, in Ordnung?«

»Danke. Ich danke dir sehr dafür, dass du mich hier so großzügig aufgenommen hast. Es ist wirklich sehr schön, mit dir zusammen zu sein. Und das unter diesen Umständen.«

»Jo, das ist doch selbstverständlich.«

»Du hättest mich ins Hotel schicken können.«

»Ich bitte dich. Dieses Haus ist groß genug für zwei. Es ist groß genug für zwölf.«

»Wie mein Haus. Wunderschön. Ich habe dir die Bilder gezeigt. Direkt am Meer. Nur eben zu groß. Ich werde mir etwas Kleineres suchen müssen, wenn ich wieder zurück in den USA bin. Downtown, dann muss ich auch nicht so viel Taxi fahren.«

»Du willst also zurück?«

»Martin, natürlich. Ich bin seit sechzig Jahren in den Staaten zu Hause. Ich bin Amerikanerin. Meine Freunde leben dort. Ich denke in der anderen Sprache, ich freue mich auf den 4. Juli und auf Thanksgiving!«

»Zum ersten Mal lebe ich mit dir unter einem Dach. Mit achtzig Jahren. Das war lange Zeit mein Traum. Also wird dieser Traum nur ein paar Wochen anhalten?«

»Martin, wir sind keine zwanzig mehr. Wir sind achtzig. Einen alten Baum verpflanzt man nicht, heißt es doch bei euch.«

»Bei uns … Und was heißt es bei euch? Weißt du, was dein Tom Saunders immer gesagt hat? ›Life isn't worth living unless you're willing to take some big chances.‹ Gut, er hat das meistens gesagt, wenn er eine neue und nicht immer schöne Aufgabe für einen hatte, zum Beispiel eine verstopfte Toilette wieder in Gang zu bringen!« Martin lachte und nahm einen großen Schluck Weißwein, als müsste er eine Erinnerung herunterspülen. An Tom Saunders oder an eine verstopfte Toilette. Oder an beides.

»Und ich habe als Allererstes von Tom Saunders gelernt: ›Life is simple, you make a choice and don't look back.‹ Das hat er mir in den ersten Jahren oft gesagt. Ich hatte starkes Heimweh, das kannst du glauben.«

»Aber du hast zurückgeschaut. Du bist wieder hergekommen.«

»Ich frage mich, ob das nicht ein Fehler war, Martin.«

»Nein, es war ein Wink des Schicksals. Wir müssen das Schicksal akzeptieren. Ich bin der festen Überzeugung, dass es uns beide zusammenbringen will, Jo.«

Jo Saunders schaute durch das Fenster in den dämmernden Abendhimmel über dem Wettersteingebirge. Sie schwieg lange. Dann sagte sie: »Ich spüre hier das, was man auf Deutsch ›Heimat‹ nennt. Wir haben kein wirklich passendes Wort dafür im Englischen. Am ehesten ›home‹. Ich weiß nicht mehr, wo mein ›home‹ ist, in California oder hier.«

»Das ist doch ganz einfach, Jo. Heimat ist dort, wo die Wurzeln sind, und sind sie noch so verkümmert und alt. Die Erde, auf der du das Laufen gelernt hast, das ist die wahre Heimat.«

»Maybe you're right.«

Martin blickte ihr tief in die Augen. »Bleib hier, Jo. Dieses Mal bleib bei mir.«

Jo hielt seinem Blick stand. »Ich weiß nicht, ob ich hier leben kann, Martin. Diese beiden Männer leben hier. Auch wenn ich sie der Polizei übergebe, ihre Familien leben hier. Garmisch kann kein Platz für mich sein. Ich störe hier.«

»Darum meine Bitte, Jo. Lass die Vergangenheit ruhen. Vergib ihnen. Das ist alles vor so langer Zeit geschehen. Vor ein, zwei Leben. Bleib bei mir. Hier oben auf der Maximilianshöhe. Du wirst diese Männer nie mehr sehen, auch wenn sie im selben Ort wohnen. Franziska wird so und so nicht mehr lebendig. Sie wurde am Herrgottschrofen begraben. Vor sechzig Jahren. Verdammt lange her …«

»I don't know, Martin … Kann man solche Leute laufen lassen? Ich weiß nicht, ob das recht ist.«

Von der kleinen Kaffeebar auf der anderen Seite der Schellingstraße aus konnte Hartinger sehen, dass das Objekt seiner Begierde endlich das Haus betrat. Dr. Dorothee Allgäuer war überpünktlich. Um Viertel vor sieben war sie mit einer Einkaufstüte in der Hand im Wohnhaus verschwunden. Er glaubte gesehen zu haben, dass ein Baguette aus der Tüte herauslugte. Drei Minuten später musste Dotti in ihrer Dachgeschosswohnung angekommen sein, sie hatte die Schuhe ausgezogen und den hellen Trenchcoat an die Garderobe gehängt. Hartinger ließ sie in Gedanken den Inhalt ihrer Einkaufstüte – Champagner, Kaviar und gesalzene Butter zum Baguette, wie er hoffte – einräumen und sich duschen, damit sie sich in einen heißen Fummel werfen konnte. Dafür gab er ihr insgesamt dreiundzwanzig Minuten. Bei einer Dame überpünktlich zu sein wäre ungehobelt – und wesentlich später zu kommen ein Ausdruck von geringer Wertschätzung. Wenn er genau sieben Minuten nach sieben bei ihr klingelte, war das perfekt.

Er bestellte noch einen doppelten Espresso und legte ein Focaccia mit Parmaschinken nach. Man konnte nie wissen. Vielleicht würde er erst nach »getaner Arbeit« etwas zu essen bekommen. Mit leerem Bauch ein oder zwei Stunden Liebesspiel war nicht seine Sache. Lautes Magengrummeln konnte die Stimmung komplett zerstören.

Um sechs nach sieben überquerte er die Schellingstraße und wurde beinahe von einem Radlrambo, wie man in München die Fahrradkuriere und eiligen Studenten auf ihren Mountainbikes nicht zu Unrecht nannte, über den Haufen gefahren. Das hätte noch gefehlt. Lebenslänglichen Knast vermieden und drei Stunden später das Leben unter dem Stollenreifen eines Irren beendet.

Der Mann mit dem großen gelben Atomkraft?-Nein-danke-

Aufkleber auf der orangeroten Umhängetasche wich in letzter Sekunde aus und beschimpfte Hartinger. Der schrie dem rasenden Umweltfreund seinerseits Unflätiges nach, so wie es in München üblich war. Danach ging es ihm richtig gut. Er fühlte sich durch den Adrenalinschub und die vier doppelten Espressi, die er während des Wartens auf Dotti genossen hatte, fit wie einundzwanzig. Auch die drei Wochen sexueller Enthaltsamkeit und täglichen Sports auf dem Hof der JVA mochten zu seiner gefühlten Virilität beitragen.

Er klingelte und legte die linke Hand erwartungsfroh auf den Türgriff. Gleich würde das Summen ertönen und das Schloss aufschnappen.

Es passierte nichts.

Sie stand wohl noch unter der Dusche. Oder war mit dem Anziehen von etwas zum Ausziehen beschäftigt. Oder rasierte sich noch die … Hartingers Herz sprang in den vierten Gang.

Er klingelte noch einmal.

Nichts.

Er rüttelte an der Tür. Nein, der Türsummer war nicht sehr leise, und er hatte ihn nicht überhört. Er war nicht betätigt worden. Auch aus der Gegensprechanlage hörte er nichts.

Er wartete zehn Sekunden, dann klingelte er zum dritten Mal, diesmal gleich zweimal hintereinander. Das war freundschaftlich, so ein Doppelklingeln mit einem Lächeln. So ein kleines Drück-drück. Ein Drüüüück-drüüück wäre impertinent gewesen.

Es passierte wieder nichts. Kein Laut aus dem kleinen Lautsprecher, kein Summen an der Tür. Der Rasierer. Das musste es sein. Lieber nicht drängeln. Nicht dass sie sich verletzte …

Er wartete weitere zwanzig Sekunden. Er doppelklingelte wieder nett und freundlich. Drück-drück.

Es tat sich nichts. Allmählich bekam Hartinger ein ungutes Gefühl. Hatte sie ihn vergessen? Wartete sie mit Champagner, Kaviar, Salzbutter und Baguette auf einen anderen? Aber auch dann hätte sie ja auf das Klingeln reagiert. Oder hatte sie ihn von oben gesehen und versteckte sich vor ihm? Nein, das konnte nicht sein, auf die Schellingstraße ging keines ihrer Fenster. Die gingen auf die Augustenstraße und zur großen Dachterrasse, die über dem Innenhof thronte. Der Akku seines Handys war leer. So hatte er es bei seiner Haftentlassung am Nachmittag zurückbekommen. Der Wirt der Kaffeebar hatte nicht mit einem passenden Ladestecker dienen können.

Hartinger wollte es wissen. Drück-drück. Deutlich, aber noch immer freundlich.

Nichts.

Drüüück - - drüüück.

Wieder nichts.

Klar! Er schlug sich an die Stirn. Die Klingel war abgeschaltet! Das musste es sein. Logisch. Wahrscheinlich war sie wegen der ganzen üblen Geschichte von der Presse bedrängt worden und hatte das Ding einfach abgeklemmt. Er schaute auf die Armbanduhr. Viertel nach sieben. Jetzt kam er allmählich zu spät.

Also rüber in die Kaffeebar. Von dort aus anrufen.

Kein Fahrradfahrer fuhr ihn an. Er stand in der Bar. Und wusste ihre Nummer nicht. Telefonbuch? Hatte der Wirt nicht. Internet? Hartinger schrieb ihm den Namen auf einen Zettel. Der Wirt verschwand in seinem Kabuff, das mit einem Perlenvorhang vom Gastraum abgeteilt war. Nach unendlichen drei oder vier Minuten war er zurück. Nichts. Keine Dorothee Allgäuer im Online-Register. Ja, richtig geschrieben. Natürlich. Er sei zwar Weißrusse, aber das bedeute nicht, dass er nicht einen Namen von einem Zettel abtippen konnte.

Hartinger ging wieder über die Straße und klingelte ungeduldig.

DRÜÜÜÜÜCK - - DRÜÜÜÜÜCK - - DRÜÜÜÜÜCK - - DRÜÜÜÜÜCK - - DRÜÜÜÜÜCK - - DRÜÜÜÜÜCK.

Nichts. Der Abend schien gelaufen.

Eine alte Frau mit einem Pudel kam die Stufen des Treppenhauses herab, öffnete von innen die Tür und ging an Hartinger vorbei auf die Straße. Bevor die Tür wieder zuschlug, hatte Hartinger seinen Fuß drin. Er wartete, bis die Dame ein paar

Meter weiter war, damit sie keine Zicken machte, wenn ein etwas seltsam gekleideter Mann in ihrem Hauseingang verschwand, dann drückte er sich in den Flur. Er zog eine Nase Treppenhausluft ein. Entweder er bildete es sich ein, oder es roch zwischen den Putzmittel- und Essensdüften nach Dottis Parfüm.

Sie war also da gewesen. Natürlich war sie da gewesen. Er hatte sie gesehen. Dort hinten, im Lift war sie verschwunden. Das hatte er durch die Glastüre am Eingang sehen können. Selbst von der anderen Straßenseite aus. Sie war es doch gewesen?

Hartinger würde es bald herausfinden. Er ließ aus Trainingsgründen den Aufzug links liegen und stieg die Treppe hinauf. Fünfter Stock. Er schnaufte. Endlich kam er oben an. »D. Allgäuer« stand auf dem Schildchen neben der Wohnungstür.

Er klingelte erneut. Diesmal wieder nur ein zartes Klingeln – drück. Die Klingel sprang auf den elektrischen Impuls an, durch die Wohnungstür konnte er es hören. Also nicht abgestellt.

Was er nicht hörte, waren Schritte hinter der Tür. Auch nicht nach zwanzig Sekunden und einem weiteren Klingeln.

DRÜÜÜÜÜCK - - DRÜÜÜÜÜCK.

Er pochte mit den Knöcheln der rechten Hand fest gegen die Tür.

Nichts.

Kopfhörer? Laute Musik?

Was sollte er jetzt tun? Vor der Tür sitzen und warten? Warten war vielleicht eine gute Idee. Aber nicht hier. Wenn, dann drüben in der Kaffeebar.

Seine Vorfreude auf Dotti, auf den Sex mit ihr und seine durch Enthaltsamkeit, Adrenalin und Koffein aufgeplusterte Männlichkeit entwichen aus ihm wie die Luft aus einem Gummiboot, bei dem der Stöpsel gezogen wurde.

Nach unten konnte er ja den Aufzug nehmen, dachte er sich. Er drückte den Knopf. Auf der Ziffernleiste über der Tür leuchteten nacheinander G – K – E – 1 – 2 – 3 – 4 – 5. Auf der 5 verharrte das Licht. Die äußere Lifttür schob sich zur Seite. Die beiden Flügel der inneren Aluminiumtüren taten es ihr gleich.

Da berührte ihn jemand von hinten an der Schulter.

Hartinger fuhr herum und ging in Abwehrposition.

Da stand Dotti.

»Du kannst einen erschrecken«, stöhnte er.

»Entschuldige. Ich bin eingeschlafen. Und wenn ich mal schlafe, kann nebenan ein Haus einstürzen.«

Hartinger musterte ihren Seidenkimono. Er musste sofort daran denken, was sie wohl darunter trug. Nichts, wie er hoffte.

»Ich muss dir etwas erzählen. Komm rein, Gonzo.«

Hartinger folgte artig. Er stellte seinen Rucksack neben die Garderobe und setzte sich an den kleinen Küchentisch. Dotti stellte ihm eine Dose Carlsberg hin. Sie selbst riss sich ein Red Bull auf.

»Heute ist etwas vollkommen Unwahrscheinliches passiert«, begann sie. »Sie haben mich befördert. Stellvertretende Verwaltungsdirektorin bin ich jetzt.«

»Gratuliere.«

»Du hättest die Gesichter der anderen sehen sollen. Pures Entsetzen. Nachdem sie wochenlang den befürchteten Niedergang des Instituts mir persönlich angelastet haben.«

»Wirst halt weggelobt. Ins Büro abgeschoben.«

»Hm. Wahrscheinlich. Aber das eigentlich Sensationelle ist, dass der Prof aufhört. Geht nach Montreal. Er ist wie ausgetauscht. Total gelöst. Happy. Und, weißt du was? Er hat mich für Sonntag in die Berge eingeladen. Sein Onkel hat irgendwo eine Berghütte bei Garmisch, und da will er mit mir hinwandern. Es gibt so viel zu besprechen, das will er ohne Zeugen tun.«

»Hört sich ja verschwörerisch an. Na, wenn er dir nur mal nicht seine Plattensammlung zeigen will.«

»Quatsch. Der Prof doch nicht. Der ist doch ein Muster an Integrität. Wahrscheinlich will er mir nur sagen, was er von wem am Institut hält. Stellvertretende Verwaltungsdirektoren müssen ja wissen, auf wen Verlass ist und wen man zu fördern hat und wen nicht. Na ja, ein bisschen frische Luft tut mir bestimmt auch ganz gut. Das Wetter soll ja toll werden am Wochenende. Er ist echt ein großartiger Chef.«

Hartinger schwieg und dachte nach. Er wusste nicht, wie es an medizinischen Instituten im Allgemeinen zuging, doch eine Einladung zum Bergwandern schien ihm ein wenig zu vertraut. Besonders nach dem, was im Zusammenhang mit Dotti am Institut in letzter Zeit los war. Hinzu kam noch, was ihm sein Mithäftling über Professor Marchsteiner berichtet hatte.

Das wollte er Dotti aber nicht auf die Nase binden. Sie hätte ihm nicht geglaubt. »Ich hätte eher gedacht, dass er dich rausschmeißt …«

»Ja, ich auch, aber er legt offenbar großen Wert auf mein Verbleiben am Institut. Ich glaube, er will, dass ich langfristig den Laden übernehme.«

»Wenn du meinst …«

»Das gibt mir übrigens auch die Möglichkeit, erst einmal meine Studie fertigzustellen. Du erinnerst dich, darüber haben wir vor einem Monat mal einen Halbsatz verloren, aber es kamen diverse Ereignisse dazwischen.«

»Dann wird das heute Abend also ein Interview?« Hartinger setzte seinen sonst so erfolgreichen Dackelblick auf.

»Mal sehen. So ungewaschene Ex-Knackis interviewe ich nicht. Also erst mal rein mit dir in die Wanne. Da wollte ich übrigens auch gerade hin.«

»So ein Zufall. Dann sparen wir doch ein wenig Energie und verwenden nur eine Wasserfüllung.«

Hartinger stand auf, ging ins Bad und zog den Hebel der Mischbatterie nach oben. Er wusste, dass die luxuriöse Eckbadewanne mit den Massagedüsen und den Wellnesslichtern eine halbe Ewigkeit brauchte, um vollzulaufen. In der Zwischenzeit konnte er in den Ecken und Winkeln der Wohnung checken, ob diesmal alle Kameras ausgeschaltet waren.

Am Samstagvormittag parkte Martin Bruckmayer seinen Mercedes-Geländewagen mit den rechten Rädern auf dem Gehsteig vor dem Haus Höllentalstraße 82. Er half Jo Saunders aus dem Auto, und sie gingen durch die Einfahrt zum Hauseingang. Fünf Parteien wohnten in dem Haus, wie auf dem Klingelbrett an der Eingangstüre ersichtlich war. Neben der Klingel oben rechts stand der Name Beck.

»Showdown«, sagte Jo Saunders und atmete tief durch. Wenn sie jetzt den Klingelknopf drückte, würde ihr dann einer der Mörder ihrer Schwester Franziska die Türe öffnen? Stünde er ihr in wenigen Sekunden gegenüber? Ihr Herz schlug zum Zerbersten.

»Willst du das wirklich?«, fragte Martin Bruckmayer.

»Deswegen bin ich hier.« Sie drückte den Klingelknopf.

Nichts geschah. Sie drückte erneut.

»Er ist wohl nicht da«, sagte Martin Bruckmayer.

»Dann kommen wir am Nachmittag noch einmal«, bestimmte Jo Saunders. Sie klingelte ein drittes Mal.

Als sie durch die Einfahrt zurückgingen, hielt ein in die Jahre gekommener beigefarbener Audi hinter dem Mercedes. Die hinteren Türen flogen auf, drei Halbwüchsige sprangen heraus und klappten den Kofferraumdeckel hoch.

»Opa, wir tragen die Sachen schon mal nach oben!«, rief der größte Bub ins Auto. Er wies die Jüngeren an, welche Taschen und Tüten sie zu tragen hätten, und die drei schleppten sie an Martin Bruckmayer und Jo Saunders vorbei zum Hauseingang, ohne weiter auf sie zu achten.

Schließlich öffnete sich die Fahrertür des alten Audis, ein alter Mann stieg aus, drehte sich zu seinen Enkeln um, und Jo Saunders erkannte ihn sofort. Zumindest wusste sie, dass sie dieses Gesicht vor langer Zeit schon einmal gesehen hatte.

Der Mann war Paul Rudolph. Es gab keinen Zweifel.

Auch der alte Mann erkannte sie offenbar. Jedenfalls zuckte er zusammen und riss gleichzeitig die Augen auf, als stünde er dem Teufel persönlich gegenüber.

Jo sah, wie der alte Herr zurückwich, als wolle er Reißaus

nehmen. Doch dann nahm er sich zusammen und ging auf Jo Saunders und Martin Bruckmayer zu.

»Grüß Gott, Herr Bruckmayer. Grüß Gott, gnädige Frau. Kennen wir uns?« Er hielt Jo die rechte Hand hin.

Jo Saunders stand wie versteinert. »Ich denke nicht. Martin, lass uns bitte fahren.«

»Das ist ja zu gütig vom Herrn Hartinger. Wird am Freitag aus dem Knast entlassen, und bereits am Samstagmittag schaut er bei sich zu Hause vorbei!«

Kathi Mitterer schäumte. Sie stemmte die Hände fest in die Hüften, um zu verhindern, dass sie sich wie von selbst um Hartingers Hals legten. Zu gern hätte sie ihn ein bisschen gewürgt.

»Ich bin dein Mieter und nicht dein Mann!«

»Dem Herrgott sei's getrommelt und gepfiffen.«

»Ich geh dann mal nach oben und schlaf noch ein paar Stunden, bevor der Albert kommt. Wir müssen viel besprechen und recherchieren.«

»Raus kannst gehen und die Fensterläden weiterschleifen. Mittlerweile bist du ein paar Wochen mit der Miete im Rückstand.«

»Morgen, okay?«

»Morgen ist Sonntag, da wird nicht gearbeitet.«

»Heute ist Sabbat, da arbeiten manche auch nicht. Und andere machen am Freitag die Geschäfte zu.«

»Und ganz andere sind vom Knochen weg arbeitsscheu, wie zum Beispiel unser Herr Hartinger. Im Ernst, wenn du jetzt nicht sofort da rausgehst und den ganzen Nachmittag schleifst, kannst du dir einen anderen Unterschlupf suchen. Wär eh das Beste. Wie wär's mit einem neuen Kontinent? Was glaubst du, was der Anton sich in der Schule anhören muss. Jetzt, da jeder im Ort weiß, wer sein Vater ist und was der so treibt. Wegen mir wär's mir ja wurscht.«

»Ich war ja auf dem Weg auf einen anderen Kontinent …«

»Jetzt red keine Opern. Raus auf den Hof mit dir. Um vier

gibt's Kuchen, da kommt dann auch der Onkel Albert. Dann könnts wieder Detektiv spielen. Hat ja bisher wahnsinnig toll funktioniert. Bis dahin werden Fensterläden geschliffen. Basta.«

Hartinger hatte dem nichts mehr entgegenzusetzen. Er trollte sich aus der Küche und schlich in den Hof, um seine vor drei Wochen liegen gelassene Arbeit wieder aufzunehmen. Er stellte die beiden Böcke nebeneinander, legte einen Laden darauf und schnitt ein Schmirgelpapier zurecht, dann fuhr er damit zwischen die Lamellen.

Schon kurz nachdem er angefangen hatte, verspürte er alle paar Minuten den Drang sich umzudrehen, weil er glaubte, dass ihn jemand beobachtete. Er hatte dieses Gefühl, das man verspürt, wenn einem zwei Augen Löcher in den Rücken starren. Doch immer, wenn er sich wie beiläufig zum Schuppen oder dem angrenzenden Wald umblickte, war da nichts. War er nach drei Wochen Knast die Freiheit nicht mehr gewohnt? War er paranoid geworden?

Beim vierten Mal, als ihn das seltsame Gefühl beschlich, drehte er sich vorsichtig um, ging zum Schuppen und tat so, als suchte er ein Werkzeug. Durch ein Astloch in einem der Bretter schaute er nach draußen. Da – unter der Fichte, die dem Schuppen am nächsten stand, hatte sich doch gerade etwas bewegt. Er hatte doch etwas Helles aufblitzen sehen. Ein Gesicht? War da ein Mensch? Oder ein Tier? Oder war es nur Einbildung?

Er nahm eine Rohrzange aus dem Regal und schob sie in den linken Hemdsärmel, ging dann zurück zu den beiden Böcken und arbeitete weiter. Der Beobachter, wenn er denn da unter dem Baum in dreißig Metern Entfernung saß, sollte sich in Sicherheit wiegen. In ein paar Minuten würde Hartinger einen Überraschungssprint in genau diese Richtung einlegen.

Er unterdrückte den Zwang, aus den Augenwinkeln zur Fichte hinüberzublicken. Er schmirgelte und schmirgelte. Dann drehte er den Laden um und schliff auf der Rückseite weiter.

Nach ein oder zwei Minuten ging er auf das rechte Knie und

tat so, als müsste er sich den linken Schnürsenkel fester binden. Dabei wandte er sich der Fichte zu, unter der er den Beobachter vermutete.

Und aus dieser Position startete Hartinger wie ein Hundertmeterläufer.

Er flitzte auf den Baum zu und erreichte ihn in vier Sekunden, wobei er die Rohrzange aus dem Ärmel rutschen ließ. Er hielt sie wie Conan der Barbar sein Schwert, zum Schlag bereit.

Unter den unteren Ästen, die bis zum Boden hingen und beinahe ein perfektes Zelt bildeten, war nichts. Zumindest kein Mensch. Hartinger war sich aber sicher, dass dort vor Kurzem jemand gehockt hatte. Er zog die Luft tief durch die Nase ein – und wusste, dass er sich nicht getäuscht hatte. Es war ein Geruch.

Am Boden fand er fünf Zigarettenkippen. Der Aufdruck über dem Filter wies sie als Zigaretten der Marke West aus. Hartinger hob eine von ihnen auf und roch daran. Die gepresste Baumwolle des Filters roch penetrant nach Aschenbecher. Diese Kippen hatte jemand erst in den letzten Stunden oder gar Minuten ausgetreten. Und dieser Jemand hatte ihn beobachtet. Oder das Haus. Kathi. Seinen Sohn Anton. Seine Familie!

Er kroch unter den Ästen hervor und starrte in den Wald. Nichts Auffälliges war zu sehen. Keine Bewegung. Hartinger langte in die Hosentasche und zog ein Taschentuch heraus, in das er die Kippen wickelte.

Martin Bruckmayer und Albert Frey aßen mit großer Begeisterung die von Martin Bruckmayers Haushälterin aufgetischte Sachertorte.

Jo Saunders aber ließ den Kuchen unberührt. Sie hatte etwas Wichtiges mitzuteilen. »Meine Herren, ich habe eine Entscheidung getroffen. Ich werde abreisen.«

Die Angesprochenen legten beide die Kuchengabeln auf den Tellern ab.

»Und die Casa?«, fragte Martin Bruckmayer. Er meinte eigentlich: »Und ich?«

»Und der Fall?«, fragte Albert Frey.

»Ich werde der Casa Carioca verbunden bleiben. Das kann man auch über E-Mail und Skype. Mein Name ist das wirklich Wichtige daran, machen wir uns nichts vor. Und was den Fall anbelangt: Ich bin zu der Überzeugung gelangt, dass es das Beste ist, wenn ich die alte Geschichte ruhen lasse. Diese Männer haben das Leben meiner Schwester zerstört. Sie müssten dafür bestraft werden. Aber wenn wir sie heute anzeigen, zerstören wir das Leben von ihren Kindern, Enkeln und Urenkeln. It's not worth it.«

Martin Bruckmayer war gerührt. Trotz der Anwesenheit des Gastes sagte er schließlich: »Und ich? Was wird mit mir?«

Albert Frey wünschte sich ganz weit weg. Das Ende einer Romanze unter Achtzigjährigen mitzubekommen war ihm eine Spur zu peinlich.

»›Life is simple, you make a choice and don't look back.‹ – Martin, das habe ich dir gestern Abend gesagt. Du hast es nicht verstanden. Dann muss ich es leider erklären. Ich habe mich einmal dagegen entschieden, mit dir mein Leben zu verbringen. Ich werde diese Entscheidung nicht umkehren, nur weil sechzig Jahre vergangen sind. Ich war mit Tom Saunders verheiratet. Ich bin es immer noch.« Bei den letzten Worten legte sie ihre Hand auf die von Martin Bruckmayer und lächelte ihn voller Bedauern an.

»Ich respektiere das, Jo. Aber ich werde dich immer lieben.«

Die Peinlichkeit, der Albert Frey so gern entkommen wäre, schwebte wie eine Wolke über dem Erkertisch. Jo Saunders verscheuchte sie. »You know what? Ich werde auf die gleiche Weise den Atlantik überqueren wie vor sechzig Jahren. Mit dem Schiff.«

»Eine schöne Idee, gnädige Frau«, sagte Albert Frey und wollte das Gespräch auflockern. »Welches haben Sie sich denn ausgesucht?«

»To be frank: das, das am schnellsten ablegt. Ich fliege morgen nach Hamburg und schiffe mich am Montagmorgen ein.«

Martin Bruckmayer schüttelte den Kopf. »Jo, du überraschst mich immer wieder.« Und nach einer Weile fügte er hinzu: »Ich vermisse dich jetzt schon.«

»Lieber ein Ende mit Schmerzen als ein Schmerz ohne Ende, Martin. Es ist besser so, glaub es mir. Ich muss nach Hause.«

»Wenigstens habe ich dich noch einmal gesehen. Und das habe ich Herrn Frey und seiner Hartnäckigkeit zu verdanken. Herzlichen Dank, Herr Frey. Und zumindest bleiben Sie mir ja erhalten. Die Auswertung unseres Familienarchivs, das ich Ihnen gezeigt habe, wäre mir schon noch eine Herzensangelegenheit. Zumal ich selbst ja keinen Erben hinterlasse. Nach mir ist die Brauerdynastie der Bruckmayers, wenn man sie überhaupt als solche noch bezeichnen darf, ausgestorben. Ich habe Ihnen ja bereits eine Mail mit den Stationen meiner beruflichen Laufbahn geschickt. Wäre toll, wenn Sie damit beginnen könnten.«

»Sehr gern. Wann immer mir die Arbeit an der Casa-Carioca-Dokumentation für den Herrn Gruber Zeit lässt, werde ich mich damit beschäftigen, Herr Bruckmayer.«

»Ach was, der Gruber. Da würde ich an Ihrer Stelle auf Vorkasse bestehen. Der muss das erst einmal finanziert bekommen, sein Wolkenkuckucksheim.«

»Don't be so German, Martin!«

»Doch, meine Liebe, das bin ich. Das war ich hier, das war ich in Asien, das war ich in Brasilien, das war ich überall auf der Welt. Deutsch und korrekt. Ich kann nicht anders. So wie du auch nicht anders kannst.«

# Kapitel 11

»Sauber, Onkel Albert. Ich versuche gerade dem Karl-Heinz Manieren beizubringen, und jetzt wirst du auch noch unzuverlässig. Um vier haben wir gesagt, jetzt ist es halb sechs! Mein Apfelkuchen wartet seit anderthalb Stunden auf dich!«

Kathi stützte die Fäuste in die Hüften, wie sie es sonst nur tat, wenn sie ihrem Sohn oder dessen Erzeuger eine Standpauke hielt. Wenn sie eines nicht vertrug, dann, für andere Leute zu kochen oder zu backen, die dann entweder gar nicht oder zu spät kamen.

»Tut mir wahnsinnig leid, Katharina, aber ich konnte beim Bruckmayer nicht weg. Stellt euch vor, die Jo Saunders bricht auf. Morgen schon. Mit dem Schiff von Hamburg nach New York!«

»Eine Wahnsinns-Frau«, sagte Kathi. »Respekt.«

»Und die Täter von damals?«, fragte Hartinger, der seit fünf in der Küche saß und auf die Kuchenausgabe wartete.

»Will sie laufen lassen. Ich musste ihr versprechen, nichts zu unternehmen.«

»Haben Sie ihr das wirklich zugesagt, Herr Frey?« Hartinger konnte gar nicht glauben, dass der Mann, den er für mindestens so wahrheitsliebend hielt wie sich selbst, gleich zwei mutmaßliche Mörder davonkommen ließ.

Über den Stand der Recherchen hatte ihn Albert Frey bereits am Vormittag telefonisch informiert.

»Mal sehen. Ich habe ja alle Dokumente und Akten. Jetzt lassen wir die Saunders erst einmal nach Amerika zurück, und dann überlegen wir uns das noch. Die laufen ja nicht weg, die zwei.«

»Wahrscheinlich nicht«, stimmte Kathi zu.

»Aber nur wahrscheinlich«, mahnte Hartinger. »Wenn einer von denen ebenso reiselustig ist wie die Saunders, wird er sich absetzen.«

»Aber ist schon alles ein wenig dünn, was wir in der Hand

haben, Karl-Heinz«, sagte Albert Frey. »Und es ist alles so lange her. Keine weiteren Zeugen. Eine US-Militärakte, die gar nicht in unserem Besitz sein dürfte. Ein unvollständiges Skelett.«

»Trotzdem«, beharrte Hartinger. »Da muss doch ein Zusammenhang herzustellen sein, wenn man da reinbohrt. Auch was den Fundort anbelangt, den Herrgottschrofen. Die Svetlana fällt da runter. Nackt. Auf dem Kopf stehend gekreuzigt. Haben Sie darüber eigentlich etwas herausgefunden, Herr Frey?«

»Über was?«

Hartinger schaute zu Kathi auf, die gerade den Kuchen auf den Tisch stellte.

»O Gott, Karl-Heinz, das hab ich ganz vergessen«, rief sie aus.

»Was hast du vergessen?« Albert Frey wurde ungeduldig.

»Das mit dem Kreuz und dem Felsen«, sagte Kathi. »Ach, erzähl's doch gleich selber, Karl-Heinz.«

»Im Knast gibt es ein paar ganz harte Burschen. Aber nicht hart im üblichen Sinn«, erklärte Hartinger. »Keine Räuber und Betrüger, sondern eher Rächer von Moral und Anstand. Nennen sich Gottes Neffen. Muss eine internationale Geheimloge sein oder so etwas. Und die haben als Wahrzeichen das Petruskreuz, das auf einem Felsen steht.«

»Noch nie gehört«, gab Albert Frey zu.

»Das Bild hat mich doch sehr an das erinnert, das ich damals gesehen habe, als die Svetlana mit ausgebreiteten Armen auf dem Herrgottschrofen stand und dann nach unten kippte, kopfüber. Und da dachte ich an einen möglichen Zusammenhang.«

»Du meinst, dass der Mord an Franziska Stiller kein Lustmord war«, sagte Albert Frey erstaunt, »sondern … ein Ritualmord?«

»Möglich, oder? Die war ja kein Kind von Traurigkeit, wenn man die Zeichen richtig deutet. Erinnern Sie sich an das Tagebuch der Josepha Stiller. Und wenn es da auch so oberste

Tugendwächter gab, dann ist die mit denen vielleicht aneinandergeraten.«

»Und die Svetlana Ryschankawa war offenbar auch … na ja, sagen wir, vielfältig sexuell interessiert«, ergänzte Albert Frey.

»A rechte Saumatz war's!«, übersetzte Kathi ins Oberbayerische.

»Schon gut, Kathi«, sagte Albert Frey. »Ist kein Grund, sie zu foltern und umzubringen.«

»Für die Neffen Gottes vielleicht schon«, meinte Hartinger.

»Dann müssen wir jetzt etwas über die Neffen Gottes herausfinden«, entschied Frey. »Am Montag kann ich in die Staatsbibliothek, Karl-Heinz, früher geht's nicht. Wenn im Internet nichts zu finden ist…«

»Hab ich schon versucht, da steht so gut wie gar nichts. Nicht einmal, dass es die überhaupt gibt. Nur die Verwendungen des Petruskreuzes sind in allen Schattierungen beschrieben. Die reichen von sehr christlich bis satanistisch. Damit kommt man nicht weiter.«

»Meine Herrschaften, danke für den wunderbaren Kuchen, ich muss in meine Denkerkammer«, verabschiedete sich Albert Frey.

»Ja, und ich muss heute Abend noch einmal runter in den Ort«, sagte Hartinger. »Ich bin von ein paar alten Spezln auf eine Party eingeladen. Wir feiern fünfundzwanzig Jahre von irgendwas, ich hab's vergessen.«

»Aber morgen wird geschliffen, Karl-Heinz, ganz egal, was für einen Kater du hast!«, keifte Kathi hinterher, als die Männer aus der Küche verschwanden.

»Ich trink doch nichts mehr«, rief er zurück – und murmelte dann: »Oder fast nichts …«

Albert Frey machte sich nur noch ein kleines Abendessen. Nach der Sachertorte bei Martin Bruckmayer und dem Apfelkuchen bei seiner Nichte Kathi reichte ein Schinkenbrot mit einem klein geschnittenen Cornichon als Garnitur.

Damit setzte er sich an seinen Laptop, um etwas über die geheimnisvolle Sekte der Neffen Gottes in Erfahrung zu bringen. Doch es war so, wie Hartinger es ihm bereits angekündigt hatte: Gerade mal in drei obskuren Internetforen fanden die Neffen Erwähnung, sonst war nichts zu finden. Zumindest nichts Deutschsprachiges.

Er versuchte es auf Englisch, woraufhin ihm zumindest sieben Forenbeiträge angezeigt wurden. Aber diese bestanden auch nur aus Spekulationen darüber, ob es diese Geheimloge überhaupt gab.

Ergiebiger war die Suche nach dem Petruskreuz, was nicht wirklich überraschte. Er las alles, was es an Geschichten darüber gab.

Mittlerweile ging die Uhr auf Mitternacht. Immer weitere Geheimnisse, die sich um das auf dem Kopf stehende Kreuz rankten, tauchten aus den Tiefen des Netzes auf. Albert Frey wusste gar nicht, was er speichern sollte und was er vernachlässigen konnte. Die Linkliste, die er gewohnheitsgemäß in seinen Favoriten zu einem Thema anlegte. war bereits an die hundert Einträge lang. Er brauchte eine Pause.

Nach einem weiteren Schinkenbrot mit Gürkchen kam ihm eine Idee. Er war bereits auf drei Ritualmorde gestoßen, bei denen man Frauen mit dem Kopf nach unten gekreuzigt hatte, nur hatte er zunächst keine weiteren Verbindungen zwischen diesen Taten erkennen können. Einer war in Japan in den Siebzigern vorgefallen, ein weiterer in Brasilien in den Achtzigern und ein Doppelmord an zwei Prostituierten Ende der Achtziger im holländischen Harlingen.

Er suchte sich die Internetseiten, die über die Morde berichteten, noch einmal aus seinem Informationswust heraus und legte eine Liste mit den Orten und den Daten in seinem Tabellenkalkulationsprogramm an.

Zwei weitere mit dem Kopf nach unten gekreuzigte Frauen tauchten in den USA in den Achtzigern auf. Die Achtziger schienen damit der Schwerpunkt diese Delikte zu sein, wenn man den sicherlich unvollständigen Berichten im Internet so weit trauen konnte. Die waren ja alle nachträglich im Web veröffentlicht worden, oder die Informationen stammten aus Ländern, die ihre Akten, auch die historischen, nach und nach ins Internet stellten. Singapur, USA und die Niederlande waren solche Länder. Ob Brasilien dazugehörte, wusste Albert Frey nicht. Das musste er herausfinden und notierte es auf einem Zettel.

Er rieb sich die Augen und sah auf die Uhr in seinem PC-Menü. Viertel vor zwei nachts. Ob das die richtige Zeit war, noch ein Weißbier zu öffnen? Sei's drum, morgen war Sonntag, da würde er ausschlafen können.

Er ging in die Küche und holte ein Weißbier aus dem Kühlschrank. Dann zog er die Besteckschublade auf, um den Flaschenöffner herauszunehmen. Er konnte nicht sagen, warum er es tat, aber zum ersten Mal seit mindestens dreißig Jahren schaute er sich die zinnerne Medaille, die den Griff des Kapselhebers bildete, genau an. Es war ein sogenannter Uller, ein Talisman der Skifahrer, den die Brauerei vor vielen Jahrzehnten als nützliches Geschenk unter ihren Kunden verteilt hatte.

Das runde Stück Metall zeigte einen Ski fahrenden Zwerg mit Pfeil und Bogen. Darunter war, kaum sichtbar, weil durch tausendfache Benutzung abgeschabt, das Brauereiwappen eingeprägt. Frey musste die Brille aufsetzen und die Prägung ganz nah an die Augen halten, um sie lesen zu können.

Dann traf es ihn wie ein Blitz.

Das Wappen bestand aus einem spitz zulaufenden Felsen mit einem Kreuz darauf. Einem Petruskreuz. Es war das Wappen der »Brauerei Joh. Bruckmayer & Cie, Garmisch, gegr. 1764«.

Es sollte eine Party werden so wie früher. Jeder musste sein Bier und seine Grillsachen selbst in den Wald tragen. Jeeps und Motorräder waren untersagt. Und erst recht Motorsägen. Aus den ehemaligen Wilden, die Südstaatenflaggen schwenkend an die Ufer der Loisach gezogen waren und sich dort aufgeführt hatten wie die sprichwörtliche Axt im Walde, waren ehrbare Garmisch-Partenkirchner Bürger geworden. Aus den meisten jedenfalls.

Doch alle paar Jahre einmal überkam den einen oder anderen die Nostalgie. Dann wurde ein passendes Wochenende auf der Wetter-App des Smartphones ausgeschaut und über Facebook die alte Truppe mobilisiert.

Ein solches Wochenende läutete dieser 7. Mai ein. Kühl würde es nachts werden, aber dagegen gab es Lagerfeuer, Daunenjacken und Alkohol. Und da man sich mittlerweile auch bessere Ausrüstung als die alten Bundeswehrschlafsäcke leisten konnte, war eine Frühjahrsnacht am kalten Fluss für über Vierzigjährige durchaus zumutbar. Die teuren Term-A-Rest-Isomatten trugen das Ihrige dazu bei, dass die ewig jungen Männer nicht am Montag mit Kreuzverschlag und Nierenbeckenentzündung die Wartezimmer der niedergelassenen Ärzte bevölkerten.

Hartinger freute sich auf die Party am Fluss. Als er mittags aus dem Zug gestiegen war, war er noch im Bahnhof in den Suldinger Tomboy gelaufen, der sich gerade am Kiosk mit einem Zigarettenvorrat eingedeckt hatte. »Für mich und meinen Bruder«, hatte er zu seiner Entschuldigung vorgebracht, dass er gleich drei Stangen West mit sich rumgeschleppt hatte.

Dann hatte der Tomboy dem Hartinger berichtet, dass am Abend wieder einmal gezeltelt würde, und gefragt, ob Hartinger nicht mitkommen wolle. Denn alle kämen: der Markus, der Toni (damit war nicht der Bagger-Toni gemeint), der andere Toni (auch nicht der Bagger-Toni), der Niva, der Flo, der Schwarzi, der Heimi, der Helmi, wahrscheinlich auch der Humpi sowie – selbstredend – der Gringo. Vielleicht würde es auch der Schnatzi mal wieder schaffen, wenn er rechtzeitig aus Huglfing vom Handballturnier seiner Zwillingstöchter zurückkehrte, ansonsten käme er halt nach, habe er versprochen. Wenn ihn die Babsi nach Sonnenuntergang noch rausließe, hatte der Tomboy feixend hinzugefügt.

Wer da noch fehle, sei halt der Gonzo, dann hätten sie die alte Corona wieder beieinander. Ja, der Tomboy sagte tatsächlich »Corona«. Hartinger stand nach den Erlebnissen der letzten Wochen der Sinn absolut nach einem kleinen Rausch, und so sagte er zu, obwohl er nicht wusste, wie seine Uraltfreunde auf seine Anwesenheit reagieren würden. Würden sie ihn als Nestbeschmutzer ansehen, wie das sicherlich viele der Garmisch-Partenkirchner Mitbürger taten?

Nach dem Kuchen bei Kathi machte sich Hartinger auf den Weg an die Loisach. Er warf seinen Schlaf- und seinen Rucksack ins Auto und rollte die steile Forststraße von Graseck hinunter in die Wildenau. Am Getränkemarkt an der Mittenwalder Straße machte er kurz halt und wuchtete zwei Kästen Augustiner-Edelstoff in den Kofferraum. Kohlenhydratarme Ernährung und wenig Alkohol hin oder her, beim Zelteln ohne Bier aufzutauchen hätte ihn gleich in den ersten Minuten bei seinen Freunden disqualifiziert. Gottlob war Garmisch-Partenkirchen mittlerweile mit Discountmärkten gepflastert. Er steuerte den nächsten an, um sich das klassische Outdoor-Gericht für schmale Geldbeutel, den Bohneneintopf »Feuerzauber Texas«, zu holen. Davon packte er zwei Dosen in eine Tüte und nahm noch ein Netz Billigsemmeln mit. Damit würde er über die Nacht kommen.

Er verließ Garmisch-Partenkirchen auf der Zugspitzstraße und parkte auf dem Kanu-Parkplatz an der Loisach, wo er Schlafsack und Verpflegung in den Rucksack schmiss und sich einen Kasten Bier auf die Schulter hievte. Der zweite blieb als Reserve im Auto.

Bereits nach wenigen Metern beschlich ihn der Verdacht, dass das Bier früher leichter gewesen sein musste. Er setzte den Kasten ab und hob ihn auf die andere Schulter. So würde er drei Stunden für die paar hundert Meter brauchen. Er überlegte, ob er nicht warten sollte, bis einer der Spezl des Weges käme und ihm beim Tragen helfen würde, aber das war dann doch unter seiner Würde.

Er stolperte einige Meter weiter durch den Wald, da dudelte zu allem Überfluss sein Handy los. Wenigstens gab ihm das Gelegenheit, das blaue Tragl wieder abzustellen. Er langte in die Hosentasche und sah auf dem Display, dass ihn Dorothee Allgäuer anrief.

»Schöne Frau!«

»Schöner Mann! Großartig ist es bei euch hier heraußen, muss ich sagen. Ich bin den ganzen Nachmittag gewandert und gehe jetzt zum Essen. Hast du eine Empfehlung für mich?«

»Wie? Du bist schon da? Ich dachte, morgen triffst du dich mit deinem Chef zum Wandern?«

»Tue ich ja. Aber was soll ich allein in der Stadt. Also hab ich mir gedacht, fahr ich schon mal raus. Ich bin dann ja auch näher bei dir, mein Liebster.«

Mein Liebster ... Hartinger wusste nicht, ob er so genannt werden wollte. Es war ihm zudem überhaupt nicht recht, dass Dotti in seiner Gemeinde weilte.

Was sollte er tun? Er musste sie ja praktisch einladen, mit ihm zu kommen. Zelteln an der Loisach war aber nichts für eine Dame aus der Stadt. Dann also musste er sie zum Essen begleiten, doch das hieße, seinen Kumpels einen Korb zu geben. Nicht dass die deswegen in Depressionen gefallen wären. Jedenfalls nicht in solche, die nicht mit zwei bis drei Halben kurierbar gewesen wären. Aber er wollte eigentlich dort drüben auf der anderen Seite des Flusses feiern. »Du, es tut mir echt leid, aber heute Abend ... ich hab schon was vor ...«

»Schon in Ordnung. Ich will ja nur wissen, wo man etwas Ordentliches zu beißen bekommt.«

»Bayerisch, Italienisch, Chinesisch ...?«

»Wenn ich schon hier bin, dann deftig Bayerisch, ist doch wohl klar.«

»Da würde ich das Bräustüberl empfehlen. Sag der Anni einen schönen Gruß von mir, dann werden die Portionen größer.«

»Werd ich machen. Schönen Abend wünsche ich dir«, sagte sie fröhlich.

»Schönen Abend! Und du bist nicht sauer, dass ich jetzt nicht mit dir ...?«, wollte sich Hartinger versichern, aber sie hatte bereits aufgelegt.

Er steckte das Handy zurück in die Tasche und stemmte den Kasten wieder auf die Schulter. Seine Gedanken waren bei Dotti, dieser wundersamen – und wundervollen – Frau aus der großen Stadt. Sie hatte mehr männliche Charakterzüge als Charles Bronson und war doch die weiblichste Frau, die er seit langer Zeit kennengelernt hatte. War es diese Mischung, die ihn so interessierte?

Die Kathi, an der er ja – ganz ehrlich – immer noch hing, und zwar nicht nur über das Verbindungsstück des gemeinsamen Sohnes, war ja auch kein zartes Weiberl, die hatte unter ihrer Kittelschürze ganz deutlich die Hosen an.

Während er so sinnierte und nachdem er den Kasten ein weiteres Mal auf die andere Schulter gewechselt hatte, kam er auf der Brücke an, die über die Loisach zum Herrgottschrofen führte, und zwar zu jener Stelle, wo vier Wochen zuvor alles angefangen hatte. Er fragte sich, ob überhaupt noch jemand von der Polizei in den beiden Fällen, in die er verwickelt gewesen war, ermittelte. Am nächsten Morgen würde er mal die Online-Seiten von Merkur, AZ und tz durchforsten. Und am Montag würde er diesem Kripokommissar Hanhardt seine Aufwartung machen, um ihm die Kippen von jenem Mann zu geben, der ihn am Nachmittag beobachtet hatte.

Doch diesen Gedanken verwarf Hartinger gleich wieder. Was sollten die Kippen denn aussagen? Und überhaupt war es für ihn bislang noch nie sehr förderlich gewesen, wenn er der Polizei Leichen, Knochen oder Beweismittel präsentiert hatte.

Aber gewusst hätte er schon sehr gern, wer da unter einer Fichte in Graseck sitzend seinen Samstag verbracht hatte.

Als Dr. Dorothee Allgäuer um acht Uhr das Bräustüberl betrat, hatte sie einen Mordshunger. Und einen anständigen Durst. Sie freute sich auf den Abend unter den Einheimischen. Wer wusste, ob da nicht der eine oder andere schmucke Single oder verehelichte Abenteuerlustige an einem der rustikalen Tische saß, die sie sich in einem Bräustüberl vorstellte.

Als sie die Tür zur Gaststube öffnete, sah sie ihre Vorstellung nicht enttäuscht. Weder was die Beschaffenheit der Tische anlangte, noch hinsichtlich der strammen jungen Burschen, die an den Tischen saßen. Denn an diesem Abend tagten gleich drei der nachwuchsstärkeren Stammtische, bei denen der Altersdurchschnitt durchaus dem der Kernzielgruppe der forschen Rechtsmedizinerin entsprach.

Nicht ganz ihren Wünschen entsprach dagegen die verschworene Dreierrunde, die im Eck rechts zwischen Kachelofen und Küche tagte. An dem Tisch saß neben dem Mann mit dem breiten Kreuz und dem kurzen Janker und dem alten Herrn, der wie ein Adliger aussah, auch ihr Chef, Prof. Dr. Dr. h. c. mult. Friedrich Marchsteiner.

Als Hartinger am nächsten Morgen aufwachte, wusste er, warum er seit über zwanzig Jahren nicht mehr auf einer Isomatte am Flussufer übernachtet hatte. Ihm brummte der Schädel (woran weder die Isomatte noch das Flussufer schuld waren), sein Rücken schmerzte, und die Füße waren Eiszapfen. Zudem musste er dringend. Er konnte es nicht länger im Schlafsack aushalten. Obwohl um ihn herum lauter Bierleichen schnarchten, als lägen sie in Himmelbetten, musste er aufstehen. Das war damals schon so gewesen. Er war immer der Erste gewesen, der sich den verwüsteten Zeltplatz hatte anschauen müssen, und hatte ihn aufgeräumt, bevor die anderen überhaupt nur ein Auge aufgemacht hatten.

Er erleichterte sich in den Büschen und versuchte, die Füße durch Aufstampfen warm zu bekommen. Dann machte er ein Feuer aus den Überresten der Äste, die irgendeiner mitten in der Nacht zusammengetragen hatte. Allmählich wurde ihm wieder warm. Um den stechenden Schmerz auszuschalten, der wie eine Klaue mit scharfen Krallen seinen Kopf im Griff hatte, trank er ein halbes Augustiner. Dann kam der Hunger.

Er kramte die zweite Dose »Feuerzauber Texas« aus seinem Rucksack und stellte sie geöffnet an den Rand des Feuers.

Nach zehn Minuten warf die schleimige rotbraune Pampe, die ein Chili con Carne imitierte, Blasen und konnte als heiß betrachtet werden. Hartinger nahm seinen Löffel aus dem Rucksack, nahm einen Mundvoll des Eintopfes und musste sich sofort ins Lagerfeuer übergeben.

Danach ging es ihm bedeutend besser. Nur musste er nun auch ein größeres Geschäft absolvieren. Und das wollte er nicht im Wald erledigen.

Vom Zelteln hatte er für dieses Jahrzehnt schon wieder genug. Also packte er seinen Schlafsack und seine Isomatte, ließ sein Leergut liegen und schaute zu, dass er zum Auto kam.

Er ging den Loisachuferweg in Richtung Herrgottschrofen und wollte gerade über die Fußgängerbrücke zum Kanuten-Parkplatz schlurfen, als er im Fluss einen Menschen erblickte. Da hatte wohl einer der Irren den ganz Harten heraushängen lassen wollen und war aufgestanden und in die eiskalte Loisach gesprungen. Immerhin einhundert Meter hatte sich dieser Todesmutige mit dem Gebirgswasser mitspülen lassen, bevor er nun auf der kleinen Sandbank vor der Brücke aufstand und aus dem Flussbett stapfte.

Der Mann war nackt. Und wahnsinnig trainiert. Wirklich ein harter Hund.

Hartinger erkannte Klaus Suldinger, Tomboys Bruder.

Der frühmorgendliche Nacktschwimmer sah Hartinger nicht, der über ihm auf der Brücke stand. Er ging nach oben zum Uferweg und wieder zum Zeltplatz zurück.

Als er sich umdrehte, sah Hartinger den tätowierten Rücken. Über dem Gesäß stand »Come in and die!« in Frakturschrift, und zwischen den Schulterblättern prangte ein umgedrehtes Kreuz, das auf der Spitze eines Felsens stand.

»Hätte ein Spiel.«

»Weiter.«

»Weiter.«

»Spielens zu, Hochwürden!«

»Wie daheim.«

»Auf die Alte spielt er, der Herr Pfarrer, soso. Wenn das kein Neireißerspiel wird, ich weiß ja net …«

»Hör ich da eine Spritze, Herr Gruber?«

»Schau ma mal. Wer kommt raus?«

»Immer der, wo fragt.«

Veit Gruber sah noch einmal beschwörend in seine Karten. Dann knallte er den Eichelzehner auf den Tisch und plärrte: »Gsuacht und gfickt …«

»Nonono, Veit, es sitzt der Herr Pfarrer mit am Tisch.« Bürgermeister Hans Wilhelm Meier war es sowieso schon unangenehm, dass er sich nach der Heiligen Messe zu einer Runde Schafkopf im Bräustüberl hatte hinreißen lassen müssen. Er tat das ohnehin nur aus Imagegründen. Lieber wäre er mit seiner Frau nach Oberau auf den Golfplatz gefahren. Aber ein oder zwei Mal im Jahr sollten seine Garmisch-Partenkirchner sehen, wie erdverbunden ihr Ortsvorsteher war. Aber zu derb sollte es bitte nicht zugehen. Wenn sich die Schafkopffreunde schon einen Spaß daraus gemacht hatten, dem nigerianischen Pfarrer das Schafkopfspiel mitsamt seiner derbsten Wirtshausansagen beizubringen, musste das nicht auch noch zelebriert werden, wenn der Bürgermeister mit am Tisch saß und zwanzig Augen- und Ohrenpaare von den Nebentischen genau registrierten, was sich dort tat.

Das Spiel nahm seinen Verlauf, der Bürgermeister war eichelfrei und stampfte die Alte Sau vom Bagger-Toni und den Eichelzehner vom Gruber sowie einen Achter von Pfarrer Chukwuma Ogolama mit dem Herzzehner zusammen.

»Schneider frei!«, freute sich der Gruber. »Wir zwei miteinander – ha, Bürgermeister, so ein Dreamteam …«

»Wo wir uns beide so um unseren Ort verdient machen, Veit, gell?« Meier sammelte den Stich ein. »So nachhaltig vor allem, oder, was meinst du?«

»Freilich nachhaltig, wie alles, was wir machen«, schleimte Veit Gruber weiter.

Der Bürgermeister beachtete ihn nicht mehr, sondern fixierte die nächsten zwei Stiche lang den Brechtl mit seinem Blick. Er spielte weiter Trumpf.

Der Pfarrer stach mit dem alten Ober. Dann spielte er einen vollkommen unentschlossenen Graskönig an, Gruber setzte einen Unter, und der Bagger-Toni hatte die Sau blank stehen und musste, wie der Bürgermeister auch, zugeben.

»Böses Foul, Herr Pfarrer. So was spielt man nicht raus, aber das lernens schon noch«, sagte der Bürgermeister. »Und der Herr Brechtl hat eine blanke Sau, soso. Das hört man öfters von ihm, dass er sich mit so was gut auskennt…«

Der Bagger-Toni tat so, als hätte er die Bemerkung nicht gehört. In seinem Kopf ratterte es allerdings gewaltig, die Panik wollte in ihm aufsteigen bei der Vorstellung, was der Bürgermeister schon wieder in Erfahrung gebracht haben könnte.

Der Gruber kam mit dem Grasober raus.

»Was spielst denn du da für einen Schmarrn zamm, Veit? Aber gut, ein hübsches Blau ist immer eine schöne Farbe. Besonders im Auto, gell, Toni? So schön blau nachts um halb vier nach dem John's Club?« Bürgermeister Meier schaute gar nicht mehr in die Karten, sondern starrte nur noch den Bagger-Toni an. Wie das Spiel ausgehen würde, war ihm vollkommen egal. Nicht nur, weil es sowieso nur um ein Zehnerl bei einem Sauspiel ging.

Der Pfarrer legte die Karten auf den Tisch. Er hatte die restlichen Ober und Unter auf der Hand.

»Ja, Kreizkruzifix, warum spielens denn um Himmels willen kein Solo?«, brüllte ihn Veit Gruber an.

»Der Herr Pfarrer weiß eben, was Gnade bedeutet.« Der Bürgermeister legte seine Karten auf den Stapel und schob dem Gruber Veit ein Zehn-Cent-Stück über den Tisch.

Der Bagger-Toni stand auf. »Können wir mal eine Pause machen? Ich müsst mal schnell telefonieren.«

»Musst die Einnahme von einem Zehnerl vom Herrn Pfarrer bei der Bank melden? So ein Finanzspritzerl wird die sicher wieder besser schlafen lassen«, stichelte Meier.

»Und du kommst mit.« Anton Brechtl hatte noch nie jemanden so mit Blicken durchbohrt wie in diesem Moment den Bürgermeister.

Meier erhob sich in aller Lässigkeit und schlenderte dem Bagger-Toni hinterher, als der durch die Wirtshaustüre ins Freie stob.

Draußen zog der Bagger-Toni den Bürgermeister am Ärmel der Lodenjoppe hinunter zur Loisach, die, in ihr Betonkorsett gebettet, am Bräustüberl vorbei durch die Gemeinde floss. In der Nähe des rauschenden Flusses würde sie keiner hören. Er baute sich vor dem Bürgermeister auf. »Ich hab schon gehört, was du mir hinterherredest, du Sauhund, du ganz miserabliger. Dass ich pleite bin. Des stammt von dir, du verlogene Sau. Aber wart, ich weiß auch einiges über dich.«

»Ach, weißt was, Toni, deine Einträge in meinem schwarzen Buch werden täglich mehr. Hast neue Hobbys, ha? Videofilmen?«

»Wer erzählt denn einen solchen Dreck? Außerdem, des geht dich einen Scheiß an, was ich privat mach, du Hanswurscht, du trauriger.«

»Hm, ich hab da so ein Making-of von deinen letzten Dreharbeiten im Baucontainer. Sehr talentierte Leute beschäftigst du, das muss ich schon sagen.«

»Ah geh, so Privatvideos, das macht doch jeder heutzutage. Da schämt sich doch keiner mehr dafür. Aber schämen solltest du dich, mir deine Spitzel auf den Hals zu hetzen. Und ich weiß schon, wen du damit beauftragst hast. Den Bernbacher Ludwig und seine minderbemittelten Sheriffs. Wenn des rauskommt, dass der für dich die Gestapo spielt, dann könnts euch alle einglasen lassen!«

»Nix kommt raus, Toni, gar nichts. Weil jemandem, der nackerte Weiber filmt in der Nähe von einer Stelle, an der eine andere Nackerte vom Felsen gefallen ist, dem glaubt man nix. Vor allem nicht, wenn er in Stadelheim sitzt. Nur dass du Bescheid weißt: Die Datei von meinem Making-of ist sehr sicher verwahrt, das kannst mir glauben. Aber innerhalb von drei Minuten hab ich den kleinen Film ins Internet hochgeladen. Mit allen Beteiligten im Bild. Auch dem Regisseur. Und dann lass das LKA mal eins und eins zusammenrechnen. Schaut nicht gut aus für dich, Toni, überhaupts nicht gut!«

Der Bagger-Toni wurde unsicher. »Ich weiß null, was du meinst, du ausgschamter Baraber, du dreckata. Mich erpressen wollen, ha? Ich hab deine Scheiß-Wahlkämpfe gesponsort, ohne mich wärst du ein Nichts und ein Niemand in dem Tal. Tag und Nacht fahren meine Laster, wenn wieder Schnee fürs Skispringen oder für so ein schwachsinniges Snowboard-Hupfats im Stadion hergebracht werden muss. Ohne Rechnung. Nur gegen Spendenquittung. Damit du dich hernach vorn hinstellen kannst fürs Foto. Ich sag dir eins: Wennst dich mit mir anlegst, dann gibt's einen Krieg, gegen den war Vietnam ein Wellnessurlaub. Ich hab alles aufgeschrieben. Jede Mark, jeden Euro, jeden Liter Diesel, jede Arbeitsstunde, die ich in deine Karriere investiert habe. Wenn ich untergeh, dann gehst du mit, das versprech ich dir, du Drecksau, du scheinheilige.«

»Du hast den Krieg angefangen, vergiss das nicht, mein lieber Spezi. Du willst Atommüll in meinem Berg dahinten einlagern. Und das wird nur über meine Leiche passieren.«

»Leichen haben wir ja genug in letzter Zeit. Da kommt's auf eine mehr oder weniger nicht an.«

»Oder zwei, Toni, oder zwei.«

Der Bagger-Toni wandte sich vom Bürgermeister ab und versetzte dem Geländer am Flussufer einen Tritt. »Kreizkruzifix, des bringt doch alles nix!«

»Das Leben kann so einfach sein, mein lieber Toni. Du machst bei der Atomsauerei nicht mit, und dafür bekommst du deine Sauerei wieder zurück.«

»Wenn ich das mit dem Tunnel nicht mach, macht's ein anderer, Hansi!«

»Das lass meine Sorge sein.« Der Bürgermeister drehte sich um und ging wieder zur Schafkopfrunde hinein.

Hartinger hatte dreizehn verpasste Anrufe auf seinem Handy, als er es an das Ladekabel im Volvo anschloss. Die Akkus hatten irgendwann in der Nacht ihren Dienst eingestellt und freuten sich über frischen Strom. Die Nummer, von der aus man ihn die ganze Nacht über hatte erreichen wollen, war die von Albert Frey, doch als Hartinger zurückrief, ging Kathis Onkel nicht dran. Also steuerte Hartinger den Wagen zurück zum Mittererhof. Er wollte sich duschen und seine Gedanken sortieren.

Als er in Graseck ankam, saß Frey bereits dort und wartete auf das Mittagessen. Am Sonntag gab es bei Kathi Mitterer den unvermeidlichen Schweinsbraten mit Kartoffelknödeln. Im Rohr des alten Wamslers schmurgelte das Schweinerne in einer Reine, und auf dem Herd blubberten die Knödel vor sich hin.

»Da ist er ja!«, rief Frey, als Hartinger durch die Küchentüre schaute.

»Mei, und einen Rausch hast ja immer noch im Gesicht!«, kommentierte Kathi sein Erscheinen.

»Ich hab zurückgerufen, aber Sie haben hierheroben wohl einen schlechten Empfang«, entschuldigte sich Hartinger.

»Ist egal. Ich muss dir was zeigen.«

»Ich hab auch was Neues, Herr Frey, aber darf ich zuerst schnell duschen und aufs Klo?«

»Mach zu, ich glaub, wir müssen tätig werden.«

Keine zehn Minuten später fand sich Hartinger in frischen Klamotten in der Küche ein. Die Hausherrin deckte gerade den Tisch.

»Isst der Anton nicht mit uns?«, fragte Hartinger.

»Ist zum Fußballturnier nach Weilheim. Finde ich eine Frechheit, dass sie das am heiligen Sonntag machen. Aber mei, die Familie zählt halt nichts mehr in diesen unheiligen Zeiten«, zeterte Kathi.

Hartinger unterließ jeglichen Kommentar über die Art oder gar die Heiligkeit ihrer Familie. Er ließ sich lieber Braten und Knödel mit ordentlich viel Soße auflegen. »Was ist jetzt, Herr Frey?«, fragte er ungeduldig.

»Deine Gottesneffen. Ich habe sie gefunden.«

»Ich habe auch einen. Sie sind hier.«

»Ja. Schon seit langer Zeit.« Albert Frey legte den Flaschenöffner auf den Tisch vor Hartinger. Und eine Lupe dazu. »Siehst du das da unten? Das alte Firmenzeichen – heute würde man Logo sagen – der Garmischer Brauerei. Kann es sein, dass unser Freund Martin Bruckmayer …?«

»Das ist doch Wahnsinn, Onkel Albert, so ein geachteter Mann!«, warf Kathi ein.

»Das sind oft die Schlimmsten. Schaut mal her.« Frey zog ein Blatt Papier aus seiner Aktentasche. »Ich habe im Internet Geschichten gefunden – wohlweislich sage ich: Geschichten – von Frauen, die mit dem Kopf nach unten gekreuzigt wurden. Ist in den letzten fünfzig Jahren ein paar Mal passiert. Zumindest geistern solche Geschichten durchs Netz. Und es gibt eine Überschneidung mit den Orten, an denen Martin Bruckmayer für den Braumulti stationiert war. Da schau. Tokio. Rio de Janeiro.« Er legte das Blatt vor Hartinger auf den Tisch.

Hartinger sinnierte und murmelte vor sich hin: »Wenn das so eine internationale Verschwörerbande ist … Und Martin Bruckmayer aus Garmisch-Partenkirchen mittendrin?«

»Oder an der Spitze.«

»Dann ist das so ein Netzwerk, und es sind andere auch dabei«, fuhr Hartinger fort. »Klar, der Suldinger Klaus. Der hat das Abzeichen. Und im Knast war er auch.«

»Wer?«

»Na, einer von hier, ich hab den heute früh erst gesehen … Der Einbruch bei der Dotti«, grummelte Hartinger vor sich hin, »das war also der Suldinger. Und der arbeitet für den Brechtl …«

Hartinger wurde ganz still und schloss die Augen. Hätte er nur am Vorabend nicht so viel gesoffen, dann würde ihm das Denken vielleicht eine Spur leichter fallen.

Da traf es ihn wie ein Hammer.

Er riss die Augen auf. »Die Dotti!« Er warf beinahe den

Küchentisch um, als er aufsprang. »Schnell, Herr Frey, wir müssen zur Polizei!«

Ohne Rücksicht auf Spaziergänger und Fiaker preschten Hartinger und Frey durch die Wildenau am Skistadion vorbei und rasten im Höllentempo über die Hauptstraße in Richtung München. Keine zehn Minuten, nachdem sie in Graseck ins Auto gesprungen waren, erreichten sie die PI Garmisch-Partenkirchen.

Natürlich befand sich Ludwig Bernbacher am Sonntagmittag nicht in der Polizeiinspektion. Ein paar der jüngeren Beamten schoben an diesem unspektakulären Wochenende Dienst.

»Wir brauchen diesen Kommissar Hanhardt!«, rief Hartinger. »Von der Kripo aus Weilheim. Und zwar jetzt!«

»Herr Hartinger, Sie sind lustig«, sagte eine der Beamtinnen. »Wissen Sie, welcher Tag heute ist?« Der Auftritt des nicht gerade als Polizistenfreund verschrienen Karl-Heinz Hartinger kam der Besatzung der Dienststelle reichlich suspekt vor. Und er hatte auch noch diesen kauzigen Heimatforscher und Exlehrer dabei, den man aus dem Tagblatt kannte.

»Glauben Sie ihm. Es ist ein Verbrechen im Gange, wir brauchen Hunde, Hubschrauber, Hundertschaften!«, unterstützte dieser nun Hartingers Bemühungen, die Wachhabenden aufzurütteln.

»Immer langsam mit den jungen Pferden.« Ein Kollege war aus einem der Büros hinter dem Tresen gekommen. Der Lärm im »Kontaktbereich« hatte ihn offenbar alarmiert. »Jakob Neumann, mein Name. Ich bin der ranghöchste Beamte heute. Bevor wir irgendwen anrufen, erzählen Sie mir Ihre Geschichte in aller Ruhe.«

»Dafür ist keine Zeit, Mann!«, herrschte Hartinger den Jungspund an. »Eine Frau wurde sehr wahrscheinlich entführt. Ich kann mir auch vorstellen, wohin, und ich weiß auch, von wem!«

»Sie können sich vieles vorstellen, das wissen wir, Herr Hartinger. Aber trotzdem, erzählen Sie. Sonst passiert gar nichts.«

Hartinger versuchte, sich zusammenzureißen. Er fasste für Polizeiobermeister Neumann alles Relevante zusammen, erzählte von den Knochen der Franziska Stiller, von Svetlana Ryschankawa. Von Dorothee Allgäuer. Von Martin Bruckmayer. Von Anton Brechtl. Und von Klaus Suldinger. Und von den Tattoos in Form von Knastsprüchen und Petruskreuzen auf Felsen.

Der junge Polizist Neumann konnte dem hin- und herspringenden Bericht sogar einigermaßen folgen. Bei den Tattoos merkte er sichtlich auf. Doch zuerst musste er noch einmal alles zusammenfassen. »Also ein Geheimbund, der Frauen foltert und umbringt, die außerhalb der gängigen Moralvorstellungen leben? Und mit einer Zentrale hier in Garmisch-Partenkirchen? Ist das nicht alles sehr weit hergeholt?«

»Und wenn es weit hergeholt ist – ich erreiche die Frau Dr. Allgäuer nicht auf ihrem Handy. Die ist hierhergelockt worden. Von ihrem Chef. Der muss auch zu dem Club gehören. Sie ist sicher irgendwo versteckt, hängt gefesselt mit dem Kopf nach unten und wird gefoltert. Irgendwo dort hinten am Herrgottschrofen. In einer Hütte. Die gehört sicher dem Brechtl, es muss so sein. Verstehen Sie, Sie müssen ausrücken. Wenn sie nicht schon tot ist!« Hartingers Stimme überschlug sich mehrmals. »Sollte ich mich täuschen, dann nehme ich dies alles auf meine Kappe. Aber Sie müssen jetzt dieses Leben retten. Verstehen Sie?«

»Ich kann Ihre Aussage aufnehmen und dann weiterleiten an die Kripo in Weilheim. Die werden das Nötige unternehmen.«

»Sie verstehen also nichts. Wiederschaun.« Hartinger drehte sich um und stürmte aus der Polizeiinspektion. Frey hastete hinterher.

»Ich muss wissen, wo der Brechtl eine Hütte hat«, sagte Hartinger, als er den Zündschlüssel drehte. »Und ich weiß auch, wen ich fragen muss.«

Er schoss durch den Ort und über die Zugspitzstraße in Richtung Grainau. Hinter der Schmölz ratterte er über die

Behelfsbrücke zur Tunnelbaustelle und fuhr nach links auf dem Forstweg in Richtung Herrgottschrofen. Die sonntäglichen Spaziergänger und Mountainbiker zeigten ihm mehrheitlich einen Vogel oder den Mittelfinger, als er an ihnen vorbeifegte.

Er ließ den Herrgottschrofen rechts liegen und bremste hundert Meter weiter. Links unten war der Platz, an dem sie alle in der Nacht gezeltelt hatten. Natürlich brannte schon wieder das Lagerfeuer. Die Unermüdlichen saßen darum herum, soffen und ließen einen Joint kreisen. Ein Ghettoblaster spielte wohl zum tausendsten Mal seit dem Vorabend »The Weight«.

»Tomboy!«, brüllte Hartinger zu den Feiernden hinunter.

Niemand rührte sich. Hartinger betätigte die Hupe, da riss es ein paar von den Gestalten herum.

»Tomboy!«

Der Angesprochene erhob sich und tapste die niedrige Böschung zum Volvo hinauf. Hartinger ging ihm entgegen.

»Was is?«, brachte Thomas Suldinger hervor. Seine bekifften und versoffenen Augen waren unfähig, einen Punkt zu fixieren. Der ganze Mann schwankte wie eine Fichte im Frühjahrssturm.

»Wo ist dein Bruder?«

Tomboy zuckte nur mit den Schultern. »Irgendwann weg. Keine Ahnung.«

»Wo ist die Jagdhütte vom Brechtl?«

»Die is geheim.«

»Das ist jetzt wichtig. Sehr wichtig. Es geht um Leben und Tod. Wo ist die Scheißhütte?«

»Ich weiß es«, gluckste Tomboy, »aber ich sag's nicht!« Er schlug sich vor Kichern auf den Oberschenkel. »Du, aber was anders. Ein Bier hast nicht dabei? Wir sitzen langsam auf dem Trockenen dort unten.«

Hartinger ging zum Kofferraum des Volvo und öffnete die Klappe.

»Boah, Edelstoff, ein ganzer Kasten!« Tomboys bisher so glasige Augen glänzten auf einmal.

Tomboy wollte gerade mit der Hand nach dem blauen Träger langen, da schlug Hartinger den Kofferraumdeckel zu. »Wo ist die Hütte?«

Tomboy Suldinger ließ das Kinn auf die Brust sinken und stierte auf den Kiesweg.

»Nur, weil du es bist, Gonzo«, grummelte er. »Also, auf der Bundesstraße und dann rechts am Wanderparkplatz am Gschwandt halten und dann den Forstweg rauf in Richtung Friedergries und dann …«

Hartinger saß bereits wieder im Auto und wendete. Die Beschreibung genügte ihm, denn es gab in der angegebenen Gegend nur einen Forstweg, der mit dem Auto befahrbar war. Und dass der Brechtl eine Hütte hatte, die nicht mit dem Auto erreichbar wäre, war mit Sicherheit auszuschließen.

Also zurück an schimpfenden Fußgängern und Radlern vorbei, über die Behelfsbrücke zur Bundesstraße, diese nach rechts und in Richtung Griesen. Hartinger jagte durch die Kurven und bremste viereinhalb Minuten später auf dem Wanderparkplatz im Gschwandt. Hinter der rot-weißen Schranke führte der Forstweg in Bayerns größtes Naturschutzgebiet.

Hartinger fummelte einen Feuerwehrschlüssel, das für den Lokalreporter und Zeitungsfotografen beinahe wichtigste Utensil neben der Kamera, aus dem Handschuhfach. Er stieg aus und hatte zehn Sekunden später mit dem Dreikant die Schranke geöffnet. Das Friedergries, das sich bald links unterhalb der abgesperrten Straße erstreckte, auf die er unerlaubterweise einfuhr, genoss als Naturwaldreservat den besonderen Schutz der Gesetze. Es wunderte Hartinger allerdings nicht, dass Leute wie der Brechtl ausgerechnet in einem der schützenswertesten Waldstücke des Freistaats eine Jagdhütte unterhielten.

Hartinger gab auf dem Forstweg nicht mehr Vollgas, um den sicherlich gut getarnten Pfad zu Brechtls Hütte nicht zu verpassen.

Bürgermeister Hans W. Meier war ausgesprochen guter Laune. Den Brechtl hatte er in der Hand, der würde es sich zweimal überlegen, ob er weiterhin bei der Atommüllsache mitmachen würde.

Ein laues Frühlingslüfterl hatte den Bürgermeister empfangen, als er um eins nach der Schafkopfrunde – mit sechs Euro zwanzig Gewinn im Hosensack – das Bräustüberl endgültig verließ. Er sagte bei seiner Frau das Mittagessen ab und bestellte den Gruber Veit auf den Golfplatz nach Oberau. Dort hatte er ja vorher schon hingewollt, nur, dass er sich entschieden hatte, seine Frau daheim zu lassen und stattdessen Sport und Geschäft miteinander zu verbinden. Den Lauf, den er gerade hatte, galt es auszunutzen. Zukunftspläne duldeten keinen Aufschub. Das Casa-Carioca-Projekt musste angeschoben werden.

Warum also nicht den Sonntagnachmittag auf dem Grün dazu nutzen, mit dem Gruber weiter daran zu feilen. So machten es Erfolgsbürgermeister wie er bestimmt auf der ganzen Welt. Zum Beispiel sein Kollege in der Partnerstadt Aspen, Colorado. Der sah so aus, als fänden alle seine Meetings unter freiem Himmel statt. Und so wie Aspen oder St. Moritz musste Garmisch-Partenkirchen ja werden. Wer sollte also damit anfangen, wenn nicht er, der Bürgermeister selbst.

Er hob das Golfbag aus dem Audi-Kombi und überprüfte, ob er alle Schläger und genug Bälle dabei hatte. Dann drückte er den Knopf an der Heckklappe, die sich daraufhin automatisch schloss.

Gerade, als er die Ausrüstung schultern wollte, um sich zum Clubhaus zu begeben, brauste Veit Grubers 7er BMW auf den Parkplatz. Der Bürgermeister winkte und wies dem Gruber eine freie Lücke zwei Wagen neben seinem an. Gruber parkte und holte seinerseits das Equipment aus dem Wagen.

Bürgermeister Meier stellte sein Golfbag wieder ab und ging zu seinem Spezl. So, wie er grundsätzlich an allem interessiert war – ja, sein musste! –, was sich in seinem Landl tat, fand er auch den Inhalt fremder Kofferräume durchaus spannend. Mal sehen, was der Gruber Veit da herumliegen ließ, vielleicht fanden sich dort ebenfalls Hinweise auf lichtscheue Hobbys.

Doch leider lag nichts in Grubers Heckabteil, was sich irgendwie irgendwann einmal zu dessen Ungunsten verwenden ließ.

Im nächsten Moment klingelte Meiers Handy in seiner Hosentasche. Ein Blick aufs Display verriet ihm, dass sein Golf- und Geschäftspartner Gruber dieses Gespräch nicht unbedingt mitbekommen musste. Es war Ludwig Bernbacher, der sich von seinem Privatapparat aus meldete. Bürgermeister Meier ging nach vorn zur Schnauze von Grubers Limousine und nahm den Anruf an.

Garmisch-Partenkirchens oberster Polizist war von seinem Polizeiobermeister Jakob Neumann über Hartingers Auftritt in der PI unterrichtet worden, über den er nun seinerseits den Bürgermeister in Kenntnis setzte. Fast fünf Minuten brauchte er dafür, während Meier zuhörte und ab und an nur ein »Hm« oder »Echt?« einschob. Veit Gruber stand schon längst gestiefelt und geschnürt hinter dem BMW und wartete, dass der Bürgermeister sein Telefonat beendete.

Das tat Meier schließlich mit den Worten: »Alles klar, fahr du schon mal voraus!« Dann drehte er sich zu Veit Gruber um. »Du, Veit, jetzt muss ich schnell der Anni daheim bei was Wichtigem helfen. Bin in einer halben Stunde wieder da. Schlägst dich derweil auf der Driving Range a bissl warm?«

Gruber war empört. »Spinnst du, Hansi? Du kannst doch nicht …«

Doch der Bürgermeister war schon in seinen Wagen gehuscht, hatte sich auf den Fahrersitz plumpsen lassen und war mit einem Mordskaracho aus der Parklücke gedonnert. Dass er dabei sein hinter dem Wagen stehendes Golfbag überrollte, bemerkte er gar nicht. Er raste davon, dass die Steinderl nur so spritzten.

Veit Gruber glaubte keine Sekunde daran, dass Meier seiner

Frau im Haushalt zur Hand gehen musste. Hinter diesem überhasteten Aufbruch musste etwas anderes stecken. Er warf seine eigenen Golfuntensilien wieder in den Kofferraum, setzte sich hinters Steuer und sah zu, dass er dem Bürgermeister möglichst unauffällig folgte.

Wie die wilde Jagd ging es in Richtung Garmisch über die B2 und durch den Farchanter Tunnel. An dessen Südende bog Meier nach rechts ab und sauste an Sonnenbichl-Hotel und Bräustüberl vorbei in Richtung Grainau.

Hartinger fuhr seinen Volvo, so weit er konnte, den Forstweg hinauf. Mit einem Geländewagen wäre er weiter gekommen. Aber so blieb er in einer steil nach oben führenden Linkskurve, in der sich der Schnee offenbar länger gehalten hatte, sodass der Untergrund nun aufgeweicht war, mit dem rechten Hinterrad stecken. Er trat das Gaspedal durch, doch das bewirkte nur, dass sich der Reifen noch weiter eingrub. Hartinger konnte weder vor noch zurück.

Die Hütte musste irgendwo weiter oben sein, und bis dorthin mussten sie nun also zu Fuß. Er nahm einen Klappspaten aus dem Kofferraum. Die Kamera als Waffe wäre ihm lieber gewesen, mit der hätte er nicht nur zuschlagen, sondern auch dokumentieren können. Doch in der Not würde der Spaten auch reichen. Er rechnete fest damit, dort oben auf den tätowierten Klaus Suldinger zu treffen und diesen Gegner als Ersten ausschalten zu müssen. Das würde schwer genug werden, denn der Kerl war ein Tier.

Hartinger wandte sich an Albert Frey, der bereits vor dem Auto wartete: »Bleiben Sie besser hier beim Wagen, Herr Frey.«

»So weit kommt's noch«, widersprach der. »Jetzt hab ich wieder mal mit meinen Recherchen einen Fall für dich gelöst, und du spielst den Helden.«

»Auf eigenes Risiko«, mahnte Hartinger.

»Alles, was wir machen, tun wir irgendwie auf eigenes Risiko, Karl-Heinz.«

Hartinger wollte keine Debatte, wie er sie mit seinem ehemaligen Oberstufenlehrer Frey vor fünfundzwanzig Jahren vielleicht in einer Deutsch- oder Sozialkundestunde geführt hätte. »Also gut, wenn Sie es nicht lassen können. Aber schön hinter mir bleiben.«

Geduckt schlich Hartinger den Weg hinauf. Frey brauchte sich nicht zu ducken, er war auch ausgestreckt nur einen Meter fünfundsechzig hoch. Nach gut hundert Metern führten Reifenspuren nach links in den Wald. An dieser Stelle wurden offenbar des Öfteren schwere Geländefahrzeuge bewegt. Entweder war das einer der typischen Holzwege, auf denen die Forstarbeiter Stämme aus dem Wald schleiften, oder hier ging es zur Hütte des Anton Brechtl.

Hartinger passte höllisch auf, dass er nicht auf einen der vielen Äste am Boden trat, die durch ein lautes Knacken ihre Ankunft hätten verraten können.

Plötzlich warf er sich hinter eine Fichte und wies dem drei Meter hinter ihm schleichenden Frey mit einer Handbewegung an, es ihm gleichzutun. Nur einen Steinwurf weiter vorn sah er einen riesigen Pick-up, der unter einem Tarnnetz versteckt war. Dahinter stand die mit Fleckentarn bemalte Hütte. Geheimniskrämerei stand hier vor Gemütlichkeit, denn ein solcher Anstrich war auch bei den schwärzest errichteten Berghütten und illegalst ausgebauten Heustadeln nicht üblich. Um diese Hütte zu finden, musste man schon wissen, dass sie sich an diesem Ort befand. Auch aus der Luft musste das kleine Häuschen so gut wie unsichtbar sein.

Es rührte sich nichts. Hartinger hielt den Atem an und lauschte. Außer dem Tirilieren der wenigen Waldvögel, die am Nachmittag noch ihre Stimmen erhoben, war kein Ton zu hören. Doch da war ein Auto. Wenn sie es hier nicht abgestellt hatten, um dann mit einem anderen Wagen davonzufahren, mussten sie in dieser Hütte sein. Es half alles nichts, Hartinger musste dort hinschleichen und einen Blick hineinwerfen. Wenn kein Fenster Einblick gewährte – und bei so einer Hütte und deren mutmaßlichem Zweck gab es höchstwahrscheinlich kein Fenster, durch das man einfach so hindurchschauen konnte –, würde Hartinger die Tür öffnen und dann …

Und dann würde er einen Kampf mit Klaus Suldinger, diesem Monster, zu überstehen haben. Oder mit mehreren Männern. Wahrscheinlich auch mit dem Brechtl Toni, der zwar zehn Jahre älter als Hartinger war, aber durch die Arbeit an seinen Maschinen sicher nicht schwächer als der Lokalreporter. Und dann war da vielleicht auch noch Professor Marchsteiner, der Dotti hierher gelockt hatte.

Hartinger ließ sich diese Überlegungen genau durch den Kopf gehen, um auf alles vorbereitet zu sein. Doch länger konnte er hinter dieser Fichte nicht warten, wenn er nicht Wurzeln schlagen wollte. Also sammelte er sich, atmete noch einmal tief durch, fasste den Klappspaten mit beiden Händen und schlich zunächst zum Pick-up. Dort angekommen, lauschte er wieder, hörte jedoch erneut keine verräterischen Geräusche oder Stimmen aus der Hütte. Er blickte hinauf zu Albert Frey und machte diesem mit einer Handbewegung klar, dass ihm der alte Mann nicht durch eine eigene Aktion in seinen Angriff platzen sollte.

Dann bewegte sich Hartinger langsam um das Auto herum und auf die Hütte zu. Er drückte sich an die Wand. Auf dieser Seite gab es keine Fenster. Er entschloss sich, nicht erst auf der anderen Seite zu suchen, denn irgendwann musste er ohnehin da rein, also konnte er es auch gleich tun.

Er nahm allen Mut zusammen, legte die Hand um den Türknauf und riss die Türe mit einem Ruck auf.

Die Hütte war leer.

Polizeihauptkommissar Ludwig Bernbacher war nicht wohl in seiner Haut. Er hätte eigentlich in Weilheim oder beim Präsidium Oberbayern in Rosenheim Bescheid geben müssen. Was, wenn an der abstrusen Geschichte vom Hartinger etwas dran war? Dem Bagger-Toni traute der Bernbacher so etwas nämlich durchaus zu.

Er fingerte sein Handy aus der Hosentasche, während sein silberfarbener Passat die Kurven der Bundesstraße in Richtung Griesen durchflog. Hätte er doch nur ein Dienstfahrzeug genommen, dann hätte er die Sonntagsfahrer vor sich mit Blaulicht und Martinshorn wegscheuchen können. Doch dazu hätte er erst in die PI fahren müssen, und das hätte zu viel Zeit gekostet, denn er wollte unbedingt vor dem Bürgermeister bei der Brechtl'schen Hütte eintreffen. Natürlich wusste er, wo die stand. Das wussten alle Behördenvertreter im Landkreis, die für die Duldung einer solchen Liegenschaft – die im Naturwaldreservat natürlich kategorisch ausgeschlossen war – zuständig waren. Der Brechtl spendete Jahr für Jahr genug an den Polizeisportverein und an die wohltätigen Organisationen, die ihm die Untere Naturschutzbehörde ans Herz legte, dass man bei ihm so allerlei Augen zudrückte.

Hauptkommissar Ludwig Bernbacher trat das Gaspedal aufs Bodenblech.

Hartinger winkte Albert Frey zu sich herüber. Als sie beide in der Tür der leeren Hütte standen, sagte Hartinger leise: »Nicht einmal Bänke und Stühle. Nichts.«

»Gehen wir rein«, drängelte Albert Frey.

»Herr Frey, das ist Hausfriedensbruch.«

»Ach was, das Ding steht hier illegal, da ist kein Frieden zu brechen.«

Hartinger setzte seinen Fuß über die Schwelle und betrat den Raum. Es roch nach altem Zigarettenrauch. Vor nicht allzu langer Zeit war jemand hier gewesen. Der quadratische Raum war allerdings tatsächlich leer. Nicht mal ein Schnipsel Papier lag herum.

Hartinger klopfte den Boden ab und besah sich dann die Decke. Keine geheime Falltüre, und nach oben ging keine Klappe unters Dach.

Hartinger verließ die Hütte und besah sich den Waldboden davor. Da lag eine Kippe der Marke West. Er wurde wieder ganz vorsichtig und ging zu der Hüttenseite, die er von außen noch nicht betrachtet hatte. Dort besah er sich die Wand, die offenbar aus mit Tarnanstrich versehenem Pressspanholz bestand, und erkannte, dass darin eine schmale Tür ausgeschnitten war. Da wurde ihm bewusst, dass der Innenraum der Hütte, den er eben untersucht hatte, viel kleiner war, als man von außen vermuten musste. Die Hütte war sicher dreieinhalb Meter breit und tief, während der Innenraum nur rund zwei auf zwei Meter maß.

Hartinger wusste nicht, wie er die kleine Türe aufbekommen sollte, denn sie hatte keinen Knauf und keine Klinke. Mit den Fingernägeln konnte er den Verschlag nicht aufziehen. Er nahm seinen Klappspaten und stemmte das Blatt in die schmale Spalte zwischen Tür und Wand. Mit einem Krachen gab das Schloss nach.

Er starrte in den Raum, der sich dahinter verbarg, doch darin war es stockfinster, sodass er nichts erkennen konnte. »Feuerzeug oder Streichhölzer, Herr Frey?«

»Ich doch nicht.«

»Ich hab leider auch aufgehört. Na ja …« Hartinger nahm sein Handy, klappte es auf, trat damit gebückt in den Raum und hielt es so, dass das Schimmern des Displays nach vorn strahlte.

Im nächsten Moment sprang er aus dem Stand zurück und landete mit dem Rücken gegen die Wand.

Da hing eine nackte Frau, und zwar kopfüber. Die Arme baumelten rechts und links an ihrem Kopf nach unten, das lange schwarze Haar berührte den Boden.

Hartinger taumelte. Eine Hälfte von ihm wollte auf die Frau zugehen und ihr helfen, die andere einfach nur abhauen. Er zwang sich, erst einmal innezuhalten, nicht zu schreien und sich die Frau genauer anzusehen.

Er hatte es sofort gewusst.

Jetzt war er sicher.

Es war Dotti.

Auf ihrem nackten Bauch hatten sie ein Bild hinterlassen. Es sah aus, als hätte ein Kind mit Fingerfarben gemalt. War die »Fingerfarbe« etwa Blut? Das naive Bild zeigte ein Kreuz, dessen Längsbalken zwischen den Beinen auf ihrem rasierten Venushügel endete. Unter dem Kreuz war ein Berg umrissen. Der elliptische Halbbogen endete an ihren Brustwarzen.

Hartinger hatte genug gesehen. Er musste sie abhängen.

Mit dem Handy leuchtete er nach oben, wo die Beine in den Schlaufen eines Seils steckten. »Schnell, ein Messer!«, rief er nach draußen.

Albert Frey hatte ein winziges Taschenmesser in der Hosentasche, das er Karl-Heinz Hartinger nach innen reichte.

Beinahe hätte Bernbacher vor lauter Herumgetippe auf dem Handy den Wanderparkplatz am Gschwandt verpasst. Mit quietschenden Reifen bog er von der Bundesstraße ab und rammte fast einen Radlanhänger, in den ein junges Ehepaar gerade seine beiden Kinder setzte. Mit einem Auge visierte er die Schranke zum Forstweg an – sie stand offen –, mit dem anderen suchte er weiter nach der Nummer von Kriminalhauptkommissar Jürgen Hanhardt. Hätte er sie doch nur eingespeichert. Hatte er aber nicht, und so musste er sie aus seinen gewählten Nummern oder eingegangenen Anrufen heraussuchen. Dabei konnte er sich nicht mal mehr erinnern, ob er den Kripomann auf dessen Mobiltelefon überhaupt einmal angerufen hatte oder der ihn.

Da er Hanhardts Handynummer nicht finden konnte, probierte er eine Festnetznummer mit Weilheimer Vorwahl, während er durch die Kurven der Forststraße schnitt. Die in der Kripozentrale mussten doch wissen, wie man Hanhardt erreichen konnte. Er hörte das Freizeichen, und zu seiner Freude nahm auch jemand ab.

In diesem Moment sah er das Heck eines alten Volvo vor sich auftauchen. Er trat mit aller Kraft auf die Bremse, doch die Schnauze seines Passat bohrte sich bereits in den Kofferraum des Schwedenpanzers.

Hartinger schnippelte mit dem Messer am Seil herum. Die Klinge war stumpf, Frey benutzte wohl vor allem den Kapselheber des Schweizer Patents.

Sie konnten jederzeit kommen, und sie würden nicht lange fackeln. Wenn man sie erwischte, würden Dotti, Frey und er selbst in einem Loch im Waldboden enden. Oder in der Müllverbrennung. Von draußen hörte er Motorengeräusche.

»Los, schneller!«, mahnte er sich selbst. »Schneid sie endlich los!«

Als sie fiel, umklammerte er gerade rechtzeitig ihre Beine, sodass sie nicht mit dem Kopf auf den Boden knallte, und setzte sie dann vorsichtig ab. Das Motorengeräusch kam näher. Also raus hier!

Er bewegte sich rückwärts, hatte seine Hände unter Dottis Achseln und zog sie mit sich aus dem Verschlag. Ihr Kopf hing weit nach hinten über. Er zog ihren schlaffen nackten Körper ins Freie und legte ihn zwischen den Fichten ab. Das Motorengeräusch war genau über ihnen auf dem Forstweg.

»Lebt sie noch?«, rief ihm Albert Frey zu. Hartinger hielt sein Ohr an ihren Mund, um zu spüren, ob sie noch atmete. Frey kniete nieder und tastete nach ihrem Puls.

In diesem Moment hörten sie vom Weg her ein Krachen, als würde ein Auto in ein anderes fahren.

»Los, wir müssen weg hier, Herr Frey!«, rief Hartinger. »Wir müssen sie mitnehmen!«

Albert Frey zog Hartinger am Ärmel von der Hütte weg. »Nicht zum Auto, Karl-Heinz! Wer weiß, wer da gerade in deinen Wagen gerast ist. Vielleicht einer von denen!«

Hartinger besann sich und zerrte Dotti weiter in den Wald. Nach dreißig Metern gingen sie hinter einem umgestürzten Baum in Deckung, von wo aus sie die Hütte und auch die Forststraße im Blick hatten.

Sie sahen, wie ein benommener Ludwig Bernbacher aus seinem Auto stieg und Richtung Hütte ging.

Frey tastete wieder nach Dottis Puls und flüsterte dann: »Sie lebt!«

Kaum war Bernbacher zwischen den Fichten verschwunden, raste der Bürgermeister mit seinem Audi heran. Er bremste rechtzeitig hinter Bernbachers Passat und lief ebenfalls auf die Hütte zu.

»Wenn die alle mit drinhängen, steckt man sie bis an ihr Ende ins Loch«, flüsterte Frey. Er zog seine Schafwollweste aus und legte sie der Nackten auf den Oberkörper.

»Wenn wir lebend hier herauskommen«, sagte Hartinger einschränkend. Wieder hörten sie vom Forstweg her ein Auto heranrasen. Es war Veit Grubers schwerer BMW, und auch der schaffte es gerade noch, hinter dem zuletzt geparkten Auto zum Stehen zu kommen.

Hartinger vernahm aus der Ferne das Knattern eines Hubschraubers. Das war im Frühjahr keine Seltenheit im Gebirge. Doch das Geräusch stammte nicht von einer der alten amerikanischen Bell-Maschinen, mit denen die Bundeswehr Rettungseinsätze flog. Hartinger kannte das Teppichklopfergeräusch seit frühester Jugend, immerhin war er in der Einflugschneise des Garmisch-Partenkirchner Klinikums aufgewachsen. Der Helikopter, der sich gerade näherte, war einer der wesentlich leiser surrenden Eurokopter 135 der Bayerischen Bereitschaftspolizei, die Hartinger von ungezählten Einsätzen in der Stadt her kannte. Immer, wenn ein Rentner vermisst oder eine Bank überfallen worden war, schwebten die handlichen grün-weißen Maschinen der Flugbereitschaft über der betreffenden Gegend, um mit ihren Wärmebildkameras Vermisste oder Flüchtige zu suchen.

»Die haben die Kripo verständigt«, begriff Hartinger.

»Umso besser. Die holen uns hier raus«, meinte Frey.

»Hoffentlich haben Sie recht.«

Der Hubschrauber kam näher, und Hartinger sah Bernbacher in sein Handy sprechen. Wahrscheinlich dirigierte er die Luftunterstützung an seinen Standort. Der Bürgermeister und Veit Gruber waren schon wieder auf dem Weg zu ihren Autos. Klar, dachte Hartinger, die wollen sich sicher hier nicht erwischen lassen, und auf einmal verstand er, warum der Hubschrauber nicht schon längst über ihnen stand, sondern drüben, auf der anderen Seite der Bundesstraße, über der Loisach und dem Gschwandt kreiste. Bernbacher leitete den Piloten in die falsche Richtung, damit die beiden Spezis ungesehen verschwinden konnten.

Die saßen beide gerade wieder in ihren Autos, da rauschte ein gigantischer gelber Hummer-Geländewagen den Forstweg nach oben. Der Fahrer konnte das zuunterst parkende Fahrzeug der Wagenkolonne, Veit Grubers BMW, nicht sehen, da es direkt hinter der Kurve stand. Die knapp vier Tonnen des aufgebockten und mit Kuhfängern aufgetakelten Aggro-Mobils schoben Grubers Siebener wie ein Matchboxauto in den Audi des Bürgermeisters und diesen in den Passat des Polizisten Bernbacher, der bereits in Hartingers Volvo steckte. Hartinger und Frey bot sich ein Bild, das man sonst nur von Auffahrunfällen auf Autobahnen kannte, und Hartinger erinnerte sich daran, dass bei anderer Gelegenheit ein Polizeiauto, der Bürgermeister-Audi und der Gruber-BMW schon einmal auf engstem Raum geparkt hatten. Damals hatten kurz darauf die Handschellen geklickt. Allerdings um Hartingers Handgelenke. Dies galt es nun unter allen Umständen zu vermeiden. Einfach abhauen konnte er nicht. Denn neben ihm lag die schwer verletzte Dotti.

Die Fahrer der hinteren drei Autos, des Hummer, des Siebeners und des A6, blieben besinnungslos auf ihren Sitzen hocken, als die Airbags zusammensanken. Die Beifahrertür des Hummer aber wurde aufgestoßen, und Hartinger sah Klaus Suldinger ins Freie springen. Der warf seine Zigarette weg und rannte, wie vom Teufel gejagt, die Forststraße hinunter zum Wanderparkplatz.

»Es brennt!«, rief Albert Frey. Tatsächlich hatte einer der gigantischen Stollenreifen des Hummer Feuer gefangen. Der Tank musste beim Aufprall Schaden genommen haben, und die weggeworfene Kippe des fliehenden Suldinger hatte das auslaufende Benzin entzündet.

»Los, wir müssen die da rausholen!«, schrie Hartinger und lief durch das Unterholz auf den Hummer zu. Dabei stolperte er über einen großen Ast und kroch auf allen vieren ein paar Meter durch das Gestrüpp. Gerade wollte er wieder aufstehen, da gab es einen ohrenbetäubenden Knall. Der Tank des monströsen Geländewagens war explodiert, und Hartinger wurde wie eine Schildkröte aus dem Vierfüßerstand auf den Rücken geworfen.

Die Wucht der Detonation schleuderte den Hummer nach vorn durch die Luft. Er überflog die beiden Wagen des Tourismusunternehmers Gruber und des Bürgermeisters und landete mit den vier Rädern nach unten auf Bernbachers silbernem Passat, der, auf seine halbe Höhe zusammengestaucht, unter dem Hummer verschwand. Das Feuer griff auf den Volkswagen über, dessen Diesel ihm zusätzliche Nahrung gab.

Hartinger rappelte sich auf. Er erreichte Grubers BMW und schlug die linke hintere Scheibe mit einem schweren Stein ein, dann langte er nach vorn und betätigte den Türöffner. Er packte Veit Gruber, zerrte ihn aus dem Wagen und von den zerstörten Wagen weg, um ihn schließlich auf dem Waldboden abzulegen. Genauso machte er es mit dem Bürgermeister.

Dann versuchte er, sich dem brennenden Hummer zu nähern, hinter dessen Lenkrad der Bagger-Toni saß, doch die lodernden Flammen trieben Hartinger wieder zurück. Durch die Scheibe der Fahrertür musste er zuschauen, wie der Bagger-Toni zappelte, während die Flammen seinen Kopf umzüngelten. Er hoffte für den Brechtl, dass er bereits tot war und seine ruckhaften Bewegungen nur durch die in der Hitze zusammenschnurrenden Muskeln und Sehnen verursacht wurden.

Mittlerweile kniete Bernbacher über dem Bürgermeister und kümmerte sich um ihn. Hartinger wollte zurück in den Wald und nach Dotti schauen, als Gruber erwachte und sich schüttelte. Er versuchte aufzustehen, brach aber gleich wieder zusammen.

»Bleiben Sie liegen, Herr Gruber«, sagte Hartinger zu ihm, als er an ihm vorbeilief.

Gruber schlug die Augen auf und sagte mit wirrem Blick: »Mein PR-Sprecher. Gut, dass Sie da sind.«

Dann verlor er wieder das Bewusstsein.

Hartinger lief weiter zu Dotti. Da krachte eine zweite Explosion, und vor seinen Augen löste sich die Jagdhütte in ihre Bestandteile auf.

Ein Stück von einem Vierkantholz schlug neben Hartinger gegen eine Fichte und von deren Stamm an seine Schläfe. Mit einem kurzen Schrei brach er zusammen.

## Kapitel 12

»Schön ist's bei euch heraußen, muss ich immer wieder sagen.« Kurt Weißhaupt wandte sich vom Fenster des Krankenzimmers ab und stellte die Blumen in die Vase. Eine Schwester würde schon rechtzeitig Wasser eingießen. »Da, ein Buch habe ich dir auch mitgebracht. So einen Garmisch-Krimi von diesem Schorsch Maler. Der ist doch von hier. Aber gegen deine Erlebnisse stehen ja alle Krimiautoren auf verlorenem Posten.«

»Life is stranger than fiction«, zischelte Hartinger nur schwer verständlich aus seinem Kopfverband heraus. Der gebrochene Kiefer machte das Sprechen so gut wie unmöglich.

»Was meinst«? Weißhaupt setzte sich auf den Besucherstuhl neben Hartingers Krankenhausbett.

Hartinger nahm den College-Block und den Filzstift, die Kathi ihm vorbeigebracht hatte, und schrieb auf das oberste Blatt: »Polizeischutz für Frey und mich, bitte!«

»Ah geh, Schmarrn! Wenn sie euch ausschalten wollten, dann hätten sie das schon getan, Gonzo. Statt Polizeischutz bekommst du den Verdienstorden! Hast deinen Bürgermeister gerettet. Und den Produzenten der Casa-Carioca-Eisrevue.

Gestern Abend war die Pressekonferenz. Sie haben sogar deinen Namen erwähnt. Dass du die Frau Saunders wieder ins Landl geholt hättest. Die war ja leider verhindert. Und du auch. Eine Woche Koma, was du da alles verpasst hast. Die Zeitungen sind voll mit Heldengeschichten über dich.«

Hartinger schrieb: »Alles Beschiss! Sie stecken alle unter einer Decke!«

»Ja mei, Bayern halt, stimmt's, Gonzo?«

Der Stift flitzte über das Papier: »Du musst die Neffen Gottes recherchieren. Der Bruckmayer und der Marchsteiner. Alle dabei.«

»Der Bruckmayer ist vom LKA vernommen worden, der hat astreine Alibis, wie ich aus erster Hand erfahren hab. Und mein Freund Marchsteiner, der war ab dem Samstag vor der ganzen Gaudi in Montreal.«

Hartinger kritzelte: »Die sind die Anführer!«

»Jetzt reg dich nicht auf, Gonzo. Der Suldinger hat alles gestanden. Er ist Einzeltäter. Der Typ spinnt halt. Hat da im Wald Sprengstoff gelagert. Und im Auto von seinem Chef waren auch ein paar Kilo. Die haben auch Waffen und lauter so feine Dinge auf dem Betriebsgelände vom Brechtl gefunden. Und natürlich eine umfangreiche Pornosammlung. Da war der Suldinger immer drauf. Mit verschiedenen Frauen. Er hat sich wohl reihenweise welche beschafft und sich dabei gefilmt. Einige hat er dann umgebracht. Warum genau der wen umbringt, weißt du natürlich nicht bei einem solchen Psychopathen. Ob der Brechtl dabei gewesen ist, kann man nur mutmaßen. Auf den Videos ist er nicht zu sehen. Und keine Hinweise bei ihm zu Hause. Seine Frau ist natürlich geschockt, klar.«

»Du glaubst das nicht wirklich, oder?« Hartinger wollte beim Schreiben heftigst den Kopf schütteln, aber die Schmerzen hielten ihn davon ab.

»Was ich glaube oder nicht, ist doch ganz egal. Wichtig ist, dass die schlimmen Buben aus dem Verkehr gezogen sind. Und danach schaut's doch aus, oder, Gonzo?«

Hartinger ließ sich ermattet in das Krankenhauskissen sinken.

Freitagabend um acht klingelte das Internettelefon auf Martin Bruckmayers Flatscreen. Er schaltete vom TV-Programm in den Skype-Modus und erblickte die ernste Miene von Jo Saunders.

»Jo, du? Bist du gut angekommen? Du trägst das Dirndl aus Garmisch. Gefällt es dir immer noch so gut?«

Jo ging nicht auf die Frage ein. »Ich hatte eine Woche Zeit nachzudenken, Martin. Auf dem Schiff.«

»Hast du es dir anders überlegt? Willst du doch wieder in die Heimat zurück? Zurück zu mir?«

»Darüber habe ich nur ein paar Tage nachgedacht.«

»Immerhin.«

»Und dann habe ich lange darüber nachgedacht, was du gesagt hast, Martin.«

»Was ich gesagt habe? Dass ich dich immer schon geliebt habe?«

»Nein, was du damals ausgesagt hast. Laut den Akten hier.« Sie zeigte die alte Armee-Akte in die Kamera. »Dass die Franziska etwas geschrieben hat. An den Spiegel in ihrem Zimmer. Bei euch, in der Brauerei. Das war eine Lüge, Martin. Ich war in ihrem Zimmer damals, nach ihrem Verschwinden, Martin. Da war keine solche Nachricht. Niemals. Ich würde mich erinnern.«

»Das habe ich damals nur so gesagt, Jo, für dich. Damit du dir keine Sorgen mehr um sie machst.«

»Nein, du hast es gesagt, damit der Fall nicht weiterverfolgt wird. Du warst dabei. Du warst der fünfte Mann. Ich weiß es, Martin.«

Martin Bruckmayer schwieg.

»Und mir ist noch etwas aufgefallen. Der Wimpel. Ich habe hier einen gefunden. Auf dem Dachboden. Genau so einen, wie ihn uns Herr Frey gezeigt hat. Darauf hat Paul Rudolph ebenfalls mit seinem echten Namen unterzeichnet. Und er hat ein Petruskreuz dahinter gemalt. Weißt du, was das ist, Martin? Es ist im Logo eurer Brauerei. Das hat mir Herr Frey gesagt.«

»Jo, was phantasierst du da zusammen? Ich hab keine Ahnung, was du meinst.«

»Doch, das hast du. Herr Frey hat mir alles gesagt. Ich habe mit ihm telefoniert. Du bist der Anführer der Neffen Gottes. Am I right? Habe ich das so richtig gesagt?«

Martin Bruckmayer schwieg.

»Und Tom, mein Mann Thomas Saunders, war auch einer von euch. Martin, that's disgusting. Ich will nur noch eines wissen, und diese eine Antwort schuldest du mir: Wer hat wen dazu gebracht? Ich habe eine Antwort verdient. Beide Männer in meinem Leben haben mich betrogen. Ich will es jetzt wissen.« Sie langte neben sich auf den Tisch und hob eine Pistole in die Webcam. »Das ist Toms Dienstwaffe. Sie ist geladen. Ich werde mich nach diesem Gespräch erschießen, Martin. Und das hier«, sie hob mit der anderen Hand die alte Untersuchungsakte ins Bild, »habe ich mit meinen Aufzeichnungen ergänzt. Wenn ich tot bin, wirst du dran sein. Du kannst es mir also sagen. You can run, but you can't hide.«

Sie schob mit einem Ratschen den Schlitten der Pistole zurück und hebelte damit eine Patrone in den Lauf, dann hielt sie sich die Mündung an die Schläfe.

»Lass das, Jo«, stieß Martin Bruckmayer hervor. »So ein Blödsinn.«

»Martin, ich drücke ab. Und du siehst zu.«

Martin Bruckmayer rang mit sich. Dann musste es raus. »Gut, die Wahrheit. Wenn du die Waffe herunternimmst.« Er wartete, bis sie es tat. »Tom und ich, wir stammten beide aus sehr frommen Familien. Meine ist schon seit Generationen mit den Gottesneffen verbunden. Es war nicht schwer, Tom zu einem von uns zu machen. Es war mein Vater, der ihn von unserer Sache überzeugte.«

»Martin, you're sick.«

»Jo, du musst verstehen, wir sind umgeben von den Mächten der Finsternis. Und manche Menschen sind wie Tore zu dieser Finsternis. Durch sie kommt die Finsternis in unser Leben. Unmoral und Sittenverfall sind ihre Leitern. Diese Tore müssen geschlossen werden. Leider war deine Schwester so ein Mensch. Sie war schlecht, Jo, von Geburt an schlecht. Sie musste weg. Sie hatte uns alle in ihren Bann gezogen mit ihrem verdorbenen Fleisch …«

Jo Saunders wollte nicht noch mehr hören. Schnell klickte sie mit dem Cursor auf »Gespräch beenden«.

Sie sah auf die Akte neben sich. Es war nicht die aus dem Safe ihres Mannes Tom Saunders, sondern ein Aktendeckel mit leeren Blättern. Die echten Unterlagen befanden sich in Deutschland, wo Albert Frey sie dem Bundeskriminalamt übergeben hatte.

Zu den zwei Männern in den dunklen Anzügen, die rechts und links neben ihr standen, sagte sie: »Is that enough, Special Agents?«

Die beiden Beamten des FBI, die im Auftrag des Bundeskriminalamtes die Unterhaltung aufgezeichnet hatten, nickten. Das Material auf ihren Festplatten würde ausreichen.

»Dumme Gschichte, Herr Ministerpräsident, ganz dumme Gschichte. Aber ich muss es Ihnen persönlich beichten.«

»Um Gottes willen, Herr Meier, was ist denn passiert?«

»Ich bin so froh, dass Sie mich hier in Ihren Privaträumen empfangen. Am Freitagabend. So eine Sache lässt sich nämlich nicht am Telefon besprechen, Sie verstehen, Herr Ministerpräsident?«

»Nur teilweise, Herr Meier, muss ich leider zugeben.«

»Es geht um das Wochenende im Loisachtal Anfang April. Als Sie mit dem Bagger-Toni … ich meine mit dem Herrn Brechtl auf der Jagd …«

»Ja ja, der unglückselige Brechtl, der arme Mann. Obwohl, man weiß ja nicht, was der mit der schmutzigen Sache da bei euch zu tun hatte. Aber was ist mit dem Wochenende?«

»Mei, wir haben da so ein neues Telefonsystem im Rathaus. Seit zwei Jahren. Und das ist digital, Herr Ministerpräsident.«

»Sehr interessant, Herr Meier, aber das ist ja wohl nicht Grund Ihres Besuchs …«

»Doch, schon. Wir haben telefoniert an diesem Freitag vor fünf Wochen. Und Sie waren im Hubschrauber, Sie erinnern sich.«

»Tatsächlich? Bin gar nicht sicher …«

»Und Sie haben gesagt, ich soll vergessen, wo ich Sie erreicht habe und wohin Sie unterwegs sind.«

»Kann sein. Und das haben Sie doch wohl auch vergessen, oder, Herr Meier?«

»Ja mei, schauens, Herr Ministerpräsident, ich tät's schon vergessen. Aber die neue Telefonanlage, die digitale, die hat's leider aufgezeichnet. Fälschlicherweise, Sie verstehen. Soll eigentlich die Gespräche der Beamten mit Bürgerkontakt aufzeichnen. Zur Qualitätsüberprüfung. Man kennt das ja von der Lufthansa. Und meine Sekretärin, wie oft hab ich der gesagt: Christina, nix wird aufgezeichnet. Achte du mir da strengstens drauf. Immer und immer wieder hab ich's gsagt zur Mauerederin. Aber mei, wie's halt so ist … Leut und Kinder, sag ich immer …«

»Meier, erpressen Sie mich? Was fällt Ihnen ein? Ich bin der Bayerische Ministerpräsident!«

»Ja, eben, Herr Ministerpräsident. Wenn Sie jetzt mit dem Brechtl … an dem Wochenende, wo die Svetlana Ryschankawa … also nachweislich … von seinem irren Mitarbeiter, diesem Gottesneffen … da draußen …«

»Ich hab mit der Sache nichts zu tun! Ich bin Sonntagfrüh wieder nach Hause!«

»Das glaub ich unbesehen, Herr Ministerpräsident. Bitte, wo denken Sie hin? Die Frage ist aber nicht, ob *ich* das glaub …«

»Was wollen Sie, Meier? Einen Kabinettsposten?«

»Würd ich schon wollen, Herr Ministerpräsident, aber ich hätte da ein ganz anderes Anliegen, da geht's weniger um mich.«

»Da kann ich Ihnen jetzt schon wieder nicht folgen.«

»Schauens, Herr Ministerpräsident, es gibt etwas, was

man eben nicht will. Zumindest nicht in Garmisch-Partenkirchen.«

»Olympische Winterspiele? Keine Angst, Meier, die bekommen Sie nie.«

»Da gibt's noch was anderes. Vielleicht fällt's Ihnen ein, wenn ich das Wort ›Zwischenlager‹ fallen lasse?«

Der Ministerpräsident schluckte. Seine Hände ballten sich zu Fäusten. Dann öffneten sie sich wieder. Am liebsten hätte er den Bürgermeister erwürgt. Hilfe suchend schaute er auf den großen Elektronikkalender auf der anderen Seite des Wohnzimmers. Das Maibild zeigte den Wetterstein-Hauptstock, von der Kramerspitze aus fotografiert.

Die Datumsanzeige darunter lautete Freitag, 13. Mai.

# Danksagung

Herzlichen Dank fürs Dasein im Allgemeinen und speziell dafür, dass ihr mich auch kurz vor Abgabeterminen ertragt, liebe Familie. Besonders euch, geliebte Katherine und Michelle, Finn, Marcel, Henri und Mila, aber ebenso auch Anneliese und Patrick Ritter, Jutta und Franz Drexler, Lucia und Jörg sowie Claudia und Sebastian Wiesinger.

Zu meinem ersten Buch »Josefibichl« habe ich so viel Zuspruch und hilfreiche Kritik erhalten, dass ich gar nicht weiß, wo ich anfangen soll, mich zu bedanken. Allen Lesern sei gewünscht, dass sie ihre Verbesserungsvorschläge in »Herrgottschrofen« umgesetzt sehen – und dass das, was sie am ersten Buch mochten, erhalten geblieben ist.

Jede Meinung eines Lesers ist berechtigt und immer willkommen. Ich freue mich über Kontakt per Facebook, Twitter, meine Website www.marcritter.de, über Online-Rezensionen bei Internetbuchhändlern oder einfach über Briefe an den Verlag. Am meisten Freude macht es mir jedoch, vor Publikum zu lesen und die Fragen direkt zu beantworten. Danke an die Buchhändler und Veranstalter zwischen Garmisch und Hamburg, die das Wagnis eingingen, einen unbekannten Autor zu einer Lesung einzuladen.

Mein Dank gilt auch den drei Musikanten, die sich auf gemeinsame Lesungen mit Musik eingelassen haben: Toni Bartl, Juri Lex und der unvergleichliche Daniel Neuner vom Hannesla-Trio haben meine Texte zum Klingen gebracht.

Dank an die wie immer großartigen Damen und Herren des Piper Verlags in München, ebenfalls wie immer von der Volontärin bis zum Verleger, im Besonderen aber an meine Lektoren und Korrektoren Annika Krummacher, Peter Thannisch und Amelie Soyka, dass sie etwas Lesbares aus meinem Manuskript gemacht haben.

Dank an meinen Agenten Dirk Rumberg für sein beharrliches Engagement und seine herzhafte Zähigkeit.

Bedanken möchte ich mich bei den Menschen, die mir Einblick in die längst vergangene und beinahe vergessene Casa Carioca gegeben haben, besonders bei Irene van Lankeren, Lilian Edenhofer und dem Montag-und-Donnerstag-um-halb-elf-Stammtisch im Alimentari e Vino in Partenkirchen.

Herzlichen Dank den Verantwortlichen der JVA Stadelheim für die Gelegenheit, mir die Räumlichkeiten, in denen ich Karl-Heinz Hartinger drei Wochen seines Lebens verbringen lasse, anzusehen (und diese ein wenig seinen Bedürfnissen anzupassen), namentlich dem Leitenden Regierungsdirektor Michael Stumpf und dem Schul-, Betreuungs- und Sportbeamten Ludwig Sedlmair.

Allen Garmisch-Partenkirchnern danke ich sehr herzlich, dass sie so sind, wie sie sind. Und dass sie meine Bücher mit Gelassenheit zur Kenntnis nehmen. Sie wissen, dass die Handlung auch dieses Buches frei erfunden, Ähnlichkeiten mit lebenden Personen rein zufällig und vom Autor nicht beabsichtigt sind.

Marc Ritter München, im Mai 2012

## Quellennachweise